FERAS

LIS VILAS BOAS

FERAS

Rocco

Direitos desta edição reservados à
EDITORA ROCCO LTDA.
Rua Evaristo da Veiga, 65 – 11° andar
Passeio Corporate – Torre 1
20031-040 – Rio de Janeiro – RJ
Tel.: (21) 3525-2000 – Fax: (21) 3525-2001
rocco@rocco.com.br | www.rocco.com.br

Printed in Brazil/Impresso no Brasil

Preparação de originais
BARBARA MORAIS

CIP-BRASIL. CATALOGAÇÃO NA PUBLICAÇÃO
SINDICATO NACIONAL DOS EDITORES DE LIVROS, RJ

V752f

Vilas Boas, Lis
Feras / Lis Vilas Boas. - 1. ed. - Rio de Janeiro : Rocco, 2025.

ISBN 978-65-5532-620-8
ISBN 978-65-5595-412-8 (recurso eletrônico)

1. Ficção brasileira. I. Título.

CDD: B869.3
25-100255.0 CDU: 82-3(81)

Carla Rosa Martins Gonçalves - Bibliotecária - CRB-7/4782

Dedico esta história a Sofia, que ainda não havia nem nascido no momento da conclusão do livro, mas que foi de grande ajuda poupando a mamãe dos famosos enjoos de primeiro trimestre e esperando até o final da edição para nascer. (Mocinha, isso não muda o fato de que você está proibida de ler isso até fazer 30 anos. Feche este livro imediatamente!)

ANTES

Não era a primeira vez que Heitor Lacarez se fingia de presa, mas era a primeira vez que estava curioso para descobrir como seria capturado.

A moça era uma dama, e da parte alta da cidade, se a qualidade das roupas e o jeito de andar não o enganavam. Roubara alguns vislumbres quando ela chegou com o grupo, provavelmente de alunos da faculdade de belas artes, que ficava ali perto. Jovens curiosos para conhecer mais do mundo e da metade não humana da cidade. Ela estava o rodeando, passando por entre grupos de conversa, chegando cada vez mais perto, o perfume de flor de tangerina se tornando mais pronunciado — um prospecto interessante para uma noite que, horas antes, parecera falida.

Não havia nada mais tedioso do que ser um cão vadio à procura de determinado tipo de trabalho numa noite abafada. Em algumas ocasiões, ele não precisava esperar muito, mas, em outras, era necessário domar a inquietação, por mais que as distrações da rua o convidassem a tirar uma folga.

A fera se agitava com a demora, com a falta de um osso para roer, descontando a impaciência arranhando as costelas por dentro, testando os limites daquela prisão de carne que a Lua impunha a todo lobisomem.

Heitor estava puxando o isqueiro do bolso para acender um charuto, prestes a abandonar a espera, quando ouviu os passos se aproximando e sentiu o cheiro que os acompanhava.

— Hm... Oi. Eu não costumo fazer isso... quer dizer, nunca fiz. É que...

Ele se virou na banqueta com um copo de cerveja na mão, finalmente pronto para matar a curiosidade. Encarou a mulher que tinha os braços apoiados no balcão, avaliou a caçadora, esperou que ela retomasse o controle da própria fala. Paciência era um dos segredos do negócio. A maioria das humanas desejava a ideia de uma fera, não um monstro de verdade.

A moça gastou um tempo fingindo que não tinha dito nada, brincando de espetar a cereja no fundo da taça que havia trazido, um pouco de coragem líquida e açucarada que as jovens aventureiras costumavam tomar por ali. Heitor pensou que ela fosse desistir, brincou de abrir e fechar o isqueiro, deixando que o clique metálico ocupasse ainda mais o ar cheio de expectativas.

Então, ela pigarreou, inspirou fundo e se virou totalmente para encará-lo com um sorriso brilhante acompanhado por duas covinhas extremamente tentadoras, evocando espaços que ele poderia lamber e preencher.

Pela primeira vez naquela noite, o lobo se aquietou dentro dele, interessado de verdade na fêmea e não na possibilidade de ganhar dinheiro. Ela era da altura dele, gorda com curvas acentuadas, especialmente nos seios e nos quadris, e cachos grossos que caíam até a altura do ombro e emolduravam o rosto de pele preta. A boca era carnuda e de aparência tenra, tingida pelo tom de rosa dos pêssegos mais macios. Na verdade, ela parecia toda suculenta. Aroma e notas de frutas doces a rodeavam, criando uma expectativa inesperada para descobrir que sabor teria.

E o cheiro por baixo do perfume delicado delatava que ela estava disposta a se tornar um banquete.

— Pois não, linda? Você nunca fez o quê? — Ele sorriu de lado, guardou o isqueiro e o charuto.

Fascinado, Heitor a assistiu morder o lábio e apertar as mãos antes de o sorriso e as covinhas ganharem um tom maroto. O coração dela, que já estava batendo rápido, disparou ao som da pergunta. O lobo se espichou dentro dele, devidamente desperto e focado. Não tinha vocação para presa, mas sabia brincar e se divertir quando a recompensa do jogo parecia tão boa.

— Com um lobisomem — sussurrou ela, chegando mais perto.

— Hmm... — Heitor tomou um gole da cerveja e se espreguiçou, deixando que a moça também desse uma boa olhada nele. Então sorriu de lado. — O que com um lobisomem? Que tal ser um pouco mais específica?

Foi quase um teste, ou uma aposta. A ousadia das moças ricas costumava vir com um certo limite quando estavam em público. Mais uma vez, ela avançou em vez de recuar. Tomou um gole da bebida, espetou a cereja do fundo e a levou até a boca num movimento lento e deliberado. E maldito fosse Heitor por estar completamente hipnotizando pelo passeio que o fruto vermelho fez até desaparecer por trás dos lábios carnudos. Então, a moça se aproximou ainda mais, inclinou-se na direção dele até os lábios estarem próximos de seu pescoço e seu perfume dominar o ar que ele respirava. Por alguns instantes, se viu perdido na inversão inesperada de papéis — era ele quem devia estar seduzindo e convencendo.

— Eu nunca me deitei com um lobisomem antes. Nunca arranquei as roupas e tracei o corpo de um com a língua, nem conheço o gosto, nem fui provada... por um lobisomem. — O sussurro calou todo o burburinho do bar, como se não houvesse mais ninguém ao redor. — E ouvi dizer que você poderia resolver esse problema para mim.

Heitor se permitiu por um instante apenas inalar o perfume de flor, inebriando a fera. Inclinou-se para a frente, deixou o nariz quase roçar na bochecha dela e se divertiu com o arrepio que viu descer pelo pescoço dela.

— Linda, eu posso resolver problemas que você nem imagina que tem... por um preço.

Os olhos dela faiscaram, quase que em divertimento.

— Eu pago bem.

Talvez fosse a bebida, talvez fosse a novidade. De todo modo, Selene se sentia inebriada: pela situação, pelo monstro, por si mesma e por sua ousadia de agarrar mais um momento de liberdade roubada.

O nome de Heitor Lacarez havia sido apenas um sussurro entreouvido no Clube das Boas Damas, um segredo proibido e não tão bem guardado quanto as madames gostavam de pensar que era. Ela havia ouvido falar dele por acaso, circulando entre grupos de conversa. Uma senhora entregou um cartão a outra, um nome e uma garantia de que ele dava conta do serviço, sem explicar do que se tratava. Meses depois, o nome brotou novamente entreouvido por trás de uma porta de banheiro, uma moça contando a outra que havia pegado a irmã no flagra, descrevendo uma posição pouco lisonjeira. E, quase um ano depois, uma fofoca quase completa chegou até ela, contada entre goles de chá e bolinhos, com o tom apropriado de ultraje que uma menina de boa família deveria ter ao contar da aventura de uma rival com um lobisomem gigolô.

As mulheres conversavam, mesmo quando não deveriam, e inadvertidamente haviam criado uma espécie de lenda. Pelo preço adequado, podiam domar a mais feroz das feras, de um jeito que nem mesmo os caçadores mais corajosos eram capazes.

Pelo preço adequado, Selene poderia comprar momentos inesquecíveis, ser apenas ela mesma, longe da pressão familiar para ser perfeita.

E lá estava ela. Em um lugar escandaloso do centro de Averrio, onde humanos e monstros circulavam como iguais. Em uma posição escandalosa, como se ele tivesse o direito à proximidade.

Tudo isso a enchia de ainda mais coragem, a fazia se sentir dona do mundo enquanto o mundo pensava que era o dono dela.

Ele era bem mais bonito do que tinha imaginado, quase uma pintura. Nem muito alto, nem muito baixo, ombros largos, a barba por fazer apenas uma insinuação castanha sobre a pele clara bronzeada de sol, como se alguém tivesse borrado o lápis sobre o desenho para fazer o sombreado. Os cabelos estavam penteados para trás com gel, as pontas fazendo curvas suaves na nuca. Estava muito mais bem vestido do que o antecipado também. O conjunto de terno e colete era nitidamente barato, a gravata estava afrouxada no colarinho aberto, permitindo vislumbres de alguns pelos castanhos por baixo do tecido branco — e todo aquele desalinho proposital combinava, dava contornos à promessa devassa que era a postura relaxada na banqueta. O personagem perfeito, sob a luz perfeita, no cenário perfeito. A mão dela chegava a coçar para desenhá-lo ali mesmo. Talvez com menos roupa.

— Vamos, então? — perguntou, deixando que a bochecha esbarrasse na dele só para sentir o roçar da barba por fazer contra a própria pele macia. Mal podia esperar para replicar o contato em outras partes do corpo.

— Não tão rápido, linda. — Ele piscou um olho antes de se afastar e dar mais um gole na cerveja. — Tem preço, e tem regras.

Selene se empertigou. Nada nas fofocas falava sobre regras. Ele sorriu um pouco mais, levantou o rosto e as narinas se dilataram.

— Eu consigo farejar sua ansiedade, sabia? Entre outras coisas.

— Não esperava nada menos de um lobisomem. E o que mais você consegue... farejar?

Os olhos dele se contraíram levemente, dando o vislumbre de algo escondido lá no fundo, algo grande e perigoso.

— Perfume de flor de tangerina, acentuado por um coração acelerado. Hálito de cereja, quente. Roupas novas, engomadas recentemente. Um suor adocicado, impossível de evitar nessa cidade quente, escorrendo por entre as suas curvas. — A cada ponto listado, a voz dele foi se tornando mais baixa, mais rouca. — E, por baixo de tudo isso, o odor de vontade, desejo... o cheiro de mulher pronta. Mais do que pronta.

Selene apertou as coxas.

— Então...

— Por isso mesmo precisamos de regras. Você sabe que isso pode ser perigoso para você, não sabe? Não importa como eu lhe pareça agora, não sou um homem, nunca vou ser. Um lobisomem continua sendo um lobisomem em qualquer fase da lua, mas... a pele de homem é o limite. A pele de homem, e tudo que você quiser fazer com ela, está incluso no preço.

— Mas... — Ela franziu a testa. — Eu ouvi dizer que...

— Eu sei o que as madames conversam. Contar vantagem também faz parte do pacote, suponho. — Heitor deu de ombros, oferecendo um meio sorriso convencido. — Você pode sair por aí contando o que quiser. Ilusão vende bem, é boa para os negócios. Mas eu tomo precauções para que a pele do lobo fique presa aqui dentro. E na remota possibilidade de a fera dar as caras, eu vou interromper qualquer coisa que estejamos fazendo, e você vai me obedecer. Entendido?

— Por segurança.

— Também.

— Por que mais, então?

— Se eu contar todos os meus segredos, vou perder meu ar de mistério. — Ele piscou outra vez.

— Hm. E o que mais? Havia mais de uma regra, não?

— Bom... O de sempre. Não aceito fiado, o pagamento é feito assim que o serviço é concluído. Encontros apenas em lugares que eu julgar seguros, sem pais ou maridos ou a mão não tão amiga da força policial de Averrio. E, claro, tem uma coisa de que você precisa sempre se lembrar. Isso é um negócio, linda, mas a verdade é que o monstro faminto aqui dentro não é tão bom com essa parte. Então, eu não trago o lobo para a dança, e você não traz o coração para a cama. É proibido se apaixonar.

A última regra foi tão inesperada que Selene precisou de um momento para assimilá-la, logo antes de explodir numa gargalhada gostosa que a encheu por dentro. Todos os machos eram arrogantes, não importava a espécie. Isso trazia certo consolo. Imediatamente, voltou a se sentir confiante, mais no próprio elemento.

— Não se preocupe, não estou interessada em adotar vira-latas.

Ela sorriu, satisfeita. Ele sorriu de volta, então acenou com a cabeça.

— Heitor. Heitor Lacarez.

— Eu sei o seu nome.

— E vai me dizer o seu?

— Selene Veronis.

Não havia sentido em esconder seu sobrenome; estava nas manchetes de jornal dia sim, dia não. Seria só questão de tempo até que ele a reconhecesse como a filha do prefeito. Mas se Heitor se impressionou com o calibre da cliente que havia acabado de conquistar, não demonstrou. Em vez disso, estendeu a mão para ela.

— Vamos, linda?

Os dedos dele eram grandes, calejados e quentes. Tão logo o tocou, Selene sentiu o calor se espalhar pela própria pele, subindo para o braço e para o rosto. Quando Heitor se inclinou para deixar um beijo suave em sua mão, ela já estava completamente aquecida. Pronta. Mais do que pronta.

1

LINDA

Os bons costumes ditavam que uma dama devia estar sempre composta, vestida de acordo com a ocasião. Mesmo se — talvez principalmente se — a ocasião envolvesse negócios escusos em que não deveria estar envolvida.

Havia se obrigado a trabalhar até um pouco mais tarde, o que seria uma desculpa fácil de dar aos pais, com o desfile de carnaval tão próximo. Tinha trocado o conjunto modesto de saia e blusa cinza por um vestido preto de franjas que mostrava mais decote e mais pernas, arrancado os milhões de grampos que prendiam seus cabelos num coque recatado, e modelado os cachos com as mãos até que pendessem mais para um lado do rosto. Acrescentara uma pluma para maior efeito. Por fim, havia se livrado dos tons suaves da maquiagem para o dia e passado um batom escuro com pequenos toques de dourado. Com a bolsinha de lantejoulas combinando, e um leque de seda, estava pronta para se misturar.

Para não ser reconhecida, bastava não estar vestida como a filha do prefeito. Se houvesse conhecidos no Manolita, veriam uma mulher exuberante, ousada. As pessoas eram fáceis de enganar, desatentas e despreparadas para perceber peças fora do lugar, se não serviam aos próprios interesses. Selene, a filha do prefeito, a diretora do comitê do desfile de carnaval, a presidente do Clube das Boas Damas, jamais estaria atravessando o salão de carteado para se encontrar com monstros. Mas Selene, a pintora, cruzou o salão principal do cassino, passando direto pelas roletas até o fundo, onde ficavam as mesas mais reclusas.

Ajeitou o sorriso típico dos Veronis, acertou a postura e deslizou para a cadeira acolchoada, balançando o leque como se estivesse esbaforida.

— Senhores, desculpe o atraso.

Recebeu sorrisos idênticos, com aquela beleza fria e inalcançável dos nefilins. As asas de penas douradas formavam uma barreira entre ela e o resto do salão, o que era tanto uma ajuda quanto um risco. Estar encurralada por feras celestiais ainda significava estar encurralada por monstros.

— Senhorita — disseram os gêmeos ao mesmo tempo.

— É prerrogativa das humanas mais lindas chegar na hora que quiserem para os compromissos que elas mesmas marcaram — continuou apenas um dos nefilins.

Ela riu por trás do leque e logo depois o fechou e o balançou no ar, pedindo um drinque ao garçom.

— Suponho que seja também prerrogativa da senhorita deixar a nós, pobres alados, curiosos com o suspense do bilhete marcando o encontro — disse o da direita.

Mesmo em tom baixo, a voz melodiosa dos nefilins pairou sobre a mesa, cortês e carregada de certa impaciência. Selene apoiou o queixo na mão que segurava o leque fechado, sorrindo para os gêmeos enquanto escolhia as palavras com cuidado. Habad e Gebad Etrera eram dois negociadores de arte famosos na cidade de Averrio, e não por bons motivos.

A toalha vermelha da mesa entre eles tinha uma textura áspera que arranhava sua luva de cetim e, no centro, o castiçal que contribuía para a iluminação intimista fazia um brilho alaranjado dançar suavemente sobre os rostos pálidos dos irmãos. Tão belos e tão impossíveis de distinguir um do outro que ela raramente tentava descobrir quem era quem.

O drinque chegou rápido, como sempre chegava para ela. Selene passou a ponta do dedo pelo suor gelado escorrendo pela taça, um refresco bem-vindo umedecendo o tecido da luva — um truque para ganhar tempo, aprendido diretamente com seu pai, o prefeito mais bem hidratado de toda Vera Cruz. Falar demais seria tolice, hesitar também.

— Bem, vou direto ao ponto. Eu e os senhores nos conhecemos já há algum tempo, não é? Colegas amantes das artes e tudo mais.

— E tudo mais — murmurou Habad. Ou Gebad.

— E, como sabem, sou muito grata por terem me auxiliado no passado com a intermediação da venda de alguns dos meus quadros mais...

— Escandalosos — completou um dos gêmeos.

— Alternativos — concluiu ela, sorrindo. — Foi um negócio muito lucrativo para todos nós, não?

— A senhorita tem mais dessas pinturas pouco convencionais, então? Por que não marcou o encontro na galeria, onde poderíamos avaliar as peças?

— Dessa vez, não é exatamente na venda de quadros que estou interessada. É nos contatos dos senhores. E na linda voz dos nefilins, capaz de tantos feitos peculiares... Essa voz capaz de hipnotizar qualquer um.

— Fascinante — disse Gebad. Ou Habad.

— De fato, surpreendente — disse o outro. — A senhorita nos procura para propor descaradamente que a gente cometa um crime.

Enquanto eles falavam, ela prestou atenção nos movimentos de seus rostos sobrenaturalmente bonitos. Não estavam chocados nem curiosos, apenas pacientes. O teatro fazia parte das negociações, o truque era enrolar por tempo o bastante até descobrir o que poderiam querer em troca do que Selene estava prestes a pedir.

— A definição de crime nesta cidade é um tanto flexível, não acham? — disse ela, por fim, sorrindo. — O caminho que muitas obras de artes que deveriam estar em galerias tomaram certamente é prova disso.

— Hm. — O irmão da direita mexeu suavemente as asas, o equivalente nefilim a dar de ombros. — Segundo correm as conversas por aí, muitas das obras de arte da senhorita estão fazendo caminhos deveras obscuros.

Selene tratou de congelar o sorriso no rosto e tomou um gole da bebida.

— Sim, isso é parte do motivo de eu estar aqui, mas os quadros são apenas quadros. Posso sempre pintar mais.

— Pode mesmo? Até quando?

— O que me interessa de verdade é o homem que atualmente detém a posse deles — disse ela, fingindo que não havia reparado na interrupção. — Eu gostaria muitíssimo que ele... fosse convencido a tomar certas decisões. Tenho certeza de que uma voz suave seria capaz de influenciá-lo.

Era uma aposta bem alta. O poder hipnótico das cordas vocais dos nefilins, de uso proibido desde a fundação de Vera Cruz, era capaz de quase qualquer coisa contra ouvidos desprotegidos, e não deixava nenhum rastro. A punição para qualquer um pego no flagra era severa.

Por isso, Selene se adiantou, tirando da bolsinha um papel dobrado e o empurrando pela mesa, então esperou que o desdobrassem e avaliassem o valor ali escrito. Não fazia ideia se era muito ou pouco;

era o que podia pagar. Se ainda tivesse os quadros que havia pintado para vender, talvez pudesse aumentar o poder de barganha, mas a ausência de meios financeiros e a necessidade de convencer os gêmeos a aceitar o serviço eram parte do mesmo problema que ela não tinha muito tempo para resolver.

— A senhorita está zombando de nós — disse um deles. — O canto é precioso e perigoso, mesmo para um nefilim de grande poder. O preço precisa ser equivalente.

— Um único quadro na parede da nossa galeria vale muito mais do que isso — disse outro.

Voltando a abanar o leque suavemente, Selene meneou a cabeça, tentando esconder a ansiedade crescente, sem se comprometer a concordar nem discordar da afirmação. O embate direto raramente levava a um resultado proveitoso.

— Bem... o que seria um preço justo para esse serviço, então?

— Algo que valesse o risco de vida não apenas para nós, mas para toda a nossa família.

— Algo que apenas uma Veronis poderia oferecer. Especialmente a Veronis responsável pela organização do desfile de carnaval deste ano.

Um aperto no estômago a tomou de repente, mas Selene se obrigou a continuar respirando e sorrindo. Sorrisos levavam mulheres a lugares inimagináveis, se elas fossem capazes de sustentá-los por tempo o suficiente — mesmo frente às maiores desgraças.

— Algo que seria uma reparação histórica dos crimes cometidos contra a nossa raça.

— Acho que os senhores superestimam o que eu sou capaz de fazer. — Ela fez um movimento descontraído com o leque, como se já não soubesse o que estavam prestes a pedir.

— A diretora do desfile de carnaval certamente é capaz de decidir não apenas a ordem das apresentações, como também os destaques e...

— E as famílias com permissão para desfilar em carros alegóricos — completou o segundo gêmeo.

Ela inspirou fundo.

— Os senhores sabem bem que, em toda a história de Averrio, isso jamais foi feito. Todos são bem-vindos ao desfile da avenida, mas os carros alegóricos tradicionalmente sempre pertenceram às famílias humanas.

— Tradicionalmente, as famílias humanas são as criaturas mais cruéis que já caminharam por esta terra, e, no entanto, aqui estamos nós, conversando justamente sobre isso, não é? O pavor da senhorita por uma família humana específica é tão grande que resolveu se arriscar com um par de monstros... Ainda assim, nos ofende falando da possessividade com que humanos tratam uma festa que nem mesmo a eles pertence.

A progressão daquele discurso não era inesperada, mas Selene não podia se deixar desanimar. Paciência representava metade de qualquer negociação, como já dizia seu pai. Tentar convencer disso seu coração acelerado, no entanto, não parecia tão simples, não quando via o futuro escorrendo pelas frestas.

— Talvez nós estejamos pedindo esse preço da pessoa errada, irmão. Talvez devêssemos levar esta conversa ao novo grande patrocinador do carnaval de Averrio.

Um calafrio desceu pelos braços dela e Selene agarrou o leque com mais força, tomou outro gole do drinque. Podia ser uma ameaça vazia, pois quase ninguém seria louco de procurar por *ele* para discutir os direitos dos monstros. Podia também ser o fim de tudo, se ela não encontrasse rápido uma forma de contornar a situação.

Os sorrisos idênticos dos gêmeos aos poucos foram mudando, de educados e maliciosos para predatórios. Todas as criaturas não humanas eram predadoras, não importava quão lindas fossem. *Monstro* não era a palavra politicamente correta, mas continuava a ser a melhor para descrever a forma como os dois se apresentavam naquele momento.

Então uma sombra se projetou sobre as asas douradas e se espalhou pela mesa como um prenúncio das palavras que vieram em seguida:

— Desculpe o atraso. Espero não ter perdido a diversão.

Era a última pessoa que Selene queria encontrar naquele momento, e a primeira em que pensava em mais dias do que gostaria de admitir. A voz teria sido suficiente para fazê-la se arrepiar da cabeça aos pés, mas ele também tinha vindo com um terno impecável e o cabelo penteado para trás, o rosto sem barba e o sorriso convencido. E tudo isso ainda teria sido fácil de ignorar — era o que vinha fazendo há meses —, se os nefilins não tivessem reagido à chegada dele de forma bem menos sutil. As penas se encresparam, as asas contraíram.

Heitor ficou parado atrás deles por um instante, sorrindo. Quando foi ignorado pelos gêmeos, puxou uma cadeira vazia da mesa ao lado, fazendo o metal arranhar o piso de propósito. O desconforto dos alados aumentou o suficiente para que se remexessem nos assentos, agredidos pela cacofonia.

— Agora que estou aqui, os pintinhos podem se retirar.

— Eu não sabia que os Lacarez viriam para esta reunião. — Habad olhou para Selene. Ou talvez fosse Gebad. Mais uma vez, não importava, pois a desconfiança era a mesma nos olhos dos dois.

— Os Lacarez, sempre cheios de surpresa, não é mesmo? — comentou Selene secamente. — Quase como se não soubessem que nem sempre são bem-vindos.

Heitor não se incomodou em corrigi-la, apenas puxou um charuto e um isqueiro de dentro do paletó e o acendeu com gestos displicentes, brincou com a chama e se demorou com a fumaça. Ele era muito bom com aquele teatro descontraído, sempre com o meio sorriso debochado.

— Nesse caso, é o vira-lata que vai se retirar — disse um dos gêmeos.

— Não vou, não.

Primeiro, ele soprou a fumaça na direção dos nefilins, então deu um assobio baixo e curto. Selene não soube dizer de onde vieram os outros, distraída demais pelos movimentos suaves de Heitor, pela forma como seus olhos pretos refletiam as luzes do salão do cassino. Num momento, estavam apenas os quatro à mesa. No outro, homens de ternos escuros os cercavam. Não precisou perguntar se eram lobisomens nem a quem serviam quando viu o broche de lua crescente de prata brilhando em suas lapelas.

— O Manolita é território neutro — sibilou um dos nefilins. — Não é uma boa ideia violar um dos acordos mais antigos da cidade.

— O Manolita por acaso também é gerenciado por um bom amigo de Diana Lacarez, e não é uma boa ideia importunar a melhor amiga dela. — Heitor sorriu, mostrando todos os dentes, indicando Selene com a cabeça. — Os pintinhos vão bater as asas agora ou vão testar a neutralidade do cassino?

Selene se pegou prendendo a respiração e agarrando o leque com força, de repente curiosa pelo desenrolar da situação. Deveria estar assustada. O problema era que, contra todo o bom senso, lobisomens intrometidos costumavam ter o efeito contrário sobre ela.

Os gêmeos trocaram um breve olhar antes de se voltarem para ela novamente e curvarem a cabeça.

— Quando estiver pronta para uma conversa civilizada, sem os vira-latas, sabe onde nos encontrar.

Nem tudo estava perdido, então. Havia uma chance. Ou foi isso que tentou dizer aos próprios temores quando os nefilins se levantaram e partiram em sincronia, sem nem parar no bar. Foram embora sem olhar para trás, as asas encobrindo qualquer conversa que estivessem tendo. Em seguida, os lobisomens também recuaram, sumindo no mar de ternos e vestidos de gala do cassino, até sobrarem apenas ela e Heitor e a fumaça entre eles, tingida com muitas memórias.

Ele se recostou de lado na cadeira, passou um braço por cima do assento e o outro, com o charuto, apoiou na mesa. Então ofereceu o sorriso cafajeste ao qual Selene estava mais acostumada, o que pensava ser exclusivo dela.

— Oi, linda. Em que tipo de problema você se meteu dessa vez?

Linda. Aquela única palavra costumava desfazê-la por completo. Aquele elogio, tão leve e fácil, deslizava por sua pele como o prenúncio de uma carícia. Havia dias em que era sussurrado por trás, logo antes de as mãos dele tomarem conta do encontro, e outros em que vinha depois de um beijo surpresa. Havia, não. Houve. Aqueles dias estavam todos terminados há mais de um ano, desde que os Lacarez haviam se aproveitado da influência de Selene na sociedade como parte de um golpe para tomar posse da maior fábrica de armas da cidade. Desde que Diana Lacarez a havia chantageado e ameaçado expor seu maior segredo.

Desde que Heitor havia vendido o segredo de Selene para a família criminosa a que pertencia.

— Como sabia que eu estava aqui? — Selene fechou o leque e apontou para ele, desconfiada. — Eu sei que minha *grande* amiga Diana está viajando, então ela não pode ter mandado você se intrometer.

Heitor soprou um anel de fumaça para o alto.

— Eu não sabia. Estava de ronda aqui perto.

— De ronda...

— Oficialmente falando, o centro da cidade não é nosso, mas faz fronteira com o território Lacarez. Eu estava perto, terminando a ronda com os rapazes.

Selene suspirou e cruzou os braços, esperando uma resposta mais séria, a frustração do encontro fracassado com os nefilins aos poucos dava lugar à pontada dolorida que pensava já ter superado.

— E aí eu senti o seu cheiro — disse ele, como se isso explicasse tudo.

O problema dos vira-latas era que, apesar de se acostumarem rápido com as mordomias, sentiam falta da rua. E o problema da rua era que vinha cheia de tentações. Quando o aroma de flor de tangerina invadiu as narinas de Heitor Lacarez, trazendo lembranças que eriçavam a fera dentro dele, soube que estava fodido.

Havia saído de casa para fazer a ronda com os rapazes porque, em alguns dias, a presença da família se tornava opressora demais. Não havia privacidade numa matilha de lobisomens; era preciso distância para isolar sons e cheiros e toda a intimidade adquirida com o ato de se despirem todo mês sob a lua.

A confissão sobre o cheiro saiu sem querer, mas a verdade sempre brotava na presença dela. Heitor nunca tivera forças para não ser sincero com Selene, embora suspeitasse de que ela nunca se dera conta disso.

Assistiu com atenção, e uma boa dose de fome, o efeito das palavras no corpo dela. O coração acelerado, o calor subindo pelo pescoço, o perfume de flor de tangerina se acentuando. Conhecia aquilo tudo de cor e não se cansava de observar, principalmente depois de tanto tempo com quase nenhum contato. Em algum lugar dentro dele, o lobo se agitou, instigado pela familiaridade do cheiro. E, como sabia o que viria a seguir, ele apenas esperou, porque o encantamento gerado por Selene vinha também da forma como ela balançava a cabeça e se inclinava sobre a mesa com a testa franzida e o olhar desconfiado.

— Se você estava fazendo uma *ronda*... — Ela se interrompeu e olhou ao redor antes de se voltar para ele e baixar mais a voz. — Então não está aqui atendendo ninguém.

— Não, linda, eu não atendo clientes já faz mais de um ano.

— Não acredito em você.

Ele deu de ombros e encarou o charuto para mascarar o incômodo com a declaração.

— Não precisa acreditar. Não muda o fato de que agora eu sou o respeitável gerente da fábrica de armas Lacarez durante o dia e, às vezes, o líder da patrulha do território da matilha à noite... — Então, porque provocá-la era irresistível, sorriu de lado e piscou um olho. — Noites comigo não estão mais à venda, mas, se você estiver com saudades dos velhos tempos, não me incomodo de fazer uma sessão de "recordar é viver".

O queixo dela caiu por um breve instante antes de Selene se recompor. Antes de se erguer, alisar o vestido de franjas lustrosas, ajeitar o cabelo e partir sem olhar para trás. Heitor conteve um ganido, sentiu garras se fincando em seus pulmões. O mais sensato era deixá-la ir, como vinha fazendo todas as vezes que se encontravam por acaso ou por obrigação... então claro que a seguiu.

— Espera. Já tá tarde — disse quando a alcançou.

Selene não respondeu, apenas olhou em volta de novo antes de baixar o rosto. Não queria ser vista com ele, nunca quisera, mas naquela noite parecia especialmente nervosa. Por baixo do perfume viciante, Heitor farejou estresse, preocupação e medo, e conteve um rosnado. Soubera que algo estranho estava acontecendo quando reconheceu os gêmeos alados com quem ela estava tratando, e claramente não era um problema pequeno.

Ela apertou o passo e logo estavam do lado de fora do cassino. A rua já não estava mais tão movimentada, e rapidamente ele reconheceu os rapazes da matilha que tinha deixado nas esquinas e acenou para indicar que estava tudo bem.

— Linda, deixa eu te levar pra casa.

— Por quê? O centro não é seguro à noite com tantos vira-latas rondando por aí?

— Nós somos os monstros mais confiáveis na rua e você sabe A criminalidade caiu desde que assumimos a fábrica de armas, não caiu? Seu pai gosta muito de alardear essa estatística nas propagandas eleitorais, mas não nos dá nenhum crédito.

Ela revirou os olhos, mas não discutiu. Dobraram a esquina e entraram numa ruela onde carros de luxo estavam estacionados. Heitor sabia bem qual era o dela; já tinham usado o banco de trás muitas vezes.

— Linda, por favor...

— Não me chame assim!

— Mas é o que você é. Agora, deixa...

— Não! Não preciso que me leve para casa. Você talvez tenha esquecido, mas eu sempre dirigi muito bem meu próprio carro. E mesmo que eu precisasse de ajuda... não pediria a você.

Isso, muito mais do que a vergonha que ela sentia de ser vista junto dele, espetou um ponto em seu peito que fez o lobo baixar o rabo.

— Por quê? Você sabe que eu nunca quis te causar nenhum mal.

— Porque não seria apropriado. Porque eu estou *noiva* e não vou arriscar um escândalo por ser vista ao lado de um gigolô de uma família de mafiosos.

As palavras vieram com cheiro de mentira, mas doeram como se fosse verdade.

2

INVASÕES

Ele teria permanecido como um idiota na calçada, vendo o carro dela desaparecer na noite, se não tivesse ouvidos os uivos. Familiares e urgentes, uma convocatória de volta para casa. Ou para o que viera, no último ano, a se tornar sua nova definição de casa. Desde que um dos irmãos mais velhos de Heitor, Edgar, havia se casado com Diana, a herdeira de uma das famílias mais ricas de Averrio, e tomado posse da fábrica de armas, a vida havia mudado bastante.

Despachou os rapazes para se espalharem e manterem a vigilância nos limites do território e seguiu sozinho para a parte alta da cidade, onde os Lacarez haviam construído uma enorme mansão para abrigar a matilha. Heitor subiu os degraus da entrada de dois em dois, acelerado, inquieto tanto com o problema misterioso quanto com o cheiro de flor de tangerina tão entranhado em suas narinas que temia nunca mais farejar outra coisa que não o rastro dela.

Encontrou Guido todo desgrenhado, com uma regata suja e suspensórios caídos, rosnando ordens da janela. Não era necessariamente uma cena incomum; o irmão mais velho não havia aderido tão facilmente aos ternos caros — chegava a ser reconfortante saber que a selvageria de ter crescido na sarjeta ainda se agarrava ao couro dele como uma sujeira impossível de lavar. O passado de Guido, Edgar e Heitor vinha com todo tipo de manchas que os tecidos mais finos jamais seriam capazes de esconder.

No momento, lobos de quase todas as idades corriam em várias direções para cumprir as ordens dele, enquanto Mimi, sua tia, e uma outra loba idosa pegavam os poucos filhotes recém-adotados pela matilha e seguiam para dentro da casa.

— O que aconteceu? — perguntou Heitor

— Ainda tô tentando descobrir. Raul chegou bem machucado — respondeu o irmão, puxando as alças do suspensório, a voz meio abafada por um charuto aceso na boca. — Algum filho da puta teve a ideia bem idiota de atacar a destilaria esta noite.

Uma vez que um pouco de ordem foi estabelecido, o núcleo da família se reuniu numa das salas privativas da mansão. Tinham colocado quase todos os rapazes para fora de casa, em missões para assegurarem que nada de mais grave acontecesse, de modo que apenas os Lacarez de sangue permaneceram na sala principal. Ao menos, os que se encontravam na cidade.

Raul, o tio, era um lobo rabugento em dias normais, mas vê-lo irritado como naquele momento era um acontecimento reservado a ocasiões especiais, como a perda de membros da matilha e invasões de território. Ele estava largado no sofá, com a cabeça recostada, olhando para o teto, enquanto sua filha Melina se aconchegava no colo dele como a filhote que ainda era. Mimi, irmã de Raul, passava pó de fada para curar mais rápido as feridas na cabeça do irmão. A velha tia também não estava no melhor dos humores enquanto ouvia o relato dele sobre um bar destruído na fronteira do bairro da destilaria com o centro de Averrio. Um ataque relâmpago.

— Eles aproveitaram que Edgar e Diana estão viajando — disse Heitor, apoiando os cotovelos nos joelhos e balançando os calcanhares.

Raul suspirou, concordando com a cabeça.

— Pelo jeito, as novas divisões territoriais ainda não estão concluídas — resmungou o tio entre os dentes, ainda sob os cuidados de Mimi.

No ano anterior, o casamento de Edgar e Diana havia sido muito mais do que a escandalosa união entre um lobisomem de periferia e uma bruxa rejeitada pela alta sociedade. A fábrica havia sido tomada à força, a partir do desejo de Diana de se vingar da própria família, um antigo clã de caçadores. Uma guerra sangrenta havia sido travada para dizimar o clã De Coeur e permitir que ela fosse a única herdeira, dando aos Lacarez acesso a um mundo de riquezas e poder. Nenhuma dessas coisas vinha sem custo, mesmo depois de uma vitória.

A mudança da parte baixa para a parte alta de Averrio exigira que a matilha se expandisse, se tornasse mais numerosa para dar conta de manter um território tão grande. A polícia precisava de lembretes constantes sobre quem eram os novos donos do fluxo de armas, legais e ilegais, na cidade. Os clãs de caçadores se ressentiam de ver tamanho poderio na mão de monstros, e as alcateias não suportavam que uma matilha de cães vadios tivesse passado a ocupar um espaço tão grande.

No entanto, tudo andara tranquilo nos últimos meses. O bastante para que Edgar e Diana se sentissem seguros de fazer uma viagem de lua de mel tardia, já que não conseguiram ter uma depois do casamento. A vulnerabilidade da matilha escancarada pela ausência dos dois não era fácil de engolir.

— Perdemos quantos? — perguntou Guido.

— Um lobo velho que tinha se juntado a nós há poucos meses. Ele não era uma grande adição à matilha, mas fez o que pôde. — Raul afastou a mão de Mimi e gentilmente deslocou Melina para o sofá, depois bufou encarando os sobrinhos. — Sei que vocês gostam da vida boa da parte alta, mas eu não dou conta de segurar a parte baixa sozinho, principalmente com Edgar longe de Averrio. O território é três vezes maior do que era um ano atrás. Um de vocês, moleques, precisa estar sempre lá embaixo, se a gente quiser manter as coisas como estão.

— Ei, você ser velho não faz da gente moleque — rebateu Guido, se aproximando para entregar um copo de cachaça ao tio.

— São moleques, sim! Até Edgar, que resolveu virar um lobo apaixonado! — Raul rosnou, mas aceitou o copo. E, depois de um gole, continuou reclamando: — A matilha também aumentou, e temos bons lobos com a gente, mas vocês são os mais fortes. Ou deveriam ser, se essa vida de luxo não afofou suas cabeças ocas. Com vocês longe, os rapazes criam dinâmicas próprias entre eles, brigam... se distraem, convidam invasões de território.

Heitor abriu a boca para comentar e logo a fechou. Naquela noite mesmo estivera em ronda, conduzindo uma patrulha... e se deixara levar pelas próprias distrações. Talvez não fosse uma crítica injusta, no final das contas. Guido também ficou quieto, os ombros caindo ao se sentar. Se Edgar e Diana estivessem ali, teriam uma resposta na ponta da língua e vários planos de contingência. Eram uma família e votavam sobre as decisões, mas tudo sempre recaía sobre o irmão do meio, que assumira a liderança da matilha jovem demais para saber viver sem ela agora, e sua esposa, uma bruxa que conseguia prever o futuro nas cartas e prevenir ataques.

A velha culpa preencheu Heitor, o filho mais novo, eternamente protegido. Sempre tivera mais liberdade, fora mais poupado. Porém, desde que deixara o ofício de gigolô, passara a assumir mais responsabilidades para ajudar na administração dos negócios.

— Então, alguém percebeu nossa ausência na parte baixa e resolveu se aproveitar de que não estamos todos na cidade — disse Mimi.
— Quem?

Raul puxou um objeto pequeno enrolado num pano e o jogou na mesinha de centro. O baque não foi muito alto, mas o som incomodou as orelhas do lobo. Heitor estava mais perto, então estendeu a mão para desembrulhar o pacotinho, sendo surpreendido pela queimação característica da prata na ponta dos dedos.

— Puta merda.

Ele rosnou, sacudindo a mão, e se afastou para que todos pudessem ver.

— Ah, não. — Guido usou o pano para pegar a pequena esfera de prata e erguê-la contra a luz, deixando claro o número 3 entalhado. — Isso é uma bola de roleta de poupa-fera? E desde quando a gente tem problema com essa máfia?

— Não faz sentido. — Mimi cruzou os braços, balançando a cabeça. — Nenhuma família do poupa-fera fez questão de estabelecer território. Todos os padrinhos do jogo sempre circularam pelos domínios dos outros, pagando uma taxa para usar a área. Inclusive pelos nossos. Fora as centenas de bancas independentes por aí. Por que agora decidiram fazer um movimento ofensivo?

— Não interessa o motivo, interessa que precisamos nos defender — rosnou Guido.

— Não muda o que eu falei no começo — disse Raul. — Preciso de pelo menos um de vocês lá embaixo comigo. Vocês precisam ser mais vistos pelo território.

Heitor suspirou e olhou para Guido, que, vestindo o fardo de irmão mais velho, nem mesmo o encarou de volta, apenas virou um gole e deu um tapinha na própria perna.

— Eu vou. Não fico mesmo muito confortável aqui em cima, e a cachaçaria tá lá embaixo. Também sinto falta do ringue no galpão.

Alguma coisa afundou no peito de Heitor. Ouvia a verdade no tom aparentemente descontraído do irmão, mas também todas as outras coisas que ele não disse. Como ficar lá na parte baixa da cidade era mais difícil para ele, como tinha lembranças demais em cada esquina, como as tentações dançariam sob seu focinho e sussurrariam ideias ruins a cada instante.

— Não — disse Heitor, baixinho. — Eu vou, você fica aqui no alto.

— A cachaçaria é responsabilidade minha, pivete. Foi como dividimos as coisas.

— Mas a mudança pra lá não é pela cachaçaria, é pelo território.

— E eu sou o melhor lutador de nós três. Os nossos inimigos vão ter muito mais medo comigo lá embaixo.

Ele não disse isso como uma ofensa, mas ardeu como prata mesmo assim, porque era verdade. Guido era um cão de rinha. Edgar, um cão de caça. Heitor era um cão de companhia. Essa era a piada que costumava correr à boca pequena entre as matilhas e alcateias rivais. Não incomodava... antigamente. Servir madames e cavalheiros da parte alta tinha sido a solução que Heitor encontrara para ajudar a família numa época em que os irmãos e os tios, para protegê-lo, mantinham-no afastado das partes mais arriscadas dos negócios. E a verdade era que não desgostava do serviço, conseguia encontrar um pouco de prazer aqui e ali. Contudo, passar anos naquela posição de cachorro barato, que podia ser alugado por uma noite, teve seus custos.

— Ótimo, então está decidido. Agora precisamos dar o troco — disse Mimi.

De repente, o telefone tocou, sobressaltando todos os adultos tensos na sala. Foi Melina quem teve a presença de espírito de saltar do sofá para atender; as pequenas modernidades eram seu luxo favorito da vida de gente rica.

— Alô? — Em seguida, a expressão preocupada da menina se transformou em uma de alívio e animação. — Diana! Sim, teve um problema, mas...

Mimi arrancou o telefone das mãos de Melina e rosnou contra o fone.

— A droga das suas cartas não deviam ter nos avisado? — perguntou Mimi, e qualquer que tenha sido a resposta a fez rosnar mais.

— Foi alguém do poupa-fera, e fez questão de deixar um recado bastante claro. O que eu quero saber é o que precisamos fazer agora... como assim nada? Você ficou doida?

Guido estalou a língua e puxou o telefone de Mimi.

— Ed tá aí?

Assistiram por alguns minutos os murmúrios de concordância de Guido, forçando a audição lupina para tentar ouvir qualquer coisa do outro lado da linha. Heitor escutou a voz chiada de Diana e de Edgar, mas apenas em palavras soltas. Cartas, valetes, paciência. Então Guido estalou os dedos e apontou na direção dele.

— Pivete, Diana quer falar com você.

Um mau pressentimento de que Diana, de alguma forma, já sabia sobre o encontro no cassino fez o lobo quase soltar um ganido, querendo saber tudo que o oráculo pudesse ter compartilhado com ela sobre o assunto. Não apenas sobre o noivado do qual Heitor acabara de saber da boca da própria Selene, mas também sobre o motivo de a mulher estar no Manolita num encontro escuso com nefilins. Ter uma cunhada cartomante tinha que vir com vantagens.

— Cunhada? — Ele colocou a mão sobre o outro ouvido, tentando abafar pelo menos um pouco das explicações que Guido compartilhava com Raul e Mimi sobre quais lugares do território precisavam de maior proteção. — Você sabe quem eu...

— Imaginei. E costumo acertar. — Mesmo com o chiado da linha, o tom convencido de Diana serviu ao menos para dar um tom de normalidade à noite.

— E sabia que ela está noiva? — sussurrou Heitor, ciente de que, no instante em que as palavras saíram de sua boca, a conversa na sala morreu para prestar atenção nele.

O lobo se eriçou, incomodado com o escrutínio.

— Bom, para saber disso basta acompanhar as colunas sociais do *Diário de Averrio*. Agora, cunhado, preste atenção. Por enquanto, não acho que devemos fazer nada. As peças ainda estão se movimentando, há muitas pessoas envolvidas… e *você* parece estar em perigo.

— Todos nós estamos sempre em perigo — resmungou ele, se recostando na parede.

— O Valete de Lanças está mirando em você. — Heitor ouviu um tamborilar do outro lado da linha e imaginou Diana encarando as cartas dispostas numa mesa. — Não sei quem ele é, mas é o valete mais perigoso. E considerando o encontro fortuito que você teve hoje…

— O que *ela* tem a ver com isso? — perguntou Heitor, tentando afugentar a imagem de Selene parada junto ao carro.

— Você não sabia mesmo, não é? Selene está noiva de Ciro de Minet.

— Por que esse nome é familiar?

— Porque ele é o padrinho mais poderoso da máfia do poupa-fera.

Puta merda.

— Heitor. — A voz de Edgar invadiu a linha de repente. — Você prestou atenção no que Guido falou aí?

— Eu ainda não tive tempo de…

— Por enquanto, não é pra fazer nada além de proteger o que é nosso, entendeu? Nada. A gente está voltando e vai responder de acordo quando chegar.

— Mas vocês mal começaram a lua de mel!

— Você sabe que eu não vou ficar aqui parado enquanto minha família tá sob ataque. Vamos chegar aí antes da próxima lua cheia.

Pouco mais de duas semanas, então. Esse era o tempo que Heitor e Guido teriam que sustentar o forte.

— Enquanto isso, tu vai ficar na tua, entendeu?

— Eu sou um lobo adulto, sei me cuidar muito bem — rosnou Heitor.

— Isso eu sei, mas sei também que você deve tá doido pra seguir o rastro dessa saia balançando na frente do seu focinho, e não é hora pra isso. Não até a gente voltar. Deixa que Diana cuida de Selene e o resto a gente lida com a força máxima, em bando. Ouviu?

Heitor não respondeu. Entender o irmão nem sempre significava ser compreendido de volta. E não sabia como explicar isso, quando nem ele próprio conseguia decifrar tudo que lhe rugia no peito. Tinha começado a noite patrulhando o território por puro tédio e, de repente, não apenas a matilha estava em perigo como a mulher que perturbava seus pensamentos estava conectada àquilo.

— Não tô falando isso porque acho que você não dá conta — murmurou Edgar, do outro lado —, mas quando a mãe te botou no meu colo e me mandou correr até ter certeza de que você estava seguro... eu soube que era uma ordem pra vida toda.

Heitor fechou os olhos, aceitando a nova pontada. No grande mosaico de tragédias que compunham os Lacarez, aquela era uma dor que o habitava de um jeito diferente dos irmãos, porque eles tinham memórias da mãe que Heitor jamais teria. Carregava consigo a lembrança de um cheiro e alguns fantasmas de gargalhadas, nada mais.

— Usar a nossa mãe foi covardia, Ed — sussurrou.

— Ninguém joga limpo na hora de cuidar da família.

Heitor colocou o fone no gancho e imediatamente buscou um charuto para mascarar os outros cheiros abundantes na sala. O odor de preocupação da família o atingia de uma forma que embaralhava ainda mais os pensamentos, acuava o lobo. Ser o irmão mais novo sempre significara ser eternamente tratado como um filhote.

— Que conversa toda foi essa? — resmungou Mimi. — A gente sendo atacado e você falando de mulher?

A tia então se aproximou, o farejando e franzindo a testa quando certamente encontrou o perfume de flor. Heitor fugiu do focinho dela, se deixou cair no sofá mais próximo e fechou os olhos, o lobo se encolhendo em meio à cacofonia de perguntas surgindo pela sala.

— Selene Veronis, uma antiga cliente. Eu esbarrei nela por acaso no cassino, hoje. E ela está noiva de Ciro de Minet. Eu não sabia, mas... não importa. Não deve ser por isso que nos atacaram.

— Eu sempre soube que essa sua profissão ia voltar pra morder a gente no rabo! — Mimi começou a andar de um lado para outro, o barulho de seus passos cadenciando sua irritação típica.

— Mas agora a gente já sabe que vai ganhar. Esse tal de Ciro já é chifrudo antes mesmo de se casar, não tem como isso dar certo pra ele. — Guido riu e saltou do sofá para fugir de um tapa de Mimi.

— Isso não é engraçado, moleque! E essa Selene? Por que esse nome é familiar?

— Ela é a mulher que Diana chantageou para ser madrinha do casamento na frente da alta sociedade, mas isso não vem ao caso. Deixa o pivete, Mimi. Esse ataque não é culpa dele — disse Guido.

Mimi continuou reclamando, culpando igualmente todos os sobrinhos e Diana. Guido fez o possível para conter os rosnados da tia, o defendendo como sempre fazia. Heitor se deu o direito de continuar apenas jogado no sofá, lutando contra a sensação de que os últimos ossos de uma carcaça suculenta estavam sendo roubados bem debaixo de seu focinho.

— Bom, de qualquer forma, isso resolve a questão: Guido vai voltar para a destilaria e Heitor fica aqui — disse Raul, interrompendo a discussão. Ele ficou de pé, girando os ombros com uma expressão dolorida. — Não gosto de não retribuir um ataque, mas concordo que é melhor esperar Edgar e Diana voltarem. A lua cheia não tá longe. Enquanto isso, vamos deixar os mais velhos e os filhotes aqui em cima, e amanhã de manhã reorganizamos as patrulhas.

— A fábrica tá com um bom estoque. Vamos vender parte das armas para o mercado ilegal fora de Vera Cruz e usar o dinheiro para comprar alguns favores na cidade — sugeriu Heitor, agoniado pela ideia de não fazer nada. — A gente devia recrutar mais lobos de rua para a matilha, nem que seja preciso fazer um acordo com as matilhas do bairro dos tecidos.

— Eles trabalham para os Montalves e eu não quero a gente nem perto daquela corja da família da sua mãe — argumentou Mimi. — Não é hora de reviver o ódio entre nós.

— Então vai ser mais satisfatório ainda se a gente comprar eles para o nosso lado — disse Guido. — Boa ideia, pivete. Agora vamos, já deu dessas caras de velório. Essa não é nem de longe a pior coisa que já aconteceu a essa matilha, e também não vai ser o primeiro clã de caçador de que a gente vai dar cabo, se insistir em ficar no nosso caminho. Não é, Melina?

— A gente vai acabar com eles! — O rosnado da menina foi fofo o suficiente para trazer alguns sorrisos à sala.

A conversa prosseguiu sem mais debates, apenas decisões práticas para o dia seguinte. Em algum momento, Raul se levantou para levar Melina para a cama. Guido saiu para arrumar as malas, com Mimi em seu encalço.

Heitor ficou largado no sofá, brincando com o charuto entre os dedos enquanto o turbilhão de acontecimentos se assentava como partículas de poeira em um feixe de luz. Soprou um anel de fumaça para cima e o observou crescer e se abrir até se desfazer.

Em meio à fumaça, ainda respirava o cheiro da matilha que amava e que o sufocava, invocando lembranças difusas da mãe e tentando ignorar memórias de outra fêmea em que seria melhor simplesmente não pensar. Alguns odores jamais deixavam o focinho de um lobisomem; estavam sempre no fundo da garganta, como uma lembrança ou uma tentação, ou até mesmo um aviso.

Talvez não houvesse nada que pudesse fazer a respeito de Selene, talvez ela já estivesse perdida para sempre, mesmo que não tivesse relação direta com os ataques. Só que, quanto a todo o resto, Heitor não podia fazer menos, deixar que os irmãos carregassem um peso maior do que ele. As últimas palavras de Edgar ficaram ressoando dentro dele no falso silêncio da sala de uma mansão ocupada por uma matilha grande e barulhenta. As palavras se transformaram num osso que o lobo agarrou e começou a roer. Havia uma sabedoria ali.

Os Lacarez, em toda sua longa história de bandidagem, jamais tinham jogado limpo em situação alguma, e talvez Heitor devesse honrar as tradições familiares.

Esperou os ruídos da matilha se afastarem completamente para o andar de cima e foi até a vitrola. Alguém tinha deixado um disco já no prato e não importava exatamente a música. Heitor esperou que a voz melódica de uma cantora cujo nome não sabia preenchesse o ar da sala esvaziada e foi novamente até o telefone, seguro de que a música disfarçaria o som da conversa.

Precisou esperar apenas três toques até a voz feminina surgir na linha.

— Não importa quem seja, ela não está aceitando clientes no momento.

— E convites para tomar um café com um velho amigo?

Ele ouviu apenas um arquejo surpreso, seguido de palavras abafadas de uma conversa ininteligível, antes de a linha ser desligada do outro lado. Então talvez tivesse que fazer uma visita surpresa.

3

NOIVA

O deslizar do pincel sobre a tela fazia pouco para acalmar Selene. Vermelho, preto, ocre e cobalto se misturavam em um turbilhão, crescendo de dentro para fora, como os problemas que não conseguia resolver.

Família endividada à beira da ruína.

Noivo mafioso quase vinte anos mais velho.

Não tenho mais quadros para vender.

Esses não eram todos os problemas, mas definitivamente eram os mais recentes. O lobisomem safado que havia encontrado na noite anterior e que voltara a invadir seus sonhos contava mais como um problema antigo, que ela preferia empurrar para debaixo do tapete.

Burra, burra, burra.

No passado, teria pulado diante da oportunidade de um encontro fortuito no cassino. Provavelmente, teria passado a noite inteira conversando com Heitor sobre os problemas que se assomavam, se abrindo com ele como jamais fizera com outras pessoas. No presente, estava mais calejada, enterrada mais fundo no casulo protetor que havia construído com todas as expectativas sociais impostas a ela. Já não vivia mais sob a ilusão de que algum dia tinham sido qualquer coisa além de gigolô e cliente.

Ilusão vende bem.

Girou o pincel no eixo, formando uma mancha circular de tom acobreado. Mais algumas pinceladas e a forma se transformou em uma flor, pétalas espetadas, agressivas. Um jeito de dar voz ao que não conseguia expressar.

Por um momento, se permitiu imaginar a obra já terminada, na Galeria do Paço, em destaque contra uma parede de tijolos, com uma luminária de cada lado e a plaqueta embaixo. Bem no cantinho da cena imaginária, recostado na parede, de braços cruzados e com um meio sorriso, estaria um lobisomem, esperando que ela terminasse de falar com todos. Selene teria prazer em ignorá-lo a noite toda.

Ela suspirou, frustrada com a invasão da fantasia. Mergulhou o pincel no pote de aguarrás e pegou outro limpo, de traço mais fino. O sonho não diminuiu o aperto no peito, fez apenas com que a atual situação parecesse ainda mais desesperadora. Aqueles três problemas se colocavam diretamente no caminho de concretizar seu sonho mais antigo, seu plano cuidadosamente traçado.

O caminho para a liberdade era longo, traiçoeiro. Exigia que uma mulher fosse paciente, aprendesse a sorrir quando não queria e se deixasse ser subestimada o bastante para passar despercebida quando queria. Selene dançara conforme a música a vida inteira para poder viver o próprio espetáculo no privado. Ela só precisava de mais alguns anos bancando a boa moça, apenas o suficiente para que o pai fosse reeleito e cumprisse o segundo mandato como prefeito de Averrio, ficando pronto para alçar outros voos na carreira política. Mais alguns anos e ela poderia oficialmente inaugurar a vida de madame solteirona e excêntrica.

— Que coisa horrorosa é essa, minha filha?

O tom agudo da voz da mãe entrou no quarto junto de passos apressados. Selene fechou os olhos e inspirou fundo. Não era um bom dia para uma briga. Nunca era.

— Estou fazendo um estudo de técnicas impressionistas para propor como exercício aos alunos da universidade.

A desculpa saiu fácil, bem mais suave que o pincel na tela. Pintar mentiras fora uma arte dominada muito cedo.

— Eu ainda não acredito que você aceitou dar essa matéria na universidade sem receber nada por isso.

— Foi um pedido feito especialmente pela esposa do diretor, mamãe, e você sabe como é bom fazer favores para a Sra. Ferrar.

— Favores para aristocratas... sim, sempre bom... não quer dizer que você tenha que gostar. Você não é tão boa pintora, mas tem habilidade para pintar coisa melhor, e certamente não gosta disso aí.

Mas eu gosto. E sou boa, sim.

— É verdade, mamãe — respondeu, tranquila, enquanto tentava contornar mais uma flor com um traço fino de tinta branca.

— Agora, largue isso. Tenho certeza de que seus alunos conseguem imitar esse monte de tinta jogada na tela. Temos um assunto muito mais urgente a tratar.

O som das portas do guarda-roupa sendo abertas fez Selene suspirar. Resignada, afastou o pincel da tela para não causar nenhum borrão. Seria de se pensar que uma mulher que dava aulas na universidade e era a responsável por organizar o desfile de carnaval da cidade, que era a atual presidente do Clube das Boas Damas, teria a autonomia de escolher a própria roupa. Ela se virou de lado o suficiente para ver os vestidos no armário serem vasculhados.

Não é um bom dia para uma briga.

— Esta noite precisa ser perfeita, você sabe. Todos eles vão estar lá.

— Nossos novos amigos. — Selene sorriu, ciente de que a mãe não repararia no tom seco de sua voz. Prestar atenção no que a filha dizia não era um dos talentos de Mirna Veronis.

— Você precisa estar absolutamente perfeita. Precisa deixar seu noivo encantado, tanto quanto precisa mostrar às outras mulheres que está pronta para assumir a sua futura posição.

— Primeira Dama do Crime? Realmente, um título muito sonoro.

— Muito mais do que o de artista pobretona cujo pai foi preso por dívidas em jogos ilegais.

Não havia como contra-argumentar aquela afirmação.

— Agora, vejamos. Onde está aquele cor de creme que encomendamos na semana passada? — perguntou Mirna, arrancando alguns vestidos do cabide sem cerimônia.

— Não foi entregue ainda.

Selene havia usado o pano daquela coisa horrenda para limpar pincéis.

— Bom... Ah, esse é muito bom. Você já usou uma vez, num jantar do clube, mas não tem problema. Os De Minet provavelmente ainda não viram.

Mirna ergueu o vestido rosa-claro, que era mesmo bonito; Selene o havia comprado sozinha.

— Claro que não viram, eles não frequentam os mesmos lugares que nós.

— O que é justamente a nossa salvação. Nós somos a porta de entrada deles para a alta sociedade, e eles são a nossa tábua de salvação para fugir da falência.

Falência essa que poderia ter sido evitada se papai apenas tivesse um pouco mais de autocontrole. Selene mordeu a língua para conter a resposta. Desde que havia ficado noiva, todas as conversas sobre os De Minet corriam naquela mesma toada, sobre como ambas as famílias se beneficiariam muito do casamento. O fato de que o amado prefeito de Averrio, Matias Veronis, não deveria precisar de salvação de dívidas de jogo ficava convenientemente esquecido.

Como se convocado por seus pensamentos, o pai apareceu dando batidinhas na porta entreaberta. Entrou com duas gravatas na mão, já as estendendo para que a esposa escolhesse a melhor, e Mirna não perdeu tempo em socorrê-lo. Selene observou a cena. Aqueles costumavam ser momentos ternos, cheios de uma cumplicidade familiar e calorosa que a embalavam quando era criança. Mirna e Matias haviam parecido o casal perfeito quando ela era menina, de uma sintonia única na qual, dentro de casa, ela mandava e ele obedecia, e, fora do lar, ela o fazia brilhar não importava a ocasião. No momento, contudo, Selene se sentia apenas uma observadora, uma peça no mundinho dos pais.

— Preparada, pequena? — perguntou o pai. — Esta noite seremos apresentados ao resto da… da…

— Das amizades mais íntimas de Ciro de Minet — completou Mirna.

— Exatamente.

— Um jeito muito bonito de falar da cúpula dos padrinhos do poupa-fera. — Selene sorriu. — Sim, estou preparada.

— Ah, Selene… eles não são tão ruins — disse Matias, a voz meio estrangulada enquanto Mirna apertava o colarinho da gravata escolhida.

Verdade, ruins eles seriam se estivessem obrigando um respeitável pai de família a casar a única filha com um velho como forma de quitar as dívidas de jogo dele. Ah, não, espera… Com mais esse pensamento engolido antes que se transformasse em palavras, Selene se virou novamente para a tela. Uma alegria que durou pouco.

— Você ainda não soltou esse pincel, minha filha? Sabe, não vai poder agir assim depois do casamento. Vai precisar conversar com seu marido sobre trabalhar tanto, ou sobre pintar essas atrocidades.

Selene mordeu a bochecha, pousou o pincel dentro do pote de terebintina e se virou novamente para a cama, onde várias roupas estavam estendidas. A mãe ajeitava todas elas, testando combinações.

O pai continuava pairando na entrada do quarto, observando tudo com a ansiedade característica de quem estava atento ao último recurso para sobreviver. Era nisso que eles a haviam transformado, num recurso a ser utilizado.

— Vejamos... Acredito que, em vez do rosa, melhor esse preto aqui. Todo mundo fica bem de preto, não corre o risco de destoar das outras pessoas no jantar. Sinceramente, espero que a primeira coisa que a gente possa fazer por todas aquelas pobres almas seja apresentá-las a boas modistas... Selene, você está me ouvindo?

— Pode escolher tudo.

— Selene, esse noivado precisa dar certo. — Matias entrou mais no quarto, esfregando as mãos nervosamente. Uma camada fina de suor começava a se formar em sua testa, logo abaixo das entradas do cabelo crespo que eram o princípio de uma careca brilhante. — Eu sei que não é o ideal, que não é o que você sonhou, mas todos nós precisamos fazer a nossa parte por essa família, não é? Se você não fizer isso... vamos ter que fechar a confeitaria de sua mãe, minha carreira política estará arruinada para sempre... isso, se eu der a sorte de não ser preso.

Tanto o pai quanto a mãe a encararam, ambos se permitindo uma rara demonstração de desânimo. Sem o peito inflado de político e o nariz em pé de madame, Matias e Mirna se pareciam mais com os pais de sua infância, de uma época em que a carreira política ainda não suprimira toda a espontaneidade do lar dos Veronis. A mera lembrança daqueles tempos trouxe de volta toda a culpa acumulada ao longo do último ano. Primeiro, por ter colocado todos em risco com suas aventuras com Heitor — a verdade era que os pecados do pai não eram o único trunfo dos De Minet contra eles — e, em segundo, por se ressentir da tarefa imposta, como uma péssima filha.

Selene deixou os ombros caírem também, procurando uma boa resposta enquanto a sensação de ingratidão a corroía por dentro. Não que quisesse simplesmente sumir e abandonar os pais à própria sorte;

só queria poder viver a própria vida sem que toda a salvação da família repousasse em suas costas. Ao longo da vida, a ascensão política do pai significara também uma pressão cada vez maior por performances perfeitas, por uma moça perfeita, e os olhares afetuosos da mãe foram aos poucos sendo substituídos por críticas constantes em nome do quadro de família modelo. Ela chegou a abrir a boca para reafirmar o compromisso de fazer o melhor que podia, para tentar tranquilizar os dois e quem sabe ganhar um abraço carinhoso, como os de tantos anos atrás, ou um mínimo de aprovação que fosse. Mas o momento se quebrou. Mirna inspirou fundo e falou antes que Selene pudesse se manifestar.

— Ela já sabe de tudo isso! E vai cumprir muito bem o papel dela, como eu ensinei.

Culpa e frustração giraram num redemoinho furioso dentro do seu peito. Talvez fosse mesmo uma péssima filha por ainda desejar a liberdade em meio ao buraco em que estavam presos. Talvez fosse uma pessoa ruim por querer a versão antiga dos pais de volta. E talvez ser alguém horrível fosse a única forma de conduzir a família por aquela tempestade. Selene se retraiu em resposta, empurrou de novo todos os sentimentos para o fundo e ajeitou a postura.

— Por isso mesmo vou confiar na senhora e usar o que achar melhor, mamãe — respondeu Selene, mordendo a bochecha de novo até sangrar.

O caminho da liberdade era longo, o caminho da liberdade tinha gosto de sangue. E não era um bom dia para uma briga porque uma briga gastaria tempo e energia que Selene precisava para tentar encontrar uma solução que salvasse a todos eles. Iria ao jantar, sorriria para os mafiosos e contornaria a situação. Exatamente como vinha fazendo a vida toda.

Uma batida na porta precedeu a aparição da governanta dentro do quarto.

— Telefonema para a senhorita.

Selene atendeu no telefone que ficava no grande hall do andar de cima da mansão, cercado por portas entreabertas. Mal ergueu o fone e ouviu uma voz fria e familiar.

— Não importa o que você faça, não se case. Você está em perigo.

— Diana?

Tão logo disse o nome, viu a cabeça da mãe aparecendo para espiar pelo vão da porta. Selene lhe deu as costas e sussurrou:

— Um telefonema no meio da sua lua de mel para me ameaçar é outro nível de perturbação.

— Muito engraçadinha. Eu tiro um tempo do meu dia atribulado para avisar que você corre sério risco com a família desse seu noivo saído do bueiro e é isso que recebo em troca.

— Você não pode estar falando sério. Me diz logo o que quer.

Sua relação com Diana no último ano consistira em uma série de breves encontros para manter a aparência de amizade perante a sociedade, e ocasionais trocas de informações. Havia dias em que Selene quase conseguia esquecer a chantagem e o quanto lidar com Diana podia ser difícil. E havia dias em que mensagens estranhas chegavam inesperadamente.

— Eu quero manter minha querida amiga segura, apenas isso.

— Nunca é apenas isso com você.

— Olha, não precisa acreditar, mas, se pensar um pouco, vai perceber que eu nunca menti para você. E estou realmente ocupada, voltando depressa para Averrio. Faça o que quiser com esse aviso, mas você está em perigo com os De Minet e vai precisar escolher rápido com que fera vai jogar.

Então a linha ficou muda, sem mais explicações nem despedidas.

A família De Minet tinha dinheiro, sobre isso não havia dúvidas. A fortuna se fazia escancarada pela mansão suntuosa, pelos quadros enormes espalhados pelo hall de entrada, pelas estátuas folheadas a ouro a cada poucos passos. Bom gosto, contudo, não era algo que se pudesse comprar. Muito menos uma linhagem respeitável.

Foram recebidos pela matriarca da família, futura sogra de Selene. Leda de Minet era uma mulher alta e esguia, com um queixo quadrado que lhe conferia um ar escultural, mesmo com as rugas adornando o contorno dos olhos e os fios grisalhos entremeando o cabelo crespo escuro quase do mesmo tom de sua pele. Selene imaginava que a mulher tinha sido uma beldade antes que a crueza da vida houvesse deixado sua expressão aparentemente congelada em uma carranca, em um ar de desagrado constante com tudo e todos.

Leda os cumprimentou com o mínimo da boa educação, indicou a Matias onde os homens o aguardavam para tratar de negócios, e levou Selene e Mirna para a sala onde as mulheres estavam reunidas. Ao adentrarem o espaço, tão rico e brega quanto o corredor, foram envolvidas por senhoras e jovens ansiosas por conhecê-las, e os anos de treinamento para dominar as artes sociais se encarregaram de dar conta do resto.

Eram nomes e sobrenomes que não significavam nada, mas desejavam se elevar acima dos demais. Expressões ambiciosas, algumas ingenuamente esperançosas, e ainda outras cheias de orgulho tolo.

— Eu me chamo Darla Herel, dos Herel que apadrinham as bancas do bairro dos metalúrgicos — disse uma mulher baixinha cheia de pérolas.

— Boa noite, Selene! Posso te chamar de Selene? Eu sou Giulia Parreira, e essa é minha filha Camila, vocês são quase da mesma idade.

Sonias, Rosas, Vilmas. E outros tantos sobrenomes e bajulações. Selene sorriu e afagou o ego de todas a quem a sogra lhe apresentava.

— Esta é minha prima, Gilda de Cromm. Assim como os De Minet, os De Cromm vêm de uma família de caçadores — disse Leda ao finalmente chegarem na última mulher idosa da longa fila de apresentações.

O tom de orgulho inconfundível causou alguns olhos revirados às costas das duas mulheres. Sua mãe não pareceu perceber, mas Selene guardou o gesto e os rostos com interesse.

— Que bom que pudemos dar as boas-vindas a vocês — disse Gilda. — Apesar de tudo, os Veronis não têm descendência verdadeiramente nobre, não é? Não como os caçadores...

Mirna arregalou os olhos diante da ousadia, ao passo que Leda abriu o primeiro sorriso genuíno até então. A senhora Gilda de Cromm parecia quase ansiosa para começar uma discussão. Em uma rara ocasião em que Mirna pareceu não saber o que fazer, pois no Clube das Boas Damas ninguém jamais teria sido tão direto, Selene tomou a dianteira, inspirando fundo para fazer brotar o sorriso vencedor de campanhas eleitorais herdado do pai.

— Ficamos muito felizes com essa recepção tão calorosa, já me sinto muito à vontade entre tantos rostos amigáveis. — Selene então se adiantou e tocou o tecido rendado nos ombros de Gilda. — E já que estamos todas tão à vontade, permita-me dizer o quanto adorei o seu xale. Está vendo que trabalho rico em detalhes, mamãe? É importado, imagino, de além-mar? A senhora precisa compartilhar conosco onde conseguiu essa preciosidade. Vocês podem imaginar como estou animada preparando o meu enxoval para o casamento.

Com mais um sorriso na direção das outras damas, Selene abriu o leque que trazia amarrado no pulso e se abanou com afetação, forçando a voz a ficar mais aguda.

— É tão empolgante, não é? Se preparar para um casamento!

E, com isso, a sala se agitou novamente com todas as outras competindo por espaço e atenção. Selene não deixou de perceber o brilho insatisfeito no olhar da futura sogra e sua prima, mas já era tarde para que elas retomassem o domínio do momento.

Tecnicamente, Gilda não estava errada. Desde a fundação de Vera Cruz, os Veronis tinham crescido pelo caminho da política, enquanto outras famílias tinham feito fortuna caçando e escravizando não humanos. Os Veronis haviam sobrevivido ao longo das décadas pelo poder de uma boa conversa e, se a falta de educação das duas senhoras havia servido de alguma coisa, fora para mostrar a Selene que poderia contornar aquelas pessoas. Era exatamente como no Clube das Boas Damas, apenas com menos elegância — muito menos.

Então, empregados entraram servindo bebidas e petiscos, e aos poucos as mulheres se separaram em pequenos grupos de conversa. Selene buscou circular por todos, em parte para cumprir o papel que lhe fora designado, em parte para esconder a agitação com a demora dos homens em se juntarem a elas.

Aproveitando-se de um momento de distração coletiva quando uma das senhoras mais velhas encurralou sua mãe a compartilhar uma das receitas de sucesso da confeitaria, Selene se permitiu a quebra do decoro e se afastou na direção do corredor para tentar se distrair com as pinturas. Os De Minet faziam questão de exibir um suposto apreço pelas artes, mas ela teria abandonado rapidamente a observação daquelas obras se uma gargalhada alta e familiar não tivesse interrompido o silêncio do corredor. Seu pai estava rindo atrás de alguma porta próxima. E não era uma risada qualquer, se o conhecia bem. Ele estava rindo de nervoso.

Selene olhou para os lados, considerando as opções. Ouvir atrás da porta não era lá a maior das aventuras, e que mal havia em se inteirar dos negócios da família? Ajeitou o vestido, observou os arredores de novo e percorreu o corredor até encontrar a porta com uma única fresta aberta por onde vazava a gargalhada ansiosa de seu pai.

— Então, estamos acertados — disse uma voz masculina abafada.

— Ora, ora, sempre estivemos. Dei a minha palavra, não dei? — respondeu Matias, usando sua voz oficial de prefeito, contente e confiável.

— A palavra falada é boa, mas o senhor sabe o valor da palavra escrita, não é? Afinal de contas... — disse outro.

— Vale o escrito. — Completou um terceiro.

— Mas os amigos sabem... — retomou o pai dela num tom mais sério, mais baixo. — Há garantias que eu... simplesmente não posso...

— Tudo no devido tempo. Sabemos que vamos poder contar com sua habilidade política na hora certa. Ou com o seu desespero. A vida ensinou todo mundo aqui que o pavor motiva muito os homens, e os monstros também.

Selene levou a mão à boca. De repente, o aviso de Diana não parecia tão distante da realidade.

— E quanto a Selene? — perguntou Matias, depois de um tempo em silêncio.

— Se você cumprir com a sua parte, ela estará segura. Não faríamos nada a uma dama, e muito menos uma de quem Ciro parece gostar de verdade. Ele admira muito o talento dela e afinal já até...

Ele não terminou a frase. Selene sentia o coração na garganta. A voz insuportavelmente arrogante de Diana repetia a palavra *perigo* no fundo de sua mente. *Já até o quê? Diga!*

A conversa mudou lá dentro e os homens começaram a discutir terrenos e desapropriações. Negócios, negócios. Ouviu o pai abraçar a mudança de assunto com ânimo renovado. Os homens precisavam aprender a fofocar. Um minuto a mais de fofoca a teria feito uma dama bem menos ansiosa.

Imaginando diversas possibilidades, cada uma mais esdrúxula que a outra, Selene continuou parada junto à porta, meio ouvindo e meio procurando por vias que pudesse explorar. Até ser alarmada pelo ranger de outra porta. Com medo de ser pega, lançou-se à parede oposta do corredor e fingiu estar tão distraída pela tela horrorosa pendurada ali a ponto de não se dar conta dos passos vindo em sua direção.

— Conhece os trabalhos de Jean de Minet, Selene?

Virando-se para o lado, encontrou Ciro, seu noivo, a encarando com um sorriso sereno. Ela sorriu de volta, treinada desde muito nova para sempre apresentar a melhor versão de si e esconder qualquer emoção que não fosse absolutamente agradável.

Ele parecia ter feito um esforço especial para se arrumar naquela noite, encaixando o corpo largo e forte em um terno preto feito sob medida. A pele marrom tinha um tom mais claro que o da mãe, o cabelo crespo preto cortado bem rente à cabeça emoldurava em linhas retas um rosto de traços angulosos, e o bigode aparado em uma linha fina complementava a tentativa de polimento. De fato, não era um pretendente ruim de se olhar, apesar de ser tão mais velho do que ela, como uma escultura que Selene poderia apreciar de passagem numa galeria.

Todas as interações entre os dois haviam sido corteses. Ciro sabia ser educado com uma dama. Era a frieza extrema que a desconcertava. Os sorrisos quase não alteravam a expressão do rosto, nunca alcançavam os olhos pretos, dois buracos insondáveis — completamente diferentes dos de Heitor, que pareciam carvão sempre prestes a explodir em brasas e envolvê-la em chamas.

Abanando o leque para afastar o pensamento intruso, Selene sorriu e acenou com a cabeça.

— Boa noite, Ciro.

Tratá-lo pelo nome arranhava na garganta, soava inadequado. Na verdade, tudo nela parecia inadequado perto dele. Selene estava acostumada a ler as pessoas e entender o que esperavam dela, antever a melhor forma de agir e de agradar, contornar suas expectativas, se necessário. Ciro, no entanto, a encarava com cortesia e inexpressividade, como alguém que não esperava nada dela — isso a assustava tanto quanto a frieza do olhar. Pessoas que não deixavam claro seus desejos eram mais difíceis de manipular.

— Creio que o senhor já o mencionou antes, mas eu ainda não havia tido a oportunidade de ver o trabalho dele. — Ela se virou novamente para a tela. — É seu antepassado, correto? O primeiro a vir para Vera Cruz?

— Exato. Ele foi um homem importante na Conquista.

Nas invasões, ela o corrigiu mentalmente antes de emendar com uma pergunta educada:

— E ainda teve tempo de pintar tantos quadros?

Ciro riu. Um som baixo e discreto.

— Ele aderiu à arte apenas na aposentadoria. Essas telas foram pintadas na época da construção de Averrio, quando ele já estava aposentado e os filhos haviam assumido os negócios. Reconhece a história retratada? Ele testemunhou tudo isso.

Dando alguns passos para trás a fim de ver as outras obras em conjunto, Selene observou a sequência. Bandeirantes desbravando matas, mulheres de pé sobre carcaças de filhotes de lobos, nefilins batendo as asas amarrados a carroças em terra, chifres de faunos empilhados, caudas de sereias apodrecendo e muitos outros vestígios de feras já extintas. A penúltima tela era a mais marcante, embora fosse a mais estática: mostrava um evento histórico conhecido por todos. Um caçador e um vampiro, cada um segurando uma das orelhas da cabeça decapitada de um lobo. Não sabia exatamente qual era a alcateia daquele lobo, muitas haviam sido dizimadas, mas sabia a ocasião retratada: o dia da rendição dos lobisomens, as últimas criaturas a serem dominadas.

Engolindo em seco, sentiu algo afundar no peito. Pensou em Heitor de novo e logo tratou de deixar de pensar. Não deveria, claro, se preocupar com o safado. Como o último ano havia demonstrado, os Lacarez eram perfeitamente capazes de se protegerem de inimigos, tendo dizimado um clã de caçadores inteiro ao longo de sua escalada social ao redor do casamento de Diana e Edgar. Não podia esquecer também que ela havia sido usada como alavanca naquele golpe. Permitir-se pensar demais em Heitor havia sido justamente o que a colocara em posição de ser chantageada por Diana; ele não merecia ocupar tanto espaço em sua mente. Principalmente quando deveria estar preocupada com o fato de que estava formalmente vendida e presa a outro bandido.

Com essa determinação, Selene passou a observar de verdade a tela que estivera fingindo analisar, a que mais se diferenciava das outras. Apesar das pinceladas e dos tons escolhidos complementarem as demais, o tipo de cena se destacava. Ainda havia uma boa dose de violência estática, explícita nas asas e chifres e patas empilhados em um monte sangrento ocupando o fundo. Porém, não havia luta. Ali, os caçadores estavam reunidos, apontando para uma roleta de madeira com bolinhas coloridas saltando sobre os sulcos entalhados nela, terminando em números. Então entendeu.

— É o poupa-fera, não é? A origem do jogo?

— Quase isso. A tradição é muito mais antiga, veio de além-mar. Quando chegamos a Vera Cruz, os caçadores foram essenciais para garantir a segurança dos humanos, você sabe.

— Hm.

— Bem, e a caça, por mais nobre que seja, era uma atividade de subsistência. Caçadores também precisavam manter suas famílias confortáveis e bem alimentadas, e, na época, os nobres recompensavam em dinheiro por cada monstro abatido. Só que cada raça de monstro tinha um valor diferente, dependendo da dificuldade para matar a criatura e de qual material precioso poderia ser retirado da carcaça… Eram doze clãs de caçadores, e muito mais bestas do que isso… mas um bicho-papão não pagava quase nada, ao passo que as asas de um monstro superior, como um nefilim, valiam muito. Todos os clãs queriam ir atrás dos mais valiosos, e isso criou uma disputa grave entre as famílias. Os esforços que deveriam ter sido direcionados a eliminar os monstros começaram a ser desperdiçados em brigas inúteis entre humanos. Terrível, não?

Selene não respondeu, não acreditou que fosse preciso. Era raro que Ciro falasse tanto de uma vez só, e parecia uma boa oportunidade para quem sabe descobrir algo sobre ele.

— Então, para evitar que os clãs se dizimassem em disputas, eles resgataram uma antiga brincadeira de criança dos caçadores de além-mar, que aqui ficou conhecida como o poupa-fera. Cada chefe de clã escolhia um número e girava-se a roleta com pedrinhas diferentes representando as raças de monstros. As pedrinhas dentro dela se agitavam e, quando paravam, caía uma pedrinha em cada número. Com isso, ficava definido qual raça de monstro cada família sairia para caçar naquele mês.

— Não vejo como isso *poupava* as feras...

Ciro riu e, daquela vez, havia um tom real de humor por trás.

— É uma piada, esse nome. Em Vera Cruz, os monstros sempre foram mais numerosos do que em qualquer outro lugar do mundo. Então, como se sorteava o que cada um ia caçar, as feras que não eram sorteadas ficavam poupadas... naquele mês. No mês seguinte, a sorte agia novamente. Com o tempo, é claro, liquidamos muitas das raças inferiores. Não poupamos nenhuma que não tivesse ao menos um resquício de inteligência, e são com essas que convivemos ainda hoje, depois de termos sido obrigados a assinar a paz.

Sentindo-se levemente nauseada, Selene usou sua observação da tela para disfarçar o desprezo repentino que sentiu pelo noivo. E, junto do nojo, veio também o medo. Se Ciro soubesse que tipo de atividades ela costumava fazer com um lobisomem, talvez desfizesse o noivado no mesmo instante, e não de um jeito que seria vantajoso para ela ou mesmo seguro para os pais.

Estava caminhando na corda bamba, mas tinha um papel a cumprir até conseguir escapar.

— O jogo mudou com o tempo para se tornar mais prático. E logo se tornou também mais acessível para as massas. O povo de Vera Cruz é muito afeito a jogos de azar... — comentou Ciro, se distraindo por um momento com a tela. Então, se voltou para Selene com um brilho estranho no olhar. — E você? Gosta de brincar com a sorte?

— Ah, não... — Ela forçou uma risada. — Não sou particularmente interessada em jogos, na verdade. Eles me entediam.

— Não herdou o vício de seu pai, então. É algo reconfortante de ouvir a respeito de uma noiva. Não adiantaria muito ser linda como você é se tivesse a mente fraca de Matias, certo?

Abrindo o leque, Selene sorriu de lado para Ciro e meneou a cabeça. Ofensiva ou não, a afirmação não deixava de ser correta. E se aquele pequeno ataque era um teste para medir sua reação, o noivo estava prestes a descobrir que ela havia sido criada em meio ao pior que a alta sociedade tinha a oferecer: os elogios nada elogiosos das damas invejosas. Então ela o encarou por cima do leque.

— Também é reconfortante ouvir do meu noivo que ele me acha linda. Parece que já estamos nos dando bem, não é mesmo?

Ciro a observou dos pés à cabeça, então ergueu uma sobrancelha para a porta do outro lado do corredor, onde ela estivera bisbilhotando momentos atrás. Ele se aproximou e colocou a mão na cintura dela, empurrando-a suavemente de volta pelo corredor por onde Selene havia vindo.

Quando alcançaram a beirada da sala onde o burburinho das mulheres conversando já podia ser ouvido, pararam, e o toque de Ciro deslizou para cima, até se tornar um aperto firme no braço de Selene.

— Se a sua intenção for que continuemos a nos dar bem, sugiro que se mantenha longe dos meus negócios. Não se esqueça do que eu sei sobre você, do tipo de companhia que costumava ter. Com esse noivado, estou comprando um acessório bonito para carregar no braço e me abrir portas que o sobrenome De Minet não abre, apenas isso. Estamos entendidos?

Ainda abanando o leque suavemente, mantendo firme o sorriso, Selene concordou com a cabeça.

— Ah, fique tranquilo, ser bonita é o que eu faço de melhor.

Afinal de contas, mesmo os acessórios mais deslumbrantes podiam ser muito afiados.

A palavra "querida" já tinha um gosto enjoado na boca depois de uma noite inteira a balançando como uma bandeira no meio de tantas pessoas nada queridas. Depois de algum tempo, os homens haviam se juntado às mulheres na sala, mesclando mais os grupos de conversa e demandando mais da simpatia de todos os Veronis.

Em algum momento do jantar, Selene havia se transformado numa querida também, atendendo prontamente a qualquer uma que a chamasse daquela forma e sempre devolvendo a cortesia polida e distante. O sorriso congelado, as respostas delicadas brotando por conta própria de tanto repeti-las. Elogios vazios lhe ganhavam olhares de aprovação da mãe, a frivolidade deixava o pai à vontade, na segurança de que ela não causaria problemas, e as risadinhas traziam um sorriso condescendente ao rosto de Ciro. O papel de moça perfeita, praticado desde sempre, caía tão bem, talvez fosse mesmo uma querida, uma moça cujo nome não precisava ser lembrado.

Havia apenas duas pessoas que aparentemente havia falhado em conquistar. A futura sogra a encarava constantemente com desdém, o lábio erguido em um dos cantos realçando as rugas do rosto sem maquiagem. Nenhum dos truques habituais de Selene havia funcionado com Leda de Minet, de modo que se resignou a voltar a travar aquela batalha mais tarde. Senhorinhas mal-humoradas não a preocupavam.

Mas havia uma outra mulher.

A dama em questão não lutava por sua atenção, como as outras, e se calava quando estavam na mesma roda de conversa. Foi preciso que se passasse a maior parte do jantar para Selene perceber que a mulher de pele clara e cabelos ruivos nem mesmo havia se apresentado a ela ou sido apresentada por alguém. Em geral, parecia preferir cochichar por trás de um leque de penas brancas no ouvido de um senhor baixinho e mais velho — muito mais velho.

— A diferença de idade deles é um pouco... demais, não é? — sussurrou uma moça ao seu lado, em determinado momento.

Era filha de um dos padrinhos, uma garota bonita que infelizmente tentava se arrumar com exagero. Selene talvez fizesse um gesto de boa-fé e se oferecesse para levá-la à modista durante a semana. Se a memória não falhava, o nome era Camila.

— Mas suponho que Escafurinha já esteja naquela idade em que apenas não se importa — continuou a menina, satisfeita de obter a atenção de Selene. — Todos avisaram que se casar com uma ex-prostituta de luxo não o ajudaria a ser bem recebido na elite. E sabe o que ele disse? Que a alta sociedade poderia enfiar as boas-vindas no... bom, naquele lugar.

Apesar de soar apropriadamente escandalizada, a garota sorriu com diversão. Selene conteve um sorriso.

— Camila, não é? — O rosto da garota se iluminou ao ser lembrada. — E ele tinha uma esposa antes?

— Ah não, Escafurinha é padrinho das antigas. Tinha um caso em cada bairro. Até conhecer Pombinha.

— Pombinha?

— É como ele a chama. Dizem que ele não quer que as pessoas se lembrem do nome... profissional dela. — Camila deu de ombros. — Não que alguém se esqueça do que ela é. Era. Ouvi minha mãe comentar que ela era chamada a atender até os aristocratas, e que Escafurinha na verdade só gosta é de ter tirado um brinquedo dos homens de sangue azul. Afinal, ninguém se apaixona de verdade por uma prostituta, não é?

Selene conteve um suspiro e meneou a cabeça em uma concordância vazia. *Você se surpreenderia, garota.* Ao se virar para observar o casal novamente, percebeu que Pombinha a observava com um olhar indecifrável. Claramente havia algo ali que precisava descobrir.

De rabo de olho, espiou a escolha de trajes mais do que questionável de Camila, e chegou à conclusão de que poderia mesmo fazer uma boa ação. Puxou novamente o melhor dos sorrisos Veronis.

— Camila, gostaria de ir à Maison comigo essa semana?

4

TEIAS

Heitor saiu da fábrica ao meio-dia. O trabalho ali não era ruim, ele até gostava. Tinha lá seu jeito com os números e também com os operários, principalmente depois de se tornarem os maiores empregadores de monstros da cidade. Não era tão diferente das operações de caixa do contrabando da cachaçaria e das apostas de rinha, no final das contas, mas o lugar era barulhento e abafado, e por vezes o lobo ficava acuado e desejava um pouco da liberdade de antes.

Heitor era um cão vagabundo em quase todos os sentidos.

Dirigiu até os limites do bairro dos metalúrgicos, onde as fábricas davam lugar às moradias baratas dos operários, e de lá seguiu a pé para a região central da cidade, como convinha a um vira-lata. Nada poderia arrancar dele o conhecimento de ter sido criado nas ruas, seguindo os irmãos de um canto a outro para aprender a se virar na pior época da matilha Lacarez.

Era impossível não pensar naqueles dias enquanto se esgueirava por entre os becos para alcançar o distrito dos açougueiros, perto do centro de Averrio. Assim como naquela época, precisava evitar as criaturas de olfato bom que poderiam delatá-lo, fosse para os inimigos ou para a própria família. Aquela região servia como uma grande feira a céu aberto, vendendo carnes, vegetais e outros produtos vindos do interior. Era uma área majoritariamente humana, porque mesmo entre os humanos havia os pobres e desgraçados que se ajuntavam e se permitiam dominar por pessoas mais poderosas. Ainda assim, faunos e fadas habitavam todos os cantos da cidade, e aqui e ali passava algum, trabalhando duro.

Não encontrou olheiros na rua nem farejou qualquer arma de fogo em meio ao aroma tentador de carne crua sendo anunciada em cada esquina. A hora movimentada afastaria ações ofensivas e talvez o ajudasse a passar despercebido, embora ele duvidasse de que o território estivesse desprotegido, principalmente se os boatos fossem verdadeiros.

O Pouso da Jacutinga era o prédio mais bem conservado da região, embora não tivesse sido sempre assim. Uma faixada antiga, remontando ao período colonial, pintada de amarelo e branco, não tinha placa que indicasse a natureza dos negócios do estabelecimento. Apenas os dois faunos enormes de segurança na entrada principal, farejando e encarando todos que entravam, indicavam que algo de especial talvez acontecesse ali dentro.

Heitor deu a volta na esquina e entrou no beco sem movimento Com um salto por cima do muro, se colocou para dentro do terreno do bordel. A área externa dos fundos estava cheia de varais com roupas penduradas, lençóis, lingeries, peças de couro e outros itens criativos usados pelos residentes do local. Ele se esgueirou pelo labirinto de roupas, com ouvidos e focinho atentos a qualquer sinal de mais alguém ali fora.

Fazia muito tempo que não ia até lá, mas ainda se lembrava bem da planta.

A porta dos fundos dava para a cozinha, onde reconheceu duas risadas femininas, fofocando sobre um caso qualquer da noite anterior. Parando um último momento para tirar a boina e pentear os cabelos para trás, Heitor entrou de repente, antes que o olfato das duas denunciasse sua presença.

— Ficarei extremamente ofendido se nenhuma das duas tiver sentido a minha falta — disse ele, sorrindo de lado e apoiando um braço no batente.

As duas faunos soltaram gritinhos surpresos e logo depois exclamações animadas, sobrepostas pelo barulho dos cascos batendo no piso, ao se aproximarem para um abraço. Celinha e Gigi já estavam no ramo da prostituição muito antes de ele ter começado e haviam sido colegas gentis num meio competitivo. Em troca, ele as protegia de tempos em tempos. Quando algum cliente humano achava que podia mais do que tinha pagado, Heitor fazia questão de garantir que sofressem acidentes misteriosos e fatais no dia seguinte.

— Seu vagabundo, nunca mais nos visitou!

— É porque agora ele é rico e importante, não tem mais tempo para nós, seres da sarjeta.

Ele riu e levantou as duas ao mesmo tempo num abraço rápido. Elas já não eram mais tão jovens, mas mantinham a mesma disposição animada de sempre, se sacudindo no ar ao serem erguidas.

— Um vira-lata nunca fica muito tempo longe da sarjeta, vocês sabem. — Piscando um olho, ele as soltou e deu uma volta pela cozinha. Assobiou baixinho. — Fizeram uma bela reforma aqui, hein.

— Os negócios vão muito bem.

— É mesmo? Não é por causa de um novo patrocinador que a madame conseguiu?

As duas se entreolharam, os laços amarrados nos chifres balançando suavemente com o movimento. Por fim, sorriram sedutoramente.

— A madame saiu da vida, como você — disse Gigi.

— Já faz bastante tempo que a gente não sabe dela.

— Ah... e quem administra o Pouso agora? Talvez eu esteja interessado em investir.

Elas não responderam. Celinha levou o dedo ao laço num dos chifres para enrolar a fita nervosamente, Gigi ficou trocando o peso entre os cascos. Havia uma abertura a ser explorada. Heitor se aproximou de novo até estar bem perto das duas. Devagar, deixando que vissem o que estava fazendo, puxou a carteira do bolso e tirou um maço generoso de cruzados.

— Vamos fazer o seguinte: vocês não precisam me responder nada, só vão me deixar passar sem alarde enquanto eu faço uma... visita de recordação ao Pouso. Em nome dos velhos tempos... E quem sabe de negócios futuros. Que tal?

Celinha agarrou o maço para contar as notas. Depois de se dar por satisfeita, deu metade a Gigi e sorriu para Heitor.

— O último quarto do corredor do terceiro andar está mudado, ganhou atenção especial na reforma.

Ele piscou um olho para elas e seguiu em frente.

Por dentro, o Pouso havia mudado pouco, embora estivesse claramente renovado. Por trás de portas fechadas, todo tipo de som sugestivo o alcançava, e, através de portas abertas, tinha vislumbres de rostos novos trabalhando no bordel.

Heitor nunca fora um residente, mas, no início da carreira, fez um acordo com a Madame. Especializado em oferecer o serviço sexual de não humanos, o Pouso nunca tivera um lobisomem na lista de profissionais, então a proposta dele foi bem recebida. Ele alugava um quarto privativo quando precisava receber uma cliente que não tinha um local seguro para um encontro e, quando aparecia alguém atrás dos serviços de um lobo, a Madame ganhava uma comissão por arranjar o negócio. Embora tivesse deixado de frequentar o lugar mesmo antes de deixar de ser gigolô, descobriu que ainda carregava certa memória afetiva pelo antro de obscenidades onde havia encontrado o próprio caminho na vida.

O terceiro andar tinha os quartos privativos e a gerência, e também os aposentos da cafetina — a última porta do corredor. Farejou o cheiro conhecido e se preparou para negociar com ela mais uma vez, depois de tanto tempo.

Antes que tivesse a oportunidade de invadir o quarto, a porta se abriu de repente, revelando Madame Anette com a mão na cintura e uma expressão indignada no rosto branco emoldurado por cabelos ruivos curtos e modelados em ondas perfeitas.

— A resposta é não.

— Anette, querida, você nem me ouviu.

— Vá embora do Pouso da Jacutinga neste mesmo instante e não volte mais.

— Estou morrendo de saudade... Você sempre foi minha parceira de negócios favorita.

— Não. Não, não, não. — Ela balançou o dedo indicador, a testa franzida. — Não vou fazer negócios com os Lacarez.

— Por quê? Por acaso, já está fazendo negócios com a máfia do poupa-fera?

Ela cruzou os braços, erguendo uma sobrancelha.

— Eu estou casada com a máfia do poupa-fera.

— Pois é, ouvi dizer. Corre por aí que você se casou com Escafurinha, o antigo dono desse pedacinho da cidade.

— Ele ainda é o dono.

— Mas isso é muito estranho. Significaria que ele de repente resolveu arrumar briga com os Lacarez, com quem nunca teve problema nenhum.

— Se você veio aqui para me ameaçar, eu...

— Vim aqui para propor negócios. Você sabe como eu sou, sempre fui muito interessado em explorar investimentos a que meus irmãos não davam muita atenção. — Heitor ergueu as mãos em sinal de paz e se aproximou devagar. — Anette, não vou fingir que sei o que aconteceu com você nos últimos anos, mas te conheço o suficiente pra saber que você é uma das criaturas mais espertas da cidade. Agora, me diga: você acha que é um movimento inteligente começar uma guerra com a maior matilha de Averrio e a família dona da fábrica de armas?

Anette não respondeu, apenas suspirou, cruzando os braços. Após um tempo de silêncio contemplativo, ela fechou os olhos e massageou a testa.

— Não podemos conversar aqui — disse ela, por fim, puxando um chapéu redondo de trás da porta. — E acho que talvez seja útil uma pequena... demonstração.

— De quê?

— Do nosso novo banco financeiro em ação.

Entre o farfalhar dos tecidos e a conversa baixa das costureiras, o suspiro de Selene passou despercebido. Camila gostava de falar. Muito.

Por um lado, a visita à Maison alcançou o objetivo original e superou as expectativas. Nos intervalos entre escolhas de tecidos e sugestões da modista, a garota preencheu a maior parte das horas repassando todas as fofocas essenciais da cúpula do poupa-fera. Foi preciso um pequeno incentivo — um leve comentário malicioso da parte de Selene — e logo ela se soltou. Do centro do pedestal, enquanto girava na frente do espelho com o vestido todo preso por alfinetes, sob as mãos habilidosas de uma costureira, Camila fazia um relato ininterrupto sobre as relações conjugais dos padrinhos.

— Você sabe como eles são, os homens. Uns... uns vagabundos. — A última palavra saiu sussurrada enquanto Camila a olhava pelo reflexo do espelho.

Selene sorriu de lado e ergueu as sobrancelhas, concordando sem concordar. Já não tinha mais repertório para responder com palavras variadas, a mente girando com tantos nomes e amantes — nenhum dos quais parecera um bom caminho para explorar. Estava efetivamente munida de informação que ainda não sabia como utilizar. Não conseguiria escapar daquele noivado sem um plano concreto e, quanto mais soubesse, maiores suas chances.

— Mas, verdade seja dita, você tirou a sorte grande nesse quesito. Tenho certeza de que Ciro será um marido fiel.

A menção ao noivo a fez despertar um pouco. Abrindo o leque, Selene se aproximou mais do espelho e esperou a costureira se afastar para pegar mais alfinetes. Então, cobriu a boca com o leque — um truque aprendido desde cedo no Clube das Boas Damas — e perguntou:

— Por que você acha isso? Confesso que fico surpresa por um homem *tão*... como ele não ter se casado ainda.

— Bem, os De Minet são uma família muito antiga, não são? Pelo menos, é o que dona Leda fica repetindo por aí. Quase aconteceu uma vez, muito tempo atrás, com uma tal de Jorgia. Mas, segundo a própria Leda conta, ela não permitiu que o filho se casasse com uma qualquer, e pode ter certeza de que muitas tentaram.

A ideia de Ciro precisar da permissão da mãe para se casar pareceu hilário de tão improvável, principalmente considerando a forma como Leda a tratava.

— Dona Leda vive para o filho, e ele a trata como uma rainha.

— E o pai dele?

— Ora, você sabe... A vida na contravenção é muito imprevisível.

— Claro.

Na verdade, Selene não sabia, apenas imaginava. E a imaginação a levou de volta a Heitor, cria de uma gangue de periferia, gigolô, subitamente tornando-se um dos reis de um império armamentista.

Depois de tamanha ascensão, quanto tempo até os Lacarez serem atingidos por aquela mesma imprevisibilidade?

Antes que pudesse elaborar mais perguntas, porém, risadinhas invadiram os provadores da Maison e um grupo de damas entrou. Eram da mesma geração de debutantes, o que conferia a Selene certa camaradagem com todas elas, ainda que amigas fosse um termo forte demais.

As mulheres da alta sociedade formavam alianças. Amizade sincera era algo raro — e caro.

— Selene! Que surpresa te encontrar aqui! — disse uma das meninas, atraindo todo o grupo ao espelho onde estavam. — Por que não nos avisou? Poderíamos ter nos encontrado antes para um chá na confeitaria da sua mãe.

Até então tagarela e desenvolta, Camila se aquietou no pedestal em frente ao espelho. Claramente pouco à vontade, segurou as mãos na frente do corpo e fez o possível para manter uma postura ereta e elegante na frente das moças da sociedade. Era uma sorte que estivesse experimentando uma roupa nova e não vestindo a atrocidade com que tinha ido. Selene sorriu para as colegas e apontou o leque fechado para a menina.

— Hoje vim acompanhando minha nova amiga, Camila, que queria renovar o guarda-roupa para a temporada de festas que virá com o carnaval.

A menina tentou um sorriso tímido e foi correspondida pelas outras, cujos olhares de tubarão brilharam diante da novidade. Selene prosseguiu com as apresentações, fazendo o possível para integrar todas à conversa. O tempo todo, evitou mencionar o sobrenome de Camila, sabendo da reação que causaria no círculo de moças solteiras tão logo as duas saíssem da modista.

O anúncio do noivado com Ciro já havia sido chocante, e apenas a lábia dos Veronis fora capaz de mantê-los ainda bem-vindos em certos salões. Haveria o momento certo de patrocinar a entrada daquela gente na alta sociedade, e exigiria sutileza e uma boa dose de persuasão por baixo dos panos.

Então Selene sorriu e abanou o leque, guiou a conversa para assuntos seguros e começou a trabalhar com cuidado os fios daquela teia de relações tecida ao longo dos anos. Havia muitos Mistérios e poderes selvagens naquele mundo, mas algumas pessoas contavam apenas com a magia das palavras e das conexões. Paciência e um sorriso, essas eram suas grandes armas.

Depois de se despedir das moças, ela entrou no próprio carro e seguiu para o centro da cidade ainda remoendo as coisas que aprendera. Grande parte havia sido fofoca pura, o que sempre vinha a calhar num momento ou outro. Contudo, o quadro ainda parecia incompleto.

Mal havia estacionado na avenida dos barracões quando viu uma cena que a fez deixar o carro morrer. Heitor, de terno claro e todo o charme habitual do cabelo penteado para trás e da barba bem-feita, na porta de um café, conversando com uma mulher. Ela era alta, estava com um vestido modesto, usava um chapéu redondo que cobria todo o cabelo e mantinha um leque de plumas brancas na frente do rosto enquanto dizia algo que parecia agradá-lo.

Encontrá-lo por acaso era um evento raro naqueles tempos, e, no entanto, já era a segunda vez na semana, o que começava a se tornar irritante. Incômodo. Invasivo. Não deveria significar nada. *Não significa nada,* pensou, ignorando o coração se contorcendo. Dar nome às ânsias era apenas a forma mais eficaz de perder o controle sobre elas; reconhecer o que pulsava por baixo do antigo desejo significava senti-lo queimar de novo. Uma dama estava sempre em perfeito domínio das próprias emoções.

Mesmo assim, movida por uma curiosidade insuportável, por um gancho que a cutucava nas costas, por um ar de reconhecimento naquelas plumas, Selene saiu do carro e contornou devagar as pessoas da calçada. Não planejava abordá-los, apenas vê-los, revelar o rosto da mulher misteriosa para si mesma e talvez usar isso como mais um lembrete de que Heitor havia ficado no passado. As lembranças restantes deveriam ser combatidas como ervas-daninhas, deveriam ser arrancadas e abandonadas sob o sol até ressecarem — não deveriam arder como naquele momento, alimentando um fogo raivoso no peito.

Para seu azar, a brisa morna de Averrio parecia estar atuando contra ela. Um vento suave vindo da baía ao final da avenida correu a rua lentamente, passando por Selene e indo parar no focinho do lobisomem. O momento em que o nariz dele captou a presença dela ficou óbvio pela forma como Heitor se empertigou e girou a cabeça até encontrá-la.

O movimento atraiu a curiosidade da companheira misteriosa, porque ela se virou também. Apesar de breve, Selene viu o rosto por trás do leque, e a reconheceu.

Pombinha?

Antes que se desse conta, seus pés a levaram até eles. Quando estava quase lá, o salto do sapato enganchou em uma pedra solta da calçada e Selene tropeçou.

O princípio de uma queda nada graciosa foi interrompido por um par de braços fortes e o cheiro de tabaco. O toque quente e firme tanto a incendiou ainda mais por dentro quanto amainou a chama incômoda que a impelira a se aproximar. A familiaridade da sensação a levou de volta a um ano atrás, quando se jogava naquele calor com desapego, com a tranquilidade insana de quem sabia que seria consumida e ansiava por se perder no fogo.

Alguma parte ainda racional a avisou que deveria se afastar imediatamente, que estava no meio da rua nos braços de um lobisomem e que facilmente o ocorrido poderia chegar aos ouvidos de Ciro. Outra parte, muito maior e substancialmente mais conectada a seus desejos mais sombrios, se demorou no apoio encontrado naquelas mãos calejadas, se deliciou ao ver o rosto de Heitor tão perto de novo — e se aproximou ainda mais, até sentir os lábios dele próximos a seu pescoço, onde os fios de cabelo de Selene se arrepiaram ao primeiro sopro de hálito quente.

— Linda, tem jeitos mais seguros de se jogar nos meus braços.

Alguns segundos. Foi tudo que Selene se permitiu. Um segundo para fechar os olhos e inspirar fundo. Um segundo para se recordar, e então mais um para juntar forças e empurrar todas as lembranças para o fundo da mente.

— Não me toque, seu cachorro! — disse entre os dentes, se desvencilhando, ciente de que o empurrou sem nenhuma força real, mas que Heitor aceitou o afastamento mesmo assim.

Ela deu um passo atrás e descobriu que o salto continuava preso na calçada. E lá vieram os braços fortes de novo, dessa vez acompanhados de um sorriso lupino convencido e irritantemente tentador.

— Quer ajuda, linda?

— Não me chame assim! Eu... — Ela olhou em volta, com medo de haver pessoas conhecidas passando. De repente, sentiu um toque quente no tornozelo. — Heitor!

O maldito havia se abaixado, os dedos roçando na barreira irrisória da meia-calça semitransparente para desafivelar o sapato. Gentilmente, com a suavidade que ninguém esperava de um lobisomem, Heitor guiou o pé dela para fora do sapato, e, com um puxão, liberou o salto.

— Acho que o couro ficou arranhado, mas certamente a madame tem muitos outros pares, não é? — Ele olhou para ela e prosseguiu para calçá-la novamente.

Todo o ocorrido não devia ter durado mais que um minuto, entretanto, mais uma vez o tempo se derreteu ao redor de Selene com a viscosidade de tinta a óleo na palheta. Ela usava um vestido que ia até bem abaixo dos joelhos, como era apropriado, e o ângulo da cabeça dele não estava nem perto de conseguir ver o que havia por baixo —

mas enxergava no olhar lupino que não havia necessidade de espiar por baixa da saia. Heitor lembrava.

Ele a calçou e afivelou o fecho do sapato novamente, em momento algum desviando o olhar do dela. Ao terminar, correu o polegar pelo contorno do tornozelo. Ali, na rua, na frente de todos.

Na frente de Pombinha.

Foi a tossida nada discreta da mulher que finalmente trouxe Selene de volta à realidade, rasgando a tela imaginária com todos os cenários possíveis para o fim daquela cena. Sob o chapéu e com o leque apoiado no queixo, Pombinha continuava parcialmente escondida, mas uma expressão fria e analítica adornava seu rosto bonito.

Durante o jantar, não havia tido oportunidade de olhar bem para ela, toda hora interrompida por pessoas querendo atenção. A mulher era linda, talvez até mais do que isso. Tinha um ar de distanciamento, um nariz arrebitado que parecia esnobar o resto do mundo, o que a tornava ainda mais instigante. Era fácil imaginá-la tanto como prostituta de luxo, disputada por todos, quanto como uma rainha de algum reino que Selene não compreendia.

Quando Heitor se colocou de pé novamente, Pombinha se aproximou dele, um sorriso malicioso se espalhando pelos lábios carnudos.

— Acho que terminamos aqui, não, querido?

Ele concordou com a cabeça, sorrindo, muito satisfeito.

— Sempre um prazer. Pense sobre o que eu disse.

Pombinha acenou com a cabeça e estendeu a mão para limpar uma poeira inexistente nos ombros dele.

— Fique de ouvidos atentos. A qualquer momento agora. — Ela girou o leque, indicando os arredores. — Da próxima vez, espero que procure diretamente o meu marido, em vez de me importunar com burocracias. E venha preparado, ele vai precisar de ótimos motivos para ser convencido.

Com um último olhar para Selene, sem lhe dirigir palavra, Pombinha os deixou. Saiu caminhando pela calçada rebolando os quadris até alcançar o bonde vindo na esquina.

— Se importa de me dizer o que foi tudo isso? — perguntou ela a Heitor, mais uma vez observando os arredores.

— Ora, eu e Anette tivemos uma...

Ele se calou de repente, ficando todo sério. Mais ereto. Mais lobo. O coração de Selene acelerou, como se todos os altos e baixos do dia não tivessem sido suficientes para o pobre órgão desregulado. Heitor quase nunca lhe mostrava aquele lado, o de fera. De todos os lobisomens que já havia conhecido, ele era quem mais facilmente conseguia se passar por humano — o que tornava ainda mais empolgante quando tinha um vislumbre de sua verdadeira natureza.

Seguindo o olhar dele, viu na outra esquina uma pequena confusão se formando.

Havia uma barraquinha simples de madeira, estreita, com um único cartaz pendurado. Treze monstros, as imagens coloridas já tão gastas que algumas só eram reconhecidas porque todos já sabiam de cor a ordem das criaturas e a quantidade de números. Atrás do balcão, uma moça de camisa de botão e suspensórios guardava apressada vários papéis em uma bolsa de couro, e uma outra mulher saía correndo carregando uma bolsa de couro parecida.

— Uma banca de poupa-fera — disse Selene, olhando da barraquinha para Heitor, franzindo a testa. — Por que você está interessado nisso?

Em vez de responder, Heitor tomou sua mão e a puxou rápido para dentro do café.

— O que é isso? Você ficou louco?

Sem explicações, Heitor os conduziu pelo estabelecimentc até irem parar em uma mesinha com sofás, próxima à vitrine com vista para a rua. Dali, ficou observando a banca. Logo um carro preto lustroso parou perto da esquina e homens mal-encarados saíram e cercaram a moça. A mulher gesticulou, agitada, talvez até apavorada. Um dos homens abriu o paletó em resposta e revelou o coldre com uma arma, o que tanto calou a moça quanto sobressaltou Selene.

Ela observou a dona da banca entregar a bolsa de couro para os homens e um deles forçar um beijo na bochecha dela antes que todos voltassem ao carro preto e partissem. De alguma forma, aquele último gesto pareceu tão violento quanto a sugestão de uma agressão física.

Quando os homens se foram, Heitor finalmente pareceu relaxar. Ele se deixou recostar no sofá e suspirou. Apenas então Selene se deu conta de que estavam no mesmo sofá, um do lado do outro, como se fossem um casal.

Ela correu para ocupar o sofá do outro lado e limpou a garganta, assumindo uma pose mais digna.

— O que, exatamente, foi aquilo?

— Linda, você não sabe? — Heitor a encarou, a avaliando, antes de dar de ombros e puxar o isqueiro do bolso. O teatro habitual de acender o charuto foi charmoso como sempre, porém parecia carregado de uma tensão que não estava acostumada a ver nele. — Aquilo foi o seu querido noivo em ação. A máfia do poupa-fera não é muito chegada a poupar as pessoas, não é? Nem as feras. Então, vou perguntar de novo: que confusão é essa em que você se meteu dessa vez?

5

VÍCIO

Não era que Selene não soubesse com qual mundo estava prestes a se casar. A natureza do noivado nunca havia sido escondida dela, por mais que os pais usassem muitos eufemismos sobre a situação. Ser confrontada abertamente sobre os negócios do noivo, contudo, era novidade.

Um silêncio cheio de expectativas preencheu o espaço entre eles. Heitor ficou brincando com o isqueiro, abrindo e fechando, acendendo e apagando, quente e frio. Tão instantâneo e fugaz quanto a relação deles costumava ser. Num momento, por trás do verniz de boa moça, Selene estava entediada e solitária, no outro, era envolvida pela presença dele e consumida pelo encontro viciante dos corpos. Então, se separavam e ela seguia com a vida normalmente, como se jamais tivesse conhecido o calor verdadeiro, até o encontro seguinte.

— Você não vai dizer nada? — perguntou ele.

— O que espera que eu tenha para dizer?

Não pretendia defender as ações dos padrinhos do poupa-fera e muito menos assumir o manto hipócrita da ignorância. Havia crescido em uma família de políticos, criada em uma cidade essencialmente corrupta. Mesmo que seu pai não tivesse todas as dívidas de jogo do mundo, seria ingenuidade demais acreditar que tinha chegado ao cargo de prefeito sem nenhum desvio, de dinheiro ou de caráter.

Ela avaliou o ambiente em que estavam. Era apenas um café normal do centro de Averrio, nem sujo e nem requintado, apenas útil aos trabalhadores seguindo com o dia. Provavelmente não encontraria nenhum conhecido da alta sociedade ali, mas não estava tão longe do trabalho e por toda a rua os preparativos para o carnaval já aconteciam. Sem contar os capangas de padrinhos de poupa-fera, que aparentemente podiam aparecer a qualquer momento.

Lembrando-se da cena testemunhada, Selene espiou a rua pelo vidro. A única confusão restante era sobre os motivos do ocorrido. Camila havia dito que os padrinhos estavam em paz.

— Isso que aconteceu agora...

— Com licença, senhor. — Uma voz tímida os interrompeu. — Não pode fumar charuto aqui.

A garçonete parada ao lado da mesa segurava a bandeja com força na frente do corpo, quase como um escudo. Heitor girou o corpo para ela devagar, não parecendo muito intrigado pelo pedido.

— É mesmo? Tem certeza? — Ele apoiou o queixo na mão, sorrindo de forma sedutora. — Há outros senhores fumando nas outras mesas.

A jovem ficou toda corada, mas concordou com a cabeça.

— O dono até aceita servir lobisomens, mas... mas não gosta que vocês... O senhor é um lobisomem, não é?

Heitor se inclinou para a frente, parecendo achar graça na situação, como se o preconceito nada velado do pedido não o abalasse. Sorrindo de lado, ele avaliou a moça de cima a baixo. Por experiência própria, Selene sabia o efeito que o gesto podia ter em alguém, embora constatasse que ele não estava usando o máximo de seu charme. Os olhos pretos mantinham o ar profissional, a versão de Heitor daquelas primeiras noites, quando o que tinham se tratava apenas de negócios.

— Foi o charuto que entregou ou foram esses olhos bem grandes que eu tenho pra te ver melhor?

Já corada, a moça ficou tão vermelha quanto um pimentão. Começou a gaguejar uma resposta, mas nada de coerente parecia sair.

— Por favor, me desculpe, eu não... é que o dono... sei que... — Ela se virou, olhando na direção do balcão, onde um homem limpando copos observava a mesa deles com atenção. — Não fui eu... mas se o senhor...

Por fim, Selene se cansou. Esticou o braço por cima da mesa e arrancou o charuto da mão dele, pressionou a ponta no cinzeiro disponível na mesa e sorriu para a menina.

— Nos desculpe pelo inconveniente. Pode nos trazer dois cafés, por favor? Não se preocupe, o cavalheiro vai lhe deixar uma boa gorjeta no final.

Parecendo igualmente aliviada e decepcionada pela interrupção, a garçonete se afastou.

— Eu sou humilhado neste belo estabelecimento por ser um lobisomem e ainda tenho que dar gorjeta? — O tom de voz veio bem-humorado, apesar da reclamação. Aquela era uma das coisas sobre Heitor que sempre a intrigaram. Onde quer que morasse a raiva dele, tão óbvia na maioria dos lobisomens, nunca caminhava pela superfície.

Os dois tinham aquilo em comum. Os sentimentos podiam correr intensos, mas fundo o bastante para parecerem inexistentes a um olhar desatento. Enquanto Selene havia sido treinada para isso, não fazia ideia de onde havia surgido o instinto nele.

— A gorjeta é para ela, que não tem nada a ver com os preconceitos do dono e muito menos com seus galanteios sem graça.

— Sempre funcionaram com você.

— Eu sempre fui muito fácil de fazer de idiota, não fui?

— Linda...

— Não. Não vamos falar do passado.

Heitor suspirou e se ajeitou no sofá, voltando a abrir e fechar o isqueiro.

— Tudo bem. Vamos falar do presente, então. Depois de tantos excelentes pretendentes que você dispensou ao longo da vida por puro capricho... noiva de um bandido?

Selene riu sem humor.

— Já fui coisa bem pior de um bandido.

— Achei que a gente não ia falar do passado, mas pelo menos você admite que fomos alguma coisa.

A garçonete voltou com os cafés a tempo de Selene conter um grunhido frustrado. Damas não grunhiam nem gemiam em público, estava escrito no manual. Também não costumavam se sentar para um café com gigolôs, mas a vida andava muito estranha ultimamente.

— Olha, eu não vou fingir que sei tudo sobre você, mas eu sei de pelo menos algumas coisas. Todas elas mais verdadeiras do que essa imagem que você pinta pra sociedade. — Heitor franziu a testa. — Os De Minet? Perigo. Você não se envolveria com uma família como aquela, se pudesse evitar. Falando por experiência própria.

Ele terminou a frase com um revirar de olhos e tomou um gole de café. Selene fez o mesmo, tentando adiar uma resposta. Nem mesmo havia uma pergunta, a não ser talvez as que ela própria se fazia sobre a situação.

— Você sabe o papel dele na cúpula do poupa-fera, não sabe?

Ela concordou com a cabeça.

— E sabe o que a cúpula está começando na cidade?

Diante dessa, Selene parou. Heitor inclinou a cabeça para o lado, como um cachorro curioso.

— Sabe que naquela mesma noite, do cassino, fomos atacados? — Ele não esperou resposta, ergueu o nariz sobre a mesa e inspirou. — Não, não sabia. Bom, talvez devesse ler mais os jornais, linda. Uma guerra está prestes a começar.

— E quem começou? — perguntou ela, cruzando os braços.

— Por incrível que pareça, não fomos nós. A vida ia muito bem, obrigado, com a fábrica produzindo e os territórios na parte baixa e na parte alta pacificados. Uma bela noite, algum dos seus novos amigos decidiu explodir um dos nossos bares, e desde então já tivemos mais dois embates rápidos pela cidade, se você quer saber. Inclusive, me pergunto por que motivo a prefeitura não parece preocupada com tudo isso. Vésperas de carnaval e em pleno ano eleitoral... Estranho, não é mesmo?

Tomando mais um gole de café, Selene buscou o amargor da bebida para se distrair da expectativa do lobisomem. Houve um tempo em que teria contado tudo para ele, embaixo dos lençóis, enquanto adiavam o momento de Heitor pegar o pagamento e ir embora. Houve um tempo em que confiava nele, nos sentimentos que brotavam como flores entre toques e olhares, e agora cresciam como ervas-daninhas ameaçando sufocá-la, se não conseguisse manter o controle.

— Vou te dizer o que é estranho, seu cachorro. Estranho é você estar vadiando na rua quando deveria estar trabalhando, não é, senhor gerente de fábrica? Estranho é você estar vadiando na rua com uma mulher casada, que não apenas é do seu ramo de trabalho...

— Antigo ramo de trabalho.

— ... mas também é casada com um dos padrinhos mais antigos da cúpula. Não que o status conjugal de uma mulher importe para você.

— Isso não é verdade; sempre cobrei mais caro das casadas.

Ela quis estapear o sorriso safado do rosto dele.

— E além de tudo isso... ela me viu! Ela sabe quem eu sou, e você fez toda aquela...

— Gentileza?

— Pare de me interromper e leve isso a sério! Se ela tagarelar para o marido ou para alguma das outras esposas, eu posso... — A conclusão desceu gelada, provocando um arrepio, apesar do ambiente abafado. — Morrer.

Os olhos de carvão de Heitor reagiram de imediato, as narinas se dilataram, com certeza farejando o medo dela. Ele fechou o isqueiro e o apertou até os nós dos dedos ficarem pálidos.

— Pra que se sujeitar a isso? — perguntou ele.

— Não interessa. — Não era papel dele protegê-la, e Selene tratou de afundar no peito qualquer ilusão que tivesse sobre isso. — E não muda o fato de que você me colocou em perigo com a sua indecência no meio da rua.

— Pra começar, se qualquer um daqueles humanos metidos a bicho-papão te ameaçar, você pode ter certeza de que vai ser a última coisa que vai ter feito na vidinha de merda dele.

A expressão dele séria ficou ainda mais sombria, com o maxilar travado. Não era raiva, nem ódio, era algo diferente, *lupino*. O coração de Selene acelerou, a obrigando a puxar o leque para se abanar contra um calor verdadeiro, que subiu preenchendo-a por dentro com memórias e saudade. Depois da última briga que haviam tido, quando os Lacarez a chantagearam, ela tentou estar o mínimo possível na presença dele justamente por conta de seu corpo traidor. Um roçar de dedos no tornozelo e toda a sensatez estava se esvaindo de seu corpo, da sua mente, mesmo com o perigo real de aquilo tudo chegar aos ouvidos de Ciro.

— E em segundo lugar, Anette não vai contar nada a ninguém.

— Você não tem como saber disso.

— Claro que tenho. Não importa a vida que ela tenha agora, vai carregar para sempre a marca de ter trabalhado como prostituta. As pessoas não te olham diferente só porque você passou a usar roupas melhores e ter outro emprego. As pessoas continuam preocupadas de serem vistas ao seu lado em público e terem a reputação manchada...

Havia certa amargura na voz dele que fez Selene suspeitar de que não estava apenas falando de Pombinha. Ela engoliu em seco, suprimindo uma pontada de culpa.

— Além disso, nós nos conhecemos há muito tempo, e por acaso sei o que ela quer. Ela não vai dizer nada.

Certamente, Selene já não tinha mais juízo nenhum para continuar tendo aquela conversa, porque, antes que se desse conta, a pergunta escapuliu entre um abano do leque e outro:

— Quão bem você a conhece?

Heitor sorriu devagar, o rosto passando por uma transformação lenta. As sombras se retraíram, o jeito lupino desapareceu. Não havia nada de monstro nele a não ser a satisfação ferina transbordando no olhar com pupilas dilatadas.

— Linda, você está com ciúmes?

A pergunta levou um tempo para ser registrada; havia pouco espaço na concentração de Selene entre o efeito causado pela proximidade dele e a memória de suas mãos passeando pelos ombros largos, como se tivesse ido ao cinema mudo e a fita travada repetisse a todo instante aquela mesma cena. Ela forçou uma risada.

— Ciúmes? Eu? Francamente. — Girou o leque no ar num movimento de dispensa, como se pudesse espantar a lembrança e a sugestão. — Ciúmes daquela... de...

— Anette.

— Anette. Claro. Anette. — Ela deu de ombros, fingindo que a sonoridade do nome não deixava um gosto amargo na boca. — E quem, exatamente, é Anette? Sabia que o marido dela a chama de Pombinha?

Heitor riu com vontade, jogando a cabeça para trás.

— Pombinha... Não sabia, mas faz sentido. Tanto o apelido quanto ela convenientemente esconder esse detalhe de mim.

— De que é casada?

— Que tem um apelido tão revelador.

Selene suspirou.

— Achei que se conheciam há muito tempo.

— Pode-se dizer que somos amigos.

— Amigos. Não me pareceu só uma amiga.

— Uma amiga íntima. — Heitor meneou a cabeça, erguendo uma sobrancelha. — Não tão íntima quanto um noivo, é claro.

— Ora, ora, ora... Quem está com ciúmes agora?

Nem a satisfação nem o sorriso desapareceram do rosto dele. Em vez disso, Heitor resgatou o charuto esquecido no cinzeiro e o acendeu, soprando um anel de fumaça que Selene tratou de abanar, dispersando o cheiro de tabaco como se a incomodasse, como se não tivesse sentido falta do ar poluído marcando a presença dele.

— De qualquer forma, linda, eu sou um bandido muito ocupado. Quando estiver pronta para me contar a verdade por trás desse noivado e admitir que gostaria de alguma ajuda pra sair dessa situação de merda em que se enfiou... você sabe onde me encontrar. Uma boa maneira de se livrar de um casamento é o noivo morrer antes, não acha? Ou então, quem sabe, a viuvez possa lhe cair bem. Seja como for, existe um lado mais fraco nessa história, e não precisa ser o seu.

Depois de olhar para os lados, Heitor se inclinou sobre a mesa do café e, como o ser escandaloso que era, deixou um beijo em sua bochecha. Selene ficou rígida, se abanando o tempo todo, mesmo depois que ele se afastou e piscou um olho, mesmo depois que ele desapareceu entre o movimento do café lotado. De tudo que fora dito e não dito, ela ainda estava presa no simples fato de que o maldito lobisomem não havia negado nada, nem que estava com ciúmes dela.

Ali morava um problema, o motivo de precisar manter distância. Heitor havia se infiltrado em sua vida no passado como um vício irresistível, e bastava o menor dos goles para uma recaída severa. Por mais que soubesse que não podia confiar nele, e seu coração ainda carregasse a mágoa, seu corpo simplesmente não sabia quão perigoso ele era. Queria apenas mais um gostinho, mais um momento, mais um toque — da mesma forma que antigamente ela costumava dizer a si mesma que seria "só mais uma noite".

Todas as vezes, ele ia embora e deixava com ela o desejo por mais. E, pelo jeito, isso não tinha mudado. Selene suspirou, largando o leque sobre a mesa para se consolar com o café frio. Descobriu que, além da vontade insana de ir atrás dele, também havia ficado para trás um punhado de notas para o café e uma moeda de gorjeta.

A prefeitura de Averrio se elevava imponente diante de uma praça retangular com uma fonte no centro. Selene jogou uma moeda na água; uma simpatia de boa sorte popular entre os faunos da cidade. Depois, usou o reflexo tremeluzente da água para conferir o vestido, e foi atrás de respostas.

Era conhecida no prédio, tanto por ser filha de quem era quanto pelo trabalho na comissão do carnaval. Cumprimentou assessores, faxineiros, policiais, secretárias, vereadores e todo tipo de funcionário. Até alguns políticos de oposição sorriram para ela, principalmente os não humanos. Tendo crescido em meio ao partido, brincado de boneca atrás de palcos de comícios e distribuído flores e folhetos em passeatas, Selene respirava o ar da política averriense desde tão nova que não se lembrava de não estar inserida no trabalho do pai. Havia amadurecido no mesmo ritmo da carreira de Matias, e sabia quantos sorrisos precisava distribuir a correligionários e opositores. Em outros dias, teria parado para conversar com alguns, mas daquela vez se aproveitou da hora que sabia ser a pausa do café para invadir o escritório do prefeito.

— Papai, precisamos conversar.

Ela parou diante da mesa em que Matias estava sentado numa poltrona confortável, de costas para a janela de madeira branca que dava vista para a praça e a cidade borbulhante.

— Opa, o que eu fiz para merecer uma visita surpresa da filha mais especial do mundo? — perguntou ele, sem erguer os olhos do jornal que lia, aberto sobre a mesa, e cuja manchete tratava da campanha eleitoral.

Ela sempre ouvia aquelas palavras quando o visitava. O passar dos anos, contudo, transformara o carinho em hábito mecânico. Selene ignorou a pontada no peito ao ser mais uma vez relegada ao pano de fundo da rotina dele. Quando o pai estendeu a mão para pegar a xícara de café ao lado do jornal, ela falou tudo de uma vez:

— Eu espero que o senhor tenha um ótimo motivo para estar ajudando a patrocinar a guerra de gangues que a cúpula do poupa-fera está começando na parte baixa.

O sobressalto foi ruidoso e o café espirrou, causando manchas vistosas no jornal e nos outros papéis sobre a mesa.

— Selene! Você não pode ficar falando essas coisas em voz alta aqui na prefeitura… — O pai, trêmulo, voltou a xícara ao lugar e correu para tentar salvar os papéis mais importantes. Não teve coragem de encará-la. — Eu não sei o que você andou ouvindo por aí, mas…

— Não ouse! Não ouse mentir! — Ela bateu as mãos na mesa, orgulhosa do barulhinho que a xícara fez ao tremer no pires. — Eu ouvi parte da conversa que vocês tiveram a portas fechadas, naquele jantar, e tenho minhas próprias fontes sobre o que acontece pela cidade. Então, você vai parar de me tratar como uma menina boba e vai me contar tudo. Como espera que eu faça a minha parte, se não estiver bem-informada?

Matias enxugou o suor na testa, ainda evitando o olhar dela, parecendo cada vez menor na poltrona.

— Veja, a cúpula do poupa-fera é uma... instituição recente. Essa aliança entre os padrinhos nem sempre existiu.

— Estou ciente.

O pai a encarou com um pouco de surpresa, mas tão logo encontrou seu olhar duro voltou a achar a própria mesa mais interessante.

— O seu noivo é o responsável por isso. Ciro convenceu todos eles a manter a paz, dividir e respeitar territórios e fazer sorteios únicos para todas as bancas, em vez de cada padrinho manter a própria loteria. Assim, eles conseguem mais dinheiro. E, com essa frente unida, também decidiram parar de pagar as taxas aos donos dos territórios. Você lembra, antigamente a parte baixa era toda dividida entre os monstros, e todos eles cobravam uma comissão para deixar as bancas do poupa-fera operarem. Mas...

— Os Lacarez agora são donos de quase tudo lá, e de um pouco da parte alta também.

— Exato. E Ciro decidiu que, juntos, eles não precisam temer os vira-latas. Então, deixaram de pagar as taxas. Todos eles.

— E por que motivo o senhor achou que era uma boa ideia colocar nosso nome no meio disso? Sua carreira já não estava ameaçada o suficiente? Papai... bancar a entrada de algumas famílias sem nome antigo, mas com bastante dinheiro, na alta sociedade é uma coisa. Convencer a elite de Averrio a se sentar na mesma mesa que chefes de gangues em guerra? É suicídio social para todos nós! Não tem diplomacia que dê conta. Não vê os Lacarez? Ricos e poderosos e mesmo assim continuam sendo páreas sociais.

Continuam sendo lobisomens, pensou ela, se lembrando de uma garçonete e de um pedido para apagar o charuto enquanto outros homens no café podiam continuar fumando.

— Será um processo delicado, eu sei, mas por isso o carnaval será tão importante. Com o patrocínio que Ciro está dando, com o gosto dele por artes, será visto com bons olhos.

Selene balançou a cabeça.

— O que o senhor vai dizer no clube de cavalheiros quando os aristocratas perguntarem o que a prefeitura anda fazendo sobre isso tudo? O que mamãe vai fazer quando as senhoras abastadas pararem de frequentar a confeitaria dela? Não pode valer a pena. Não é possível que o prefeito de Averrio não tenha contatos a quem recorrer e favores a cobrar.

— Ah, Selene... você não entende. Não sei o que faremos em nenhuma dessas situações, mas sei que no momento não temos escolha nenhuma. Porque eu *já tentei* tudo isso. A situação talvez seja muito pior do que contamos a você.

Selene riu, sentindo o nervosismo tomar conta enquanto andava em círculos e ouvia.

— Eu tentei pagar minha dívida no jogo, mas era muito grande... Precisei negociar cargos, comissionar alguns prédios públicos e, claro, fingir que não vi muitas coisas. A verdade é que eu estava no bolso de muita gente, devendo dinheiro ou favores. Não estava apenas a ponto de ser publicamente investigado e perder o cargo... nós estávamos prestes a perder *tudo*. A confeitaria da sua mãe, os carros, a mansão, todo o dinheiro que eu precisaria para bancar a campanha de reeleição. Ficaríamos os três na rua, isso se nos deixassem vivos. Então, Ciro apareceu e... resolveu tudo. Pagou tudo. E se tornou dono de todas as minhas dívidas, não só as do jogo.

O pai finalmente ergueu o rosto, revelando um olhar derrotado, cheio de sentimentos rodopiando: vergonha, arrependimento, resignação e, acima de tudo, culpa. Selene se sentou. Ou desabou, agarrando os braços da cadeira. Algo viscoso, como pena e empatia, se remexeram no peito dela; quanto mais o observava, mais culpada se sentia pelo ressentimento que vinha carregando.

Sem Mirna por perto, Matias se revelou por completo para a filha. Um homem cansado e amedrontado. Um homem que não era nem o pai de sua infância, que a erguia no colo e lhe fazia cócegas no meio da rua, nem o pai dos últimos tempos, sempre focado em números e pesquisas eleitorais. Talvez fosse a primeira vez que encontrava o Matias Veronis real... e que coisa assustadora era descobrir que o pai era um ser humano tão contraditório quanto ela.

— Estou de mãos atadas, completamente. Ciro de Minet sempre foi um homem rico, com influência entre os pequenos burgueses e criminosos humanos, mas agora ele quer mais. Quer estender o poder dele para a alta sociedade também, e nós somos a porta de entrada. Sinceramente, acho que ele pouco se importa se vamos conseguir apresentar todas as famílias da cúpula à sociedade, desde que façamos isso por ele e a mãe dele. E se não fizermos... talvez haja algum acidente misterioso no nosso caminho. Você sabe, as pessoas são atingidas por raios todos os dias, ou tropeçam e caem na baía sem saber nadar...

Selene engoliu em seco, lutando contra os sentimentos conflitantes e tumultuados, empurrando de volta pela garganta tanto a fúria repentina pela ameaça à família quanto a indignação pela falha de caráter do pai. Mal conseguia ouvir os próprios pensamentos, o coração batendo tão forte que lhe enchia os ouvidos.

— Tudo isso porque o senhor resolveu brincar de fazer apostas ilegais e não conseguiu se controlar!

— Eu tentei parar — argumentou ele. — Mas um homem tem direito a seus vícios.

Um direito que *ela* não tinha. Nenhuma mancha jamais fora permitida na imagem de Selene Veronis. Uma vida inteira sendo paciente, escolhendo as palavras com cuidado, andando com as costas eretas enquanto procurava um caminho mais livre. Mesmo assim, seu vício por certo lobisomem poderia ter arruinado sua família tanto quanto as apostas do poupa-fera. Ainda não parecia justo que fosse ela a pagar o preço... e ainda não conseguia encontrar dureza o bastante para ignorar o medo e a tristeza no olhar do pai. Eles não eram tão diferentes assim, no final das contas.

A compreensão, no entanto, não resolvia o problema. Não havia sorrisos suficientes em seu arsenal para aquela situação. Não havia fofoca o bastante para contornar o aperto firme de Ciro ao redor dos Veronis.

— Não me orgulho de nada disso, filha, e faria diferente, se pudesse. Mas agora só nos resta seguir em frente. Cada um de nós precisa fazer uma parte para manter essa família viva. Eles contam com a minha atuação no campo da política e com sua mãe e você agindo na sociedade. Posso contar que você vai fazer a sua parte?

De repente, a voz de Heitor se infiltrou em seus pensamentos. Quase conseguia ver o sorriso debochado, a fumaça do charuto acompanhando o movimento das mãos enquanto ele comentava sobre sua possível viuvez precoce. Por acaso, ela bateu o olho no jornal manchado de café.

Uma notícia no fim da página falava de um incêndio de origem possivelmente criminosa em um bar do bairro das destilarias. Bem no cantinho da foto, mostrando o estabelecimento destruído, de braços cruzados em meio a uma multidão de observadores curiosos, havia um rosto familiar de boina.

— Selene?

No centro do desespero crescente de que não havia nada que pudesse fazer, Selene se agarrou a um único fio coerente que surgiu. Quase uma inspiração, um vislumbre de um desenho a ser rascunhado. Ela inspirou fundo, se obrigando a manter a calma, a ao menos *parecer* calma. Na ausência da mãe, restava a ela ser a fortaleza do pai.

Entre um mafioso e outro, talvez fosse menos perigoso trabalhar com o bandido que conhecia melhor.

— Fique tranquilo, papai. Eu sei o que preciso fazer.

6

INVESTIMENTO

No dia seguinte, ainda com o perfume de flor de tangerina fincado nas narinas, Heitor rumou direto para a antiga casa.

A destilaria nunca mudava, apesar de mudar o tempo todo.

A fortuna que os Lacarez haviam acumulado providenciara reformas no último ano. Agora, eram donos de quase todos os bares e biroscas do bairro, e a Cachaçaria Afiada tinha ganhado equipamentos novos e aumentado a produção. O bar da cachaçaria, sobre o qual costumavam morar, estava reformado e contava com um novo balcão de madeira envernizada, além de pessoas que trabalhavam exclusivamente ali e cuidavam de tudo, em vez de se revezarem no atendimento e em atividades ilegais. A Cachaçaria Afiada havia surgido como um negócio de fachada para contrabandear droga para o outro lado da baía, mas agora era um empreendimento legítimo e próspero — na maior parte do tempo.

Ele parou à porta do bar e se permitiu um segundo de nostalgia até se dar conta dos rapazes brincando de queda de braço no balcão, ao lado de uma pirâmide de copos de cachaça. Uma tradição antiga da matilha para decidir quem faria o trabalho sujo da vez. Sorriu para a cena, feliz de ver que o verniz novo e brilhante que haviam passado pela destilaria não cobrira completamente a energia pulsante de um bando de vira-latas.

Entrou e logo seu cheiro foi percebido por todos.

— Cadê Raul? — perguntou ele ao lobo mais próximo, que não devia ter mais do que dois ou três fiapos de pelo na cara. Havia muitos rostos novos, lobos de rua ansiosos pela proteção de se agregar a uma matilha.

— Saiu para o bairro dos tecidos, chefe.

Uma sorte; uma pessoa a menos a quem se explicar. Heitor então seguiu o olfato até o galpão dos alambiques e de lá perambulou um pouco pelos fundos da cachaçaria, onde o rastro de Guido terminava.

Óbvio que encontraria o irmão ali. A luta era um vício, tanto quanto a cachaça, e apesar de sua abstenção das rinhas no último ano ter deixado Guido mais saudável, não havia feito nada para acalmar seu ímpeto violento.

Antigamente, havia um único ringue traçado com magia no centro do galpão, que servia tanto de espaço de treinamento quanto de palco para as rinhas ilegais que a matilha promovia para lucrar com as apostas. Assim como no bar da cachaçaria, reformas tinham melhorado a estrutura do lugar. Arquibancadas de madeiras foram instaladas e mais de um ringue construído; no momento, vários deles estavam ocupados por lobisomens sem camisa treinando em pares.

Guido estava apoiado nas cordas, gritando instruções para um lobo que dava socos num saco de pancadas, entre um gole e outro no gargalo de um cantil de metal.

— Dois de direita e depois um de esquerda! Reveza! Se você bater sempre com o mesmo braço, vai ensinar muito rápido pro oponente qual o jeito mais fácil de chutar seu rabo!

— Ele tá falando por experiência própria, o rabo dele é um grande hematoma! — gritou Heitor sobre o barulho.

O irmão riu e avançou para desferir um soco contra ele. Heitor se desviou, gostando de ver o bom humor dele, porém sem qualquer esperança de acertá-lo de volta.

— Ficou com saudade, pivete? — Guido por fim o alcançou com uma chave de pescoço e bagunçou seu cabelo, como fazia quando Heitor ainda era criança e ele, um adolescente que brigava nas ruas pra conseguir comida para os irmãos. — Eu devia te fazer tirar o paletó bonito e vir suar um pouco no ringue. Tu deve tá enferrujado que só.

— Vamos fazer um acordo, então. Puta merda, me solta, desgraça! — Grunhindo, Heitor conseguiu se desvencilhar e ajeitar os cabelos. — Se me ajudar num negócio, eu subo no ringue com você qualquer dia desses. Mas só se você der conta do recado.

Imediatamente, Guido cruzou os braços e inflou o peito. Desafiá-lo era a forma mais rápida de conseguir que concordasse com qualquer coisa, inclusive com algo que provavelmente deixaria Edgar bem puto. E Mimi. E Raul.

— Que merda tu tá inventando agora?

— Ajeita esses suspensórios e coloca a boina. A gente vai dar uma volta pela parte baixa, como nos velhos tempos.

Heitor sorriu, acendendo um charuto para disfarçar o próprio nervosismo. Não que o irmão pudesse ser enganado tão facilmente.

— Moleque...

— O que foi? A gente precisa ser visto por aí, não precisa? Lembrar os monstros locais a quem tudo isso aqui pertence?

— Você acha que eu sou burro?

— Só um pouquinho.

Um rosnado e mais um golpe no ar, do qual Heitor desviou por pouco, mas conseguiu que Guido puxasse os suspensórios de volta para os ombros e pegasse o paletó e a boina largados num canto.

Amarrotado e suado, era exatamente a imagem do lobisomem vira-lata que devia ser temido.

Quando mais novo, Heitor tinha tentado agir daquela forma, até se dar conta de que aquele não era o único jeito de ser um lobisomem perigoso. Tanto Guido quanto Edgar exalavam a violência explosiva que se esperava de monstros como eles, cada um à sua maneira. Heitor era mais dado a sorrisos debochados e mordidas furtivas. O tempo havia ensinado que deixar os dois grandalhões parecerem os piores tinha vantagens; ser subestimado era um talento que a maioria dos lobisomens não possuía e ele se tornou especialista nisso, por mais que, às vezes, fosse um osso amargo de roer.

Guido o acompanhou até a garagem e subiu no banco do carona em silêncio. Apenas quando o carro estava sacolejando pelos paralelepípedos da destilaria o irmão abriu a boca.

— Desembucha. Quem a gente tá indo matar?

— Ninguém, por enquanto. Hoje, vamos fazer um investimento.

— Puta merda, isso vai voltar pra morder o nosso rabo, com certeza.

Guido puxou um charuto e se acomodou mais no banco, relaxado e disposto a ter a bunda mordida tanto quanto estava disposto a matar. As maiores demonstrações de amor fraterno vinham muitas vezes naquele pacote de palavrões e cruezas que não demandavam explicações.

A destilaria ficou para trás, assim como o cheiro familiar da demarcação do território Lacarez, e, à medida que se aproximaram do centro de Averrio, os odores se tornaram mais caóticos e misturados, como acontecia nas partes da cidade que não tinham dono. Heitor parou o carro na região portuária e liderou a caminhada, procurando pelos sinais. Depois de deixar Selene, no dia anterior, tinha ido a mais duas bancas de poupa-fera e melhorado o plano que tinha em mente.

Andaram em silêncio em meio a marinheiros e estivadores, em sua maioria humanos e faunos. A proximidade do pôr do sol agitava as fadas, que passavam zunindo para acender os postes da cidade. Não demorou até Heitor encontrar uma barraquinha simples, com um casal de humanos organizando uma pilha de papéis de apostas acumulados ao longo do dia.

— Ah, não. Roubar uma banca de poupa-fera durante o dia, na zona portuária? — resmungou Guido, observando os arredores.

— Pode relaxar com as tendências criminosas, fazendo o favor? Hoje não é dia de crime, hoje é dia de negócios. Agora, você se lembra de quando a gente comprou o Bar dos Cabritos?

— A gente não comprou o bar, a gente apresentou bons argumentos de que era melhor passar tudo pro nosso nome.

— Exatamente.

Um brilho de compreensão iluminou o olhar de Guido e ele sorriu, mais animado com a empreitada. Acenaram um para o outro e foram até a barraquinha. Os humanos pareciam um casal, e sorriam um para o outro enquanto contavam os lucros do dia.

— Opa! Já fecharam a operação por hoje ou o padrinho da banca ainda não recolheu as apostas pro sorteio? — Heitor sorriu, simpático.

— Pode apostar, a gente é independente — disse a mulher, sorrindo de volta. — Vai em quem?

A loteria do poupa-fera funcionava por exclusão. Havia treze monstros, a maioria já há muito extinta pela caça no tempo das invasões, e doze números. Quando a roleta girava, cada número era ocupado por uma fera, e a que sobrasse era poupada — essa era a aposta principal. Era possível também apostar em outras coisas, como determinado monstro caindo num número específico.

— No lobo poupado. A gente sempre aposta no lobo — disse Guido, sorrindo de lado, e deu umas batidinhas na madeira da barraca, fingindo inspecioná-la com cuidado. — Mas esse pau aqui tá bem velho, hein. Vocês deviam trocar por uns mais novos. Se bate uma chuva...

— Dá pro gasto. — A mulher deu de ombros, o sorriso ganhando um contorno de cautela.

— A desvantagem de não operar sob a tutela de um padrinho é essa, né? — Guido agarrou um dos paus e deu uma sacudida forte. — Se a barraca cair, rapidinho ele te arruma outra, até melhor.

O homem e a mulher trocaram um olhar preocupado e a mão do homem foi para a parte de trás das calças. Heitor logo ergueu as mãos, apaziguador.

— Meu senhor, minha senhora, não precisamos de armas aqui. Estamos apenas interessados em um investimento que pode ser muito lucrativo para todos nós.

Ele então apoiou os cotovelos na barraca e se inclinou para a frente, como se fosse confidenciar um segredo.

— Ouvi dizer por aí que a cúpula chefiada por Ciro de Minet está tomando conta de tudo. Apadrinhando todas as bancas, queiram elas ou não.

Mais um olhar. A mão do homem não mudou de posição, mas a mulher deu um aceno discreto com a cabeça.

— É o que tem corrido por aí — disse ela. — Ontem mesmo quebraram a banca do Arnaldo, na feira, porque ele se recusou e fugiu com o dinheiro.

— *Tsc.* Com certeza o coitado vai aparecer com as pernas quebradas também — comentou Guido.

— Já apareceu — murmurou o homem.

— Então, imagino que estejam preocupados que o mesmo aconteça com vocês. Eu estaria. — Heitor se inclinou ainda mais, sorrindo de lado. — Para a sorte de vocês, eu tenho uma solução. Por acaso, os De Minet também estão tentando interferir nos nossos negócios.

— Vocês não têm cara de apontador de poupa-fera... Têm cara de vira-latas.

— Sim, com muito orgulho. E, no final do dia, melhor ter um vira-lata amigo na vizinhança do que um homem com um porrete levando seu dinheiro, não?

O homem suspirou e finalmente relaxou o suficiente para não sacar a arma que devia ter escondida nas calças. Ele cruzou os braços e olhou de Heitor para Guido.

— Vocês estão oferecendo proteção? A gente não pode pagar muito. Já pagamos à polícia pra não sermos tirados daqui.

— Estou oferecendo dinheiro. Quando os capangas dos De Minet vierem, e vão vir, mais cedo ou mais tarde, vocês vão deixar eles levarem tudo, sem problemas. E depois um dos meus vai vir aqui anotar o valor e repor o dinheiro integralmente pra vocês.

— E essa brincadeira aí vai nos custar o quê?

— Por enquanto, nada demais. Eu só quero informações. Nome de quem vem, dias e horários, placa de carro... E... — Heitor puxou um vidrinho marrom-escuro de dentro do paletó e o colocou sobre a mesa. — O dinheiro que vocês entregarem pra eles tem que estar molhado com isso aqui. Não é pra estar encharcado; algumas gotas em algumas notas já bastam.

— Ainda é muito arriscado pra gente. Mesmo que a gente fique com todo o dinheiro, não temos garantia nenhuma de que vocês não vão aparecer cobrando com juros depois. — O homem coçou a cabeça, mas olhou para a mulher, em dúvida. — O que você acha?

— O que mais a gente ganha com isso? — perguntou ela.

Guido então sacudiu o pau da barraca mais uma vez, o suficiente para a madeira ranger e ameaçar envergar.

— A amizade e a proteção da matilha Lacarez, além de madeira nova para a barraca, que tal? — disse Heitor, e sorriu ao ver a reação ao nome.

— Bom, acho melhor ter um vira-lata amigo na vizinhança... — A mulher pegou o vidrinho e o inspecionou de perto. Ela abriu e cheirou, então imediatamente começou a tossir e o tampou correndo. — Essa porcaria é o que eu tô pensando?

Heitor riu e puxou um charuto.

— Ah, minha querida, vocês sabem como os lobisomens marcam território.

Mais duas bancas, além de um suborno estratégico a uma patrulha policial na zona portuária, e Heitor levou Guido de volta para a destilaria. O irmão estava de bom humor, só tinha puxado o cantil de cachaça duas vezes ao longo da tarde, e assobiava alto um samba por cima do barulho do motor do carro.

— Você não vai mesmo me perguntar o que a gente ficou fazendo a tarde toda? — perguntou Heitor quando alcançaram as pontes estreitas sobre os canais da baía, já quase no bairro.

Guido deu de ombros.

— Tu chama, eu vou. Não foi sempre assim? Além do mais, não é como se alguém fosse te impedir de fazer seus próprios esquemas. Isso nunca deu certo.

Heitor engoliu o bolo de emoções e fingiu não se sentir afetado por mais uma demonstração daquela unidade fraterna. Edgar era o irmão que aconselhava, Guido era o irmão que segurava pro outro bater. Só restava a ele também ser capaz de trazer algo de útil.

— Eu soube de uma fonte confiável que a cúpula do poupa-fera se formou recentemente, mas que ainda tem muita discordância entre eles.

Preferiu não mencionar Anette nem toda a extensão do que estava planejando fazer. Até Guido tinha limites na indulgência com o caçula.

— Soube que alguns dos padrinhos mais antigos estão insatisfeitos com o punho de ferro de Ciro de Minet, que são uma cúpula só no nome e, na verdade, é ele quem detém todo o poder.

— Hm. E onde a gente e o dinheiro mijado entram nisso?

— Vai ser o nosso cartão de visitas pra falar com o Escafurinha.

— De onde eu conheço esse nome?

— É um dos padrinhos mais antigos, e o mais insatisfeito com Ciro, que é quem realmente toma conta do dinheiro. Ao final de cada dia, as apostas de todas as bancas, de todos os padrinhos, são recolhidas pelos capangas de Ciro. Ele fica movendo o dinheiro pela cidade, muda o lugar do sorteio todo mês, e só então repassa a parte dos outros padrinhos. Escafurinha não aprova essa forma de fazer as coisas.

— Então você quer recuperar uma parte do dinheiro do velho e usar isso pra propor uma aliança?

— É... mais ou menos.

— Por que você acha que ele vai preferir fazer negócios com a gente? Duvido que o velho morra de amores por lobisomens.

— Eu tenho minhas fontes. Mas isso não importa. — Heitor parou o carro na frente do galpão da cachaçaria. — Coloca os moleques mais jovens e mais espertos na rua, bota eles pra seguir o rastro do dinheiro e roubarem, se tiverem a oportunidade. Pra ficar de olho nas nossas novas bancas também. A gente não precisa de muito, por enquanto.

— Isso não é exatamente "fazer nada" até Ed voltar.

— Também não é fazer muito. Averrio é uma cidade perigosa, roubos acontecem todo dia. Além disso...

Um rosnado distante os interrompeu. Raul vinha contornando o bar da cachaçaria, seguido de perto por um bando de rapazes carregando um lobisomem ferido.

— Além disso, os De Minet não estão esperando Edgar voltar — completou Heitor.

Com um suspiro, Guido saiu do carro e bateu no capô.

— Eu mando notícias quando conseguir o dinheiro.

O caminho de volta para a parte alta foi preenchido por agitação. O lobo mastigava suas costelas com impaciência, incomodado por ter que esperar o plano dar frutos e pelo cheiro de flor de tangerina ainda impregnado nas narinas. Um dos grandes problemas de todo aquele esquema arriscado era que seria impossível fingir que se tratava apenas de negócios.

Quase não pensara em Selene, quase não repassara a forma como seu polegar ainda formigava do passeio pelo tornozelo dela, e quase não lambera os lábios se lembrando do beijo suave deixado na bochecha. Quase não ficara remoendo como o abraço desajeitado na rua tinha sido insuficiente para saciar a saudade que o corroía quando se permitia pensar naquilo. Quase.

Não estava relembrando cada detalhe da expressão dela durante a conversa e muito menos cogitando como poderia fazer um novo encontro ao acaso acontecer. Não estava se enchendo de esperanças quanto a fazer pedacinhos daquele noivado e quem sabe ter uma nova chance de provar que não precisava escolher entre a matilha e ela. Não estava distraído quando entrou na garagem da mansão e o rapaz da matilha correu até ele.

— Chefe, tem uma madame querendo falar com o senhor. Me abordou na rua e me deixou esse bilhete.

7

NEGOCIAÇÕES

Galeria do Passo, 20h. Sozinho. E, logo abaixo, escrito às pressas: *Sem gracinhas, seu cachorro.*

Incapaz de tirar o sorriso idiota do rosto, Heitor dirigiu pelo centro da cidade, sendo obrigado a dar voltas devido às interdições para as estruturas que já estavam sendo montadas para o desfile de carnaval. Arquibancadas e camarotes em breve ocupariam quase toda a Avenida Rio Preto para que as pessoas vissem as bandas, os foliões fantasiados e os carros alegóricos passando. Era o feriado favorito de Averrio, um dos poucos que borrava a linha entre a parte alta e a parte baixa. A avenida ficava reservada para a atração principal, o desfile, mas as ruas, ruelas e até as linhas de bonde seriam tomadas por blocos cheios de humanos e monstros celebrando a própria carne — e também a dos outros.

O endereço indicado ficava perto da estação das barcas que atravessavam a baía. Heitor estacionou e conferiu a aparência no espelho retrovisor antes de ir ao encontro de Selene. Provavelmente não deveria estar tão empolgado;

aquilo contava quase como encontrar uma inimiga. Mas ela não era uma De Minet ainda, e talvez não quisesse ser.

Apesar do cair da noite, a rua continuava movimentada. Naquela parte da cidade, faunos, nefilins e fadas ocupavam as calçadas, conversando e expondo seus trabalhos artísticos nas ruas. Todos percebiam quem Heitor era enquanto ele passava por entre os desenhos e os tecidos, e abriam caminho para não esbarrarem nele.

Era uma mudança bem-vinda. Anos atrás, quando ainda não tinha conseguido a clientela mais rica, caminhar por ali atraía apenas os olhares de quem estava procurando por uma noite divertida. Os humanos gostavam muito de poder espalhar por aí como haviam dominado um lobisomem selvagem da parte baixa — mesmo quando o desejo deles era o absoluto oposto.

Ser reconhecido pelo predador que era, ser temido, era novidade. Entre os irmãos, ele era o mais fraco. E, entre humanos, Heitor aprendera a se fazer menor, a se fazer menos fera diante de quem queria apenas a ilusão de uma. Até conhecer Selene, a única pessoa que o tratava como inteiro, mesmo sem ter acesso a todas as partes dele.

O endereço dava numa portinha de madeira descascada de um prédio estreito espremido entre um café e uma loja de roupas para não humanos. Uma placa improvisada pendurada na maçaneta dizia "Fechado para obras".

Heitor sorriu.

Selene caminhava pelo espaço quadrado da primeira câmara, passando a mão pelas paredes de pedra, sem se incomodar com a sujeira. Aquele prédio era um sonho tomando forma e, por mais sólido que parecesse ao toque, era um castelo de cartas tremendo na brisa que entrava pela janela.

Era um segredo muito bem guardado. Ou costumava ser, antes de ficar noiva.

— Linda, você não pode andar distraída desse jeito num prédio abandonado.

Um arrepio desceu pelas costas dela logo antes de um toque suave encontrar o ponto na base de sua coluna — íntimo demais, casto demais.

— Seu cachorro, não me... assuste — disse ela, se afastando do toque para encará-lo.

Heitor estava todo de preto, uma escolha rara para ele, que costumava favorecer cores mais claras. O cabelo penteado para trás deixava exposto o olhar curioso.

— Eu bati na porta. Se aquela madeira mofada pode ser chamada de porta.

— Mais respeito com a minha porta!

Ele riu, colocando a mão nos bolsos antes de andar pelo espaço vazio. Selene tentou enxergar o lugar pelos olhos dele. Não havia quase nada, porque ela só tivera dinheiro para garantir o espaço, mas as lâmpadas, felizmente, ainda funcionavam, embora estivessem fracas.

— Você conseguiu, não foi? Essa é a sua galeria de artes.

— Será a minha galeria, eu espero. Por enquanto, é meu prédio sujo.

— Mesmo assim. Parabéns, linda. Eu sempre soube que você ia conseguir.

Havia um tom genuíno de apreciação na voz de Heitor, talvez até de orgulho. Dela. Quase como se o sonho fosse um pouco dele também. O espaço, ela tinha comprado há muitos meses com a venda de telas no mercado ilegal, em grande parte através da intermediação dos gêmeos nefilins que tinha conhecido na época da faculdade — mas o incentivo para dar aquele passo era inegavelmente mérito do cachorro safado cheirando os cantos da galeria naquele momento.

Uma sensação quente e suspeita se alojou no peito de Selene, então ela tratou de empurrar tudo para dentro do baú onde escondia as lembranças das noites com ele.

— Venha comigo. Hoje tenho um serviço diferente para propor.

Heitor fez um barulho de concordância, a encarando fixamente. Ela procurou o lobo no seu olhar. Humanos não conseguiam enxergar magia, viam apenas o que se manifestava na superfície, e essa frustração costumava impelir muitos dos trabalhos artísticos de Selene. Sempre havia imaginado que veria nas pupilas de Heitor algo de animalesco, mas nunca encontrara nada além de um lampejo, e não fazia ideia se era assim com todos os lobisomens ou se ele era apenas muito bom em dissimulação.

Conduziu-o pela passagem em arco do corredor até a sala seguinte. O prédio era estreito e também o mais comprido do Paço, composto por uma sequência de salas e corredores, com uma escadaria no final, que dava acesso ao andar de cima. O plano era montar as exposições no andar de baixo e um apartamento com um estúdio para aulas no de cima. Ela o levou até a sala do meio, a maior, mais cheia. Espalhadas por todo o lugar, as pinturas e esculturas que havia feito na universidade e levado para lá, em vez de guardá-las em casa, onde certamente causariam desagrado à mãe.

— Esse aqui com certeza não é seu.

Heitor apontou para uma tela retangular apoiada contra a parede. Não era, de fato.

— E desde quando você entende de arte?

— Eu entendo de *você*. Esse monte de marrom sem graça, essa paisagem parada... não tem nada a ver com o que você pinta.

Selene cruzou os braços, mais para ocupar as mãos. Não sabia o que fazer com aquela afirmação tão simples e correta; não sabia o que fazer com o fato de ser conhecida por alguém que não deveria ter direito a isso. Também não sabia lidar com o calor de que era ele essa pessoa, alguém que desejava tanto e em quem não sentia que podia confiar com aquela intimidade.

— Foi um presente de Ciro, no dia em que noivamos oficialmente.

Ela detestava a pintura e a tinha deixado ali justamente para não ser obrigada a vê-la todos os dias em casa.

A resposta foi um rosnar repentino. Um som do fundo da garganta, que ele raramente fazia perto dela e que, contra todo o bom senso, despertava todas as insensatezes em Selene. Heitor puxou um charuto do bolso e o acendeu, parecendo muito propenso a encostar a ponta em brasa na tela.

Por um lado, aquilo tudo era uma péssima ideia. Por outro, mesmo o ambiente escuro parecia um pouco mais vivo e caloroso com a presença dele. Heitor sempre havia sido uma dose de vida real no meio de sua rotina de compromissos engessados e tradições vazias. Queimar-se no calor dele era uma prova de que estava viva de verdade. Apesar da decepção e da mágoa que vieram depois, não trocaria o passado por nada — essa conclusão a encheu de fôlego para fazer a proposta de uma vez.

— Não quero ficar viúva, porque não quero me casar. Gostaria de resolver esse problema para mim?

Ele a observou de soslaio, sem se afastar da tela horrorosa.

— Por que me pedir isso? Você já se livrou de outros noivados antes.

A fumaça do charuto subiu em fiapos, criando uma cortina difusa, um filtro que os afastava. Selene se aproximou devagar.

— Não é tão simples, dessa vez. É um negócio importante. Para salvar a minha família.

— Salvar de quê?

Ela riu, achando graça no desconsolo.

— De tudo, eu acho. Não vem ao caso. Se eu desfizer o noivado, os Veronis não apenas estarão arruinados, como provavelmente nem sobreviveremos. E eu sei que os Lacarez também estão enfrentando problemas com eles, então pensei que poderíamos nos ajudar. Tirar os De Minet do caminho.

Heitor soprou um anel de fumaça para cima e passou o polegar pelos lábios, olhando dela para a tela. Selene se aproximou ainda mais. Não deveria, mas já estava brincando com fogo de qualquer forma.

— Como eu sei que isso não é uma armadilha? Você me viu com Anette, foi correndo contar pro seu novo amor e ele te mandou me espionar, é isso?

Com um arquejo, ela deu um tapinha no ombro dele.

— Claro que não. É tão difícil assim acreditar que eu não quero me casar?

— Essa parte é fácil. Difícil é entender por que você resolveu me procurar agora, depois de ter me esnobado ontem. Depois das palavras tão carinhosas que me disse quando…

— Não quero falar disso. O passado é o passado. Estou preocupada com o meu futuro. Olhe em volta… quantos quadros meus você vê?

Com um giro lento, ele observou o lugar e meneou a cabeça.

— Não muitos, é verdade, mas você sempre vendeu suas obras para pagar as diversões que seus pais não aprovavam.

— E nem isso eu posso mais fazer. Ciro levou tudo. Logo depois que fiquei noiva, vim trazer esse presente de mal gosto para cá, junto de alguns outros quadros novos que fiz por encomenda, e me deparei com a galeria arrombada. Todas as melhores pinturas haviam sumido e, no lugar de uma delas, tinha aquele bilhete carinhoso ali.

Na parede oposta estava uma plaquinha de papelão cortada de qualquer jeito, pendurada no prego que costumava sustentar uma de suas obras. Heitor caminhou até lá para ler.

— "Mulher minha não pinta devassidão." — Ele bufou. — Puta merda, que cara charmoso. Qual quadro era?

— Você não chegou a ver, eu pintei… depois.

— Hm, mas... — Heitor se virou de repente, a expressão muito séria. — Linda, ele levou tudo? Pinturas, desenhos...

— Tudo de mais escandaloso que estava aqui, sim.

— O filho de bicho-papão levou os meus nus?!

Selene revirou os olhos.

— O que te faz pensar que seus nus estavam aqui, seu cachorro arrogante? Eu queimei tudo.

Heitor riu.

— Nem nos seus dias mais raivosos você teria coragem de queimar aquelas obras de arte.

Era mesmo mentira, mas não precisava confirmar. O ego dele não precisava daquele afago.

— Bom, verdade. Algumas eu queimei. Outras, eu fiz picadinho e joguei na baía.

A gargalhada dele ecoou na galeria, irritante e gostosa.

— Mentirosa. Você aprecia demais a beleza pra fazer uma loucura dessas. Você pode ter ficado chateada, me xingado de tudo... pode até ter me odiado de verdade... mas isso aqui... — Ele gesticulou com o charuto para o próprio corpo. — Traçado pelas suas próprias mãos, nas posições que você escolheu? *Tsc*. Você nunca teria coragem. O que me leva a concluir que, em algum lugar desta cidade, Ciro de Minet tem pinturas minhas guardadas... Será que ele é um admirador secreto meu? É raro, mas acontece muito.

— Você quer parar de bobagem? Isso é sério!

— É claro que é sério. Eu preciso salvar meus quadros e a minha honra das mãos daquele bandido.

— Não são seus quadros, são meus tr...

Tarde demais, Selene fechou a boca, comprimindo os lábios numa linha fina. Heitor riu de novo.

— Então, meus nus realmente estavam aqui. Não se preocupe, linda, eu não te julgo. Eu também ainda guardo algumas calcinhas suas. Inclusive, se...

— Não! Já chega! Eu preciso que você leve isso a sério! Não espero que vá fazer nada por mim na base da amizade ou em nome do que eu achava que a gente tinha, nem mesmo quero que seja um favor. Isso é uma contratação de serviço, como sempre foi entre nós. Não tenho mais dinheiro para te pagar, e acho que você não precisa mais disso, mas eu posso te ajudar a combater a cúpula do poupa-fera, posso descobrir informações úteis.

Enquanto ela falava, a expressão dele voltou a ficar séria. Havia um toque de indignação no olhar de carvão, mas Heitor permaneceu em silêncio.

— Posso também fazer por vocês uma das coisas que Ciro espera que eu faça por ele. Abrir portas na sociedade. Os Lacarez são tão ricos quanto qualquer família de elite, quanto qualquer alcateia antiga, mas continuam sendo páreas sociais, não é? Nunca são convidados para nada, são tratados como inferiores.

— Você não pode fazer com que os humanos magicamente deixem de ser preconceituosos.

— Verdade, mas quem disse que eles precisam gostar? Eles só precisam abrir as portas, e eu sei como conseguir as chaves. É bem verdade que vocês já conseguiram muito poder na base do medo, mas para irem além precisam de mais... refinamento. Associação ao Clube das Boas Damas, camarotes no desfile de carnaval, convites para festas... Eu consigo. Só o que peço em troca é que vocês tirem a cúpula do poupa-fera do caminho da minha família.

— Era isso que você queria com os gêmeos nefilins? — Ele arregalou os olhos de repente. — Você ia pedir para que cantassem no ouvido dele, não ia? Um plano muito arriscado, linda. Não me surpreende que tenham recusado.

— Não importa. Já percebi que o que eu tinha em mente para eles não seria o suficiente. O problema é... grande demais. A dissolução do noivado não é suficiente para o poder que Ciro tem.

Quanto mais falava em voz alta, mais Selene se sentia tomada por um desespero conhecido. Para além da ruína iminente da família e do medo do que poderia acontecer com os pais, vários outros temores se empilhavam e aumentavam o peso no peito. A ideia de ficar a vida toda amarrada a um casamento com um homem frio que queria apenas usá-la apertou sua garganta como um punho gelado. Todas as coisas que gostava de fazer, toda a liberdade de que desfrutava em segredo, todo o futuro planejado para a galeria... essas coisas lhe escorriam pelos dedos como se tentasse conter a tinta num tubo rachado.

Talvez Heitor conseguisse enxergar tudo isso, ou farejar. Ele abanou a fumaça com a mão e colocou o charuto para trás, as narinas se dilatando.

— Vamos deixar as coisas claras, linda: você está me pedindo para tirar os De Minet do caminho.

— E quem mais for preciso — completou ela, pensando em todos os homens que pairavam ao redor de Ciro.

— E você sabe que isso muito provavelmente significa matar todos eles, não sabe?

— Não pensei que vocês teriam algum problema com isso. Já fizeram isso antes, não é? Não foi para isso que me usaram?

Ele suspirou, jogou a cabeça para trás e recorreu ao charuto novamente. Um meio sorriso amargo moldou os lábios dele.

— Você diz que não quer falar do passado, mas traz ele de volta toda hora. Não acho que isso vai funcionar, linda. Você não confia em mim e, se não confia em mim, também não posso confiar em você.

O passado, o passado... aquela coisa que se avolumava a cada vez que era mencionado, como um desenho que Selene tentava consertar passando a borracha e só o que conseguia era deixar uma mancha no papel. Por mais que tentasse se livrar da mágoa, ainda se lembrava muito bem do pavor súbito de terem sido pegos no flagra por Diana. Ainda se lembrava do gosto do chá que tomava enquanto era chantageada e coagida a ajudar a bruxa e os Lacarez em seus planos.

E Heitor havia se beneficiado, e muito, daquela situação toda. Talvez tivesse até ajudado a armar o flagrante.

— O que você esperava? — perguntou ela, por fim.

— Eu esperava que, depois de tanto tempo, você estivesse mais aberta a entender o meu lado da história.

— Eu entendi tudo perfeitamente. Diana chegou balançando o dinheiro e você aceitou me vender para ela.

— Diana já sabia! Ela pegou a gente no flagra naquele dia, mas ela já sabia! E não, eu não contei nada a ela!

Ele esfregou a nuca e começou a andar de um lado para o outro.

— Eu nunca... — começou Selene. — Não importa, essa conversa não é sobre ela.

— Concordo — respondeu ele.

— É sobre como você escolheu que valia mais a pena aceitar o dinheiro dela do que se manter fiel a mim. Você nem tentou me defender dela, nem sequer tentou evitar que sua família me usasse!

Um ano atrás, Heitor havia sido mais que seu amante contratado, havia sido um confidente, um grande alimentador de seus sonhos mais selvagens. No entanto, quanto mais tempo passava, mais Selene percebia que a troca não havia sido verdadeira. Ela não sabia tanto sobre ele quanto tinha pensado. Oferecera muito de si a ele e, em troca, Heitor a iludira com prazer e depois a intimidara com uma chantagem que ajudara a deixá-lo rico e poderoso, ainda que por associação a Diana.

— Isso não é verdade. Eu e meus irmãos decidimos em conjunto que valia mais a pena nos associarmos a Diana do que sermos massacrados pela polícia e por mais um tanto de inimigos que você nem imagina. Você não foi a única chantageada nessa história. Se eu não tivesse feito o que ela me pediu naquele dia, ela ia mandar a polícia e todos os maridos traídos e pais zelosos da parte alta atrás de mim.

Consegue imaginar como seria se todos os seus vizinhos de repente soubessem o que tanta gente rica e bem-comportada faz em segredo, no escuro? Acha que iam ficar sentados refletindo ou iam culpar o monstro prostituto por seduzir e corromper todas aquelas pessoas de boa estirpe?

Selene inspirou fundo, tentando se manter firme enquanto ele fazia círculos cada vez menores ao redor dela. Sabia bem que Diana teria sido capaz de fazer tudo aquilo, conhecia o medo que ela era capaz de inspirar.

— E, no final das contas, o que te custou? — continuou ele, baixando a voz a um tom também amargurado. — Você só precisou ser a madrinha do casamento dela, falar umas palavras bonitas em público, tomar chá com ela de vez em quando. Em meras semanas, sua reputação seguiu como se nada tivesse acontecido. Foi só mais um caso de caridade da gentil Selene Veronis.

Ela respirou fundo, engolindo a própria amargura, buscando forças para manter todas as emoções contidas, o que era sempre mais difícil perto dele. Parte dela queria poder chorar, gritar na frente dele e esmiuçar como havia se sentido pequena e desimportante.

Talvez ele tivesse bons motivos, talvez Selene nunca devesse ter esperado que a lealdade de um lobisomem com sua matilha fosse ser menor do que qualquer ínfimo sentimento que ele porventura tivesse por ela. Mas isso não fazia doer menos que a escolha tivesse sido tão fácil para ele. Não diminuía o fato de que, no fim das contas, ele nem mesmo a havia alertado do que estava por vir ou tentado encontrar uma solução em conjunto com ela.

Heitor, de certa forma, havia feito o mesmo que os pais de Selene ao longo dos anos: a considerara apenas uma peça no jogo por poder.

Outra parte, arraigada demais ao instinto de sobrevivência das damas perfeitas, mordeu a bochecha e manteve o tom de voz contido. Não cometeria de novo o erro de revelar as próprias fragilidades, por mais que desejasse.

— Mas a nossa relação continua sendo uma arma que ela pode usar contra mim a qualquer momento. Especialmente agora, isso me deixa em risco. Eu nem sei o que Ciro faria, se a verdade viesse à tona, e...

— Linda, se meus nus estavam aqui e ele roubou, ele também sabe sobre nós.

A memória do aperto de Ciro em seu cotovelo a gelou por dentro, amainando boa parte da mágoa do passado. Uma ótima lembrança de por que decidira ir atrás de Heitor para uma aliança.

— Estou ciente — respondeu com a voz seca. — Acontece que eu só sou útil para ele com a reputação intacta, então duvido que Ciro vá divulgar essa história. Mas, caso outra pessoa, quem sabe até algum vira-lata, espalhe a verdade por aí, não consigo nem imaginar o que ele pode fazer comigo e com a minha família.

— É verdade, ele não tem como saber que os Lacarez não vão usar isso contra ele. O que é só mais um motivo que ele tem pra tentar nos tirar do jogo...

— Não vão? Tem certeza? Vocês já usaram isso para me forçar a fazer coisas antes.

Heitor riu sem humor e bateu as cinzas do charuto, sujando o chão sem a menor cerimônia enquanto caminhava.

— Ah, linda, mas aí você tem que escolher. Prefere seu noivo, que está ameaçando sua família por algum motivo misterioso e levou todas as telas da sua galeria secreta... ou euzinho, lindo e charmoso, e a minha família que só de vez em quando te pede um favor? — Entre uma volta e outra ao redor da sala, ele soprou um anel de fumaça para cima e piscou um olho. — Caso você queira, eu posso te lembrar de como nossos negócios sempre foram muito... eficientes.

A contradição de que, mesmo magoada, queria, fez seu coração descompassar por um momento. Ela precisava se afastar dele imediatamente. Selene limpou a garganta, alisou o vestido que não precisava de ajustes e ajeitou a postura. Uma dama não perdia a compostura nem mesmo quando estava conduzindo negócios escusos com ex-amantes inconvenientemente sedutores.

— Temos um acordo, então? Nós deixamos o passado no passado, eu te ajudo a derrotar os De Minet e a cúpula do poupa-fera, e você garante que nada aconteça com a minha família no processo.

Heitor finalmente parou de circular e olhou para ela, girando levemente o pescoço. Selene engoliu em seco. Já tinha visto algumas versões daquele lobisomem. Debochado. Indiferente. Charmoso. Excitado. Foi a primeira vez que encarou o lobo faminto, descomposto. Heitor não dava brechas para ser interpretado, nunca. Escondia as próprias vontades com um controle férreo por trás do sorriso sarcástico e pintava a indiferença com bom humor.

— Estou inclinado a aceitar, mas… — murmurou ele, encarando sua boca — só pra garantir, acho que a gente devia selar o acordo com um beijo.

Heitor não precisava da ajuda dela.

Não de verdade.

A guerra de gangues era inevitável, disputar territórios era tão rotineiro na vida da parte baixa quanto o fedor das ruas mal lavadas. Cães vira-latas sabiam bem disso; a comida e o espaço na calçada nunca estavam garantidos. A batalha naquela camada mais elevada da sociedade trazia um campo novo de disputa para os Lacarez, mas, no fim do dia, a guerra seria travada nos becos sujos e esquinas miseráveis, convenientemente longe dos olhares daqueles que se beneficiavam dela.

O que ele precisava era provar o gosto daquela boca mais uma vez. Pelo menos uma.

A fumaça pesada do tabaco não era suficiente para proteger seu focinho das revelações que o cheiro de Selene trazia, carregado de verdades que as palavras dela não diziam. Por baixo do perfume de flor de tangerina, pulsava um medo tão latente que ele desconfiava que talvez nem ela estivesse totalmente ciente dele. Havia outros odores também, correndo no ritmo acelerado do coração dela. Raiva. Desejo. Toda sinfonia de sentimentos que o passado trazia à tona em aromas complicados demais para um cão vagabundo descrever.

— Você ficou louco? — A voz dela saiu baixa e rouca.

Havia uma tentativa de soar indignada, mas Heitor conhecia bem demais todos os tons do desejo de Selene. E o lobo uivou em resposta. Ela era especialista em se esconder do mundo, fingir que não sentia nada, como se seu cheiro não contasse outra história.

— Só um beijo, linda.

— Não.

— Por quê? Um beijo de negócios. Como sempre foi entre nós.

— Não seria certo. Eu...

Devagar, ele se aproximou. Sentiu-se mais confiante quando Selene não se afastou. O coração dela estava acelerado, o cheiro dizendo "sim" a cada pulsação do sangue.

— Não me diga que você tem qualquer sentimento de fidelidade por um noivo que acabou de me pedir para tirar do seu caminho.

— Foda-se o Ciro! E foda-se você também, seu cachorro.

Ele sorriu, satisfeito com a quebra da compostura. Heitor costumava viver por aqueles momentos em que conseguia quebrar a polidez de dama perfeita, dar contornos ao que sabia apenas pelo olfato.

— Isso tudo pode ser arranjado, mas por hoje me contento com um beijo.

Mais alguns passos. Ele escondeu a mão segurando o charuto atrás das costas, escondeu a tremedeira repentina. Um vira-lata implorando não conseguia nada a não ser pena, e sua fome era por muito mais.

— Por quê? — perguntou ela, novamente com o tom rouco, o olhar descendo para os lábios dele.

Porque eu não aguento mais de vontade de morder essa sua boca. Heitor sorriu de lado.

— Pra eu saber que você não está mentindo, que essa proposta não é uma armação sua e do seu noivo contra mim...

Selene abriu a boca para responder, a expressão indignada, então ele se apressou a completar:

— E pra eu descobrir se você superou mesmo nosso passado.

Ela colocou as mãos na cintura. Heitor parou bem na frente dela, a um passo de invadir o espaço que costumava ocupar com tanta familiaridade.

— Querido, você já estava esquecido no dia seguinte. Nada de lobo, nada de coração, certo?

— Ótimo, então um beijo só não vai significar nada. Ou você tem tanto medo assim de confessar que tá morrendo de saudade?

As garras do lobo se fincaram com força no peito dele, sangrando expectativa. Heitor não tinha certeza do que seria mais devastador: a recusa ou os danos colaterais de beijá-la e se forçar a seguir em frente como se nada tivesse acontecido.

Por fim, Selene deu de ombros.

— Tudo bem, então. Venha aqui e me mostre como *você* nunca conseguiu me superar.

Apesar de tudo, Heitor riu. Do gracejo, da verdade desesperadora.

Então, levou a mão livre até o pescoço dela e a puxou para um beijo, um momento triunfante e frustrante para o monstro. Queria mergulhar todo nela, espalhar mordidas e a fazer se lembrar de como eram bons, mas se obrigou a passar uma corrente na própria fome, porque o cão vadio que queria comer sempre nunca roubava a comida toda de uma vez.

Primeiro, deixou o contorno dos lábios se encontrarem, um toque suave e aveludado como o batom que ela usava. Com movimentos lentos, a convidou para a dança, até suas bocas reencontrarem o caminho tantas vezes viajado. Deliciou-se com o gosto doce da língua dela, se arrepiou todo com o gemido baixo que escapou da garganta de Selene. As garras despontaram na mão e ele se obrigou a afrouxar o toque para não a arranhar, não a alertar para o que estava acontecendo, para o animal patético que tinha nas mãos e nem sabia.

As garras da outra mão, ainda escondida às costas, contornaram o charuto e perfuraram a própria palma. A dor, ainda que autoimposta, era sempre útil para lembrar ao lobo que tinham boas maneiras. Quanto mais Selene lhe inundava os sentidos, mais fundo na própria pele as garras perfuravam. Quando ela se aproximou mais, aprofundando o beijo, pousou as mãos nas lapelas de seu paletó e agarrou o tecido com força, como se também tentasse se conter, Heitor quase perdeu o controle.

Um único beijo jamais seria suficiente para saciar aquela fome, e saber que era compartilhada não servia de grande consolo.

Foi ela que teve forças para interromper o momento. As mãos macias o seguraram pelo queixo e o afastaram, os dedos cravados em sua bochecha, gentis e rígidos ao mesmo tempo, garras femininas por si só.

— Pronto. Beijado. Satisfeito? — Selene fechou os olhos e o soltou de vez, inspirando fundo para recuperar o fôlego. — Temos um acordo?

Heitor se permitiu alguns segundos para ficar ofegante, então se recompôs. Ajeitou o tecido do paletó amassado pelas mãos dela, flexionou os dedos até ter certeza de que as garras não estavam mais visíveis, e levou o charuto à boca numa tentativa pífia de inalar tanta fumaça quanto possível e mascarar o aroma da excitação dela.

Afastou-se dando passos para trás, parou ao lado do quadro que foi presente de noivado e encarou a pintura. As garras ameaçaram a despontar de novo, antecipando o prazer de dilacerar a tela e tudo que ela representava.

No final das contas, a decisão não era sobre estratégia, não era sobre a matilha. Girava em torno dele e de uma verdade muito simples: Heitor era simplesmente incapaz de dizer não a Selene. Sempre fora. Se ela sorria, o lobo idiota balançava o rabo. Se ela chorava, ele gania. Se ela estava com raiva — mesmo que *dele* —, só lhe restava incendiar o mundo.

Ele a queria de volta, e só precisava fazê-la perceber que o queria também. E tirar um noivo inconveniente do caminho.

— Você me conhece, linda, sabe como eu adoro arruinar casamentos de moças bonitas.

Sorrindo de lado, ele esticou o braço até a ponta em brasa do charuto tocar a tela, chamuscando e borrando tinta e linho.

ANTES

Heitor soube que algo estava errado assim que entrou no carro, jogando o cotoquinho de charuto pela janela. Selene não se inclinou para um beijo rápido, apenas deu a partida e seguiu com o olhar fixo na rua.

— Bom dia, linda.

— Bom dia.

A resposta veio mais baixa que o normal, sem o sorriso de sempre, quase engolida pelo barulho do motor do carro enquanto ela os conduzia para longe do ponto de encontro.

— Para onde vamos hoje? — perguntou Heitor, tentando sondar com o olfato o motivo para o desânimo aparente.

O perfume dela estava delicioso como sempre, e o corpo, saudável. Tudo parecia ótimo, a não ser por um resquício do cheiro salgado de lágrimas na pele, apesar de o rosto de Selene estar perfeitamente composto. O lobo se sentiu incomodado com a incongruência, perdido com a necessidade súbita de resolver um problema que ainda nem compreendia o que era.

— Não sei, na verdade.

Ele franziu a testa. Selene sempre sabia aonde queria ir, onde deveria estar. Dirigia o carro com propósito porque gostava de conduzir a vida. Os trejeitos suaves de boa moça escondiam uma mulher que não precisava nem desejava ser levada, uma firmeza e propósito sereno que o envolviam numa espécie de caçada por algo que Heitor não sabia identificar. Algo dentro dela vibrava e o atiçava com gestos sutis, trejeitos que humanos limitados não eram capazes de perceber. Muitas vezes, tinha certeza de haver algo de loba em Selene, a Lua que o perdoasse pelo sacrilégio.

— Posso sugerir, então?

Selene concordou com a cabeça.

— Pegue a Avenida Cruz no sentido sul. Vou te mostrar um lugar.

Foi recompensado com um brilho de curiosidade, ainda que nada mais tenha sido dito.

Heitor respeitou o silêncio; não era pago para fazer perguntas. Apesar de regularmente seus ouvidos serem tão requisitados quanto as demais partes do corpo, deixava que as clientes decidissem se queriam falar ou não. Desabafo era uma forma de prazer e, como tal, precisava ser consentido para funcionar.

Falou apenas quando necessário para guiá-la e tentou relaxar no banco, aproveitar o ar limpo que aos poucos substituía o fedor da cidade. A responsabilidade que tinha ali era puramente física, e nem mesmo deveria supor que Selene desejava qualquer outra coisa dele.

As casas foram rareando, dando lugar a árvores cada vez maiores e mais frondosas de um lado e a areia do outro. Observando o mar, se perguntou se seria capaz de convencê-la a nadar, e se aquela seria uma das experiências que Selene ficaria feliz de viver.

Já tinha perdido as contas de quantas vezes haviam se encontrado desde aquela primeira noite, e nunca era igual. Ela gostava de ir a lugares diferentes, sempre distantes dos locais frequentados por seu círculo social. Hotéis no limite da cidade; salas cheirando a tinta e argila, na faculdade de belas artes; o banco de trás do carro estacionado em algum canto escondido dos parques naturais. O gosto de Selene por aventuras era genuíno, e ele se via cada vez mais enredado em ser quem propiciava aqueles momentos a ela.

A praia parecia uma escolha natural na progressão exploratória dos encontros. Algo que a faria feliz. E se Heitor estava pensando mais em fazer Selene feliz do que em manter uma cliente satisfeita, convenientemente empurrou a constatação para longe.

— Uma praia! — disse ela quando o carro fez a última curva.

O tom de encantamento não foi capaz de apagar completamente o desânimo inicial da voz dela, mas foi bom de ouvir mesmo assim, e fez o lobo balançar o rabo como um cãozinho orgulhoso.

Quando Selene ficava realmente maravilhada por algo, tendia a falar mais baixo, quase num sussurro, como se temesse que a cena pudesse se desfazer com o menor barulho. Eternamente encantada por tudo que era belo e harmônico, ela também apreciava a verdade que enxergava nas cenas. Heitor não entendia de arte, mas vinha aprendendo como aquela madame diferente das outras enxergava o mundo, e também como era enxergado por ela.

— Tem um lugar bom pra estacionar ali na frente, escondido nas pedras — disse ele.

O barulho do vento e das ondas daquele pedaço de mundo era tão familiar para Heitor, que, quando viu o bico dos sapatos finos de Selene tocarem a areia, hesitou por um instante. Era quase como levá-la em casa, um pouco como mostrar à garota que gostava onde ele vivia.

Não havia namoradas em seu passado, apenas uma sequência de encontros furtivos com lobos e lobas na lua cheia, e clientes. Não sabia realmente como era a sensação de se revelar a alguém, mas suspeitava que fosse parecida com aquele nervosismo se remexendo no peito enquanto o lobo lhe roía as costelas por dentro. Talvez levá-la ali tivesse sido um erro, íntimo demais. Quase como mostrar a pele de monstro, um violar das regras que estabelecera.

— Como você descobriu esse lugar?

Selene se abaixou para tirar os sapatos. Até mesmo um gesto tão simples, sem nada de sensual, o fez engolir em seco. Era assim o tempo inteiro ao lado dela. Podiam estar conversando ou apenas passando por um momento corriqueiro antes ou depois das atividades sexuais, e de repente ela fazia algo. Um gesto simples. Uma risada despretensiosa. Um ajeitar de cabelo. Um movimento nada ensaiado que deixava Heitor hipnotizado.

A beleza dela sempre fora óbvia. A boca carnuda, o arco elegante das sobrancelhas, as covinhas do sorriso, as curvas voluptuosas. Tudo em Selene parecia desenhado para atrair o olhar, como se ela fosse uma obra de arte. Mas os detalhes se insinuavam à vista apenas com a convivência, os hábitos tão arraigados que ela fazia sem nem pensar e a tiravam do pedestal para o mundo terreno — para um lugar mais perto de onde Heitor podia tocar.

— O que foi? — Selene se endireitou, segurando os sapatos.

Só então ele se deu conta de que a estivera encarando como o cachorro babão que era.

— Essa é a praia em que a minha matilha se transforma, na lua cheia.

A boca dela se abriu numa expressão surpresa, e lá estava, a centelha de vivacidade tão bem escondida pelos bons modos. Por um instante, a imaginou correndo por aquela mesma praia, como uma loba, como alguém que gostaria de correr ao lado dele. Selene se virou, observando o lugar com uma nova apreciação. Heitor aproveitou a brecha para esfregar o rosto. Tinha saído sem querer, jamais fora sua intenção revelar tanto. Ou fora?

— Eu nunca imaginei que vocês viessem tão longe. Sempre achei que os lobisomens se transformavam nas colinas acima de Averrio.

O encantamento tomou de vez a voz dela, um sussurro na brisa do mar. Íntimo demais ou não, já estava valendo a pena. Se Heitor estivesse prestando atenção, perceberia que a caçada que o envolvia era por desvendar cada vez mais da mulher vibrante que desabrochava na privacidade dos momentos compartilhados. Nenhum outro cliente despertava a fera daquela forma, mas nenhum outro cliente estaria tão interessado em apenas saber mais sobre ele e a vida que levava fora da cama.

— As alcateias tomaram as matas, não deixam que as matilhas usem, então os cães vadios vão para as praias. Só que as praias da cidade não são permitidas, para a segurança de todos. Não temos escolha a não ser vir tão longe, mas aqui é bom. Tem mar e tem mata, tem bicho. Tem liberdade.

Selene deixou um suspiro escapar e abriu e fechou as mãos, o gesto inquieto que Heitor reconhecia como sendo a vontade de rabiscar o que via. A bolsinha dela sempre tinha quatro coisas: uma carteira recheada de dinheiro, o leque, um retoque de maquiagem, e um caderninho de desenho com um cotoco de lápis.

— Você trouxe seu caderno?

— Eu por acaso estou com o material completo no carro — respondeu ela, com o olhar percorrendo toda a extensão da praia.

Heitor espiou o banco de trás, encontrando a maleta que a via carregando de vez em quando. Sem dizer mais nada, tirou os sapatos também, pegou o material no carro e começou a carregá-lo pela areia fofa. A praia se alongava até o mar. As pegadas da corrida dos lobisomens transformados já haviam sido encobertas pelo tempo, mas aqui e ali ele via indícios da presença regular da matilha. As garrafas de cachaça que Guido deixava, charutos mofados, retalhos de roupas abandonadas, marcas de garras em algumas pedras.

Pisar ali de dia, faltando muitas noites ainda para a próxima lua cheia, tinha um ar de novidade engraçado.

— Heitor, espera, eu... Nós não...

Selene deu uma corridinha para alcançá-lo. Parecia mais alerta do que momentos atrás, mais viva. No entanto, uma incerteza incomum marcava a cadência de seus passos.

— Linda, você não disse semana passada que queria me desenhar sem roupa? Quer cenário mais perfeito do que esse? Pode me desenhar enquanto tomo banho de mar nu. Acho que seria o primeiro desenho perfeito pra iniciar sua coleção.

Finalmente, ela riu. De verdade, como sempre fazia diante dos gracejos dele, com covinhas e tudo. O lobo patético abanou o rabo dentro dele, crescendo de satisfação.

— Você está supondo que eu gostaria de te desenhar mais de uma vez, cachorro safado?

— Eu tenho muitos ângulos bons, você talvez precise de mais de uma tentativa para retratar todos bem.

Quando alcançou uma região com uma elevação de pedras lisas, Heitor deixou a maleta sobre uma delas e puxou o paletó para estendê-lo na areia, e logo o colete seguiu o mesmo destino. Usar o traje completo em geral era um mal necessário, pois as clientes apreciavam a ideia de uma fera elegante, e isso aumentava a expectativa para o momento em que não estaria usando nada. Sob a observação cada vez mais atenta de Selene, a escolha valeu ainda mais a pena.

Ela gostava de vê-lo se despir, o encarava com gana — uma fome que quase poderia se passar pela voracidade de uma loba. Heitor sentia-se inflar toda vez que encontrava aquele desejo, o lobo espichava dentro dele, e, se não fosse pela poção que tomava regularmente para impedir que a fera entrasse no entre-estado, tinha certeza de que o monstro já teria dado as caras durante seus encontros.

A maioria dos clientes o observava com um misto de luxúria e cobiça, uma satisfação quase entediada. Selene o bebia com o olhar, como se pudesse sorvê-lo antes mesmo de se tocarem, como se ele fosse algum tipo de privilégio, o mais desejável da matilha, em vez de um lobo que apenas aprendera a se virar como podia.

— Você não vai começar a desenhar, linda? — perguntou ele, sentindo o lobo arranhar a garganta, lutando contra as amarras da poção.

— A primeira parte de qualquer desenho é uma boa observação anatômica.

Ela sorriu lentamente e se acomodou sobre uma pedra, cruzando as pernas.

Um de cada vez, nem muito devagar nem muito rápido, Heitor desfez os botões da camisa. Depois, desabotoou os punhos, desafivelou o cinto. Selene nunca havia dito em voz alta, ela não era do tipo que fazia críticas ou pedia com todas as letras o que queria, mas o deixava adivinhar. O tempo havia ensinado que ela preferia movimentos orgânicos, que ele usaria em casa, se não tivesse uma plateia

Selene gostava de solidez, fantasiava com os pés no chão. Ou talvez passasse tanto tempo em meio às relações rarefeitas da parte alta que desejava o mundano. Talvez daí viesse o encantamento do lobo por ela. Seus momentos juntos o faziam se sentir mais feroz, mais monstro — um direito que a vida parecia ter lhe negado apenas por ser o filhote mimado da família. Depois de uma vida inteira sendo o menor e mais fraco, Selene o encarava sem julgar nem medir, sem esperar que ele fosse mais bruto ou mais delicado; parecia se fascinar por ele mesmo, simples como era.

Não pela primeira vez, enquanto se despia para o deleite dela, Heitor se perguntou se a fantasia dela na verdade ia além de se deitar com um monstro; se era se deitar com alguém de carne e osso. Viviam teatros muito bem ensaiados, aquelas meninas ricas, e, apesar de não haver absolutamente nada nela que merecesse pena, continuava sendo um desperdício.

Ele deixou a camisa cair. Selene inclinou a cabeça para o lado.

— É verdade que a lua cura todos os seus ferimentos e não deixa cicatrizes, ou você é só um lobisomem muito bem-comportado?

— A Lua cura quase tudo.

— A prata, não. Prata é fatal.

— No coração, é fatal. De resto, a Lua cura ferimentos de prata também, mas bem mais devagar. Prata deixa cicatrizes, se a ferida não for tratada rápido. Por quê, linda? Cogitando me machucar?

— Só... me perguntando como é possível um corpo tão perfeito estar ao alcance da minha mão.

Heitor parou com a mão no botão da calça, se sentindo afetado de repente, as palavras dela ecoando seus pensamentos. Podia ser um elogio vazio, como tantos que recebia, mas naquela voz sussurrada ganhava outros contornos. O lobo fincou as garras em suas entranhas, sem saber o que fazer com a sensação, duvidando que as palavras dela se estendessem também à fera escondida ali dentro, ansiando por sair.

Ele abaixou as calças de uma vez, se revelando todo para ela, procurando se esconder atrás da própria pele. A fera o machucou por dentro de novo, querendo se exibir para a fêmea. O olhar de Selene se inflamou ao encará-lo de cima a baixo. O pau de Heitor, muito mais bem treinado que o monstro incomodado, reagiu de acordo. Mas ainda não era hora; ela tomaria a dianteira nisso, quando quisesse.

— Me acompanha num mergulho, linda?

Selene mordeu a bochecha, parecendo em dúvida, e os ombros caíram um pouco.

— Vou te esperar aqui. — O sorriso que ela ofereceu veio menos brilhante, mais forçado. — Começar a esboçar o seu nu.

Com um último sorriso, ele se virou para a água. O mar gelado ajudaria a colocar o monstro na linha e a lavar ideias estúpidas sobre aquela relação ser real. O plano tinha sido caminhar sedutoramente, mas no meio do caminho o cão arruaceiro venceu.

Heitor correu e se jogou nas ondas. Quando ressurgiu, virou a cabeça para cima num uivo longo e satisfatório. Talvez, se ela o visse daquela forma, se lembrasse também da natureza comercial do que os unia. Ou talvez se encantasse por ele da mesma forma como ele vinha se encantando por ela. Duas de suas regras sendo infringidas de uma vez só.

Pensar com as mãos sempre a aliviava do fardo de uma cabeça cheia. A cada traço no papel, a tensão deixava seus ombros. A cada esfumaçar com o dedo para obter o efeito desejado, o maxilar relaxava mais um pouco. Os sons da praia deserta a embalaram, dando vida ao que imaginara quando Heitor disparara para a água — rápido demais para um ser humano.

Selene gostava de usar o carvão não pelo resultado final, mas pela sujeira. Gostava de ficar com as pontas dos dedos sujas, gostava do risco de borrar o desenho a qualquer instante. Era tanto um desafio quanto uma inspiração, um lugar em que podia ser menos do que perfeita. O desenho do momento era sua forma de imaginar silenciosamente, de perguntar sem palavras, como seria a forma verdadeira de Heitor.

Um corpo grande, erguido sobre duas patas. Uma cauda, orelhas em pé, garras. Um olho que era apenas o branco do papel. Nunca havia visto um pessoalmente, então estava se baseando apenas em fotos escuras tiradas na lua cheia e em relatos de livros.

— Acho que dá pra considerar um desenho em que estou nu, mas eu não sou assim em pele de lobo.

A declaração veio seguida de um beijo no pescoço. Os lábios gelados dele pressionaram logo abaixo da sua orelha e uma língua quente se insinuou entre eles. Quente e frio dispararam arrepios e calor por todo o corpo de Selene.

Os beijos de Heitor seguiram um caminho tortuoso pela curva do seu pescoço, passaram para um arranhar de dentes na orelha e depois na bochecha, até finalmente — finalmente — alcançarem a boca que o aguardava. O beijo de ponta cabeça, ela sentada sobre o terno e ele ajoelhado por trás, teria tudo para ser desengonçado nos lábios de outro homem. Outra criatura. A cada encontro, ele inventava danças novas que Selene mal tinha tempo de temer não saber acompanhar, porque descobria que sempre sabia. Reagia a cada movimento dele sem pensar, e se via capaz de cada vez mais.

O bloco de rascunho e o carvão escorregaram de seu colo, interrompendo o momento.

— Não... Eu não... Calma. Você não é assim?

Havia imaginado diversas vezes, claro. Já tinha ouvido falar que lobisomens às vezes deixavam escapar um pouco da fera quando estavam excitados, mas nunca havia acontecido com ele. Selene nem precisava procurar nos bolsos do paletó em que estava sentada para saber que havia ali um vidrinho de poção, magia barata de fadas, mas que ajudava a segurar a ferocidade dos lobisomens.

— Meus pelos são castanhos. Alguns mais claros, outros escuros. — Ele se abaixou para pegar o desenho e inclinou a cabeça de lado. — Minha cauda é mais longa do que isso também.

Ela demorou um pouco para registrar as informações. Pelos castanhos, como os cabelos dele. Uma nova imagem surgiu em sua mente, as pontas dos dedos coçando.

— Eu ainda não tinha terminado. Um vira-lata invadiu e me interrompeu.

— Vira-latas são mesmo terríveis.

— Existe alguma forma segura de... ver? — Apontou para o desenho. — Sua forma verdadeira.

— Todas as minhas formas são verdadeiras.

Heitor ficou sério, a observando de rabo de olho, e Selene se apressou a continuar falando. A regra da primeira noite nunca havia sido revogada, nem repetida nos encontros ao longo dos meses passados desde então.

— Sim, eu sei, desculpe. Mas o lobo... Não necessariamente... durante o que a gente faz. Não por um fetiche. Só por... bom, curiosidade. Interesse artístico. Eu nunca vi um lobisomem transformado ao vivo.

— Não, linda. A Lua revela demais quando está cheia. O dia que você vir minha pele de lobo ou vai ser seu último de vida, ou vai ser seu último dia de madame de boa reputação. Não tem como encarar um monstro como um lobisomem de matilha e ele não te sujar.

— Mas você me contou que uma cliente uma vez te convenceu a não tomar a poção que controla o lobo em dia de lua cheia, e que ela viu... um pouco. O entre-estado, não é assim que chama?

— Isso foi muito no início da minha carreira, e eu me arrependo até hoje.

— Por quê? Foi perigoso?

— Porque foi pessoal demais. Eu posso vender o serviço, posso vender o meu tempo, posso vender o meu corpo... mas a pele de lobo, o entre-estado, a minha verdade... não são para vender. É a linha que eu tracei para não misturar trabalho e vida pessoal.

— Claro, faz sentido.

— Mas não foi pra isso que eu tirei minha roupa todinha, foi? Você não vai me desenhar como um daqueles modelos da faculdade de belas artes?

Selene o observou se retrair um pouco. Heitor se deitou na areia, apoiando a cabeça na bolsa de couro que ela havia deixado na pedra, nem um pouco tímido da nudez ao ar livre. Mesmo com o corpo tentador completamente exposto, parecia muito mais distante do que antes.

Ela chegou a puxar uma nova folha e o carvão, hesitando com a ponta próxima do papel. A verdade era que já tinha desenhado ele antes, de memória. O caderno de rascunhos estava cheio de esboços. Apenas não parecia certo registrá-lo naquele momento, em que ele usava de um subterfúgio para evitar o assunto do lobo.

— Vamos fazer o seguinte, então — disse Heitor, de repente, se sentando e abrindo a maleta de couro dela. — Eu vou te desenhar também, enquanto você me desenha.

Ele puxou um bloco menor da pasta, seguido de um lápis, então franziu a testa em concentração ao encará-la, numa imitação sarcástica de um artista sondando a modelo.

— Você vai me desenhar? — Selene riu, aceitando a nova tentativa de desviar o foco.

— Por que não? Aprendi muito te observando. Acho que toda essa convivência tem feito muito bem pro meu senso artístico.

— Você me quer em alguma posição específica?

— Todas, sempre, mas isso a gente deixa pra daqui a pouco. — Ele piscou um olho antes de voltar a se concentrar.

Com um suspiro, e um sorriso que não conseguiu controlar, ela deu o primeiro risco no papel. Podia jogar aquele jogo. Observá-lo naquele estado gloriosamente nu não era um sacrifício. A pele de homem, como Heitor chamava, ela já havia observado diversas vezes, mas sempre descobria algum recorte em que não havia reparado antes. As subidas e descidas dos músculos do peitoral, os rodamoinhos nos pelos se avolumando na barriga rumo à virilha, a linha fina de uma cicatriz cortando a tatuagem na coxa direita.

— Se a Lua cura as feridas, como é possível lobisomens terem tatuagens? É um tipo de machucado, não é? — perguntou ela, sem erguer os olhos do papel.

— Agulhas de prata muito finas e tintas enfeitiçadas... E alguns companheiros de matilha pra te segurarem e te impedirem de matar o artesão.

— Dói muito, então?

— O bastante pra eu não querer fazer outra.

— Por que fez essa?

Heitor ficou em silêncio, de modo que Selene não resistiu a espiá-lo por cima do esboço. Ele estava com a cabeça inclinada, olhando para a tatuagem na coxa. Era o desenho de um círculo raiado sobreposto por um círculo preto todo preenchido — a representação clássica de um eclipse.

— Meus irmãos fizeram, então eu quis fazer também. Numa época que eu queria ser como eles, provar a minha força, mostrar que eu também era feroz.

O coração dela se contorceu com empatia, de pensar que, mesmo vindo de mundos tão diferentes, Heitor e ela não eram tão distintos. Sabia bem o que era estar aquém das expectativas familiares.

— Eles te... pressionaram?

Ele bufou, voltando ao próprio desenho.

— Pelo contrário. Eu sou o mais novo, e os dois cabeçudos acham que é a missão da vida deles me manter são e salvo de tudo. Não é que eu não entenda... A gente cresceu numa parte da cidade onde as disputas por território são constantes, e a minha matilha estava no meio de uma guerra com uma alcateia, quando eu nasci.

— Achei que esse tipo de coisa não acontecesse mais. Quero dizer, sei que as gangues da parte baixa estão sempre em disputa, mas pensei que as alcateias não se envolvessem em nada disso.

— A maioria delas, realmente, decidiu que não vale a pena sujar as mãos com os vira-latas da sarjeta, mas os Montalves... não suportaram a ideia de tantos cães vadios rodando por aí com sangue deles.

Selene conhecia o nome por alto; era uma das alcateias mais ricas e antigas de Vera Cruz. Ela sabia também das distinções básicas que os lobisomens faziam entre si. Enquanto as alcateias se organizavam ao redor de um alfa, com a hierarquia consanguínea altamente valorizada, as matilhas eram ajuntamentos de lobos de diversas origens, com parentesco de sangue ou não. Muitas vezes, os bastardos expulsos das alcateias se uniam e compunham as próprias matilhas.

Nunca dera importância ao nome Lacarez antes de contratar Heitor. Sabia que era o nome por trás de uma cachaça barata de Averrio, e dificilmente ouvido na parte alta. Aquele pequeno vislumbre da vida dele de repente a tocou fundo, como quando estava admirando um quadro numa galeria e descobria um detalhe nunca antes visto e de súbito tudo da obra ficava mais rico e complexo. Estavam na praia aonde a matilha ia nas luas cheias, conversando sobre a família dele — logo depois de Heitor ter dito que revelar a pele de lobo seria pessoal demais. Será que ele sabia que estava se revelando para Selene? Aos poucos descortinando uma intimidade que não deveria existir naquela relação?

Será que ele conta essas histórias para todas? Rapidamente, afogou os pensamentos na maresia soprando ao redor. Em vez de ficar pensando em como seriam as conversas com outros clientes, tiraria melhor proveito de sorver cada pedacinho que Heitor estivesse disposto a compartilhar.

— Seus irmãos... também... bom, fazem o que você faz?

— Não. Eles nunca teriam jeito pra coisa, como eu também não tive para as atividades que eles preferem. Não que tenham me deixado tentar muito. — Heitor voltou a encarar a tatuagem. — Mas um dia ainda vou fazer algo grande pela matilha, e provar a eles que eu não preciso ser poupado de nada.

— Então, eles não te pressionam, mas você se pressiona?

— Talvez. Tento não pensar muito nisso. Não tenho tempo pra ficar sentindo pena de mim mesmo, quando não tive a pior das sortes. Cada um de nós seguiu num ramo de negócios, mas, visto que estou conversando com a filha do prefeito, acho melhor te poupar dos detalhes.

Apesar do meio sorriso oferecido, Selene não gostou do lembrete. Quando estava com ele, não queria ser colocada numa posição superior. Talvez por isso as palavras tenham escapado no meio do silêncio que se seguiu, ou talvez fosse acabar contando mais cedo ou mais tarde de todo jeito. Queria ser conhecida por Heitor, tanto quanto queria conhecê-lo.

— Hoje, eu acordei e descobri dez telas minhas no lixo. Minha mãe as jogou fora, porque não condiziam com o tipo de arte que eu deveria fazer.

Um som baixo e grave escapou dele. Um rosnado. Selene se empertigou. Heitor nunca rosnava, não perto dela.

— E o que você fez quando descobriu?

— O que não deveria ter feito. Discuti.

— Hm. De onde eu venho, discutir é só a primeira coisa que você deveria ter feito — murmurou Heitor, franzindo a testa ao olhar para o desenho.

— É impossível ganhar da minha mãe. Ainda mais quando ela acredita que está agindo em prol dos interesses da família.

— Eram telas do tipo que você vende no mercado ilegal? Foi um prejuízo?

Selene concordou com a cabeça, parando por um momento para acertar a linha do arco da sobrancelha no papel.

— Foi... E apesar de saber que isso soa terrivelmente madame mimada da parte alta. . . o prejuízo não foi o pior. Eu pinto rápido, tenho outras telas não terminadas na salinha da faculdade. A invasão doeu mais.

— Família... pode ser tanto um abrigo quanto uma prisão — murmurou ele, com a voz de quem entendia perfeitamente. — Embora eu deva dizer que a sua parece mais com a prisão.

Selene meneou a cabeça, sem querer ser tão explícita e segurando na ponta da língua a culpa por concordar com ele. Mas era tão fácil conversar com Heitor. Era tão bom se sentir vista.

— Não foi sempre assim. E eles têm boa intenção, fazem tudo pelo bem da família, e esperam que eu faça o mesmo. Quanto mais os anos passam, mais eles apertam o laço, mais perfeição esperam de mim. Minha mãe, principalmente, cria mais demandas, me enreda em compromissos sem eu saber, e dos quais não tenho como me desvencilhar... — Selene bufou amargamente, apertando o carvão com mais força enquanto trabalhava no cabelo do Heitor ilustrado. — Na semana passada, ela me candidatou para o próximo termo da presidência do Clube das Boas Damas, e eu só descobri quando vieram me dar os parabéns pela ousadia. A moça mais jovem a se candidatar! Uma bela demonstração do meu sangue Veronis! Vários votos já me foram prometidos, convites para mim e para ela se multiplicaram...

— Você talvez não ganhe.

— Talvez, mas não é provável, e ela sabia disso. Por isso fez. Se eu ganhar, vou assumir a presidência do Clube apenas algumas semanas depois de me formar em Belas Artes. Isso significa que meu plano de abrir a minha própria galeria em seguida provavelmente terá que ser adiado. Entende? Tudo isso... é parte da mesma questão. Todos nós devemos agir para ajudar a carreira do meu pai, melhorar nossas perspectivas, manter o nome Veronis numa escalada contínua. Eu preciso ser a mais bonita, a mais comportada, a mais simpática, a mais elegante. Fui criada com o Manual das Boas Damas debaixo do braço, e também em cima da cabeça, para praticar a postura.

— E o que acontece se você disser não para tudo? Para a presidência e tudo mais?

— Acontece o que aconteceu hoje... Tudo isso também é em parte retaliação por eu ter recusado uma proposta de noivado que ela planejou com uma amiga. Sem me consultar, é claro. — Com um suspiro, Selene sentiu a tensão que vinha carregando o dia todo diminuir. — Sei que preciso de uma forma de sair disso. Meu plano oficial é ser uma solteirona excêntrica, mas preciso de tempo para abrir uma galeria, para convencer bons contatos a frequentarem o lugar e manter o dinheiro correndo. O que eu consigo no mercado ilegal é bom, mas não é o ideal.

— Se quiser um pouco de sabedoria de vira-lata... O ideal não existe. A rua dita as regras, e o cão vadio encontra os becos por onde contornar. Você já tem toda uma vida escondida da sua família, da sociedade... O que é mais um segredo? Por que não uma galeria secreta, para guardar suas artes e comercializar com compradores misteriosos, um espaço todo seu? O centro da cidade está cheio de lugares velhos à venda por preços baixos.

Selene ergueu os olhos do papel para observá-lo, o coração batendo cada vez mais forte, a imaginação voando alto com a cena descrita. Talvez fosse possível. Talvez. Em alguns meses, poderia vender quadros o bastante e persuadir o pai a dar algumas mesadas mais generosas para "vestidos novos".

— Você me mostraria? Esses lugares?

Heitor sorriu de lado, a mudança tão simples de expressão a fazendo se sentir mais leve e mais viva do que horas atrás. Estar ao lado dele vinha com essas mudanças bruscas viciantes. Na segurança para ser ela mesma, sem performance, encontrava tantas emoções repentinas que nem sabia nomear todas.

— Linda, eu posso te mostrar muito dessa cidade. Agora, falando em mostrar... terminou esse desenho? Eu já acabei o meu, acho que você vai gostar.

— Vamos ver o que você aprendeu, então.

— Fiz todas as linhas essenciais de base, usei os contornos de forma precisa e me esforcei para manter as linhas retas bem retas.

Com um sorriso muito satisfeito, ele virou o bloco. O papel mostrava uma bonequinha desenhada com palitinhos, cercada de flores que lembravam um pouco flores de tangerina e apontada por uma seta que dizia "a mulher mais linda e mais cheirosa de Averrio".

A gargalhada explodiu pela garganta de Selene, que virou o próprio esboço mostrando Heitor nu e deitado contra as pedras, as linhas detalhando apenas o suficiente para deixar clara a energia convencida e à vontade dele ao ar livre. Não estava pronto, mas talvez incompleto fosse mais perfeito ainda.

— Realmente, o seu está muito melhor que o meu, apesar de eu não ter terminado — disse ela, esticando o braço para colocar as folhas lado a lado. — A visão do artista se sobressai de forma muito honesta, se eleva do papel.

Sem dizer nada, Heitor se ergueu e engatinhou para contorná-la, até se sentar atrás dela. As mãos calejadas desceram e subiram pelos braços de Selene, o nariz e a boca roçaram seu pescoço.

— Tem outras coisas se elevando... — Ele se encaixou por trás, pressionando o volume da ereção nas costas dela. — Quer terminar o seu? Eu espero. Vou ficar aqui, quietinho.

Ele deixou um beijo na junção da nuca com o ombro, bem no limite onde o tecido do vestido cobria a pele. Suas mãos encontraram o caminho para a cintura, e então um pouco mais embaixo. Sentir o desejo dele, tão óbvio, era inebriante. Cada vez mais, Selene se via faminta não por ter a própria luxúria satisfeita, mas por ser motivo de excitação para Heitor. Ser linda para ele. Ser suficiente para alguém durante muitos anos havia sido uma fantasia distante, e nos últimos tempos parecia ao alcance da mão.

— Quietinho? Tem certeza?

— Uhum. Só fazendo um carinho, pra te inspirar.

Devagar, os dedos dele se enroscaram na saia do vestido, puxando o pano para cima. Com cada centímetro de pele exposta, Selene considerou o quanto estavam descobrindo um sobre o outro. O quanto ainda estava seguindo as regras de Heitor. Nem lobo nem coração tinham lugar ali, mas e se ambos entrassem na dança de qualquer forma?

— Continua o desenho, linda. Não pensa em mais nada.

Inspirando fundo, Selene retomou o carvão e traçou uma linha leve. Imaginou que o traço era um limite, um jeito de manter aquelas emoções brotando contidas no papel enquanto deixava apenas o corpo se refestelar. Seria uma péssima ideia se ver apaixonada por alguém como ele. No máximo, poderia contar com ele como amigo — talvez o único que tinha.

— Relaxa — sussurrou ele.

Ela se reclinou contra o peito forte dele, se fazendo ao mesmo tempo mais confortável e muito mais ciente do corpo de Heitor, entregando o corpo, protegendo o coração. O contraste de tê-lo nu contra si ainda totalmente vestida, ao ar livre numa praia quase selvagem, trazia um apelo ainda mais erótico para o momento.

Com a ponta da língua, Heitor subiu de volta pelo pescoço até deixar uma mordiscada na orelha. As mãos dele seguiam na missão vagarosa de puxar o vestido cada vez mais para cima, expondo as pernas e a barra de renda da combinação que Selene usava por baixo. Então, quando não havia mais nada de perna a revelar, as mãos dele mergulharam entre suas coxas, os dedos arranhando de leve.

O traço no papel perdeu o rumo por um momento, mas Selene segurou firme, se recusando a perder aquele novo jogo.

— Atrapalho?

Ela fez que não com a cabeça, levando o carvão de volta para onde queria. Ao mesmo tempo, abriu mais as pernas, facilitando o acesso dele. Uma das mãos de Heitor subiu por sua cintura, arranhando o linho do vestido até alcançar um seio e a ponta dos dedos rodearem o ponto exato onde o mamilo já despontava. A outra continuou na junção entre as pernas dela, brincando nas bordas da renda da calcinha.

Inspirando, Selene se apertou contra ele, pressionando o membro rígido em retaliação. No papel, delineou aquele mesmo falo, erguido a partir de um emaranhado de pelos.

— Hmmm. Acho que estou sendo inconveniente, interferindo no seu processo artístico.

— De forma... alguma... a... a... ahhh. — Ela suspirou quando ele beliscou o bico do seio. — A criatividade tem... muitas vias.

— Entendo. Inclusive, acho que encontrei um caminho... por aqui.

A mão entre suas pernas se infiltrou por baixo da calcinha e empurrou o tecido fino para o lado, os dedos se entremeando nos pelos até encontrarem a umidade que já vinha se formando. Sem pressa e muito levemente, um dedo percorreu a extensão da abertura, apenas espalhando a lubrificação e a abrindo mais para a brisa fresca do mar.

— Talvez... eu até dê outro mergulho — sussurrou ele.

Então os dedos de Heitor encontraram o ponto latejante, trazendo alívio e frustração ao mesmo tempo, logo abandonando o clitóris e a penetrando num único deslizar. Selene arquejou, alheia ao borrão que o movimento deixou no desenho.

— Vai nadar comigo dessa vez?

Ela ondulou a cintura em resposta, procurando mais da fricção.

— Boa garota.

8

ALIANÇA

Munido de um malote de couro cheio de dinheiro, um punhal e uma arma novinha em folha, diretamente da linha de montagem da fábrica Lacarez, Heitor entrou no bairro das Missões a pé, assobiando a música mais tocada na rádio naquela semana.

Era uma das regiões mais antigas de Averrio, nas bordas do centro da cidade; ponto de partida das missões de caça, na época das invasões, e mais tarde o local de concentração das missões de negociação de paz entre as raças. Com a perda gradual de influência, os clãs de caçadores haviam ingressado em outros negócios — forças de segurança, fabricação de armas, propriedades rurais longe dos olhos da lei urbana — e, com isso, abandonado seus domínios originais. Os casarões e galpões largados foram convertidos em estoques de lojas, asilos e orfanatos, moradia para as mesmas criaturas miseráveis perseguidas e aprisionadas naquelas ruas.

O endereço fornecido por Anette o conduziu até a rua das Castanheiras, onde estabelecimentos comerciais movimentados mantinham as calçadas ocupadas. Ele parou num beco, farejando os arredores da padaria onde pretendia fazer negócios.

Para além do pão, do fermento e de tantos outros aromas característicos, reconheceu o cheiro de Guido, que havia passado por ali mais cedo com alguns rapazes da matilha. Verificando que ainda não tinha sido notado por nenhum dos passantes, Heitor preparou o que poderia precisar. Escondeu o punhal na manga do paletó, ajeitou a arma no coldre preso aos suspensórios e, do bolso interno, puxou duas garrafinhas de vidro marrom e um lenço.

Puta merda, esqueci qual é qual.

Uma era uma poção do sono, a outra era só mais do que tinha sido jogado sobre o dinheiro das apostas.

Bom, qualquer um vai causar estrago.

Guardou uma garrafinha de volta e enfiou a outra num bolso secreto dentro da outra manga. Dando uma última ajeitada na gravata e no terno, porque ainda queria estar bem apresentado para o novo parceiro de negócios, trespassou o malote de couro pelo ombro e saiu para a rua.

Um sino alegre anunciou sua entrada na padaria movimentada. Humanos, faunos e fadas atendiam e eram atendidos. O estabelecimento era simples, mas cheirava a pão fresco e a doces. Ao final de tudo, quem sabe até não levaria uma torta para casa.

Por trás do balcão, um homem careca do tipo grandalhão mantinha guarda numa porta que dava acesso à cozinha, denunciando que bem mais do que massas eram preparadas lá dentro. O segurança o encarou com desconfiança. Heitor verificou o relógio de bolso. Apenas segundos antes de o ponteiro alcançar o horário combinado, uma explosão na oficina mecânica bem ao lado fez tudo tremer.

Pela vitrine, ele viu as labaredas crescendo e pessoas correndo para fora. Dentro da padaria, a gritaria começou quando tiros foram ouvidos do lado de fora, acompanhados de uivos. Heitor reconheceu o aviso de Guido e se moveu rápido entre clientes e padeiros assustados.

O segurança já vinha se adiantando, com uma arma apontada para ele. Heitor desviou do primeiro tiro e do segundo. Não ser o mais forte muitas vezes significava ser o mais ágil, e ser o mais ágil normalmente significava lutar sujo, como cães da sarjeta aprendiam a fazer desde muito novos.

Contornou o grandalhão e se abaixou, cravando o punhal na panturrilha do homem, que caiu sobre um dos joelhos, grunhindo. Então, Heitor fez o movimento seguinte: puxou o frasco escondido, abriu o lacre num movimento rápido com o punhal, e verteu o líquido no lenço. O cheiro forte o informou de que tinha escolhido o frasco errado, mas teria que bastar.

Agarrou o segurança por trás com um mata-leão e tapou o nariz e a boca do homem com o lenço embebido em urina concentrada da matilha Lacarez.

O oponente era forte e reagiu com violência ao fedor, lutando para se desvencilhar mesmo com a perna machucada. O resto da garrafa virou e entornou todo na bolsa de couro enquanto Heitor o arrastou para dentro da cozinha, onde gritos dos trabalhadores serviram de trilha sonora para a luta nada glamurosa. O homem tossia e ameaçava vomitar por conta do cheiro de mijo de lobisomem. Com um esforço final, Heitor o chutou no meio das pernas, por trás, e aproveitou a exclamação de dor para enfiar o lenço todo na boca dele e empurrar a cabeça lisa e brilhante contra o metal de uma batedeira industrial.

Precisou de duas batidas até enfim o homem cair desacordado. Limpou o sangue do punhal nas roupas do careca e deu duas batidinhas no ombro. Não tinha sido uma luta que Guido chamaria de boa, mas também não tinha ido nada mal.

Quando se colocou de pé, encontrou os padeiros escondidos embaixo da bancada, observando tudo por trás de tigelas e rolos. Heitor ajeitou as lapelas e as mangas do terno. Conferiu então o conteúdo da bolsa de couro, encharcado e com alguns cacos de vidro esmagados pela luta, porém razoavelmente intacto a não ser pelo odor. Algumas poucas gotas os humanos não notariam, mas aquela concentração talvez causasse alguma reação — não que ele imaginasse que um homem atrás de recuperar suas posses se importaria tanto assim com o cheiro delas.

— O escritório do patrão de vocês. — Ele se virou para os funcionários que tinham ficado escondidos, assistindo. De repente, pensou em Selene e nos modos educados dela. — Por favor?

Os humanos se entreolharam, em dúvida. Um fauno velho, de chifres raspados, não perdeu tempo em apontar um dedo para uma cortina de plástico ao lado dos fornos. Heitor puxou uma moeda do bolso e a jogou para o chifrudo ao passar.

O corredor mal-iluminado dava passagem para o estoque da padaria e para uma porta. Heitor suspirou ao descobri-la trancada e abaixou-se para arrombá-la. A ponta do punhal e a abotoadura da manga do paletó deram conta do recado e, com alguns movimentos precisos, ele se viu dentro de um escritório muito familiar.

Nunca estivera ali dentro, mas crescera numa família criminosa e sabia reconhecer um centro de operações de um chefe de quadrilha. Não havia janelas, as paredes eram cobertas de prateleiras e caixas-arquivo, e um único quadro enorme retratando nefilins em voo certamente escondia um cofre. A mesa de madeira tinha alguns cadernos e papéis, aparentemente sobre a padaria, mas uma rápida inspeção mostrou que as gavetas estavam todas trancadas. Na parede atrás da cadeira, uma marca de tiro não havia sido encoberta — ou era tão nova que não haviam tido o tempo, ou o padrinho daqueles negócios era do tipo que gostava de jamais esquecer.

No canto, um aparador fazia as vezes de um bar. Bebidas destiladas variadas, nacionais e de além-mar. Heitor estava escolhendo uma para abrir quando ouviu os passos apressados no corredor e se virou com a garrafa na mão bem a tempo de o primeiro tiro atingir o gargalo. O segundo o pegou no ombro, mas, apesar da dor imediata, logo veio também o alívio de não ser uma bala de prata.

Heitor sorriu para o humano baixinho, de cabelos brancos muito bem penteados, parado na porta, a arma em riste ainda apontada, as sobrancelhas grossas franzidas.

— Escolha errada de munição, sinto muito. — Enquanto o corpo expulsava o projétil, Heitor conteve um grunhido e conferiu o estado da garrafa. Apesar de alguns cacos terem caído lá dentro, parecia possível salvar a bebida. Apontou o gargalo quebrado para o recém-chegado. — Servido, Escafurinha?

O velho revirou os olhos e guardou a arma nas calças. O terno claro não estava muito alinhado e, por baixo dele, uma camisa espalhafatosa com estampa de bananeiras desafiava todas as formas de bom gosto.

— O resto dos meus homens vai chegar a qualquer momento, então que tal você me explicar agora por que eu não devo fazer de você um queijo todo furadinho de balas de prata?

— Ora, eu fui informado de que o grande Escafurinha era um homem prático e que não faria isso com um parceiro de negócios que acabou de trazer o dinheiro dele de volta.

Num gesto displicente, Heitor jogou o malote de couro sobre a mesa e se virou para servir duas doses da cachaça da garrafa quebrada. Acompanhou os movimentos do velho de rabo de olho e esperou que ele tirasse as próprias conclusões.

Escafurinha se aproximou, desconfiado, mas abriu o malote e olhou lá dentro. Logo o fechou de novo e tampou o nariz.

— Que cheiro de mijo desgraçado é esse?!

— *Tsc.* Infelizmente, o dinheiro sofreu um pequeno acidente graças ao seu capanga, mas não se preocupe que isso não vai se repetir. Provavelmente. — Heitor ofereceu um dos copos a ele. — Mas aí está todo o dinheiro apostado numa única banca de um dos seus territórios, pra você guardar ou fazer o que quiser com ele até o dia do próximo sorteio. Livre das mãos de Ciro de Minet.

Com alguma relutância, Escafurinha aceitou o copo, mas não bebeu. Apenas o encarou.

— Você ainda não me disse quem é, cachorro.

Heitor então deu um gole na cachaça, mas logo a cuspiu.

— Puta merda, que coisa horrível. Você paga caro numa coisa dessas? Quando firmarmos a parceria, me lembre de mandar pra cá umas caixas de Cachaça Afiada, a melhor de Averrio, da destilaria da minha própria família.

Finalmente, o olhar do velho se encheu de compreensão. Heitor abaixou o copo e estendeu a mão para um cumprimento.

— Eu sou Heitor Lacarez, e vim fazer uma proposta de negócios.

— Chefe, chefe! Tudo bem aí? O Freitas tá desacordado na cozinha!

A sala foi invadida por vários capangas grandalhões apontando armas para Heitor. Escafurinha olhou para a mão estendida, então para a mala de dinheiro e para a bala amassada caída no chão depois de ser expelida do corpo do lobisomem. Com um suspiro, abanou a mão para os homens.

— Fechem a porta e me avisem se alguém lá do outro lado do rio vier rondar por aqui. E olha só, não aconteceu nada na padaria hoje, entendido? Nada. Teve um acidente na oficina do lado e só. Ninguém invadiu.

Os homens não discutiram. Fecharam a porta sem nem mesmo olhar de novo para a cara de Heitor.

— Agora vai, me convence. — Escafurinha deu a volta na mesa e se largou na cadeira, agitando a cachaça no copo. — Lacarez... Qual dos três é você? Como é que dizem por aí? O de rinha, o de caça e o de companhia?

Heitor sorriu para mascarar a irritação.

— Eu sou o que é amigo de sua digníssima esposa.

— Ah. É... Pombinha me avisou que sabia de alguém que poderia... contribuir para a operação. Mas, até onde eu sei, Ciro já deu uns bons sacodes na sua matilha e não sofreu nenhuma retaliação. Não é uma demonstração de força muito convincente, se tu quer saber.

— O que eu posso dizer? Não é assim que os vira-latas travam guerras e essa só está começando. O que significa também que ainda dá tempo de você escolher o lado vencedor.

Escafurinha coçou o cabelo branco, franzindo a testa para a bolsa de couro.

— Guerra, guerra... Essa coisa dramática. Coisa de quem gosta de contar ancestral. Antigamente, não era assim. Não que um moleque que nem você vá lembrar.

— Eu fui criado nas ruas numa época em que a cidade não fazia tanta questão de manter a aparência de civilidade na parte baixa.

O velho bufou, puxou um molho de chaves do bolso do paletó e destrancou uma gaveta, de onde pegou um maço de cigarros. Então começou a falar equilibrando um cigarro entre os lábios enrugados:

— Pois eu digo que antes tudo era mais civilizado. Você aprontava com um cara, ele aprontava de volta com você, simples e direto. Volta e meia alguém acabava morrendo, isso faz parte do negócio. Mas hoje...

Ele se interrompeu enquanto apalpava os bolsos. Heitor puxou o próprio isqueiro e ofereceu a chama acesa. Escafurinha fez um beicinho e se inclinou para a frente, até a ponta do cigarro encontrar o fogo. A fumaça talvez fosse um vício antigo, ou talvez o padrinho fosse esperto o bastante para mascarar os próprios odores com o tabaco — fosse como fosse, Heitor puxou o próprio charuto e o acendeu também.

Puxando uma das cadeiras de frente para a mesa, se sentou e apoiou o tornozelo no joelho. A pose de relaxamento era uma demonstração de força por si só, não importava que ainda estivesse sentindo uma pontada de dor por causa do tiro no ombro.

— Obrigado. Mas hoje... Hoje, os jovens se vestem com essas roupas caras e acham que precisamos fazer as coisas de um jeito... desleal. Eustácio de Minet, o pai daquele garoto arrogante, era das antigas, sabia que o certo era o certo e o errado tinha limites. — Da mesma gaveta do maço de cigarros, o velho puxou um porta-retratos com um daguerreótipo muito antigo e o jogou para Heitor. — Quando Ciro assumiu a família, resolveu que pra atingir um inimigo, qualquer coisa tava valendo.

A imagem mostrava uma versão um pouco mais jovem de Escafurinha ao lado de uma moça bonita na frente daquela mesma padaria.

— Minha menina, Jorginha. Bastarda, mas quem se importa com essas merdas? Sangue é sangue.

— O que Ciro fez com ela?

— Quis se casar, veio com uma conversa de fortalecer o poupa-fera, constituir uma máfia de verdade, unir o pedaço dele com o meu. Eu disse que não era escolha minha. Nunca tinha me casado e não ia forçar ninguém a se casar. Isso foi numa festa de aniversário de um dos padrinhos, sabe? Todo mundo que importava no poupa-fera estava lá. Ela riu na cara dele e beijou o primeiro que apareceu, na frente dele mesmo. Era brava, minha Jorginha... Na hora, eu ri também, junto dela e de todos os padrinhos que estavam presentes. — Por um momento, um brilho nostálgico preencheu o olhar de Escafurinha, logo sendo substituído por uma sombra. — No dia seguinte, ela apareceu amarrada de cabeça pra baixo num dos canais da baía. As irmãs por parte de mãe foram todas surgindo mortas pela cidade e a casa da mãe dela queimou todinha. Mas comigo? Ciro não fez nada. Não diretamente. Só fez questão que eu soubesse que foi ele, e desde então veio consumindo tudo dos negócios de todos os padrinhos.

— E ninguém se opôs? — perguntou Heitor, se obrigando a manter a tranquilidade durante o relato. A imagem repentina de Selene afogada na baía agitou o lobo.

— Eu tentei, e acabei endividado até as calças. Ele não me matou porque história e tradição ainda servem de alguma coisa na parte baixa, mas até isso é questão de tempo, eu acho. Pouco a pouco, ele foi ganhando todo mundo pelo cansaço. Teceu acordos entre rivais antigos, assumiu dívidas de alguns dos padrinhos mais pobres em troca de apoio e de armas, criou regras e sistemas complicados, até estarmos todos nos bolsos dele. Ele chama de cúpula. — Escafurinha cuspiu no chão. — Cúpula é o cacete. Eu já avisei alguns dos mais velhos: qualquer dia desses, ele vai tomar tudo que é nosso. Nem a porra do nosso dinheiro a gente pode movimentar! Ele segura todas as apostas até o dia do sorteio e mantém o lugar do sorteio em segredo até chegar bem perto da data. Só então podemos pegar a nossa parte, dividida igual... Ha ha ha! Ciro pensa que a gente nasceu ontem!

Por um momento, Heitor deixou que a fumaça e a amargura ocupassem a mente de Escafurinha. Ele próprio estava ocupado com pensamentos sombrios, tentando segurar o monstro cada vez mais transtornado de imaginar Selene nas mãos daquele homem.

Foi o velho quem quebrou o silêncio batendo na mesa com a palma da mão.

— Mas e você, cachorro? O que você me oferece que vai ser melhor do que isso?

— Digamos que eu esteja querendo entrar no ramo do poupa-fera... e tirar Ciro de Minet do caminho. Você estaria interessado em dividir as bancas dele comigo?

— Pra se livrar dele, vai ter que tirar outros padrinhos mais novos da jogada também.

— Mais bancas pra gente dividir, então, e você mantém as suas, é claro. E tudo volta a ser como antes. Cada um cuida das próprias bancas, do próprio dinheiro. E qualquer um que quiser colocar uma banca em território Lacarez não precisa mais pagar a antiga taxa... desde que compre armas de nós. Melhor preço garantido, claro.

— Claro. — Escafurinha coçou a cabeça de novo, brincou com o cigarro nos beiços. — E você tem um plano ou vai fazer isso no bom e velho *chegar atirando*?

Heitor riu.

— Eu disse que não é assim que os vira-latas vão pra guerra. A gente come pelas beiradas. O primeiro passo é roubar todo o dinheiro acumulado das apostas do próximo sorteio e fazer com que *ele* fique endividado, pra variar. Você acha que consegue guardar todo esse dinheiro roubado em segurança por um tempo?

Entre um trago e outro no cigarro já quase no final, Escafurinha estendeu a mão por cima da mesa.

— Se você me passar a perna, cachorro, pode ter certeza de que eu vou dar um jeito de levar a carrocinha até aquela espelunca de cachaçaria.

Heitor apenas sorriu, apertando a mão dele com entusiasmo antes de se levantar para sair. Já estava abrindo a porta quando a voz de Escafurinha o alcançou.

— E eu espero que todo aquele dinheiro não fique fedido que nem esse! O que eu faço com esse cheiro de mijo nas notas?

— Sei lá, bota no sol!

9

SENHORAS

O Clube das Boas Damas era todo construído em cima de segredos, fantasias secretamente alimentadas em cantos escuros, mas pisoteadas em público. Enquanto fingia que não estava lutando contra as próprias fantasias com um beijo compartilhado numa galeria suja, Selene se acomodou num sofá da área comum do clube e pediu um chá para dois. Então, com delicadeza, pousou o leque fechado sobre as mãos de Camila, que não parava de se remexer. Entre a necessidade de manter as responsabilidades que tinha no clube e a pressão para introduzir as mulheres da cúpula na alta sociedade, havia decidido que começaria pela menina, que já fora vista com ela na modista e chamaria menos atenção.

— Nervosismo é como sangue nas águas da baía: atrai todo tipo de monstro marinho, querida. — Ela sorriu e aproveitou para ajeitar também um fiapo que se soltava do coque. — E você precisa se acostumar. Na próxima reunião do comitê da presidência do clube, eu vou botar em votação a abertura de novas candidaturas para associação.

— Minha mãe disse que isso não acontece há dez anos!

— Doze, na verdade, porque o evento de dez anos atrás foi para aceitar de volta algumas damas que haviam sido expulsas um tempo antes.

O queixo de Camila caiu.

— Por que elas foram expulsas?

— Uma era amante do marido da presidente, na época, outra se casou com um nefilim, e um dia a terceira ficou bêbada na reunião mensal e falou umas coisas que não devia.

— Nossa. Imagino como deve ter sido um choque...

Incapaz de conter um meio sorriso, Selene meneou com a cabeça. A menina era jovem e inexperiente demais naquele mundo para saber que o grande crime daquelas mulheres havia sido agir em público, em vez de por trás das cortinas.

O chá foi servido na mesinha, e isso ocupou a atenção de Camila por um tempo. A forma como se concentrou para se servir sem cometer nenhuma gafe chegava a ser adorável.

— O que fez com que elas conseguissem voltar para o clube?

— As moedas que movem o mundo da parte alta: dinheiro... e favores.

— E como você acha que vai convencer o comitê a abrir as candidaturas agora?

A outra moeda que move a parte alta: chantagem. Selene girou o leque no ar.

— Eu sei como conversar com essas mulheres, fui criada nesses corredores.

— Tenho tanto a aprender com você. Eu...

— Selene, querida, há quanto tempo!

Um grupo de senhoras já viúvas se aproximou de repente. Madame Elisa as liderava, de modo que Selene se preparou mentalmente para uma longa conversa cheia de conselhos que nem queria nem precisava. No geral, gostava de velhas viúvas — almejava a liberdade delas, que gozavam de uma fortuna sem nenhum marido a quem prestar contas. O problema era tudo que se precisava viver para chegar àquele ponto, e as possíveis sequelas deixadas.

Sorrindo, ela apresentou Camila a todas e as convidou para se sentarem com elas, explicando que estava amadrinhando a menina na sociedade.

— Ah, logo vi que era um diamante bruto — disse uma senhora que havia herdado do marido todos os lucros do banco mais antigo de Vera Cruz.

— Obrigada, senhora. — Camila corou todinha, ainda sem a compostura para aceitar elogios. Especialmente elogios que não eram elogiosos.

As viúvas certamente haviam farejado de longe a falta de sangue antigo na garota, se o olhar de Madame Elisa era indicativo. Apesar disso, todas ficaram e dominaram a conversa, chovendo conselhos e dicas imperdíveis para Camila.

Selene já estava na segunda xícara de chá quando uma mão enrugada cheia de anéis a tocou suavemente no braço.

— Selene, querida, meus joelhos já não são mais os mesmos. Me acompanha até o toalete? — pediu Madame Elisa. — Assim, você pode aproveitar e retocar sua maquiagem também. Tenho certeza de que está pensando nisso.

Havia pedidos educados e havia ordens, e aquela mulher possuía o talento singular de sintetizar ambos. Selene concordou de imediato, sorriu e ofereceu um braço a ela, abanando as duas com o leque na outra mão. Caminharam sem pressa pelo salão, acenando para conhecidas e amizades não tão amigas assim.

Com o noivado, Selene se via aos poucos sendo pescada para outro círculo de mulheres — as que conheciam a vida depois do casamento. Mais e mais esposas acenavam para ela, enquanto parte das moças solteiras se distanciava. Ou talvez fosse o efeito da associação com Ciro de Minet, um novo rico.

— Estar noiva é estar num certo limbo — murmurou a viúva. — E, de fato, o seu noivado é muito arriscado. Sinceramente, não sei no que Matias e Mirna estavam pensando.

Selene suspirou, mas sorriu cansada para a senhora.

— A idade também concede a capacidade de ler mentes, além dos joelhos fracos?

Madame Elisa deu uma rara gargalhada.

— Eu só li esse livro muitas e muitas vezes, querida. E até que gosto de você.

— Ora, e eu pensando que a senhora me achava encantadora!

— Encantadoramente treinada, sim. — A mulher deu tapinhas no braço dela. — Mas foi só no ano passado que eu vi potencial de verdade em você, menina. Ser madrinha de casamento dos Lacarez foi uma escolha ainda mais arriscada do que o seu noivado... Mas agora, de toda a parte alta, você é provavelmente a única mulher de Averrio em posição de ser bem recebida em todas as casas dessa nossa pequena sociedade cheia de cercas e muros. Já pensou sobre isso?

— Confesso que estou mais preocupada com as portas que parecem estar se fechando.

— Muito sensato de sua parte, mas em breve será uma mulher casada e descobrirá outras portas.

Ao entrarem no toalete, a viúva logo se desprendeu do braço dela e, com uma agilidade que havia escondido muito bem momentos antes, correu para verificar se alguma das cabines estava ocupada. Selene assistiu, curiosa pelo desenrolar daquela situação imprevista, e quase se ofereceu para trancar a porta.

Quando se deu por satisfeita, Madame Elisa fez sinal para que Selene se juntasse a ela na pia.

— Eu vinha procurando uma oportunidade de lhe dar isso, mas sua mãe está quase sempre a sufocando como um pavão. — De dentro do decote, a viúva puxou um saquinho de seda preta com cordões dourados. — Alguém já lhe deu um desses?

Selene fez que não, cada vez mais intrigada. A viúva revirou os olhos.

— Suspeitei que fosse o caso. Sua mãe sempre cercou você demais, e ela provavelmente nunca precisou usar.

A mulher puxou a mão de Selene e colou o saquinho em sua palma. Era leve, mas, ao apertá-lo, sentiu uma textura de pó lá dentro.

— Sono de fada. Não é o pó de fada normal que usamos para fechar feridas e evitar cicatrizes, é uma mistura muito mais rara. Apenas uma pitada numa xícara ou num copo de bebida, e seu marido vai dormir até o dia seguinte, sem jamais suspeitar de nada. — A viúva levantou um dedo indicador e a encarou com a expressão séria que as damas raramente empunhavam no clube. — Esse é um segredo passado de geração em geração, de uma mulher inteligente para outra.

— Eu... nem sei o que dizer. Obrigada, mas...

— Selene Veronis, me escute bem. Se você é mesmo amiga de certas pessoas, tenho certeza de que já recebeu bons avisos, mas vou me juntar ao coro. Não quero saber o motivo, nem recomendo que você o confidencie a ninguém neste clube... não preciso da história completa para saber que esse casamento será péssimo para você. Então, você vai guardar esse saquinho e usá-lo com sabedoria sempre que achar necessário. Sua única vantagem nesta história toda é que, se casando com um homem mais velho, tem alguma chance de ser uma viúva mais jovem do que a maioria de nós. Basta sobreviver ao matrimônio.

O telefonema de Diana de repente lhe voltou à memória, como se ela estivesse presente no banheiro, repetindo as palavras. Selene agarrou o saquinho de seda com força e, a exemplo da viúva, o guardou dentro do decote.

— Obrigada. De verdade. Uma pitada na bebida basta mesmo?

— Apenas uma

Algumas horas depois, Selene se desvencilhou das damas no clube. Tinha compromissos no centro da cidade a respeito do desfile de carnaval. Sentia-se aérea e pesada ao mesmo tempo, com a urgência de se livrar do noivado inflando no peito. Encaixado entre os seios, o saquinho servia de um lembrete enganadoramente macio do que o futuro guardava caso não conseguisse reverter aquela situação.

Precisava de um pouco de trabalho prático para descarregar a energia nervosa que a tomava, retomar nem que fosse a ilusão de ter o controle sobre a própria vida. Estava quase alcançando a liberdade momentânea quando deu de cara com a mãe e a futura sogra nos degraus da entrada do clube. Ela conteve um riso desesperado e ajeitou a máscara de amabilidade novamente no rosto.

— Selene! Que sorte! — exclamou a mãe.

Mirna pareceu muito aliviada de encontrá-la ali, o que possivelmente estava relacionado ao olhar gélido de Leda.

— Nós estávamos vindo agora mesmo de uma reunião com os fornecedores para a decoração do casamento e, enquanto conversávamos, tivemos uma excelente ideia.

— *Eu* sugeri — disse Leda. — Fortemente. Sua mãe concordou, naturalmente, que é uma boa ideia.

O sorriso de Mirna vacilou apenas um pouco.

— Ainda precisamos providenciar o seu presente de casamento para Ciro, como dita a tradição. E eu sei que você estava pensando em pintar um quadro para ele, já que vocês dois são amantes das artes.

— É verdade...

Ainda não tinha começado, mas todo artista sabia que pensar na obra já contava como trabalhar nela.

— Você poderia pintar um retrato de Leda para ele! Já que são tão próximos e amorosos.

— Meu filho sempre diz que eu serei eternamente a primeira mulher da vida dele — complementou Leda, com um sorrisinho muito satisfeito.

— E então, o que acha?

Acho que a pitada de sono de fada não será usada apenas na bebida do meu futuro marido. O pensamento rebelde desencadeou uma ideia repentina. Uma verdadeira inspiração. Selene sorriu, dessa vez genuinamente. Os encontros inesperados com senhoras difíceis estavam se provando até que bastante proveitosos.

— Leda, por favor, me diga que dia posso ir até a casa de vocês para começarmos.

— Começar?

— Ora, uma ideia tão boa como essa merece uma execução adequada. Vamos fazer à moda antiga, como os quadros dos clãs de caça mais tradicionais de além-mar. A senhora vai posar enquanto eu esboço e pinto.

— Mas...

— Não se preocupe, não precisará ficar imóvel muito tempo. É mais para que eu possa usar a referência da posição e da luz, mas a senhora pode ficar tomando chá enquanto eu trabalho. Será uma linda surpresa para seu filho.

Ao final do dia, ela já estava se sentindo bem melhor. Uma dama com um plano ia mais longe do que uma dama esperançosa. Somado a isso, conseguira trabalhar a tarde toda no planejamento do desfile e fizera ajuste nos desenhos das artes que decorariam as arquibancadas e camarotes.

O mapa do caminho do desfile de carnaval estava aberto sobre a mesa e ela aproveitou para conferir a lista das alegorias e alas aprovadas. Os carros eram sempre patrocinados por famílias ou por estabelecimentos comerciais, e neles costumavam desfilar pessoas proeminentes da sociedade. Nas alas, desfilavam os cidadãos que se inscreviam para isso; gente disposta a cantar e dançar percorrendo a pé todo o caminho da avenida. Em geral, ali os não humanos eram bem-vindos a participar. Enquanto a elite estaria bem acomodada nos camarotes e a burguesia, razoavelmente confortável nas arquibancadas montadas ao longo da avenida, todo o restante da população se espremeria onde dava para assistir. Todos queriam um pedacinho da festa, um pouquinho de ilusão e alegria para carregar pelo resto do ano.

O carnaval não era uma festa de origem única, embora muitos estudiosos de todas as raças opinassem a favor da própria história. As bruxas celebravam a união dos Mistérios a seus corpos de carne e osso; os humanos diziam que era uma antiga festa de caça vinda do além-mar; os faunos e lobisomens marcavam a festa da troca da estação que havia selado a paz entre as duas espécies, muito tempo antes das invasões humanas a Vera Cruz. Sobre os vampiros, ela não tinha certeza, porque em geral desprezavam o costume, mesmo se aproveitando da embriaguez coletiva para se inebriarem por meio do sangue alheio. As fadas apenas gostavam de farra.

E, no gigantesco espaço entre pertencer a todos e a ninguém, o carnaval havia sido dominado por quem tinha mais poder e dinheiro. As famílias ricas aplaudiriam o desfile e se retirariam para os próprios bailes privados. Todo o resto, humano ou não, continuaria nas ruas, vivendo por alguns dias a comunhão prometida quando a Nova Constituição, que garantia direitos iguais para todos, havia sido assinada.

Encarando o mapa de camarotes e as pequenas maquetes dos carros enfileiradas sobre a avenida de papel, Selene se permitiu imaginar.

O verdadeiro motivo para ter escolhido cursar Belas Artes era que o segregado mundo humano sempre fora insuficiente e a arte parecia o mais próximo que ela chegava de fazer magia com as próprias mãos. Imaginar era uma forma de poder, criar era um tipo de feitiço. Ou era isso que costumava dizer a si mesma, e as palavras de Madame Elisa haviam se alojado em seu peito ao longo do dia.

Talvez ela tivesse mesmo portas abertas por ser vista como alguém que não tinha preconceito com os não humanos. Talvez, com um pouco mais de ousadia, ela pudesse usar a arte do carnaval e abrir ainda mais portas. E, com um pouco de persuasão estratégica, usar o Clube das Boas Damas também. Portas que poderiam ser, se não uma fuga do noivado, quem sabe um abrigo do casamento, caso necessário.

Duas batidinhas na porta interromperam seu devaneio. Descobriu Heitor recostado no batente, charmoso e sorridente, e também um alívio inesperado ao ver que ele ainda respondia aos seus chamados no mesmo dia.

Com a memória do beijo ainda fresca formigando nos lábios, uma saudade do passado apertou no peito ao observá-lo entrar e zanzar pela sala, levantando papéis para olhar esboços. Muitas vezes antes, aquele mesmo começo terminava com os dois nus sobre a mesa onde ela estivera trabalhando.

— Estou gostando do modo como você está me encarando, linda, não vou negar. Mas, quando recebi seu recado, eu tinha entendido que o motivo do encontro era um pouco mais urgente.

Recompondo-se, Selene puxou o leque para se abanar e espantar o calor repentino causado pelas lembranças. Não podia ser culpada por andar pensando tanto no passado quando o futuro parecia tão sombrio.

— Você estaria livre para invadir a mansão dos De Minet enquanto Ciro está fora, depois de amanhã, para procurarmos informações úteis?

Heitor meneou a cabeça.

— Não me lembro de receber uma proposta tão indecente e tentadora há muito tempo.

10

PORTAS

— Você comeu cocô, pivete? — perguntou Guido enquanto iam em direção à garagem da mansão da parte alta. Ele vinha perseguindo o rabo do caçula desde que descobrira os planos dele de espionar os De Minet com Selene.

Heitor ergueu as sobrancelhas e indicou o casarão com a cabeça, para que o idiota falasse baixo antes que Mimi aparecesse. Entrou no carro e ligou o motor, então se sentiu mais seguro para continuar a conversa.

— Vai dar certo. Eu só tô te avisando pra caso eu demore.

— E caso te peguem e façam picadinho de você? — Guido apertou a porta do carro e colocou só a cabeça para dentro, mastigando o charuto enquanto falava.

— Aí, nesse caso, eu não vou mais precisar ficar te aguentando no meu ouvido que nem uma loba velha.

— E logo depois eu vou te encontrar lá nos campos lunares, porque Ed vai descobrir e fazer picadinho de mim quando chegar!

Heitor deu de ombros, fingindo indiferença. A lua cheia seria na semana seguinte, tempo mais do que suficiente para Ed voltar à cidade. O destino escolhido para a lua de mel fora a propriedade da família de Diana no interior de Vera Cruz, um percurso que envolvia longas viagens de trem.

Grande parte de Heitor queria já estar com tudo resolvido antes do retorno dele. Queria mostrar como davam conta, que Edgar não precisava carregar o mundo nas costas. Outra parte sentia falta do irmão. Nenhum deles sabia como se comportar direito sem fazer parte de um trio, e a ausência de Ed o deixava inquieto. Numa família acostumada a perder membros importantes, a força maior sempre estivera no conjunto.

Os irmãos haviam sido sua maior referência desde sempre. O abandono do pai tinha deixado sequelas duradouras em Guido, o mais velho, que da noite para o dia passara a ter que ser muito mais forte. A morte da mãe havia traumatizado Edgar, o do meio, que precisara assumir a responsabilidade de manter todos vivos enquanto os adultos lutavam guerras das quais eles ainda não tinham como participar. Para o caçula, restara Guido e Edgar, que mesmo com todos os traumas nunca deixaram de estar presentes, nunca deixaram de ser os heróis de que um filhote vivendo na sarjeta precisava. Entre fugas desesperadas pelos canais da baía e o vazio interminável de uma barriga roncando, um filhote pequeno e franzino tivera pouco espaço para fazer qualquer coisa a não ser aprender a se virar enquanto tentava seguir os passos dos irmãos mais velhos.

Heitor fizera de tudo um pouco quando criança. Servira de guardião do dinheiro das apostas das rinhas de Guido, de olheiro para soar o alarme de invasões ao território minúsculo e decadente que a destilaria costumava ser, de isca para atrair humanos até todo tipo de golpe e, por fim, até de ladrão, por ser o único pequeno o suficiente para passar por lugares apertados. Mesmo assim, nunca parecera o suficiente. Ações pequenas demais diante de irmãos que pareciam maiores que o próprio mundo. De certa forma, ele ainda era aquele mesmo moleque, tentando ajudar e compensar os irmãos por terem carregado os fardos mais pesados.

De repente, um baque no teto do carro os sobressaltou. Durou apenas um momento, antes de um cheiro familiar os alcançar e o rosto de Melina surgir de ponta-cabeça ao lado da janela do motorista.

— Onde vocês vão me levar pra passear hoje?

— Lugar nenhum — responderam os dois ao mesmo tempo.

— Então quer dizer que tão indo fazer coisa escondido.

— Eu? Não. Só ele. — Guido levantou as sobrancelhas para Heitor e puxou Melina de cima do carro.

A lobinha sorriu com a malícia que só um filhote criado por uma gangue era capaz de ter naquela idade.

— Se não me levarem, vou ser obrigada a contar tudo pra Mimi.

Guido riu e Heitor esfregou o rosto. Era uma boa ameaça, mas ainda insuficiente.

— Tu nem sabe o que eu vou fazer.

— Você vai encontrar sua namorada humana, não vai? Aquela moça que tem cheiro de flor e me deu doce no casamento de Edgar.

Puta merda. Melina era esperta até demais. Heitor correu as mãos pelo paletó, em busca de qualquer coisa que pudesse usar para se livrar dela. Não duvidava nem por um segundo de que a pestinha contaria a Mimi que ele estava indo encontrar Selene, que definitivamente não era sua namorada — por mais que desejasse.

Com um suspiro, puxou um punhal da manga e o estendeu para ela com o cabo virado para baixo.

— Ferro puro, e essa semana mesmo me ajudou a derrubar um homem com o dobro do meu tamanho.

Melina pegou e avaliou o objeto por todos os ângulos, pouco impressionada. Mordeu a ponta.

— Eu já sei atirar, por que não me dá uma arma de verdade em vez desse brinquedo?

— Porque aí, sim, Mimi ia arrancar meu couro.

— Então você vai mesmo encontrar sua namorada humana? Como é o nome dela?

Grunhindo de frustração, Heitor colocou a boina na cabeça e apontou um dedo para o irmão.

— Segura a língua da tagarela e, se quiser me ajudar, fica de olho na movimentação do noivo do ano. Segue o cara e qualquer coisa, uiva.

Guido suspirou, mas concordou com a cabeça, segurando Melina pela gola do vestido para que ela não pulasse para dentro do carro com mais perguntas.

Selene foi recebida pela governanta da mansão bem quando estava prestes a olhar em volta uma última vez para se certificar de que Heitor apareceria, como combinado. Talvez fosse um bom sinal não o ver; significava que ele também não seria visto pelos guardas da propriedade. Talvez ela devesse bolar um segundo ou terceiro plano, só para o caso de ter que fazer tudo sozinha. Uma dama andava sempre precavida.

Foi conduzida por aquele mesmo corredor com a tela retratando a origem do poupa-fera e contou as portas para se lembrar de qual era a do escritório onde os homens tinham ficado conversando na noite do jantar. A cada passo para longe dali, seu otimismo afundava, imaginando as chances de atravessar a mansão sem ser vista por nenhum dos empregados.

Então, finalmente, a governanta a deixou diante de portas duplas de vidro.

— Aqui é o salão de lazer particular da Dona Leda — informou a mulher. — Ela já a aguarda lá dentro com tudo pronto.

— Certo, obrigada. Se não for muito incômodo, posso me adiantar e pedir que nos sirva um pouco de chá? Talvez seja uma tarde demorada e gostaria que a Dona Leda ficasse o mais confortável possível enquanto trabalho.

Rogando a todos os Mistérios para que suas intenções não estivessem escritas na testa, Selene sorriu para a governanta, que a encarou com uma expressão indecifrável.

— Claro, senhorita. — A mulher se virou e, antes de se afastar, sussurrou: — Mas devo avisá-la que, mesmo depois do casamento, jamais será a senhora desta casa e não deve se acostumar a dar as ordens.

Não pretendo ser a senhora desta casa. O tratamento serviu ao menos para enchê-la de coragem de novo, pois nada como um vislumbre de um futuro amargo para fortalecer a resolução de uma mulher desesperada. Fixando o sorriso, Selene entrou na sala pronta para a batalha.

O espaço era lindo e bem-iluminado, dando para um jardim de inverno e uma varanda com vista para ele. Tinha móveis suntuosos, e um ar fresco entrava por uma janela com vista para o muro de heras que contornava a casa. Realmente, uma sala privativa. Perfeita para apagar velhinhas.

— Você está cinco minutos atrasada. Achei que ensinavam *pontualidade* na escola de boas maneiras para moças *bem-nascidas*.

A acusação em forma de cumprimento não a abalou. Leda era só uma versão mais grosseira de Mirna, e Selene estava vacinada contra mães excessivamente críticas. Ajustou alguns cachos querendo escapar do coque e seguiu em frente como se nem tivesse ouvido.

— Bom dia, Leda! Como você está linda hoje. Fez algo de diferente no cabelo?

Enchendo-se de satisfação ao ver a sogra apertar os lábios numa linha fina, aparentemente sem saber o que fazer com aquele bom humor, Selene se fez confortável. Deixou a maleta e a tela que vinha carregando sobre uma mesa e então parou, surpresa.

Já havia um cavalete com uma tela em branco armada próximo a um dos sofás. Leda se aproximou do cavalete, inflando o peito com a expressão arrogante renovada.

— Pensei que uma desse tamanho seria mais adequada.

Selene olhou da tela no cavalete para a tela que havia trazido, que tinha metade do tamanho.

— Meu filho gosta de obras grandes. E sei que esse tamanho de tela ficaria perfeito na parede onde ela vai ficar depois.

— É mesmo? — Temendo a resposta, Selene se resignou a estudar a luz do ambiente e perguntou, porque sabia que o comentário era uma armadilha na qual deveria cair para manter o papel de nora gentil e submissa. — Onde vai ficar?

— No quarto de vocês, é claro. Imagino que Ciro vá permitir que você decore algumas coisas a seu gosto, mas ele já tem um porta-retrato meu ao lado da cama, então tenho certeza de que a pintura vai ganhar destaque mesmo numa nova decoração.

— Bom... que maravilha! Vamos começar, então? Agora que o trabalho... dobrou de tamanho! — Selene indicou uma poltrona que ficava próxima à saída para o jardim de inverno. — Por favor, sente-se ali. A luz que vem da janela, filtrada pelas plantas, cria um efeito lindo, que vai valorizar muito a sua figura.

— Ciro diz que toda luz valoriza a minha figura.

— O que não significa que não devemos procurar a melhor, não é? Além disso, vai compor um cenário encantador.

Também ficava estrategicamente posicionada, com pouca visão dos aparadores onde a governanta provavelmente deixaria a bandeja de chá.

Selene ajustou o cavalete, fingindo não ver o retorcer desgostoso da boca de Leda ao não encontrar argumento, e respirou fundo ao abrir a maleta com o material de pintura. Por mais que o objeto de estudo não fosse dos mais inspiradores, esboçar e pintar, ao menos, ajudaria a mantê-la distraída. O silêncio por trás de uma tela era sempre agradável também.

— Se importa se eu falar enquanto você trabalha? — perguntou Leda.

Ela conteve um suspiro e traçou a primeira linha na tela em branco.

— De forma alguma.

— Acho que seria útil aproveitar este momento a sós para repassar algumas regras da *minha* casa.

— Claro, por favor.

Leda se lançou com entusiasmo numa lista detalhada dos hábitos matinais da casa, passando não apenas por horários, mas também pelos lugares à mesa e pelos cardápios fixos da semana. Selene estava quase se dispersando na ladainha, se deixando levar pelo trabalho de rascunhar o cenário, quando um movimento rápido atrás da velha chamou sua atenção.

Apenas um borrão.

Ela piscou os olhos e esperou. Leda seguia falando e gesticulando com as mãos. Então, no jardim, lá estava, uma mão acenando.

Heitor havia se abaixado atrás de uma planta e gesticulava para ela.

Selene engoliu em seco e voltou a desenhar, muito mais rígida do que antes.

— Tudo bem, Selene? — perguntou Leda, não parecendo muito preocupada. — Espero que uma pintura desse tamanho não seja um desafio muito grande para você.

A governanta entrou com o chá e a poupou de ter que responder. Selene praticamente saltou do banquinho que havia arranjado para si e foi receber a bandeja.

— Senhorita, pode deixar que eu…

— Não, não, imagina! Sei que a casa tem regras muito rígidas de funcionamento, não quero atrapalhar. E acho que é uma boa oportunidade de aprender o que Leda gosta, não é, querida? — perguntou, sorrindo para Leda e tomando a bandeja das mãos da governanta.

As duas mulheres trocaram um olhar, mas por fim Leda concordou com a cabeça. Selene apoiou a bandeja no aparador de modo a ficar de costas para a sogra e começou a servir duas xícaras, bem devagar, esperando a governanta sair.

— Eu gosto com muito açúcar — disse Leda. — A vida precisa ser mais doce, não é?

Grata por estar de costas, Selene revirou os olhos com a ironia. Então, entre um cubo de açúcar e outro, puxou o saquinho do decote com os movimentos mais contidos que conseguiu e segurou a respiração antes de mergulhar dois dedos lá dentro para puxar uma pitada. Não fazia ideia do quanto era muito ou pouco, mesmo para uma pitada, mas preferiu não arriscar colocar a velha para dormir até o dia seguinte. Pegou bem pouquinho e jogou na bebida antes de misturar.

Agindo com muito mais naturalidade do que sentia, Selene levou a xícara para Leda, muito orgulhosa de não ter tremido nenhuma vez, nem mesmo quando viu Heitor ainda esperando do lado de fora. Em seguida, pegou a própria xícara e se acomodou de novo na tela.

A sogra voltou a falar, o único indicativo de que havia tomado um gole sendo o barulho da porcelana, de tempos em tempos. As regras matinais se transformaram nas regras do almoço, o esboço do cenário se transformou num esboço da própria Leda, e, com isso, Selene começou a se desesperar de verdade de que tivesse colocado muito pouco do sono de fada para fazer efeito.

Quando finalmente a voz da velha começou a ficar mais lenta, Selene arriscou algumas espiadas. Leda piscava com força, determinada a continuar falando, mesmo com a cabeça pendendo. Quando finalmente aconteceu, foi muito rápido. Num instante, a mulher pareceu desmaiar, a cabeça e os braços perdendo a sustentação. No outro, um borrão saltou da varanda para dentro da sala, e lá estava Heitor, assobiando, impressionado.

Selene arquejou ao vê-lo segurando a xícara de Leda; o pires e os biscoitos estavam caídos no colo dela, e a cabeça pendia um pouco para o lado no encosto da poltrona. Heitor ergueu uma sobrancelha.

— Dopar a sogra antes do casamento, linda? Isso dá justa causa, sabia? Depois também, imagino, mas antes configura requinte de crueldade.

Tapando a mão com a boca, ela se aproximou e recolheu o pires.

— Será que eu exagerei? Será que ela vai saber?

A não ser por alguns respingos no tapete, Heitor parecia ter evitado que o chá se derramasse todo. Ele franziu a testa para o líquido.

— Isso é sono de fada ou meu olfato me engana? Se for, ela nunca vai saber. Magia de fada é toda baseada em não deixar rastros.

— Você conhece?

— Claro que conheço. Como você acha que algumas das minhas clientes casadas se livravam dos maridos por algumas horas? Apesar de ser uma substância muito cara, não é um segredo tão bem guardado quanto vocês madames acham que é. As fadas são criaturinhas...

O ciúme, aquele velho conhecido da época em que precisava dividi-lo com tantas outras pessoas, deu as caras novamente. Agarrou Selene pela garganta e a fez deixar escapar uma expressão indignada.

— Eu não precisava saber desse detalhe!

— Por quê? Ficou com ciúmes de lembrar o meu antigo serviço?

Antes que virasse o resto do chá na cabeça dele, Selene lhe deu as costas e foi até a varanda fechar a porta entreaberta. Não havia tempo a perder.

— Já que você é tão experiente no assunto, quanto tempo acha que ela vai dormir?

— Não vi quanto você colocou, mas, por garantia, vamos nos permitir apenas uma hora.

Apoiando a xícara na mesinha mais próxima, Heitor foi até Selene e, juntos, ajeitaram Leda numa posição mais natural de quem havia adormecido.

— A casa está cheia de empregados circulando — avisou Heitor.

— Então vamos, sei onde podemos encontrar algo útil.

Ele tomou a dianteira, o nariz ora levantado, ora apontado para os cantos enquanto os dois se esgueiravam pelos corredores, parando de tempos em tempos quando ele ouvia alguém se aproximando. O caminho até a porta que Selene indicou foi longo e lento, consumindo os minutos preciosos da uma hora que haviam marcado, e, quando finalmente a alcançaram, estava trancada.

— Claro que não ia ser tão fácil.

— Isso não é nada — disse ele, apalpando os bolsos. — Eu só preciso...

A cada instante em que ele não encontrava o que estava procurando, o coração de Selene batia um pouco mais rápido, um pouco mais perto da garganta, querendo saltar de nervosismo. Não se lembrava de nenhuma instrução útil no manual para damas. Provavelmente porque boas moças não invadiam escritórios trancados com lobisomens gigolôs nem dopavam futuras sogras. Heitor finalmente suspirou e tirou uma das abotoaduras do paletó e se virou para ela com um sorriso safado.

— Desculpa, linda, vou precisar pegar uma coisa emprestada.

Antes que ela pudesse perguntar o quê, Heitor chegou muito perto. Por um instante louco e carregado de uma boa dose de adrenalina, Selene achou que ele fosse beijá-la. Desejou que beijasse. Mas a mão que passeou por sua bochecha contornou sua cabeça até alcançar o coque e puxar um grampo.

Frustrada, e tentando não demonstrar a decepção em meio à raiva, deu um tapinha na mão dele. Heitor piscou um olho. No momento seguinte, a mágica do grampo e da abotoadura abriram a porta com um clique.

— Viu, só? Modéstia à parte, eu sou o melhor arrombador de portas da matilha. Você deu muita sorte.

— Você precisava mesmo do meu grampo ou só queria se...

Mais uma vez, as palavras lhe foram roubadas quando ele a pegou pelo braço e a puxou para dentro, a pressionando contra a porta que fechou.

— *Shhh* — sussurrou ele, tapando-lhe a boca com a mão.

O coração de Selene, já acelerado, perdeu de vez o compasso entre o medo de serem pegos e o efeito que a proximidade repentina dele causava em seu corpo. Heitor era todo lobo em pele de homem naquele momento, muito mais do que antes, farejando o corredor. Narinas dilatadas, olhos fixos e concentrados na maçaneta, linhas rígidas no contorno do rosto. Parecia impossível descrever a expressão com qualquer outra palavra que não fosse *lupina*, mesmo que ela não conseguisse apontar o que exatamente mudara.

De repente, passos se aproximaram pelo corredor. Heitor a pressionou com mais força contra a porta, mas tirou a mão da boca de Selene e, muito lentamente, trancou a fechadura de novo. Logo vozes masculinas se juntaram aos passos. Apenas para ter o que fazer com as mãos, ela o agarrou pelas lapelas e mordeu o lábio.

— Mas o chefe mandou tu vir aqui? — perguntou uma voz.

— Não, eu que esqueci a papelada, na reunião de mais cedo, e não queria falar pra ele...

— Tu sabe que o Coquinho foi mandado embora por menos.

— Só mandar embora tá bom, eu não quero é acordar de cabeça pra baixo na baía.

— Acordar não é a palavra mais indicada nesse caso.

— Porra, mas tu também não ajuda em nada...

Pelo tensionar do corpo de Heitor, os dois homens pararam bem do outro lado da porta. Engolindo em seco, Selene moveu a cabeça apenas o suficiente para conseguir enxergar a fechadura. A maçaneta girou de repente, mas a porta não abriu.

Eles tentaram de novo com mais força, e ela se apertou mais contra Heitor, que segurou seu nervosismo com um aperto firme. Um dos homens do outro lado resmungou.

— Eu te disse que o chefe sempre tranca o escritório.

— Será que a gente chama pela patroa?

— Tá doido, ela é pior que ele. O que tinha na papelada mesmo?

— As rotas com as bancas da zona sul da cidade e o mapa das linhas de trem que eu tinha que percorrer hoje.

— É, se ferrou.

O debate entre os homens prosseguiu por alguns segundos excruciantes, até finalmente chegarem à conclusão de que o chefe não precisava saber de nada e que, até Ciro descobrir, talvez já tivessem conseguido dar outro jeito.

Selene se sentiu derreter toda contra Heitor quando os passos e as vozes sumiram. Ele ainda ficou mais um tempo tenso antes de relaxar e rir baixinho. Sem saber o porquê, Selene riu também, apoiando a testa no ombro dele. O aperto virou um abraço, as mãos que agarravam sua cintura passaram a aliviar a região com carícias suaves. Tinha se esquecido do quanto estar nos braços dele era natural, e do quão difícil era se obrigar a se afastar.

Inspirando fundo, lamentando imediatamente a perda do calor, ela o empurrou gentilmente e evitou seu olhar.

— Bom, já sabemos que tem pelo menos uma papelada útil por aqui... — sussurrou ela, observando o escritório espaçoso em que tinham entrado. — Locais e rotas são úteis, não?

— Muito úteis.

Talvez estivesse imaginando a decepção na voz dele, mas certamente era melhor não pensar muito no assunto. Em silêncio, os dois se dedicaram a inspecionar tudo. Heitor ficou com a mesa principal, Selene foi até os armários e estantes.

Ela já sabia que Ciro tinha muitos negócios legalizados, mas não tinha noção de quantos. Não surpreendia ele ter conseguido comprar todas as dívidas do pai de Selene, ou ser capaz de lavar tanto dinheiro das apostas ilegais. Construção civil, transporte ferroviário, algumas plantações no interior. Relatórios e planilhas traziam uma ótima noção do tamanho da fortuna que ela jogaria fora ao se livrar daquele casamento, mas não forneciam nenhuma pista de como fazer isso.

— Aqui!

Na mesa, Heitor tinha um mapa aberto e algumas folhas espalhadas.

— O filho de bicho-papão até que é esperto. Ele mantém o dinheiro em movimento por meio dos trens que cruzam a cidade...

— O quê, exatamente, você está procurando? — perguntou Selene.

— Preciso saber o lugar do próximo sorteio. É um dos únicos momentos em que ele concentra o dinheiro das apostas antes de distribuir a parte de cada padrinho. Se eu conseguir roubar todo o dinheiro num dia de sorteio, ele vai ficar em dívida com os padrinhos e apostadores, vai criar rixas na cúpula.

— Sua amiga Anette não consegue descobrir com o marido dela?

— Ninguém sabe até o dia do sorteio. Ciro não confia nos outros, e os outros não têm unidade para se opor a ele. Mas se chegarem lá e não houver dinheiro...

— Seria o começo do fim?

— Com sorte, algum dos próprios padrinhos daria cabo de Ciro, embora eu não esteja apostando minhas fichas nisso. Só quero os De Minet enfraquecidos.

Enquanto Heitor copiava a lista de estações de trem e bancas por onde parte do dinheiro passava, Selene continuou vasculhando as gavetas da mesa, os pensamentos correndo desenfreados.

Então, bateu o olho numa lista com datas. Algumas passadas já estavam riscadas, mas seguiam quinzenalmente por vários meses vindouros. Ao lado de cada uma constava uma raça de não humano e um número; alguns se repetiam e outros não, algumas tinham anotações rabiscadas ao lado.

— E isso aqui? — Ela mostrou a lista para Heitor. — São apenas monstros da cartela do poupa-fera, não são?

— Puta merda, isso aqui é ótimo. Além de tudo, ele está controlando os resultados! Vale o escrito meu rabo, hein.

— Como você sabe?

— O último dia 5 foi dia de sorteio, e deu fauno na cabeça. Quer dizer, na cabeça dele, exatamente como está aqui. Mas... tem um sorteio extra esse mês, o que não é comum. Aqui, no dia da lua cheia

Selene seguiu a lista.

— Vai dar lobisomem?

— É comum as pessoas apostarem nessas coincidências. Se sonham com o céu, apostam no nefilim; se sonham com água, apostam na sereia... Se o sorteio cai no dia da lua cheia, apostam no lobisomem.

— Mas não é bom pra ele que muita gente ganhe, certo? Se vai ter esse sorteio na lua cheia, ele deveria escolher outra fera.

— Realmente estranho... Mas não temos tempo de pensar sobre isso agora. Vou copiar essas datas e resultados, e vamos fechar tudo pra sair daqui.

Ela concordou, procurando apressada por sinais de bagunça. Mas a gaveta ainda continha mais uma surpresa. Um daguerreótipo muito antigo de uma jovem. Selene franziu a testa, olhou o verso e não viu nenhum nome.

— Você sabe quem é essa? — perguntou Heitor, também guardando o que tinha tirado do lugar.

— Não. Você sabe?

— Filha de um... associado. Jorginha.

— Já ouvi falar nela.

— E sabe que fim ela teve?

— A mãe dele não permitiu que se casassem.

Heitor parou de repente e a encarou, sério. Devagar, ele tomou a foto e a guardou com cuidado. Em seguida, segurou a mão de Selene e a apertou com força.

— Linda, muita gente já deve ter te dito isso, mas você está num noivado muito perigoso. Ciro…

Antes que ele concluísse a frase, porém, se interrompeu e virou a cabeça na direção da janela, os modos lupinos voltando.

— Temos que sair daqui. Ciro tá vindo pra casa.

— Como você sabe?

— Guido tá uivando. Ele tá longe, mas tá vindo. Rápido!

11

CARONA

Quando ouviu a palavra "rápido", Selene se preparou para se equilibrar enquanto corria nos saltos, como uma dama. Ela assistiu Heitor fazer um novo truque para trancar a porta novamente por fora e, quando recebeu o grampo de volta, mal teve tempo de prendê-lo no cabelo. Num instante, estava se recompondo e inspirando fundo, no outro, estava sendo carregada no colo a toda velocidade pelo corredor de volta à sala de Leda.

A sogra ainda dormia na poltrona, na mesma posição. A tela e os pincéis também estavam exatamente como os tinha deixado. A bandeja de chá também não dava indícios de ter sido tocada por qualquer dos empregados. Naquele cômodo, era como se nada mais tivesse acontecido, mas Selene se sentia diferente de alguma forma ao ser colocada de volta no chão.

Pulsava com adrenalina e medo e certo desejo por mais.

Mais de quê?

Não sabia. Mais de Heitor, possivelmente. Ele e o mundo lupino que habitava, às margens do mundo dela.

— Eu preciso ir, mais tarde nos falamos. Você sabe o que precisa fazer?

— Continuar aqui, pintando, como se nunca tivesse deixado a sala.

Ele concordou com a cabeça, foi até a janela aberta e espiou o lado de fora.

— Heitor, o que aconteceu com Jorginha?

Com certeza era um péssimo momento para perguntar, mas, se ia ficar naquela casa, sentia que tinha o direito de saber.

— Ciro aconteceu. Foi rejeitado, humilhado publicamente, e não lidou bem com isso. Mas linda...

Num piscar de olhos, Heitor sumiu da janela e brotou na frente dela, naquela velocidade sobrenatural. Selene estava ganhando muitos vislumbres dos instintos lupinos naquele dia e, ao mesmo tempo que se deliciava com a revelação, também sentia que era uma grande injustiça receber aquelas coisas — aquela confiança — somente agora, quando já não tinham nada.

Ele segurou seu rosto com as duas mãos, os olhos de carvão sérios e ferozes. Olhos que ela pintaria num quadro de lobisomem.

— Eu não vou deixar que ele faça nada com você, entendeu? Você está correndo risco, sim, mas vou te proteger. Vou te salvar disso. Confia em mim? Por favor?

Descobrindo que não tinha voz nem palavras para responder à promessa nem à pergunta, Selene concordou com a cabeça. Fios do passado ainda se agarravam teimosamente ao pensamento racional de que Heitor não era digno de confiança. Mas seu corpo, ainda mais teimoso, vibrou em resposta a ele, aquecendo onde era tocado. O corpo confiava e, no momento, isso bastava.

Assisti-lo dar um último aceno antes de sumir pela janela lhe deixou um nó na garganta que a fez ficar parada por algum tempo, sentindo-se fora de si.

Mas uma dama nunca ficava parada com olhar perdido quando havia trabalho a fazer.

Com um suspiro, Selene se arrastou de volta à banqueta e pegou o lápis, então voltou a traçar Leda na tela. Os movimentos estavam lentos e preguiçosos; toda a adrenalina de antes parecia ter sido sugada janela afora junto dele.

Quando estava no ponto de trocar o lápis pela primeira pincelada de tinta, uma gritaria distante tomou conta da casa. Ela mal teve tempo de temer o que poderia ter acontecido, porque Ciro irrompeu pela saleta.

— Selene, mamãe?

Com um sobressalto, ela ficou de pé, certa de que o uso do sono de fada seria descoberto.

— Ciro? O que houve? Sua mãe adormeceu e eu não quis acordá-la...

O rosto dele trazia um olhar analítico que percorreu a sala. Atrás homens com armas na mão passaram pelo corredor.

— Feche a janela e não saia daqui até eu voltar.

Ele a deixou sem mais instruções e Selene correu para a janela, de alguma forma esperando ter algum vislumbre de Heitor. Toda a comoção só podia ser por causa dele, ou de Guido, ou de algum outro lobisomem que tivesse vindo de guarda.

Não viu nada a não ser a grama bem aparada e o muro alto de heras. Acima, o céu azul e a copa das árvores frondosas da parte alta fechavam a ilusão de que não havia nada de errado na residência. Fechou a janela e voltou para a tela, deu umas pinceladas, suspirou, sacudiu a cabeça.

O nó na garganta cresceu e cresceu, apertou o coração e ameaçou sufocar também os pulmões.

Damas não têm crises de ansiedade, elas se preocupam graciosamente. Mesmo que se sentissem prestes a desmoronar.

Selene se obrigou a respirar fundo, a destravar o maxilar, contou pinceladas, usando a forma da tinta na tela como foco para buscar a calma de sempre. O controle de sempre.

O mundo lupino de Heitor talvez desse margem para sentimentos explosivos e aventura, mas o mundo onde estava presa demandava que estivesse sempre composta — aparentemente, era questão de sobrevivência. A última mulher em sua posição não havia sobrevivido para ver um futuro sem Ciro, e Selene estava mais do que disposta a evitar o mesmo destino.

Estava quase serena quando Ciro voltou, e foi capaz de fazer uma expressão preocupada.

— Está tudo bem?

Não teve uma resposta imediata. Ele foi até a janela e inspecionou a trava antes de abri-la, então passou a mão pelo batente. Selene engoliu em seco, mas esperou.

— Minha mãe ainda não acordou? O que vocês estavam fazendo aqui?

— Bem... era pra ser uma surpresa, meu presente de casamento para você. Eu vim pintar um retrato dela. Estávamos conversando quando ela adormeceu. Pode ser muito monótono posar para uma pintura.

Ciro contornou os móveis até parar atrás dela, observando a tela. Selene se obrigou a continuar calma e sorriu ao virar o rosto para cima.

— Gosta?

— Está ficando... bom.

— Fico feliz que goste, já que não é mais uma surpresa. Vai me contar agora o que está acontecendo?

— Esse grampo é seu?

Como ele estava em pé e ela, sentada, quando Ciro puxou o objeto do bolso, o grampo ficou bem na altura dos olhos de Selene. Inofensivo e perigoso.

— Ora, é sim! — Ela levou a mão ao cabelo. O coque ainda estava firme, mas de fato com um grampo a menos, e só se lembrava de ter perdido um para as mãos hábeis do lobisomem. — Onde estava?

Ciro a encarou por um momento arrastado. Frio como sempre, analítico, como se pudesse tirar da mente dela todas as respostas. Com um pequeno sorriso, Selene pegou o grampo e o colocou de volta no coque, muito orgulhosa de não ter tremido nem uma vez.

— Encontrei no chão do lado de fora da porta... aqui da saleta de mamãe.

— Obrigada por devolver. Provavelmente estava frouxo. E agora, vai me contar o que está acontecendo?

— Ratos na casa.

— Homens armados para caçar ratos?

— Você não viu homens armados, você viu os empregados correndo com vassouras.

Selene engoliu em seco.

— Claro. Devo ter me confundido. Mas...

— Ciro... Ciro? Veio almoçar em casa?

A voz de Leda soou arrastada enquanto ela esfregava os olhos. Ciro ergueu uma sobrancelha para Selene antes de ir até a mãe. Para falar com ela, se abaixou sobre um joelho e segurou a mão dela, sua expressão se suavizando.

— Você me conhece, mamãe, gosto de surpreender a senhora.

A velha sorriu e fez um carinho preguiçoso no cabelo dele. A afeição genuína desconcertou Selene. Testemunhar o carinho entre pessoas horríveis coloria o mundo em tons desconjuntados, mas todos tinham direito a sentimentos verdadeiros. Homens cruéis também tinham mães, no final das contas.

— A senhora não costuma dormir a essa hora. Está tudo bem?

— Acho que sim, eu... estou me sentindo muito bem, na verdade. — Leda se empertigou na poltrona e pareceu se lembrar de que não estavam sozinhos. — Acho que essa sua noiva é apenas tediosa demais para mim.

— Talvez. Mesmo assim, acho que não é uma boa ideia dormir e deixá-la sozinha — disse Ciro, olhando de lado para Selene. — Principalmente quando acabamos de ter ratos acionando as armadilhas da casa. Não é muito cortês de nossa parte.

Com essa nova informação, Leda despertou de vez.

— Não, não é nada cortês.

Heitor estava acostumado a se esconder em lugares ruins. Passara a infância se tornando especialista nisso; conhecia todos os piores cantos da parte baixa onde ninguém alcançava ou simplesmente não pensava em procurar. O esconderijo em questão nem era dos piores, considerando seu vasto repertório.

Era apenas apertado e desconfortável, com pontas e quinas demais disputando espaço com suas costelas. E não podia nem acender um charuto. Para passar o tempo, ficou abrindo e fechando o isqueiro, a chama surgindo e sumindo no compasso de sua paciência, iluminando e escurecendo os pensamentos do que poderia estar acontecendo dentro da mansão.

Selene era boa com as máscaras dela, mas contratar lobisomens prostitutos sem os pais saberem era um pouco menos arriscado do que colocar aquele mesmo lobisomem dentro da casa do homem que planejava destruir.

O *clique clique clique* do isqueiro era um som conhecido. E assim, Heitor contou as horas. Do lado de fora, vinham indícios de alta movimentação. Passos pesados nos paralelepípedos, cheiro de armas e homens estressados, ordens repassadas. Estimava que fosse um pouco depois de uma da tarde quando ouviu passos de cadência diferente dos demais. Apertou o isqueiro. Os saltos estavam se aproximando. De repente, o barulho metálico de porta de carro abrindo e fechando foi seguido de um motor rugindo, e todo o entorno apertado de Heitor vibrou junto.

As caixas e materiais de pintura no porta-malas de Selene, um compartimento minúsculo localizado embaixo do banco de trás do carro, pularam com o pequeno solavanco da partida do carro, uma quina batendo bem no meio da testa de Heitor. Seguro de que não seria mais encontrado, ele rosnou, talvez para a própria ideia brilhante de se esconder no automóvel dela. E assim foi sacolejando, se agarrando onde podia entre uma curva e outra, amaldiçoando o trajeto pelas ladeiras da parte alta.

Muitos "puta merda" sussurrados depois, o carro finalmente desacelerou. O barulho do motor ganhou um contorno mais cavernoso, então parou. Permitindo-se apenas alguns segundos para se certificar de que não ouvia nem farejava nada de perigoso do lado de fora, Heitor arrombou a porta e saiu do espaço apertado. Estavam numa garagem, provavelmente da mansão Veronis.

— Pela Lua, linda, nunca mais vamos fazer isso.

— Heitor!

Ainda se alongando, ele virou o rosto na direção do gritinho. Selene ainda estava dentro do carro.

— Surpresa — disse ele, enquanto girava o pescoço de um lado para o outro.

Selene saiu correndo do carro e, antes que Heitor entendesse o que estava acontecendo, estava sendo apalpado por ela nos ombros e no rosto. Dedos delicados ajeitaram seu cabelo de volta para trás e olhos atentos o fitaram intensamente. Como se ela estivesse preocupada.

Ele deixou. Depois de horas se torturando com a mesma preocupação, não teve forças para lembrá-la de que era ela ainda guardando mágoas do passado. Naquela mesma manhã, Selene havia voluntariamente saído de seus braços num outro momento de tensão, e não seria Heitor a empurrá-la a repetir o gesto.

— O que aconteceu? Ciro disse algo sobre ratos acionando armadilhas da casa.

— Pois é... Quando eu estava saindo, esbarrei em algumas. Truques antigos de caçadores, mas ele deve ter reforçado a proteção contra lobisomens na mansão quando decidiu ir à guerra contra nós. Fui descuidado. Eu estava distraído. — *Pensando em você.* — E como foi com ele? A velha continuou dormindo? Eu precisei me esconder no seu carro porque era o único lugar ao redor da casa que não estava cercado e sob inspeção.

Selene levou uma das mãos ao coque no cabelo, que estava perfeito como sempre. Então sacudiu a cabeça e se afastou. O lobo ganiu com a distância.

— Ela acordou um pouco depois que ele chegou. Ciro parecia... como sempre, sério e desconfiado. Não quis me dar detalhes de nada. Ele prefere que eu seja apenas o acessório de braço dele e não faça perguntas.

— Acha que ele percebeu que nós invadimos o escritório?

— Eu não sei... Talvez? Espero que pelo menos a informação que conseguimos hoje sirva pra alguma coisa.

— Vai servir. Eu vou agora mesmo pro bairro da destilaria. Preciso descobrir se a nossa pequena sessão de espionagem desencadeou algum ataque em retaliação e colocar a rapaziada pra trabalhar nisso.

Ele a segurou pelos ombros, não gostando do olhar assombrado que via nela. O lobo queria morder alguma coisa, cravou as garras nos pulmões de Heitor, odiando a ideia de deixar a fêmea para trás.

— Você vai ficar bem, se eu for agora?

Selene concordou com a cabeça, mas bastou uma farejada no ar para perceber o estado tumultuoso das emoções dela.

— Mentirosa — sussurrou ele.

— Você... hm... — Ela olhou ao redor, evitando o escrutínio dele. — Como você vai voltar para a parte baixa?

— Correndo mesmo. Deixei meu carro escondido muitas ruas atrás da mansão dos De Minet e não planejo voltar lá tão cedo.

— Eu te levo.

Gentilmente, ele colocou um dedo sob o queixo dela e virou seu rosto para que se encarassem.

— Tem certeza? Não quer descansar depois de tudo isso?

— Não quero ficar sozinha.

Provavelmente não era uma boa ideia. Heitor não tinha um bom histórico quando se tratava de ideias em relação a Selene Veronis.

— Tudo bem, mas eu não vou no porta-malas de novo.

Ela deu um risinho e as garras do lobo afrouxaram o aperto.

Mostrar a uma mulher o lugar onde havia nascido talvez fosse a maior intimidade concedida, e levá-la até o coração do bairro da destilaria o deixava tão nu e exposto quanto possível, visto que não tinha como tirar a pele de homem e deixá-la ver as formas completas do monstro.

No começo, ela ficou em silêncio, exalando um cheiro de estresse que o deixou agitado também, mas, quando deixaram a orla e pegaram a rua do porto, a curiosidade natural de Selene aflorou em seu olhar. O porto dava acesso a ruas cada vez mais estreitas e tortuosas, por onde apenas um carro passava por vez. O acesso à destilaria atravessava pontes sobre rios e veios de água canalizados que desaguavam na baía; uma via para escoar mercadorias vindas do interior, antes do tempo das ferrovias.

Heitor tentou enxergar o lugar pelos olhos dela, observou cada contração das sobrancelhas meticulosamente feitas, contou as mordidas ao lábio e os quase sorrisos. Ouviu as batidas quase imperceptíveis dos dedos enluvados no volante, provavelmente ansiando por desenhar os ângulos e contornos que apenas ela enxergava.

Tinha passado a maior parte do último ano agindo como se não tivesse sentido falta daquelas pequenas manias, dos bloquinhos que construíam Selene Veronis por dentro e por fora.

— Então, o que você ficou fazendo lá dentro por tantas horas?

— Pintando, aguentando minha futura sogra revigorada depois do sono de beleza... Eles me obrigaram a ficar para almoçar. Depois, Ciro quis que eu opinasse sobre a lista de convidados que ele vai chamar para o baile do Mitz.

— Mitz... O hotel na avenida Beira-Mar?

— Isso mesmo. Todo ano, o Mitz dá um baile de máscaras na véspera do carnaval, para inaugurar os dias de festividade. E este ano Ciro está patrocinando generosamente o baile, assim como o próprio desfile.

— Ele está comprando o passe dele para a alta sociedade.

— E eu sou o bilhete. Como patrocinador, ele tem pilhas e mais pilhas de convites para dar. E quis que eu olhasse os nomes em que estava pensando, além dos outros padrinhos da cúpula. Políticos, empresários... pessoas que podem ser úteis para ele. — Selene suspirou e os ombros caíram um pouco. — Foi um ótimo vislumbre do que vai ser a minha vida, se...

— Essa não vai ser a sua vida.

Heitor mordeu a língua, evitando falar demais, propor outro tipo de vida completamente diferente. Bem naquele momento, passaram por uma esquina, e um dos rapazes da matilha de guarda uivou para avisar que ele havia entrado no território.

— O que aconteceu? — perguntou Selene.

— Eles estão avisando a todo mundo que eu cheguei.

— Porque você manda aqui.

Heitor sorriu e meneou a cabeça, meio concordando e meio segurando o riso pela simplicidade da afirmação. Mandar era uma expressão muito forte para ser aplicada a um único lobisomem de matilha. A autoridade só valia porque era coletiva.

Estavam quase no bar da cachaçaria quando mais uma vez ouviram uivos, mais distantes, passados entre os lobos de guarda espalhados pela destilaria.

Puta merda.

Ele esperava ter um pouco mais de tempo, ter feito mais avanços com o poupa-fera, e definitivamente preferia não expor Selene ao reencontro sem aviso.

— E agora? — Selene o encarou de novo.

— A mesma coisa. Mais ou menos. Diana e Ed voltaram. — Ele a encarou de soslaio. — Sei que você não quer lidar com ela, mas eu não tenho como manter nosso plano em segredo por muito tempo. Não é possível esconder nada de uma cartomante como Diana, nem mentir para lobisomens como meu irmão.

Selene suspirou, mas não pareceu tão abalada quanto ele tinha imaginado.

— Vamos falar com eles.

— Tem certeza, linda? Vou precisar que sua voz saia um pouco mais firme pra eu ter coragem de te colocar no meio dos lobos.

Ela apertou o volante e o encarou com um ar solene.

— Vamos falar com as feras. Certamente não vai ser a conversa mais difícil do dia.

— Seja o que a Lua quiser, então.

12

AMIGA

— Roubar todo o dinheiro das apostas do poupa-fera? Vocês enlouqueceram? — Foi a primeira coisa que Edgar disse depois de receber uma explicação resumida.

Haviam ocupado a antiga sala de jantar da família, na casa onde moravam antes de se mudarem para a parte alta. Ficava atrás do bar da cachaçaria, e ainda continha os móveis roubados que não compunham uma decoração harmônica. Entre os muitos pensamentos volantes, Heitor se perguntou se Selene acharia tudo horroroso, mas toda a curiosidade dela havia se evaporado, dando lugar à habitual expressão polida e elegante enquanto se abanava com o leque como se nada a não ser o calor a abalasse. O escudo que ela usava em meio à boa sociedade não servia de muita coisa numa sala cheia de lobisomens que conseguiam farejar seu nervosismo, mas isso não tornava o esforço menos admirável.

Diana havia tomado uma cadeira e Ed estava de braços cruzados, recostado na mesa ao lado dela. Raul puxara um banco da cozinha e Guido virara uma cadeira para se sentar nela, apoiando os braços no encosto. Heitor havia acomodado Selene em outra cadeira, mas preferido ficar andando enquanto falava.

— Não é tão difícil. Hoje, eu consegui localizações de várias das bancas e a rota do dinheiro. Parte da grana já está com o cheiro de marcação da matilha, e temos as datas dos sorteios também — argumentou ele, puxando um charuto para se proteger da ansiedade que Selene exalava e o apontando para Diana. — E agora vamos poder saber onde vai ser o sorteio.

— Não é tão difícil teu rabo, moleque — resmungou Raul. — A nossa rota de ação sempre foi pelos canais e através da baía. Roubar dinheiro do meio de territórios que não conhecemos tão bem e encarar sabe-se lá que nível de proteção mágica? E manter esse dinheiro seguro?

— Manter o dinheiro seguro vai ficar por conta do Escafurinha — disse Guido. — E depois vamos ter as nossas próprias bancas também, que podemos usar para escoar o dinheiro. Agora que temos a lista dos resultados, podemos garantir que nossas bancas tenham muitos ganhadores... Isso vai nos render uma boa dose de lealdade das pessoas.

— Ainda não entendi por que precisamos entrar no ramo do poupa-fera quando temos trabalho mais do que suficiente vendendo armas — rebateu Edgar, levantando o nariz e farejando o ar na direção de Selene. — Também não entendi por que estamos discutindo tudo isso na frente da noiva de uma das pessoas que tá tentando ferrar com a gente.

Heitor se adiantou e parou ao lado dela.

— Eu já expliquei que fizemos um acordo com ela — disse entre os dentes.

— *Você* fez. A matilha não votou sobre isso, caso tenha se esquecido de como as coisas funcionam por aqui.

— Eu tô com o pivete nessa, é um bom acordo — comentou Guido. — Só hoje ela ajudou a conseguir muita coisa pra gente. Voto a favor de seguirmos com o plano de Heitor.

— Voto contra — intrometeu-se Raul. — E Mimi votaria contra também. Vamos só matar os De Minet em emboscadas e a cúpula do poupa-fera que se exploda.

Um a um, todos se voltaram com expectativa para Edgar. A carranca habitual do irmão não havia se alterado ao longo da conversa, embora ele a todo momento encarasse Heitor com desconfiança — não era um olhar hostil, mas o de um irmão mais velho que já tinha tirado o mais novo de apuros vezes o suficiente para saber quando ele estava aprontando.

Edgar então suspirou e se voltou para Diana com uma sobrancelha erguida. Ela, por sua vez, tinha contribuído para a conversa apenas com o tamborilar dos dedos na mesa.

— Bom... — Diana sorriu de lado com malícia. — Que tipo de pessoa eu seria se negasse ajuda à minha melhor amiga? Acho que é uma boa hora para a matilha diversificar os negócios e entrar no ramo de apostas lotéricas.

Ao lado de Heitor, Selene arquejou de surpresa. O coração seguia em cadência rápida, e ela até se inclinou um pouco para a frente na cadeira.

— Puta merda, tu não vai nem olhar as cartas? — rosnou Raul.

— Já consultei no caminho para casa, e o que Heitor começou não pode mais ser interrompido. Mas... vou precisar de mais tempo para descobrir a localização do sorteio, e acredito que mesmo assim é melhor não apostarmos todas as fichas nisso. Quando são os próximos?

Heitor ia puxar o papel onde havia copiado as informações roubadas, mas não teve tempo.

— Tem um no dia 15, dia da lua cheia, e um na véspera do desfile de carnaval — respondeu Selene, falando pela primeira vez desde que tinham se reunido na pequena sala.

— Bom, um roubo na lua cheia está fora de cogitação, então vamos precisar descobrir o máximo possível até o carnaval — disse Diana.

— A questão não é essa. Vai dar certo? Roubar o dinheiro no sorteio do carnaval? — perguntou Edgar.

O odor azedo de magia foi o único aviso do que Diana estava fazendo com a mão que não tamborilava na mesa. Do bolso, ela puxou uma única carta e a mostrou a Edgar, antes de a revelar a todos. O desenho desbotado da carta da Vela foi colocado sobre a mesa.

— Eu diria que é a única chance de dar certo — disse ela, apontando para a carta. — Até lá, vou sondar o oráculo todos os dias e vamos ajustando os planos. Mas vamos nos garantir por todas as frentes. Continuem deixando o dinheiro fedido, conversando com Escafurinha e espionando Ciro. Nesse meio tempo, Selene também tem outra parte a cumprir nesse acordo todo, não é? Pelo que entendi, você prometeu uma elevação social considerável para nós.

Selene suspirou, pressionando os lábios numa linha fina, mas por fim concordou com a cabeça.

O silêncio tomou conta da sala por alguns instantes. Não houve mais nenhum protesto, por mais que Raul e Edgar ainda parecessem insatisfeitos. Guido bufou e falou com o charuto preso entre os dentes:

— Parece que temos um roubo pra planejar.

Raul rosnou baixinho, se levantando.

— Mimi vai adorar saber que fizemos mais um acordo idiota com uma humana rica.

Diana riu e se levantou.

— Talvez, mas, enquanto isso, vamos ser hospitaleiros e selar esse novo empreendimento como se deve. E comemorar nosso retorno. Vocês podem fingir que não, mas sei que estão felizes que voltamos. Que tal abrir uma Afiada edição especial?

Guido bateu na mesa e se pôs de pé.

— Tá vendo, Diana? Você sabe de tudo mesmo. Vem, tio, me ajuda.

Guido levou Raul pelo ombro, dizendo que deveria deixar de ser um velho resmungão. Diana foi até Selene, passou o braço pelo dela e a conduziu para um suposto tour da cachaçaria, como ditavam os bons costumes.

Selene se deixou conduzir, mas não sem antes lançar um olhar nervoso a Heitor.

Quando as duas mulheres sumiram pela porta que levava ao bar, ele encontrou Edgar parado bem perto, esperando uma explicação mais detalhada. Heitor ergueu as mãos em rendição, porque não tinha palavras que amainariam o lobo desconfiado que era o irmão.

Os dois ficaram se cheirando, se analisando, como tantas vezes antes, quando eram moleques de verdade. Na primeira noite em que Heitor havia voltado para casa com dinheiro de favores sexuais, Edgar fora o primeiro a farejar a verdade, um hábito irritante. Quase não havia privacidade numa matilha, e a pouca que havia não seria oferecida por ele.

— De onde saiu essa vontade toda de se meter com o poupa-fera?

— Eu só fiz o que você faria no meu lugar; fui cuidar da nossa família.

Edgar bufou.

— A família ou o rabo de saia onde tu tá enfiando o focinho?

Quem me dera estar com o focinho enfiado em algum lugar.

— Os dois.

Edgar rosnou, o encarando com compreensão, e deu um tapa no ombro do irmão com um brilho de aprovação no olhar lupino.

Diana a conduziu para o bar e depois para a rua, contornando até os fundos sob pretexto de mostrar a Cachaçaria Afiada. Selene esperou pacientemente, ouviu sobre o cuidado que tinham para manter os barris na sombra de um galpão comprido e fresco, até admirou o conjunto de alambiques constantemente borbulhando e pingando.

— Estou tentando convencer Guido a investir em outras bebidas. Licores e gins.

Diana puxou duas canequinhas de metal penduradas na parede e as encheu numa das bicas dos alambiques, então ofereceu uma a Selene, que pegou a caneca com cuidado e observou o líquido lá dentro. O cheiro alcóolico queimou nariz e garganta, a luz alaranjada refletida nos alambiques de cobre deu à bebida ares de poção mágica e perigosa. Olhando ao redor mais uma vez, concluiu que estavam realmente sozinhas.

— O que você queria me dizer de verdade?

O passado havia demonstrado que ser direta com Diana funcionava melhor. Havia certo alívio em não precisar ser gentil, em não precisar fazer mil rodeios evitando pisar nos babados e nas franjas da etiqueta averriense, como se estivesse no Clube das Boas Damas.

— Não sei bem por onde começo, mas acho que a obrigação de loba postiça vem primeiro, neste caso. — Diana balançou a caneca, girando a cachaça enquanto parecia escolher as palavras. O ar sombrio que ela era tão boa em emular foi acentuado pelo espaço silencioso e isolado. — Antes de mais nada, preciso que você saiba que, se machucar Heitor... eu vou destruir você e sua família, e não restará um único Veronis para sequer testemunhar a vergonha da sua ruína.

A ameaça trovejou nos ouvidos e se alojou num lugar no fundo do peito, contudo, Selene caiu na gargalhada mesmo assim — não pôde evitar.

— Quem é você e o que fez com a Diana egoísta, que não se importava com ninguém além dela mesma?

— O amor é uma praga; revira as entranhas e cospe as maiores barbaridades guardadas dentro de nós. Comecei me apaixonando por um cão vadio e agora me encontro neste estado deplorável de amar meus cunhados como os irmãos que os meus de sangue nunca foram. — Diana revirou os olhos. — Você conhece o ditado: se casar com um homem é também se casar com a família dele. Por isso, estou te avisando. Tome cuidado com o que faz com Heitor, ou eu vou acabar com você. E deixar os restos para Mimi terminar de trucidar.

— Ele não é bem uma donzela cuja honra você precisa defender.

— Verdade, ele é pior. Um lobo rendido que ainda não se deu conta da própria situação. As donzelas são avisadas desde o berço a não entregarem o coração a qualquer um, cães vadios não são criados com a mesma sensatez.

Selene balançou a cabeça. A sugestão de que Heitor pudesse estar verdadeiramente apaixonado por ela soava mais perigosa do que a ameaça de Diana. Caso se deixasse acreditar que os flertes eram mais do que o típico comportamento sedutor dele, poderia começar a acreditar também nos sentimentos rebeldes tremulando sob a própria pele. A promessa que ele fizera mais cedo ainda pulsava em seu sangue, embalando seu coração com uma esperança tola.

— O que Heitor e eu tínhamos era só... diversão. Um bom serviço em troca de uma boa remuneração. Sempre fomos claros sobre isso.

— Você acredita mesmo nisso?

— Como não acreditar, quando ele me vendeu para você na primeira oportunidade?

Agarrou-se à amargura e ao rancor daquela quebra de confiança como o último escudo que tinha contra toda aquela esperança insuportável de que havia um futuro melhor e mais feliz para ela. Era uma grande covardia que a vida continuasse a oferecer tentações.

— Você sabe que, quando eu chantageei você, já tinha ameaçado ele também, não sabe? E sabe quão rápido ele entregou todos os nomes das outras clientes... Nomes que eu dei para você usar como quisesse.

— E por isso eu devo confiar que vocês não vão continuar me usando e me ameaçando no futuro?

— Querida, olhe ao redor. Você já confiou. Lembra o aviso que eu dei por telefone?

— Escolher uma fera para jogar. Você estava falando da ligação do poupa-fera com os De Minet?

— Não estava falando dessa loteria de quinta categoria. Queria que você percebesse que precisaria de monstros do seu lado e que não existe fera mais leal do que o lobisomem. Não espero que acredite se eu disser que gosto de você. Quando você se permite descer do pedestal da sociedade, quando se livra de todos esses frufrus de boas maneiras e usa esse tom seco que quase ninguém conhece... até que é uma pessoa bem interessante. É muito pesado, não é, fingir a todo momento?

— E o que você sabe sobre isso?

— Eu aceitei o papel de vilã que as pessoas empurraram para mim porque me convinha. Todo mundo interpreta um o tempo todo. Melhor escolher um papel com o qual você se sinta confortável para apresentar pelo resto da vida, não? — Diana deu de ombros. — Eu posso ser sua amiga de verdade, se você quiser, e não apenas para usarmos o nome uma da outra na sociedade, quando for conveniente.

Isso se estiver disposta a se sujar um pouquinho. Não é como se você já não tivesse provado do que a sarjeta tem a oferecer.

— Falando assim, parece que estamos de volta ao colégio de meninas, escolhendo de quem vamos ser melhores amigas.

— Não vivi esse lado do colégio, como você bem sabe, mas me parece muito eficaz. Além disso, Melina gosta de você desde que te conheceu no meu casamento, e eu aprendi a confiar no nariz dela.

Selene forçou um riso, principalmente para engolir o bolo que havia se formado na garganta. A empatia repentina que sentiu por Diana diante daquela quase confissão de que a bruxa má também queria uma amiga apenas complicava tudo. Amor e amizade sem máscaras eram luxos.

— Amigas... Mas continuo não tendo nenhum motivo para confiar em você.

— Você está noiva da família que atualmente quer matar a minha, e mesmo assim fiquei a sós com você para oferecer bons conselhos.

— Não é como se eu fosse te matar.

— E não é como se você não tivesse capacidade para isso. Selene, querida, apenas monstros se deitam com monstros. Pare de negar o que você é. Quanto mais rápido entender que não dá para se esconder de si mesma para sempre, mais rápido vai entender o próprio poder. Você está jogando um jogo muito perigoso, conspirando contra o homem que pode arruinar você e toda a sua família, e isso no melhor cenário. Cada mulher adota a estratégia de que precisa para sobreviver, mas ao final de tudo... você quer só isso? Não quer também *viver*?

Para isso, Selene não tinha resposta. Sentia aquele lado rebelde à espreita, pronto para jogar tudo pro alto a qualquer momento, ansioso por aceitar aquela oferta esquisita. Diana ergueu a caneca de cachaça.

— Vamos fazer o seguinte, então: começamos como aliadas?

Selene engoliu em seco e bateu a caneca na dela.

— Aliadas.

O gole da cachaça veio doce e agressivo, aguardente da mais pura descendo pela garganta e destruindo aos poucos as amarras cuidadosas. Que mal haveria em se sujar um pouquinho?

De repente, a porta da sala dos alambiques se abriu para revelar o rosto sorridente de Heitor.

— Deixa eu interromper essa conversa sentimental. Vem, linda, você vai querer ver o bloco passar.

Um arrepio suave de outro tipo percorreu o corpo de Selene, aquecido pela cachaça e talvez até pela conversa.

— Bloco?

— O bairro da destilaria inaugura o carnaval clandestino de Averrio antes de a festa comandada pelos humanos começar. Os Lacarez fornecem a bebida e os moradores entram com música e dança.

Ela não deveria ir; já tinha passado tempo demais no meio deles e tinha as próprias obrigações carnavalescas a cumprir. Mas então o som distante de um pandeiro a alcançou. Selene culpou a cachaça, mas se deixou levar.

13

LIÇÃO

Ela estava se divertindo; parecia incapaz de notar qualquer outra coisa que não a festa. E Heitor parecia incapaz de prestar atenção em qualquer outra coisa que não ela.

O bloco sempre ficava um tempo na praça perto do bar da cachaçaria, atraído pela proximidade da bebida e pelo espaço aberto. A destilaria era território da matilha e abrigo para todas as criaturas desgarradas que não tinham um bando no qual se proteger. Os faunos puxavam o ritmo com os instrumentos; nefilins acompanhavam com suas vozes; as fadas se encarregavam do colorido; e os poucos humanos que viviam na região se juntavam à dança. Um suspiro de paz no meio da vida difícil, um gole gelado de alegria num dia quente. Os Lacarez tinham crescido naquela tradição e apreciavam a desordem da festa — não era nada de novo. Uma das poucas certezas da vida miserável da parte baixa era que todo ano o carnaval passava, sempre igual, sempre diferente.

A não ser por aquela mulher encantadora e igualmente encantada pelo evento.

Heitor costumava passar tanto tempo escondido com ela, se aproveitando de cantos escuros, que se esquecia do quanto algumas coisas eram novidade para Selene. Ele se esquecia de que aquela energia latente dela vivia a maior parte do tempo presa por trás da modéstia e dos bons costumes.

Ele a observou se deixar levar pela folia, girando sob as ilusões de serpentinas brilhantes criadas pelas fadas. O som de sua risada era outro tipo de música, mais suave do que o pandeiro e mais selvagem que a flauta, e alcançava a audição lupina mais claro do que toda a orquestra improvisada. Ela atiçava o lobo e todas as criaturas com um mínimo de bom senso a cada movimento da cintura, cada virada dos quadris.

No primeiro fauno que se aproximou dela com um sorriso maroto, Heitor se colocou em movimento, um rosnado preso na garganta.

— Se eu estiver sonhando com tamanha beldade, só me acordem no carnaval do ano que vem — disse o cabrito, colocando uma mão sobre o peito. — Mas, se a senhorita estiver perdida por aqui, me prontifico a me perder junto.

Ela riu do gracejo e escondeu o rosto por trás do leque. Antes que Selene respondesse, Heitor soprou fumaça entre os dois. O cabrito se agitou, mas bastou ver o sorriso de Heitor para que se afastasse sem arrumar confusão.

Uma batida fraca em seu ombro o fez se virar para Selene, que tinha fechado o leque e o apontava para o rosto de Heitor.

— O que foi isso? — perguntou ela, a expressão brava.

Sorrindo de lado, ele deu de ombros, arrancou uma pena da fantasia de um folião distraído e a ofereceu para ela.

— Trouxe um presente pra você.

Ela ergueu a sobrancelha, nada impressionada. Heitor suspirou e encaixou a pena no cabelo dela.

— Você já foi mais fácil de agradar, linda.

— Como você sabe, se nunca me deu um presente?

As palavras não tinham um tom cortante e o meio sorriso reforçava que era só uma piada, mas ele sentiu a pontada mesmo assim. A relação dos dois era cheia daqueles paradoxos; compartilharam intimidade física e segredos, e Heitor trazia o gosto e o cheiro dela nas próprias vísceras, mas não tinha uma prenda dela para carregar no bolso. Presentes e passeios eram para namorados, noivos e maridos, não prostitutos.

Engolindo o gosto amargo, ofereceu a mão a ela.

— Deixa eu te compensar com uma dança. A gente nunca dançou.

Selene tentou disfarçar a surpresa, mas o corpo dela continuava tão óbvio ao olfato quanto um livro aberto. A pele se aqueceu e o cheiro adocicado de fêmea interessada preencheu as narinas de Heitor, cutucou o lobo. De rabo de olho, ele notou várias pessoas se afastando. Todas as criaturas eram capazes de farejar o mesmo e ele não pôde evitar uma pontada de orgulho, como se aquela simples reação física fosse uma declaração. De certa forma, era, e naquele dia teria que bastar.

Ela aceitou o convite, encaixou a mão na dele e se deixou puxar para os passos de samba. A marchinha contava a história boba de um fauno procurando os próprios chifres, e a animação entorpecida da multidão não completava um quadro romântico, mas mesmo assim Heitor se sentiu fazendo a coisa certa a cada encontro de seus corpos. O sorriso dela foi aumentando, ganhando contornos mais confiantes e sedutores. A dança os afastava e os reaproximava a todo instante, permitia toques fugazes, provocações antigas que se tornavam novas pelo simples fato de que estavam em público.

De vez em quando, alguém passava colocando uma dose de cachaça entre os dois. Heitor bebeu a primeira e lambeu os lábios, olhando para ela. Selene bebeu a segunda, virando a cabeça para trás e deixando o pescoço à mostra para o nariz dele farejar. O perfume de sempre tinha ganhado toques de suor e excitação, convidando garras e dentes a partirem a pele de homem para tocar na pele de mulher. O cheiro de Selene sempre tinha sido especial, mas naquele dia se fazia ainda mais tentador.

A terceira dose os dois tentaram alcançar ao mesmo tempo, e acabaram derrubando no vestido dela.

— Você fez de propósito. — A acusação veio sussurrada, com um sorriso malicioso. — Eu devia fazer você limpar com a língua.

— Não fiz, mas, se eu soubesse que ia receber essa proposta, teria feito. — Ele se inclinou para sussurrar ao pé do ouvido dela e se inebriar ainda mais com o aroma que seu corpo exalava. — Vai tirar o vestido ou quer que eu lamba com ele ainda no corpo?

— Você é um cachorro safado.

— Você gosta.

Selene não discordou, então ele se permitiu uma ousadia a mais. Roçou os lábios no pescoço dela, no ponto entre os fios do cabelo preso e a correntinha dourada de um cordão. Viu de perto o arrepio surgir e se espalhar pela pele dela até sumir sob o vestido, ouviu o coração acelerar, tentando ainda mais o lobo.

Heitor fechou os olhos para esconder as pupilas dilatando, prendeu a respiração para sentir um pouco menos daquele cheiro delicioso e mandar a fera sossegar, se contentar em esperar pela lua cheia — não estava tão longe, o que era tanto uma bênção quanto uma complicação. Quando os reabriu, encontrou Selene o observando, cheia de expectativa. Rogou à Lua por um pouco de controle, e um bocado de sensatez também viria a calhar, porque estava entrando em território desconhecido.

Tudo era simples quando se tratava de uma transação comercial. Ele prestava um serviço, ela pagava. Todas as expectativas eram declaradas e correspondidas, e, na única vez que cogitaram ir além, tudo havia desmoronado. Aquele jogo de sedução com meias-

-palavras e um mundo inteiro de problemas era novo, e muito mais tentador.

Então, claro, a Lua respondeu às suas preces na forma de um irmão mais velho que surgiu de repente.

— Vou ter que interromper, pivete, porque pelo jeito tu não reparou nos uivos — disse Guido, soando esbaforido enquanto empurrava Heitor e Selene para fora da praça. — Mimi tá chegando. Vamos segurar ela no bar da cachaçaria.

Ele não precisava ouvir mais nada. Pegou a mão de Selene e a puxou na direção oposta, em busca do esconderijo mais digno que conseguiria no momento: o galpão dos ringues. Graças ao bloco de pré-carnaval, o local já estava vazio, e os charutos recém-abandonados espalhados por cinzeiros improvisados ajudariam a mantê-la a salvo do olfato da tia.

— Então... Diana mencionou que Mimi seria uma pessoa interessada em fazer picadinho de mim, mas não explicou quem ela é, exatamente — disse Selene assim que ele fechou as portas.

A interrupção havia devolvido a ela um pouco das defesas de sempre, e Selene o encarava com um olhar ainda curioso e intenso, mas cheio de reservas. Heitor amaldiçoou a matilha enxerida, apesar de bem-intencionada. Ele costumava viver pelas migalhas da pessoa vibrante que ela podia ser, quando se permitia.

— É minha tia. Ela e Raul ajudaram a minha mãe a cuidar de nós, quando meu pai resolveu ser lobo solitário, e depois... Bom, depois ela continuou cuidando, do jeito que pôde. Mimi é superprotetora, e eu não queria te obrigar a enfrentar a velha.

Selene deu de ombros e começou a andar por entre os ringues.

— Eu costumo me sair bem com senhorinhas mal-humoradas.

— Até as que têm garras e dentes afiados?

— Costumo me sair bem com lobisomens também. — Ela o olhou por cima do ombro, com um meio sorriso. — Ou não?

Com aquele gosto e aquele cheiro, ela se sairia bem com qualquer monstro. Heitor a seguiu de longe, de repente curioso por vê-la ali.

Aquela versão caminhando no galpão se parecia muito mais com a Selene secreta, que era dele. Os cabelos desalinhados da dança, a bolsinha e o leque que ela nunca deixava de levar a lugar nenhum largados num banquinho, o passo relaxado e sensual. A mulher exuberante e sem inibições que Heitor foi conhecendo de pouquinho em pouquinho, e que se tornara cada vez mais presente na relação deles depois de um encontro na praia, tanto tempo antes. Uma mulher pressionada por perfeição, como se já não fosse perfeita.

— Não é meio perigoso deixar tudo isso aqui exposto?

Ela tinha parado perto de caixas de madeira empilhadas na parede, onde algumas armas haviam sido deixadas por lobisomens descuidados. Quando Edgar visse, daria um chilique, mas esse pensamento logo foi esquecido quando reparou no olhar de interesse dela.

— Um pouco, mas... faz parte da vida aqui na destilaria. Mesmo fora de vista, sempre tem algum tipo de arma por perto. Aprendemos a conviver com elas desde criança.

— Você aprendeu a atirar quando era novinho, então?

— Entre outras coisas. Aprendi a contar antes de aprender a escrever, porque ficava responsável por guardar o dinheiro das apostas que Edgar fazia nas lutas de Guido. E aí, à medida que fomos ficando mais velhos e as lutas de Guido foram ganhando mais público, foi preciso proteger o dinheiro também.

— E onde estavam os lobos adultos?

Ela ainda observava as diferentes armas expostas, mas as sobrancelhas se uniram numa expressão que era meio confusão e meio reprovação.

— Resolvendo... outros perrengues. A vida na parte baixa tem muitos problemas.

Ele não gostava de falar daquela época, não gostava da lembrança de ter sido um garoto assustado se escondendo atrás dos irmãos, agarrado a um saco grande demais com dinheiro de menos. Por isso, se recostou nas caixas e sorriu de lado para Selene, ansioso para voltarem ao clima leve de mais cedo.

— Você quer aprender? — perguntou, inclinando a cabeça na direção das armas.

Ela arregalou os olhos, mas àquela altura Heitor era um especialista nos olhares dela. Receber exatamente a oferta que queria não era uma ocorrência comum na vida de Selene, a não ser quando estavam juntos. Ele tinha sido contratado para isso, e depois se tornou apenas algo que não conseguia não fazer. Atender aos desejos dela tinha se tornado um vício do qual não queria se livrar, porque ao estar com ela, a sensação era de que ele bastava. Não sentia que precisava se provar digno de nada.

— Inclusive, acho uma boa ideia, agora que você tá iniciando sua carreira no mundo do crime...

— Eu não estou iniciando nada.

— Ah, não? Planejamento de roubo, associação com quadrilha de lobisomens, noivado com a família da máfia do poupa-fera, e ainda batizou o chá da sua sogra... Isso sem contar as inúmeras tentativas de atentado ao pudor que cometemos juntos no passado. Parece no mínimo suspeito, linda.

Ela riu, negando com a cabeça.

— Eu sou apenas uma dama inocente vítima da situação.

— Você é uma ladra manipuladora e quanto mais cedo aceitar isso, melhor.

— Não posso ser acusada de um crime que eu estou pagando outra pessoa para cometer por mim.

— Claro, linda, se isso te ajuda a dormir melhor.

A troca rápida fez o sorriso dela aumentar, apesar do fingimento de puritanismo. Um teatrinho antigo do qual ele não se cansava. Por fim, ela apoiou as mãos no caixote e inclinou a cabeça de lado.

— Qual seria uma boa opção para começar a aprender?

Ele repassou as opções disponíveis. Se pudesse, daria uma de cada para ela estar sempre protegida na cidade. Numa abordagem mais prática e realista, escolheu um revólver que caberia na bolsinha sempre amarrada ao punho dela e que poderia até ser escondida atrás do leque. A empunhadura era de madeira clara e as partes de metal reluziam num tom acobreado pela mistura de ligas e magia; uma arma que ainda serviria de alguma coisa mesmo depois que a munição acabasse. O calibre não faria tanto barulho e não a assustaria na primeira vez.

Heitor verificou o tambor, carregou-o com algumas balas convencionais e se aproximou dela até seus cotovelos estarem se tocando.

— Hoje, vamos nos ater ao básico, tudo bem? Essa peça aqui é o cão, e você precisa armá-lo manualmente. Se apertar o gatilho antes disso, não vai acontecer nada.

— Cão? Foi um lobisomem que batizou isso?

— É mais a cara dos humanos dar a objetos o nome das coisas que eles gostam de dominar.

— Não posso discordar.

Selene recebeu a arma com cuidado, quase com reverência, e testou o peso em ambas as mãos. Ela era ambidestra, ou ao menos desenhava com as duas, mas favorecia a direita. O fato de saber disso o surpreendeu por um momento enquanto observava o jeito cauteloso como ela manuseava o revólver.

— Tá vendo essa pontinha em cima do cano? Usa para mirar.

Ele pegou a arma de volta e andou até um pouco adiante, onde ficavam os alvos de prática, mostrou como armar o cão e demonstrou a postura para mirar. Fez tudo bem devagar, apenas porque gostava da forma como Selene o devorava com os olhos quando pensava que ele não estava prestando atenção.

Quando chegou a vez dela, se afastou apenas um pouco, interessado demais em como ela reagiria. Aquela curiosidade talvez a colocasse em apuros, e talvez ele fosse o pior dos cafajestes por arrastá-la ainda mais para o mundo das ilicitudes, mas o problema era que Selene *queria* aquilo, por mais que não admitisse. O desejo dela por emoção e aventura a havia levado até Heitor e, apesar de tudo, ela não parava de voltar para ele.

Com as pernas um pouco afastadas para se firmar e as duas mãos segurando a arma na frente do corpo, Selene era um banquete aos sentidos. O coração batia rápido e o odor inconfundível de adrenalina misturado ao de excitação tomou o curto espaço entre eles, intensificado por aquele algo a mais que vinha farejando o dia todo.

— Linda... Esse coração querendo sair do peito não vai te ajudar em nada — sussurrou Heitor, resistindo ao impulso de lamber todo o pescoço exposto enquanto se inclinava sobre o ombro dela. — Se não se acalmar, não vai conseguir acertar o alvo.

— Mas talvez eu consiga acertar suas bolas, se não parar de me desconcentrar.

Ele riu, distraído demais ao ouvir aquela voz tão rica e aveludada falhando para levar a ameaça a sério.

— Sempre soube que eu te desconcentrava.

— Porque você não para de falar.

— Só por isso?

— Só.

— A gente já não combinou que não adianta mentir pro meu nariz? — sussurrou ele, esbarrando os lábios de propósito na orelha dela, onde sabia que era sensível.

Selene inspirou fundo e deu alguns passos para o lado. Ele a puxou de volta pela cintura e manteve as mãos ali, nas curvas que conhecia tão bem e que faziam tanta falta. Quando viu que ela não se afastaria de novo, se permitiu mover os dedos devagar, para que ela não fugisse de novo. Traçou um percurso até os ombros, depois pelos braços descobertos que ela mantinha esticados com a arma apontada, e teve a satisfação de sentir os finos pelos de humana se arrepiando.

— Você precisa de firmeza. Aqui... — Deixou uma mão repousando na dela e levou a outra até o espaço logo abaixo de seus seios. — E aqui. O coração acelerado dificulta a mira.

— Hm. E depois? — A voz de Selene falhou de novo.

— E depois, precisa de constância. Não aperta o gatilho de supetão. A arma já é mais forte do que você, então, se colocar força de mais ou de menos, vai causar um desvio no momento do disparo. O truque é constância, vai apertando e apertando... até disparar. Não deve ser tão diferente do que você faz com um lápis.

— Eu acho que é, sim, muito diferente. — A voz dela saiu ofegante, mas menos trêmula.

Um tremor percorreu o corpo de Selene, então ele decidiu não atrapalhar mais — não muito. Deixou um beijo no pescoço, logo abaixo da orelha.

— Mas não é tão diferente do que você faz comigo — sussurrou ele, antes de se afastar.

Quase conseguiu ver o calor emanando da pele dela com suas palavras. O corpo de qualquer criatura se acendendo em excitação era um fenômeno bonito de se observar, mas o dela o atacava impiedosamente.

Heitor sempre se considerara um lobo bem-comportado, sem rompantes de violência e com calças razoavelmente disciplinadas — não teria conseguido manter uma carreira de gigolô, se não fosse assim. Até conhecer Selene, cuja gargalhada convidava o monstro para dançar e cujo corpo depois o calava. Manter a distância, quando era capaz de observar com visão, audição e olfato que ela também queria a proximidade, testava todos os seus limites.

Estavam tão sozinhos ali dentro quanto poderiam estar num pedaço de território da matilha. Ninguém os interromperia se ele ficasse de joelhos e mergulhasse sob a saia dela. Ninguém a ouviria gemendo o nome dele. Ninguém testemunharia o quanto ele era um bom cãozinho fazendo as vontades dela.

O estouro repentino o arrastou dos devaneios, e em seguida seus ouvidos foram preenchidos pela gargalhada dela, acordando de vez a fera ansiosa. Selene estava fazendo uma pequena dança da vitória, olhando o alvo na parede. O tiro tinha passado longe do centro, mas não tinha escapado aos círculos maiores.

— Quem diria! Você tem talento para isso também. — Ele sorriu, contagiado pela empolgação dela, enfiando as mãos nos bolsos para esconder as garras. — Se continuar assim, podemos até passar para armas mais pesadas.

Com uma mão na cintura, ela sorriu por sobre o ombro e andou rebolando até o alvo, cheia de si. Um espetáculo que Selene quase nunca mostrava aos outros. Examinou o buraco da bala de perto antes de espiar Heitor por cima do ombro.

— Eu sei de uma arma mais pesada que você tem, mas essa acho que já sei usar.

Ah, linda.

Selene era demais, e Heitor era apenas um lobo desejando se fartar. Correu até ela, usando a velocidade lupina que já a tinha deixado testemunhar mais cedo na mansão; fez isso em parte porque não conseguia mais se conter e em parte porque, se a assustasse, poderia se agarrar no último fio de seu juízo esfarrapado.

Pressionou-a contra o alvo na parede, tomou o revólver e o jogou longe antes de segurar as mãos dela acima da cabeça. O arfar de surpresa de Selene logo se transformou num suspiro quando Heitor pressionou testa com testa. Ela não ofereceu resistência alguma e, pela forma como lambeu os lábios, poderia ser ela quem o estava encurralando.

— Diz que sentiu minha falta — sussurrou ele, tão próximo que suas bocas quase se tocavam.

— Não senti — disse ela em tom de desafio enquanto arqueava o corpo ao encontro do dele.

A maciez dos seios e o roçar dos quadris dela desencadeou uma nova onda de desespero. Heitor estava a um suspiro do entre-estado, sentia os pelos espetando sob a pele, a pontas das orelhas tremendo. Selene jamais o vira no meio do caminho entre homem e lobo; aquilo sempre estivera fora dos limites das clientes. Íntimo demais para humanos que só queriam usá-lo.

Ele ainda pretendia manter o entre-estado fora das vistas dela, mas começava a duvidar da própria capacidade, ainda mais com a lua cheia tão próxima.

— Diz que me quer agora.

— Não quero.

Ele inspirou fundo, torturando o lobo mais um pouco.

— Você pode até não ser uma ladra, mas é uma grande mentirosa.

Selene sorriu, o olhar brilhando de malícia.

— Me mostre a verdade, então — disse ela, logo antes de inclinar a cabeça e finalmente vencer o espaço entre seus lábios.

Se perguntassem, Heitor diria que não sabia o tempo exato desde o último beijo, do último beijo de verdade — aquele da galeria, para selar o acordo, não contava. Diria que não contara os 378 dias passados entre aquela tarde na biblioteca e o momento presente, nem as milhares de horas perdidas lembrando e imaginando, ou todas as vezes que a vira de longe e pensara em como retomar de onde haviam parado.

A sensação desnorteante de voltar para casa calou o lobo por alguns momentos; o prazer daquele gosto e daquele cheiro únicos no mundo o envolveu e fez seu membro enrijecer por completo.

A fome dela era também a fome dele, e Selene o beijava de volta como quem vinha esperando por aquilo há tanto tempo que não podia mais se conter. Beijava-o com a boca e com todo o resto do corpo, ondulando-se contra o tronco dele, abrindo as pernas para que Heitor encaixasse a coxa no meio delas e soltando um longo gemido ao sentir a pressão.

Com uma última sugada no lábio inferior dela, tão carnudo e tenro que tentava a uma mordida feroz, ele desceu um rastro de beijos molhados pelo pescoço de Selene. Puxou a manga do vestido para baixo e ganiu ao ver a peça de cima da combinação que ela usava.

— Renda branca... A minha favorita.

Ele beijou ao longo de toda a curva de um seio e depois do outro, antes de enfiar o rosto no vale apertado entre os dois, se intoxicando ainda mais com o cheiro. Tateou a cintura dela, sentido o relevo da combinação sob o vestido, sentido a luxúria coberta pela modéstia. Então segurou os seios dela por baixo, apenas roçando de leve os polegares na base deles, até ela soltar outro gemido.

— Desse jeito, eu vou pensar que você saiu de casa pensando nisso. — Ele sorriu para ela, ainda aninhado contra seus seios.

— Pode pensar o que quiser, não sou dona dos seus pensamentos — respondeu ela, ofegante, os olhos semicerrados.

— Mas você é.

Já que estavam mostrando verdades, não fazia sentido mentir. Ele engoliu em seco, tentando ainda sustentar o sorriso para amenizar o desespero que sentia.

— Você tá sempre aqui dentro, na memória, nos pensamentos, nos sonhos. — Roçou os dentes sobre a pele macia, mas logo os substituiu pela língua ao sentir os caninos se expandindo. — Passei um ano só podendo imaginar as coisas que queria fazer com você toda vez que a gente se via, me alimentando de lembranças e de desejos não correspondidos.

Ela estremeceu quando Heitor subiu os polegares um pouco mais, enchendo a mão com seus seios. Selene deslizou os dedos pelo cabelo dele e puxou com força.

— Eu estou aqui agora... e você está enrolando, seu cachorro.

Heitor riu, resistiu ao puxão e trilhou com a língua a borda da renda da combinação, sentindo a textura áspera da costura.

— Você sabe como funciona, linda. Um cachorro precisa de comandos firmes pra obedecer.

Os dedos de Selene puxaram com mais força, até que estivessem olho no olho. Era como se a própria Lua o encarasse, chamando a fera.

— Você só vai parar quando eu não tiver mais voz de tanto gritar.

— Sim, senhora.

Ele atacou um mamilo com a boca, por cima da renda, provocando o bico duro com a língua. Uma mão encontrou o outro seio e baixou a combinação, prendendo o bico entre o polegar e o indicador. Selene gemeu um pouco mais alto, um som que ele conhecia bem, que era como música para o lobo. A outra mão procurou a barra do vestido, subindo o tecido pela lateral da coxa até que a roupa dela estivesse embolada nos quadris, tanto por baixo quanto por cima.

A calcinha de renda branca evocou um outro ganido, bem mais lupino. E pensar que ela estivera andando com aquilo pela cidade a manhã inteira, bem ao lado dele... Heitor arrancou a calcinha, sentindo satisfação no esgaçar do tecido e no arfar de surpresa, seguido pela gargalhada sem fôlego de Selene.

— Safada — sussurrou ele, guardando a calcinha no bolso.

— Você gosta.

Mais do que gostava. Ele a beijou de novo para impedir a própria boca de falar exatamente o quanto. Ao mesmo tempo, separou mais as pernas dela e encontrou o caminho para o centro de Selene, para a fonte do cheiro mais doce. Ela estava molhada e bastou passar os dedos ao longo da abertura para lambuzá-los, ao som de um gemido ainda mais alto.

Selene moveu-se de encontro à mão dele; nunca tinha sido do tipo que se priva de buscar o próprio prazer. O sexo com ela sempre fora uma via de mão dupla, uma parceria ativa e estimulante que o fazia sempre querer agradar mais, dar tudo o que o corpo dela pedia. Penetrou-a com um dedo e logo depois com um segundo, deixando o polegar pressionado contra o centro pulsante.

— Heitor... Heitor...

— Você ainda não está gritando, linda.

— Culpa sua.

Ele riu e manteve o ritmo lento de propósito, se dedicando aos seios totalmente expostos. A ordem de não parar não incluía instruções sobre ritmo e velocidade, e ele queria fazer durar, queria esticar ao máximo todas aquelas sensações, para que Selene se lembrasse não apenas de como eram bons juntos, mas também do quanto o corpo dela era capaz de sentir. A libertação sempre passava pelo corpo, fosse numa transformação sob a lua cheia, fosse no prazer.

Devagar, tirou os dedos de dentro dela e levou-os à própria boca para provar do néctar que lhe vinha sendo negado. Com um rosnado, o lobo quase escapou. Heitor se escondeu na curva do pescoço dela para ocultar os sinais de transformação no rosto, e agradeceu à Lua por não ter tirado as próprias roupas e os pelos crescendo permanecerem escondidos. De repente, compreendeu algo que vinha deixando passar.

— O que houve? — sussurrou ela, rebolando os quadris, tentando convencê-lo a voltar.

— Isso foi muita maldade sua.

Levou de novo a mão até a abertura dela, melou os dedos e os ofereceu à boca carnuda dela, entreaberta pela respiração ofegante. Selene lambeu o próprio gosto na mão dele.

— Esse sabor, linda... Esse cheiro... Eu devia ter reparado antes. Você tá no... — Ele mordeu a própria língua antes de dizer a palavra "cio", pois humanas nunca gostavam do termo. — No período em que é muito perigoso eu estar aí dentro. Não queremos um novo lobinho bastardo daqui a nove meses, queremos?

Se já era difícil segurar o monstro em dias normais, naquele momento seria impossível. Tudo em Selene invocava o lado mais selvagem dele, um lado que nunca tinha sido revelado a ela antes. Selene afagou seu cabelo, desceu a mão pelo paletó e agarrou as lapelas para trazê-lo ainda mais para perto.

— Bom, já tivemos noites assim antes. Eu sei que você dá conta. Agora cumpra o que me prometeu.

Heitor respirou fundo, se intoxicando, buscando o controle mínimo de que precisava. Então, num movimento rápido, a virou de costas.

— O que...

Não deu tempo para que ela o questionasse ou visse o entre-estado: enfiou de novo o dedo dentro dela, pressionou seu clitóris e finalmente conseguiu um grito.

— Apoia as mãos na parede... Segura com força — disse ele entre beijos e mordidas no ombro e na nuca.

Selene se agarrou às bordas do alvo de tiro e jogou a cabeça para trás, dando a ele melhor acesso ao pescoço, depois empinou a bunda de encontro à ereção de Heitor, ainda dentro das calças.

— Eu não quero gozar sozinha.

Heitor grunhiu, abrindo as calças apenas o suficiente para que o membro duro escapasse. Encaixou-o entre as curvas macias das nádegas dela, substitutas improvisadas de onde desejava estar. Aquilo ia fazer uma bagunça danada, mas não seria a primeira vez, e a ideia de sujá-la tinha seus encantos.

Era sempre no sexo que finalmente se tornavam iguais, sem raça ou posição social intermediando a relação.

Aos poucos, tomando cuidado, Heitor moveu o quadril, procurando o ritmo do próprio prazer. Foi recompensado com murmúrios vindos dela, vibrando na garganta que ele beijava e chupava. Aquele era outro fato sobre Selene que a tornava ainda mais inebriante: ela gostava de dar prazer tanto quanto de receber. Outro ponto de igualdade entre eles, sempre buscando se encontrar no meio do caminho.

Ela se jogou para trás, se pressionando contra o corpo dele, ajudando a prender o pau de Heitor entre os corpos. Ele aumentou o ritmo dos dedos, a outra mão se divertindo com os seios dela, que balançavam com os movimentos cada vez mais rápidos e ritmados. Entrou e saiu dela, acompanhando o rebolar cadenciado que o torturava e puxava cada vez mais rumo à liberação.

Os pelos sob as roupas incomodavam e apenas a Lua sabia o estado de seu rosto. Heitor estava entregue, caçava o prazer de ambos sem saber direito onde estava. Os sons distantes do carnaval fora do galpão sumiram; havia apenas os gemidos crescentes de Selene.

— Vem, linda... Goza na minha mão.

Ela estava escorrendo, ele também. Os movimentos foram ficando mais bruscos. Desejo e saudade destruíram qualquer coordenação. Era tudo que ele vinha sonhando e, ao mesmo tempo, longe de ser suficiente, o cheiro de fêmea no cio atiçando a fera. Suor escorria da nuca dela e era engolido por sua língua voraz, sedento por qualquer coisa que Selene tivesse a oferecer. Engoliria tudo, consumiria ela inteira, para nunca mais perdê-la.

O clímax dela chegou de repente, trazendo um grito longo e rouco, prolongado pela pressão que Heitor continuou fazendo no clitóris enquanto o corpo de Selene tremia. O dele veio logo depois, se derramando na base da coluna dela e escorrendo por entre seus corpos, lambuzando nádegas e roupas e tudo mais pelo caminho. Heitor mordeu a própria boca para não a morder, não cravar os dentes em seu ombro e marcar uma posse a que não tinha direito.

Continuaram abraçados e ofegantes por bastante tempo, e Heitor se obrigou a ser suave ao dar beijos na nuca e acariciar a curva dos seios dela, enquanto esperava o entre-estado recuar. Ela não tentou se desvencilhar, permitiu-se ser embalada, mantida de pé pela força dele, e isso foi como um osso jogado a um cachorro faminto.

— Perfeito como eu lembrava — confessou ela num sussurro.

Heitor suspirou.

— Não precisa ser só lembrança, linda. Fica comigo, de verdade.

Antes mesmo que ele terminasse a frase, o encanto se quebrou. O coração dela disparou, como se estivesse em pânico. Selene ficou rígida, o cheiro doce de flor aos poucos contaminado por estresse e preocupação.

— Não.

Por instinto, ele a abraçou mais forte. Selene não se recostou de volta.

— Por que não? Não acabou de recordar como a gente é bom junto?

— Nosso problema nunca foi essa parte. Nosso problema foi quando eu ignorei as suas regras.

— Você não foi a única que ignorou. Nós fomos mais do que prostituto e cliente.

— Isso não é verdade, porque eu levei meu coração para cama e o lobo nunca deu as caras. Mesmo agora... você o está escondendo de mim, não está? — A voz dela carregava mais tristeza do que ferocidade, uma decepção latente em cada sílaba. — Não quer me mostrar suas outras faces e, sinceramente, estou cansada de pedir que mostre. Você sabe tudo sobre mim, mas não quer que eu saiba tudo sobre você.

Talvez fosse uma acusação justa, mas o monstro não gostou de se sentir encurralado. Heitor a soltou, se afastando devagar. Selene não se virou. Ele rosnou.

— E por que você queria tanto ver? Não é como se estivesse disposta a contar ao mundo que se envolveu com um lobisomem. Não estava, um ano atrás, e pelo jeito não está agora, quando ainda faz de tudo para proteger a reputação da sua família. Ou vai dizer que ver a pele de lobo vai mudar tudo? Depois que tivermos nos livrado dos De Minet, você vai me assumir para toda a cidade?

Ainda de costas, Selene cruzou os braços. Heitor não sabia se ficava aliviado ou enraivecido pelo gesto; queria tanto se esconder dela quanto ser visto. Queria também que ela não tentasse se esconder dele, quando seu cheiro trazia tantas verdades que as palavras se esforçavam para mascarar.

— Isso é mentira, e você sabe. Eu estive disposta... Mas agora preciso proteger minha família, tanto quanto você sempre precisou defender a sua. Pode não ter me vendido, mas aceitou me entregar de bom grado. Nem mesmo me procurou esse tempo todo, enquanto os Lacarez colhiam os benefícios de terem me chantageado. Só reapareceu na minha vida quando havia de novo algo que a matilha pudesse ganhar.

— Ah, não, linda. Foi você quem veio atrás de mim, querendo mais uma vez usar meu corpo, apenas para serviços diferentes. Eu sempre fui algo que você queria usar no escuro e nada mais.

— Não é verdade.

— Ah, não? Estava disposta a pagar por exclusividade, mas não a me assumir como namorado. Ou já se esqueceu da proposta que me fez naquele dia em que fomos pegos?

— E quando foi que você me pediu para te assumir? Quando foi que demonstrou que queria algo além do meu dinheiro ou da minha influência? Você só me deu a versão do prostituto sedutor e um ombro amigo que desapareceu logo que as coisas ficaram difíceis. Todas as minhas tentativas de te conhecer melhor foram bloqueadas por distrações charmosas e sensuais. Então, não. Não vamos misturar as coisas, vamos continuar seguindo as suas regras.

— As regras são para clientes, e eu não sou mais um gigolô.

— Então, acho que ficamos apenas com as lembranças.

O amargor tratou de retroceder a transformação de vez.

Ele também se virou de costas para ela, imediatamente procurando um charuto para acender, para usar a fumaça de escudo para os próprios sentidos. Não conseguia raciocinar com o cheiro dela tão abundante, o gosto dela ainda na língua. Olhou ao redor do galpão, fazendo o possível para ignorar os sons e os movimentos das peças de roupa voltando ao lugar. Heitor encontrou o revólver no chão e o recolheu. Traçou os contornos do metal frio, brincou com a fumaça na boca antes de soprá-la para o alto, se obrigando a se acalmar.

— Talvez você esteja certa, melhor mantermos nossa parceria apenas no crime.

Ele estendeu a arma com a empunhadura virada para ela. Devia ter colocado balas de prata ali dentro, para que Selene atirasse de uma vez no seu coração e acabasse com o sofrimento que começava a corroê-lo.

— Aqui, fica de presente.

Relutante, ainda não totalmente composta, ela pegou de volta o revólver.

— Não posso ficar com isso.

— Pode e deve, nem que seja para se lembrar de como você é capaz de ferir alguém.

14

PERIGO

Na manhã nublada do dia 15, primeira lua cheia do mês, Selene se encontrava tão miserável quanto o próprio céu de Averrio, escondida por trás do próprio sorriso enquanto conduzia a reunião do comitê presidencial do Clube das Boas Damas.

O gosto dos beijos de Heitor preenchia sua boca de tal forma que todo o resto se tornava sem graça. Já fazia dois dias que passava a língua pelos lábios tentando sentir um último resquício, uma última chance de prová-lo, já que aparentemente havia arruinado qualquer possibilidade de tocá-lo novamente. Entrara em pânico, de repente afogada pela perspectiva de um pedido tão simples e tão enorme, e se agarrara à boa e velha mágoa.

Queria se entregar, mas como fazer isso sem que fosse recíproco? *Ilusão vende bem.* E vendia mesmo, a um preço que Selene não tinha certeza se seria capaz de pagar de novo.

Como ele ousa passar um ano longe e pedir para ficar comigo agora, no meu momento mais frágil?

E ainda escondendo tanto. Heitor pedia que ela acreditasse nele, sem confiar nada em troca. A verdadeira face do monstro continuava preciosa demais para ser compartilhada, e simplesmente não havia como aceitar que um lobo fosse mais frágil do que um coração.

Se ambos fossem colocados frente a frente, despidos de qualquer fingimento, parecia óbvio quem seria o devorado. Seu coração, fraco e faminto, não seria capaz de engolir a fera que já o quebrara uma vez.

Os últimos contatos com os Lacarez foram feitos através de Diana. As duas se encontravam em lugares públicos, reforçando a ideia de que eram amigas, e discutiam qualquer novo andamento do plano, embora nem Selene tivesse feito novas descobertas nem a bruxa houvesse conseguido respostas concretas do oráculo. O tempo até o carnaval ia se esvaindo e não havia muito o que fazer a não ser esperar.

Em contraste com seu humor, a sala de reunião do Clube das Boas Damas estava contagiada pela energia de mulheres satisfeitas consigo mesmas. Era algo que Selene costumava apreciar, por isso sempre tinha feito questão de se envolver com o clube — a exclusividade da associação feminina dava a todas elas um tipo de espaço seguro. Não havia exigências familiares a cumprir nem homens inconvenientes a evitar o clube dava a todas um propósito desvinculado de suas vidas cotidianas. Para algumas, era a caridade, para aliviar a própria consciência. Para outras, a oportunidade de socializar longe de maridos indiferentes ou opressores. E ainda havia aquelas que usavam o clube para tecer as próprias teias de contatos, dedilhar pela rede de fofocas até encontrar algo que fosse capaz de mudar a própria vida.

As aparências, a etiqueta e todas as infindáveis normas da hierarquia ditada por dinheiro e sobrenome eram impossíveis de evitar, mas aquelas eram as regras do jogo — usá-las a seu favor era a melhor estratégia. Ou costumava ser.

No momento, parecia insuficiente. O que estava prestes a fazer ainda não era a libertação que vinha almejando, mas talvez fosse um começo, para elas e para as outras. Selene deu a volta na mesa de reuniões do conselho administrativo, colocando os envelopes cuidadosamente preparados na frente de cada membro do comitê.

— E com isso, senhoras e senhoritas, concluímos quase todos os assuntos prioritários da nossa reunião mensal — disse ela, voltando ao seu lugar na cadeira de presidente do comitê.

— Só nos resta decidir qual será a nossa tradicional Boa Ação para o Futuro. A doação para os hospitais e as reformas das escolas públicas fizeram muito sucesso nos anos anteriores, mas... acho que este ano podemos ser mais ambiciosas. Fazer algo maior.

Ela deixou que as sugestões de sempre circulassem pela mesa. Versões diferentes de dar dinheiro aos pobres, fingir que não tinham preconceito com não humanos e receber elogios por fazerem o mínimo. Enquanto as mulheres falavam, Selene reparou que algumas começaram a abrir os envelopes, distraídas — até se depararem com o conteúdo. Não eram todos iguais. Havia ali duas clientes antigas de Heitor, três apostadoras assíduas no carteado do Cassino Manolita, e quatro adúlteras, inclusive uma que mantinha um amante nefilim permanente.

Quando finalmente o burburinho das ideias vazias cessou, ela sorriu e retomou a fala.

— Como eu disse, acho que este ano podemos fazer mais. A Boa Ação para o Futuro começou na data da fundação deste clube, mais de cem anos atrás, visando causar impactos positivos e duradouros na nossa sociedade. As senhoritas e senhoras bem sabem que muito nos orgulhamos que tenha partido daqui a pressão para que a Nova Constituição de Vera Cruz fosse assinada.

Do outro lado da mesa, a mulher loira que já tinha sido cliente de Heitor arregalou os olhos, entendendo antes das outras. Uma sensação de poder inebriante invadiu Selene; era bom ser a pessoa que tinha o controle da situação, para variar.

— Por isso, proponho dois pontos. Um deles é que aceitemos novas candidaturas para associação, pois já faz muitos anos que não aceitamos novos membros. E o outro é que o Clube das Boas Damas se abra para damas não humanas. Há muitas famílias antigas e tradicionais entre lobisomens e nefilins, famílias ricas de faunos, e até algumas vampiras que se interessariam.

— Você enlouqueceu? — perguntou uma senhora de uma antiga família de mercadores, uma das únicas que ainda não havia aberto o envelope. — Está sugerindo que abramos as portas do clube mais antigo de Vera Cruz para as feras e tomemos chá com elas? Já não basta o escândalo que foi o casamento da sua amiga, no ano passado?

— Não enlouqueci, estou perfeitamente sã. E sim, estou sugerindo dar as boas-vindas para as feras — respondeu Selene. Ela inspirou fundo, alisou o vestido novamente e prosseguiu com voz firme: — Não apenas as novas sócias trariam maior fluxo de dinheiro para o clube, aumentando nossa capacidade de ações de caridade, como também trariam as próprias habilidades e contatos. Aumentaríamos nossa rede de conexões. Além, é claro, de ser uma evidente sinalização de que o passado ficou no passado e de que não somos preconceituosas. No final das contas... várias de vocês já... *tomaram chá* com feras, não?

Olhares constrangidos cortaram a mesa. Todas correram para esconder o conteúdo de seus envelopes. Selene finalmente se sentou, sorrindo, satisfeita.

— Vamos votar? Gostaria de receber logo as candidaturas e fazer uma grande cerimônia de abertura logo depois da semana de lua cheia, assim as lobas que se associarem estarão bem tranquilas para se juntarem a nós.

— Você nem sabe se aquelas criaturas vão querer se associar ao clube.

— Claro que vão. Eu vou ceder um camarote no desfile de carnaval para todas as novas associadas e suas famílias. Todas as fêmeas de Averrio gostam de prestígio.

Depois do clube, Selene passou na confeitaria da mãe para pegar uma caixa de doces e irem juntas para o compromisso seguinte, um almoço com as novas amigas da cúpula do poupa-fera.

Assim que atravessou o salão, contudo, ficou claro que a notícia já tinha cruzado a Praça XIV. Vários dos clientes às mesas cochichavam quando ela passava e, na metade do caminho, Selene cansou de acenar e sorrir, fingindo que não sabia do que estavam falando. Em vez disso, se apressou até a sala da gerência, onde encontrou a mãe ao telefone.

— Eu não faço ideia do que essa garota... Espere, ela chegou aqui agora! Eu te ligo de volta.

Selene inspirou fundo, já imaginando quem estava do outro lado da linha.

— Seu pai quer saber se você enlouqueceu.

— Eu? Não sei do que está falando, mamãe.

— O Clube!

— Ah. Bom, foi uma votação unânime, então, se eu enlouqueci, as outras nove damas do comitê de gestão também enlouqueceram.

Dona Mirna balançou a cabeça e começou a andar de um lado para outro.

— Mas, minha filha, a campanha do seu pai...

— Vai ganhar mais votos dos não humanos agora.

— Mas o nosso prestígio! — Ela parou, as mãos na cintura. — Além de ser perigoso associar seu nome às causas não humanas, isso pode diminuir o prestígio que os De Minet esperam conseguir de nós!

Apesar de ter ensaiado um discurso diplomático, Selene deixou escapar uma risada. A alienação de Mirna Veronis chegava a ser invejável, privilégio de quem enxergava Averrio através do vidro da confeitaria mais cara da cidade. As batalhas sutis travadas com porcelana de chá não seguiam as mesmas regras do mundo em que estavam entrando.

— Perigoso, mamãe? Você se esqueceu de quem é a casa que andamos frequentando? E quanto ao prestígio, está um pouco tarde para se preocupar com isso quando toda a sociedade já percebeu que estamos trazendo os novos ricos para nosso meio. E é por isso também que abri o clube para não humanas. Agora é só disso que todo mundo vai falar. Ninguém vai se escandalizar com as mulheres cheias de dinheiro que vamos levar para lá enquanto as lobas, vampiras e nefilins chamam tanta atenção. Você não percebeu ainda? Não existe forma discreta de pegar todas aquelas pessoas cheias de dinheiro e nenhum refinamento e colocá-las no meio de gente de berço. A não ser que as damas aristocratas estejam ocupadas demais com algo ainda mais escandaloso.

Mirna teve a decência de parecer espantada, como se estivesse considerando que havia algum mérito no que Selene dizia, mas durou apenas um segundo. A mulher se aproximou, ajustou o vestido da filha, cutucou seu cabelo, colocando mechas no lugar, olhou para baixo e ergueu a sobrancelha para a escolha dos sapatos.

— Sei que você pensa que sabe o que faz, mas não sabe. Com isso, você fechou muitas portas para nós. Os Veronis sempre sobreviveram na alta sociedade sendo os melhores e se associando aos melhores.

Selene fechou os olhos diante da lição ouvida desde menina. Quando era criança, a frase vinha acompanhada de uma piscadela cúmplice, uma mãe ensinando a uma filha. O tempo as havia afastado de tal forma que ela nem mesmo esperava que Mirna percebesse como tanto havia mudado — e o quanto precisavam resgatar a cumplicidade. Depois dali, ainda teria um longo dia pela frente no compromisso com as esposas e filhas dos padrinhos. Tanto ela quanto a mãe tinham que estar compostas e polidas, uma frente unida.

— Isso pode já ter sido verdade, mas se endividar com o poupa-fera com certeza não foi *o melhor*. Por isso, estou tomando minhas próprias medidas de sobrevivência. Pense nisso como um dos acordos políticos que papai faz com a oposição, de tempos em tempos. Eu estou fazendo exatamente o mesmo.

— Do que você está falando? Trazer ainda mais monstros para a parte alta não vai te ajudar em nada! Não seja ingênua! O que você acha que Ciro vai fazer depois dessa?

— Infelizmente, romper o noivado é que ele não vai...

— Selene! Não brinque com isso!

— Está bem, mamãe. Sabe o que ele vai fazer? Vai fazer questão de parecer grande e ameaçador, vai colocar a mãe dele para me azucrinar até não poder mais... mas não vai interromper o noivado e não vai revelar tudo que sabe sobre papai. Nós ainda somos úteis para ele. Agora, isso não quer dizer que eu não precise me proteger. Não posso entrar naquela família sem aliados, ser uma mera refém pelo resto da vida. Preciso que todos saibam que tenho amizades poderosas.

— Isso é coisa daquela Diana Lacarez, não é? — A expressão de Mirna se encheu de indignação, mas também de medo. — Desde que ela voltou de viagem, você anda às voltas com ela, mas essa amizade é uma mácula! Os Lacarez e os De Minet são rivais!

— Exatamente por isso eu preciso dela. Você e papai esqueceram que os De Minet estão longe de serem as únicas famílias por aí lutando pelos próprios interesses. Já pensaram no que fazer se por acaso eles *perderem*? Se um dia um outro padrinho der cabo de Ciro e controlar o poupa-fera, ou se o poupa-fera interferir nos negócios de outros clãs? Então os Veronis estarão na linha de tiro junto dos De Minet, e eu me recuso a ficar igual um patinho esperando acontecer.

— Não, minha filha, isso não vai acontecer...

— Quem está sendo ingênua agora?

Sem querer, o tom de voz saiu muito mais cortante do que costumava usar com a mãe, e isso ficou claro pelo arregalar dos olhos dela.

Sinal de que estava perdendo o controle daquela ferocidade amarga que vinha crescendo desde a visita à cachaçaria. Se fosse uma loba, poderia culpar a lua cheia, mas não era, então precisava lidar com as consequências de escolher um caminho diferente do seguido pelos pais.

— Quem é você e o que fez com a minha menina doce? Eu só quero o seu bem, nós dois queremos, e... e...

A voz chorosa apelou, como sempre, a uma velha culpa, mas dessa vez as circunstâncias não permitiam que Selene fosse devorada pelo sentimento. Reconheceu no olhar de Mirna o mesmo medo que ela própria carregava no peito, por isso fez um esforço para manter as emoções sob controle. Pela primeira vez na vida, foi ela quem colocou as mãos no ombro da mãe e ajeitou o vestido dela, colocou mechas de cabelo no lugar e a cutucou para ajeitar a postura. E sorriu com o máximo de paciência e carinho que conseguiu reunir.

— Eu sou Selene Veronis e vou me salvar, salvar a todos nós. Agora, separe uma caixa dos seus melhores caramelos e vamos continuar sorrindo e acenando, como sempre fizemos, como a senhora me ensinou. Sei que está com medo, eu também estou, por isso mesmo precisamos ficar juntas. Você e papai fizeram o melhor que podiam por mim, e agora é a minha vez de fazer meu melhor por vocês. Damas não se desesperam por nada, elas improvisam sem que ninguém perceba, certo?

Sua mãe inspirou fundo, ainda parecendo incerta. Provavelmente não era muito justo que fosse Selene assumindo o papel de consolar a mãe, no entanto, não podia esperar ser tratada como uma adulta sem assumir os fardos de ser a pessoa mais forte na família. Uma parte bem egoísta sussurrou para apenas ir embora, sumir e deixar que os pais lidassem com tudo. Infelizmente, para o bem ou para o mal, se via incapaz de dar às costas a eles.

Pegou a mão de Mirna e a esfregou para aquecê-la. Era isso que a mãe costumava fazer quando Selene acordava assustada de um pesadelo.

— Vai ficar tudo bem, confie em mim, mamãe. Acha que pode fazer isso?

Mirna apertou sua mão de volta e ofereceu um sorriso inseguro.

— Sou melhor com as gravatas do seu pai, eu acho, do que com esse jogo perigoso que você começou. Mas posso tentar.

— Ah, com certeza haverá muitas gravatas para a senhora ajustar até isso tudo acabar, não se preocupe.

O almoço seria justamente na casa de Camila, um pequeno consolo. Apesar de ter ficado calada no banco do carona a maior parte do caminho, Mirna pareceu aos poucos aceitar a batalha que se apresentava. Quando estacionaram em frente à mansão dos Parreira, a mãe de Selene olhou os arredores com o mesmo nariz em pé de sempre.

O bairro do Rio Doce era onde boa parte da comunidade de burgueses e novos ricos havia escolhido para se estabelecer; não era nem parte alta nem parte baixa. Um pedaço de Averrio tentando fugir das normas à sua própria maneira. As casas eram exageradamente suntuosas, construídas com a arquitetura mais moderna e sem o viço dos casarões tradicionais

Foram recebidas com entusiasmo e a gentileza exagerada de sempre. As esposas dos padrinhos circulavam ao redor de uma mesa comprida que era aos poucos posta por diversas moças de uniforme.

— É verdade? — perguntou Camila assim que a cumprimentou com dois beijinhos. — O clube está aberto para associação? Até para os monstros?

— Camila! — esbravejou a mãe da menina, mas logo se virou curiosa para Selene também. — É verdade?

Todas as mulheres presentes se calaram e se voltaram para ela, até mesmo as moças que traziam os pratos do almoço — algumas eram humanas, mas muitas eram faunos. A abertura de um clube feminino da parte alta talvez não fosse uma lei de papel passado, talvez não tivesse o peso de uma medida prática, mas reverberaria, e, até o fim do dia, toda Averrio estaria comentando sobre isso. No meio de seu humor instável, Selene sentiu surgir uma nova onda de orgulho.

Ela sorriu placidamente, correndo os olhos pelos rostos ansiosos, por algum motivo parando no de Pombinha. Anette a encarava com outro tipo de expressão, que Selene não conseguiu identificar de imediato.

— É verdade. Amanhã mesmo todas vocês poderão se candidatar à associação ao Clube das Boas Damas. E quanto à aprovação... bem, mamãe e eu cuidaremos disso, certo?

— Exato. Nós já combinamos tudo, garantiremos que tudo transcorra sem problemas.

Mirna acenou com a cabeça magnanimamente, como se fosse ela própria a arquiteta de todo o plano.

— Mas e os monstros? — perguntou Camila.

As mulheres continuavam em expectativa.

— Também serão bem-vindos. Passarão por uma seleção também, é claro... nem todas as candidaturas serão aceitas. Mas muitas das não humanas têm famílias ricas e poderosas, não deverão ser recusadas.

Ao contrário do falatório escandalizado no clube e na confeitaria, ali a explosão de comentários pareceu quase animada.

— Estou tão feliz que vou estar lá pra ver isso! Lobas e vampiras sentadas na mesma mesa!

— Mas o clube vai abrir de noite? É o único jeito de as vampiras irem.

— As madames aristocratas vão arrancar os cabelos!

— Essa eu quero ver de camarote.

A cara de Mirna ao ouvir esses comentários em tom de galhofa foi o ponto alto do dia de Selene. Talvez a felicidade daquelas mulheres não fosse motivada pelas intenções mais nobres, mas não deixava de ser um refresco bem-vindo. Se elas não se incomodavam de fazer fortuna em cima dos preconceitos com não humanos que o poupa-fera reforçava, também não pareciam se incomodar com as mudanças dos novos tempos. Uma demonstração bastante genuína das contradições da cultura averriense.

Ao redor da mesa, as moças da cozinha retomaram o trabalho, cochichando alto, quase saltitando. Selene conteve um sorriso. Então, encontrou o olhar de Pombinha novamente e entendeu o que via no rosto dela. Surpresa. Como se Selene a tivesse pegado desprevenida.

— É uma pena que sua sogra não pôde vir hoje — disse Camila, entrando em sua frente.

Selene olhou ao redor antes de se voltar para a menina. De fato, nem Leda nem a prima Gilda se encontravam presentes. Ela deveria estar aliviada, mas a desconfiança falou mais alto.

— Por que ela não veio?

— Disse que estaria muito ocupada com preparativos para o baile do Mitz. Sinceramente, não acho que seja isso, ainda tem um bom tempo até o baile e não é porque a família dela está patrocinando que ela é parte da organização, certo? — Camila inclinou a cabeça para mais perto. — Eu tenho certeza de que ela e Gilda só não gostam de se misturar com a gente. Mamãe não gosta que eu diga isso, mas é verdade. Elas nos aturam porque Ciro gosta que todos os padrinhos interajam sob as vistas dele, só isso.

Todas as opções eram prováveis. Nenhuma delas, contudo, incomodava tanto quanto o olhar de Leda e de Ciro comentando sobre a invasão de ratos na mansão. Selene mordeu a bochecha, cogitando outros cenários que justificassem a ausência da velha.

— Camila, hoje não é dia de...

— Com licença.

Pombinha surgiu entre as duas com graça e fluidez, ajeitou os cabelos que havia estilizado em cachos e sorriu tão lindamente para Camila que a menina pareceu deslumbrada por um instante.

— Se importa se eu roubar sua mentora um pouquinho, querida? É um assunto um tanto íntimo, em que acredito que apenas Selene será capaz de me ajudar.

Camila abriu e fechou a boca algumas vezes antes de concordar com a cabeça, as bochechas coradas. Pombinha piscou para ela e, sem dizer mais nada, passou o braço no de Selene e a conduziu pela sala até um corredor iluminado por muitas janelas envidraçadas.

A própria Selene se viu um pouco hipnotizada, se deixando levar com naturalidade, ainda que as duas jamais tivessem tido qualquer interação que pudesse ser descrita como amigável. Pombinha tinha movimentos sedutores, sem nenhum exagero; sua própria existência tinha uma aura de beleza incomparável, que a mulher parecia capaz de usar quando conveniente.

Pararam ao lado de uma janela e o encanto se desfez, quase como se fosse realmente algum feitiço.

Selene franziu a testa e se afastou alguns passos.

— O que foi isso?

Pombinha ergueu um ombro só.

— Eu estava na dúvida se deveria ou não te alertar, mas sua brincadeira filantrópica me convenceu a te dar o benefício da dúvida.

— *Anette*, que tal dizer logo o que quer?

Pombinha a encarou de rabo de olho, apertando os lábios.

— Pois é, ele me contou seu nome. — Selene sorriu, satisfeita.

— Aquele cachorrinho balança mesmo o rabinho pra você, não é? Muito bem. Espero que você ao menos faça um afago naquela cabecinha bonita. Meu marido fez o que pôde para avisá-los, mas a lua cheia deixa os cachorrinhos bem difíceis de contactar. Eles sabem se virar, é claro...

— Isso é sobre o sorteio do poupa-fera de hoje?

— De certa forma. Só que não é um sorteio. Ciro divulgou há dias as datas para a cúpula, mas hoje de manhã, em vez de contar onde seria o sorteio, ele mandou todos recolherem as operações e não aceitarem apostas. Suspendeu a loteria. Ele decidiu que era um dia mais propício para caçar lobos do que para poupar, se é que você me entende.

15

CHUVA

Não seria uma noite bonita. O céu nublado do fim de tarde escurecia o caminho sob a copa das árvores enquanto a matilha seguia a trilha morro acima, instigando ainda mais os monstros dentro de cada um deles. A escuridão pertencia às feras e não havia camada de nuvens grossa o bastante capaz de impedir o chamado da Lua, que clamava ao lobo para devorar o homem.

— Eu sinto falta de me transformar na praia — murmurou Mimi.

Heitor concordou em silêncio, sentindo a pele pinicar de expectativa.

— Mas a gente sempre corria pra mata depois — disse Guido.

— Não é a mesma coisa. Entre mar e floresta era tudo nosso, nenhuma cerca. Agora, o barulho da cidade não sai da orelha, o fedor não larga do focinho nem por um minuto, não importa o quanto a gente suba. O cheiro de mata-cão tá chegando até aqui em cima.

Os humanos tomavam todo tipo de precaução durante a lua cheia. Além dos portões de prata e do mata-cão cultivado ao redor das casas e jardins, também queimavam a erva e defumavam as ruas para evitar que os lobisomens invadissem o perímetro urbano. Sem contar a polícia fazendo ronda com as balas de prata a postos.

Na praia, eram mais livres, longe de toda aquela tentativa desesperada de proteger a preciosa civilização. Conseguiam se espalhar, caçar bichos do mato, esbarrar com outras matilhas sem o risco de invadirem o território uma da outra. Também ficavam mais longe de certas tentações.

Discretamente, Heitor olhou para trás. Ainda era possível ver o telhado da mansão dali, e o pontilhado de casas incrustradas nas ladeiras da parte alta. Ele sabia qual era a de Selene mesmo sem pensar muito, mesmo não querendo pensar nela.

— Mas aqui é mais perto de casa — resmungou Edgar, vindo logo atrás.

— Aqui é mais perto de problemas — disse Mimi entre os dentes.

— Diana avisou que os problemas viriam atrás de nós de qualquer forma — rebateu Edgar com um tom definitivo, mergulhando mais uma vez a escalada em um falso silêncio.

De repente, a tia esbarrou em Heitor com força, fazendo uma carranca.

— Perdeu alguma coisa lá embaixo?

Ele não respondeu, apenas se virou e continuou andando. Fato era que tinha, sim, perdido algo, há um ano, e vinha tateando às cegas por uma forma de recuperá-la. Por um bom tempo, a distância havia ajudado a manter a sensação sob controle, mas naquela noite em particular, a cada minuto mais próximo da lua cheia, Heitor se via mais preocupado de que não fosse capaz de se segurar.

— Perto ou longe não significa nada. O lobo vai para onde ele escuta o coração bater.

Mesmo baixa, a voz de Edgar alcançou todos eles, fez Mimi rosnar e apertar o passo, fez caírem um pouco os ombros de Guido, e fez Heitor esfregar o rosto com força para tentar tirar tudo aquilo da cabeça. Selene não o queria, não se não fosse capaz de se revelar por completo.

O ar estava denso com umidade e a mata, silenciosa, a não ser pelo avanço dos predadores. Os lobos Lacarez se espalhavam por todo o morro que haviam reclamado para si junto do território conquistado, e os cheiros de família e de selvageria eram tão reconfortantes quanto sempre, a não ser por uma ausência aguda que parecia puxá-lo de volta para baixo.

— Você já ouviu o coração dela em outras luas? — perguntou Edgar, ainda mais baixo.

Heitor parou de andar. A memória das noites transformadas era sempre uma mistura de sons e cheiros, de vibrações nas patas e um arrepiar constante da pelagem. A primeira lua cheia do mês era a mais forte, a mais selvagem, e, aos poucos, ao avançar da semana, a Lua ia diminuindo e o lobo perdendo força para sair, deixando a mente do homem mais clara.

No meio das lembranças difusas, não conseguia distinguir nada que fosse marcadamente Selene, embora conhecesse a cadência do coração dela tão bem quanto a de todos da matilha. Então se deu conta de que Edgar nem mesmo tocara no nome dela. Heitor cruzou os braços, na defensiva. Sentiu falta de ocupar as mãos com um charuto e um isqueiro, mas as roupas tinham sido abandonadas no quintal da mansão. O lobo não precisava de bolsos.

— O que significa, se eu não ouvir?

Edgar franziu a testa.

— Você tem tomado a poção?

Heitor negou com a cabeça. Ele só a tomava quando atendia às clientes. Muita gente pagava mais caro pelos favores de um lobisomem na semana de lua cheia. Durante a noite, a Lua era senhora absoluta, não havia nada que impedisse a transformação. Durante o dia, o lobo ficava mais à flor da pele, e o menor estímulo os colocava no entre-estado. A poção ajudava a manter a fera sob controle para que fosse seguro servir aos humanos.

— Faz meses que não tomo.

Ele tinha demorado a parar de tomar. Manter a clientela fixa e o dinheiro entrando exigira que se tornasse muito metódico com a segurança e certos hábitos simplesmente não sumiam do dia para a noite. Heitor deixara de ser um gigolô assim que tomaram posse da fábrica de armas, mas o estoque de poções para segurar o lobo e evitar doenças continuou andando no seu bolso.

— Se eu não ouvir seu coração, não tem perigo de eu ir atrás dela?

Pensou nas batidas do coração de Selene. Pensou em todas as formas que já havia ouvido o som de sua pulsação. Às vezes, lenta contra o ouvido dele encostado entre seus seios, ganhando um carinho na cabeça; às vezes, tranquila quando a observava à distância, concentrada numa pintura; às vezes, acelerada, vibrando no corpo inteiro enquanto ele enterrava o focinho entre suas pernas. O pensamento se transformou em uma fantasia sombria, que encheu sua boca de saliva e despertou uma fome descabida.

— Pela sua cara, acho que não tem perigo de *não* ouvir. — Edgar sorriu de lado.

— Não era pra você estar sendo um irmão mais velho responsável e me mandando tomar juízo? Eu não posso ir atrás dela, Ed. Ela é tão… — *Linda. Delicada. Macia. Tenra. Apetitosa.* Heitor sacudiu a cabeça. — Ela não teria como se defender de mim.

— Você ainda não entendeu? É o contrário: é você que não tem como se defender dela. — O irmão balançou a cabeça devagar e deixou um tapa em seu ombro antes de voltar a caminhar. — Quando o lobo descobre que tem mais de uma lua no céu, não tem mais nada que ele possa fazer a não ser não matar e não morrer.

— Esse foi um conselho de merda, sabia?

— Se apaixonar por uma humana é mesmo uma merda, no começo, até você não saber mais viver sem isso.

Apaixonado... puta merda.

Essas últimas palavras, tão cruas em sua simplicidade, o perseguiram morro acima até alcançarem a clareira onde a matilha já estava reunida esperando o sol se pôr. Muitos já se remexiam, desconfortáveis, os pelos dos braços e das pernas crescendo.

O entre-estado, o momento estranho em que o lobo estava quase na superfície, compartilhando a pele com o homem, vinha diferente para cada um. Emoções fortes como medo e raiva atraíam a fera, desejo e fome também, e dor intensa. O lobisomem era uma criatura de extremos e viver no meio do caminho era algo que a maioria deles não sabia fazer. Mais do que incômodo, era confuso. Nem homem nem fera sabiam o que fazer um com o outro sem a Lua para intermediar a relação.

Heitor tinha um bom controle. Entre o uso das poções e o distanciamento profissional que buscava manter, quase nada puxava o lobo para fora. A não ser Selene.

Apaixonado.

Com a garganta seca, o coração descompassado — e não só pela proximidade da Lua —, ele apoiou a mão num tronco de árvore e observou os tremores sutis nos dedos. Em muitas outras lunações havia se transformado já conhecendo o cheiro de Selene, já tendo sentido suas curvas voluptuosas, provado do seu gosto doce. Ele já vivia com aquilo há tanto tempo, um osso que tinha se acostumado a roer quando ninguém estava olhando, que não tinha imaginado que algum dia fosse se tornar insuficiente.

Aqui e ali, membros da matilha começavam a uivar. A magia que os unia corria mais forte que sangue e preenchia Heitor com a força dos irmãos, a experiência dos tios e a alegria de Melina, com a gratidão e a lealdade dos adotados, e até com o azedume distante de uma bruxa sem magia.

E ainda era insuficiente.

Um trovão distante ribombou em algum lugar sobre a cidade, o ar se encheu de eletricidade. Mimi uivou o clamor final, chamando pela Lua tanto quanto era chamada por ela. Os outros a acompanharam e Heitor se juntou à sinfonia, jogou a cabeça para trás e deixou as amarras se soltarem. A mão segurando a árvore se contraiu, as unhas cresceram até garras afiadas se fincarem no tronco e arrancarem lascas.

Apaixonado.

Tomar consciência daquela condição justo no momento em que estava prestes a entregar a mente para a fera trouxe um desespero desconhecido. Os primeiros fios do luar de prata chegaram junto da chuva, se infiltrando pelas nuvens, mais do que o suficiente para revelar a verdadeira natureza de cada um deles, lavando os traços de humanidade para o fundo da consciência. Com os últimos pensamentos coerentes, ele rogou uma prece à Lua para que mantivesse Selene segura.

Suas costas se curvaram e envergaram, o estalar dos ossos quase satisfatório, quase o bastante para mascarar a dor da expansão rápida. O lobo tirava prazer do sofrimento do homem, pagamento por tantos dias acorrentado na prisão de carne, abria caminho dilacerando os órgãos patéticos, tomava posse dos olhos para descortinar um mundo mais simples e bruto, crescia as orelhas e o focinho para sentir a realidade crua.

O homem, de repente teimoso, tentou se agarrar enquanto era empurrado para dentro. Evocou imagens confusas. A cada parte do corpo transformada, uma cena invadia o lobo. As mãos cresceram e foram tomadas pela pelagem marrom. *Uma mulher, com pele da cor da noite e gosto de fruta, sorrindo e tirando a roupa.* Os pés se converteram em patas. *Uma gargalhada suave escondida por um mar de cachos escuros.* A cauda cresceu e chicoteou com ansiedade. *Mãos delicadas descendo e contornando seios fartos.* Caninos afiados escaparam da contenção da mandíbula num rosnar confuso. *A mulher nua lhe dando as costas e o encarando por cima do ombro, um convite para segui-la.*

A mente foi a última coisa a se perder. A racionalidade foi engolida pela fome repentina de uma criatura contida por tempo demais — sempre era tempo demais.

O lobo arfou, sentiu a chuva encharcar a pelagem, inalou todos os cheiros subindo da terra molhada. No peito, no lugar onde o homem fraco e patético se escondia, algo espetava como um espinho cravado no meio da pata. Uma agitação estranha, sem motivo. A mata era da matilha e não deveria ter nada de errado no mundo das feras. Então, correu para se livrar da sensação, abandonou as preocupações daquela criatura fraca que usava o corpo compartilhado e seguiu o convite da matilha. Correu, apesar de um rastro insistente puxá-lo no sentido contrário.

Um lobo magro e cinzento veio por trás e o empurrou para o lado, fazendo-o se chocar contra um lobo enorme e todo preto. Ele correu no meio dos dois. Não tinham nomes, nome era coisa de homem. Tinham cheiro. Cheiro de irmão e de água, cheiro de casa e de imensidão. Nunca houvera uma lua cheia em que não tivesse estado ao lado deles, não conhecia mundo sem aquela força da natureza. Os corações batiam rápido, eles corriam rápido, saltando galhos e pedras, correndo por correr, correndo para ser.

Os trovões continuaram na noite cada vez mais escura, o luar escondido alcançando a matilha por bênção, ainda que não por luz. O barulho da tempestade disfarçava os outros sons na mata; não era bom para caçar, mas era bom para correr. Guiou-se por seus acompanhantes, pelo fio que marcava os dois lobos tão seus quanto ele era dos outros. Três corações, o seu e mais dois, batendo em sincronia. Coração e trovão.

E um vazio insistente na barriga.

Coração e tempestade. Três corações. Quatro. Cinco.

Mais fraco, mais longe, diferente. *Tum tum tum tum.*

O homem despertou e se agarrou à pelagem, tentou escalar garganta acima. Ele hesitou na passada, ficou para trás. Jogou o focinho para o alto, procurou além da chuva. Alguma coisa estava errada.

Então, um tiro cortou a mata.

Lobisomens se transformam se a Lua estiver encoberta pela chuva?

Um uivo muito distante respondeu seus pensamentos e Selene pisou no acelerador, forçando o carro a subir a ladeira. Pingos grossos invadiam o interior do veículo e seu coração estava apertado.

O portão da mansão Lacarez já estava aberto, praticamente escancarado, então ela passou correndo por entre os pilares e agarrou firme o volante quando sentiu o carro derrapar no caminho de pedra até a entrada principal. Com a iluminação dos faróis, enxergou uma pessoa sob a marquise e freou a tempo de ver Diana, com uma espingarda na mão e um copo de cachaça na outra.

— Eu já sei — disse ela assim que Selene se aproximou. — Vamos entrar e eu explico melhor.

— Mas…

De repente, o som de uma explosão em algum ponto do morro acima fez o chão tremer.

— O que foi isso? — perguntou Selene.

— Uma das armadilhas que instalamos por segurança. Quer dizer que eles já chegaram. Venha, agora. — Diana pendurou a espingarda no ombro e lhe deu as costas. Só parou na porta da mansão quando viu que não era seguida. — Se você veio só nos avisar para apaziguar sua consciência, infelizmente não dá mais tempo de fugir. Pode procurar um canto da casa para se esconder. Mas acho que você não se arriscou só para dar um recado, então pode, por favor, entrar e me ajudar a manter minha família em segurança?

Algo na voz de Diana, irritada e falhando nas últimas palavras, partiu alguma coisa dentro de Selene. Em certa medida, estavam todos lutando pela própria família, mas o que a situação dizia sobre ela, que havia se arriscado para proteger gente com quem não compartilhava uma gota de sangue?

Em silêncio, Selene seguiu a dona da mansão. Estava tudo na penumbra lá dentro, a iluminação vinda da pouca luz da rua e de algumas lamparinas fracas espalhadas pelo corredor. Selene viu a marca inconfundível dos habitantes da casa; paletós e gravatas pendurados em cabideiros e encostos de cadeira, cinzeiros cheios de tocos de charuto sobre quase todos os móveis.

Sem enxergar direito, tropeçou em algo macio de formato esquisito.

Uma boneca de pano. Abaixou-se para pegá-la e, com cuidado, tateou e identificou o que causava a estranheza. Metade do corpo era de uma menina, a outra metade, de uma lobinha. O coração dela se apertou ao imaginar Melina brincando com aquela boneca, brincando de ter uma aparência de dia e outra de noite, esperando ansiosamente pela lua cheia.

— Sinto muito pela bagunça. Pode imaginar como é difícil conseguir alguém que aceite trabalhar nesta casa em semana de lua cheia, mesmo de dia — disse Diana, sem parecer sentir nada.

Selene se recompôs. Não adiantava ter tido coragem de sair naquela noite e depois se distrair. Precisava lidar com a situação como se fosse corriqueira, uma reunião de planejamento do desfile de carnaval ou só mais um problema de fácil resolução no Clube das Boas Damas.

— Pombinha, quero dizer, Anette, a esposa de Escafurinha, me avisou que o sorteio que aconteceria hoje foi cancelado e que Ciro faria um ataque. — Ainda agarrando a boneca de pano, Selene apertou o passo atrás de Diana. — Mas você disse que já sabia?

Subiram as escadas, os saltos das duas fazendo um som desconjuntado. Diana a conduziu para a primeira porta à direita, onde entraram no que parecia um salão de jogos. Mesas cobertas por tecido de feltro verde e cartas espalhadas com fichas de cassino dividiam o espaço com um bar cheio de bebidas variadas e algumas poltronas e sofás.

Sobre o tampo de madeira escura, havia uma pilha de cartas que Selene reconheceu como o oráculo de Diana. O monte estava todo empilhado, a não ser por três cartas viradas para cima. A Tecelã, a Rainha de Diamantes e o Dez de Escudos.

Não teve tempo de perguntar o que aquilo significava, porque de repente sentiu algo frio e duro pressionando seu braço ainda molhado. Diana estava lhe oferecendo uma espingarda idêntica à que carregava.

— Não, Diana, você ficou louca?

— Heitor te ensinou a atirar, não ensinou?

— Sim, mas foi com outra arma... e com alvos... Como você sabe disso?

Apesar da hesitação, soltou a boneca para segurar a arma. Era pesada, gelada ao toque, mesmo na noite quente. O presente de Heitor tinha ficado na bolsinha, esquecida no carro.

— Não interessa. É quase a mesma coisa, mas essa é comprida e dessa vez os alvos vão estar mexendo.

— Você é sempre assim, tão didática? — murmurou, testando o peso da arma.

Diana riu, puxou uma caixinha do bolso da saia e a entregou a Selene.

— Agora, Selene, preste atenção: eu vou te mostrar como recarregar essa arma. Essa menina linda é o modelo mais recente da fábrica, não vai te dar muito trabalho. Finja que é um pincel. — Enquanto falava, ela demonstrou as travas e movimentos.

— Sim, claro... um pincel... E aí você vai me dizer para imaginar que o sangue é só tinta.

— É você quem está falando.

Diana ergueu as sobrancelhas, com um sorriso debochado, e foi até uma das janelas que dava para a frente da casa.

— Chegaram.

Elas se amontoaram na janela para observar o que a bruxa apontava. Homens encapuzados estavam parados um pouco além do portão escancarado, mais ou menos abrigados sob uma árvore na beira da rua, iluminados pelo poste público. Dali de cima, conseguiam ver toda a parte da frente da mansão e um pouco além do muro. Só então Selene se deu conta de que deixara o carro parado de qualquer jeito.

— Eles não podem ver o meu carro! Se reconhecerem...

— Acho difícil. O seu noivo não parece o tipo de pessoa que viria para a guerra na chuva — disse Diana, abrindo o vidro da janela apenas uma fresta e enfiando a ponta do cano da arma por ali. — Ele parece mais do tipo que prefere dar ordens e esperar resultados.

— Ciro tem muito orgulho da origem de caçador e...

A gargalhada mais do que repentina de Diana a assustou.

— Até eu que sou bastarda do clã mais antigo de caçadores tenho origens mais claras do que a de Ciro. Meu pai seria capaz de voltar do outro lado do véu de tanta indignação depois dessa — disse ela, encaixando a arma no ombro para mirar. Diana encarou Selene por cima do ombro. — Esqueça qualquer coisa que os De Minet tenham te contado sobre suas origens. Eles sempre foram, no máximo, um clã de quarta linhagem, fundado aqui mesmo em Vera Cruz. Não vieram de além-mar e certamente nunca foram bem aceitos entre os outros clãs de caçadores. Por que você acha que eles acabaram se... *especializando*... no poupa-fera? Porque era a única forma de competirem com as outras famílias, na época das invasões. Não tinham prestígio e dinheiro suficiente, então pegaram uma tradição antiga e transformaram num jogo de azar pra arrancar dinheiro dos pobres. Vira-lata por vira-lata, os Lacarez pelo menos não têm vergonha do que são.

Aquele quadro fazia mais sentido. Uma família que não vinha da nobreza teria muito mais razão, além de facilidade, para se agarrar de forma tão explícita aos negócios escusos. A aristocracia de Vera Cruz era boa demais em esconder seus crimes por baixo dos panos, jamais se deixaria associar tão facilmente com algo vulgar como dinheiro de apostas.

— Por mais interessante que essa aula de história tenha sido, eu também gostaria de saber se nós temos algum plano além de esperar o ataque — disse Selene.

A resposta de Diana foi um tiro; o estouro alto demais a fez recuar quase até a outra janela. De lá, observou a amiga — amiga? — acertar um segundo tiro numa lixeira, que imediatamente explodiu. Um dos encapuzados mais próximos foi jogado longe, e os outros se afastaram.

— A mansão está cercada de armadilhas. O plano é...

Uma explosão distante interrompeu Diana por um momento.

— ... mantê-los longe ou forçá-los a cair nas armadilhas até os meninos chegarem. Eles não vão demorar.

— Meninos? A matilha está vindo para cá? — perguntou Selene.

— É claro que sim, eles vão ouvir. E sentir a minha agitação também.

— Lobisomens transformados não são mais perigosos para nós do que um bando de homens armados?!

Diana suspirou, ainda mirando a arma para a rua.

— Vou oferecer de graça uma previsão enigmática do futuro: lobisomens não são perigosos para a Lua. Em algum momento, você vai descobrir isso, eu acho. O que não significa que eu vou te deixar completamente desprotegida. — Ela abaixou a arma e indicou a porta com a cabeça. — Venha.

16

FERIDA

Diana a levou para um cômodo do outro lado do corredor. Selene a seguiu quase num transe, incapaz de discutir. As palavras dela latejavam em seus ouvidos, no ritmo de seu coração acelerado de medo e adrenalina.

O quarto tinha uma cama de solteiro com uma mesa de cabeceira e uma cômoda; parecia usado, mas não vivido. A janela dava vista para os fundos da casa, com visão privilegiada para um portão ladeado por muros e para a mata subindo colina acima.

— Estou deixando bastante munição pra você aqui. Atire em qualquer coisa que se mova, qualquer coisa mesmo; as nossas balas não vão ferir os meninos. Mas eu recomendo evitar atrair a atenção deles. Vê as colunas ao longo do muro? Todas elas têm armadilhas. Se avistar algum homem no quintal, tente atirar para empurrá-los para as armadilhas, se não puder derrubá-los diretamente. Agora, o mais importante.

Na mesa de cabeceira havia uma garrafa de vidro com um líquido espesso e esverdeado. Diana a colocou no piso de madeira, e só então Selene viu o enorme símbolo pintado no chão. O diâmetro do círculo era tão grande quanto o comprimento da cama e, dentro dele, estavam desenhadas as várias fases da lua em sequência, dispostas também em círculo.

— Isso é uma tinta à base de acônito.

— Acônito?

— Mata-cão. A mesma erva que todas as casas plantam ao redor dos terrenos para evitar que os lobisomens entrem quando transformados. Eu pintei um círculo de proteção no chão; é o único abrigo verdadeiro que eu posso oferecer. Ao menor sinal de que os meninos vão entrar na casa, você corre para o centro dos símbolos, entendeu? Se for preciso, jogue a tinta no focinho deles, pinte esses símbolos no seu corpo... se cubra com o acônito.

— E isso é garantido?

— Se ingerido por um lobisomem, pode ser letal, mas de resto... é apenas um repelente. Quanto mais fraco o lobisomem, mais eficaz.

Selene franziu a testa para a garrafa.

— Se eu tivesse que adivinhar, diria que os nossos lobisomens não são fracos.

— Os nossos? — Diana riu. — Sei de alguém que vai gostar muito de ouvir isso, se sobrevivermos a esta noite.

— Se sobrevivermos? Diana! Se?!

— Foco, Selene. Uma dama está sempre atenta ao que se passa ao redor dela.

— Ao que se *conversa* ao redor dela!

— Acalme-se, por favor! Esses capangas do seu noivo são bandidos de rua, não caçadores treinados, e os meninos já enfrentaram coisa muito pior. Estou confiante que, caso os impeçamos de entrar em casa, vai ficar tudo bem.

— Você está confiante da mesma forma que sabia do ataque, ou disse isso só para eu me acalmar?

— O futuro é uma coisinha caprichosa. Faça tudo que puder para impedir que entrem aqui em casa.

Apenas quando Diana a deixou foi que Selene pensou em perguntar se aquilo valia para os lobisomens também. Sozinha, tirou as luvas para segurar a espingarda com mais firmeza e inspirou fundo, tentando se lembrar das lições de Heitor, mas tudo que recordou foram as sensações do beijo e de tudo que veio depois. A lembrança do gosto dos lábios dele, das mãos apertando sua cintura, puxando-a mais para perto, não trouxe paz alguma, mas serviu para lembrá-la de porque havia se arriscado indo até ali. Não foi para garantir que seus planos seguissem intactos. Selene apenas não suportava a ideia de que algo acontecesse a ele, e não conseguia se livrar da impressão de que aquilo tudo era, de alguma forma, culpa dela.

Medo pela própria vida, medo de perdê-lo. Talvez fosse tudo a mesma coisa.

Um clarão acendeu o céu tempestuoso de repente, iluminando por um instante as árvores balançando na encosta do morro, seguido por um estrondo. Ao perceber que estava tremendo, Selene segurou a arma mais forte, desejando ter mais do que as luzes do portão e do muro dos fundos. Não tinha como saber se alguém já havia invadido por ali, tinha? Ela podia não ter visto, podia já ter falhado.

O som de um uivo longo e agudo se somou ao barulho da chuva, interrompendo os cenários catastróficos que começavam a se desenhar em sua mente ansiosa. O chamado se prolongou por vários segundos, muito diferente daqueles que já tinha ouvido a matilha usar na destilaria, e, quando finalmente terminou, deixou uma sensação de vazio em seus ouvidos, como se o mundo tivesse parado por um momento, esperando para descobrir o que aconteceria depois daquela convocação.

Então, vieram as explosões.

Duas, muito próximas ao portão. Selene apertou o gatilho no susto, sem ver direito para onde tinha apontado, distraída pelo desmoronamento de uma enorme seção do muro. Logo depois, homens encapuzados entraram pelo buraco, invadindo o jardim. Eram muitos, gritando uns com os outros, e não pareciam desencorajados pelos uivos ou pelas explosões. Vultos grandes e indistintos corriam por todo o quintal e se espalharam mais rápido do que ela deu conta de mirar e atirar.

— *Eles entraram no terreno!* — gritou, sem saber se Diana a ouvia.

A cena tocou em algo profundo dentro dela. A sensação de invasão desencadeou um sentido que não sabia que possuía. Mesmo tremendo, mesmo se sentindo completamente inadequada e apavorada, Selene segurou a respiração e atirou no primeiro que conseguiu focar. Haviam entrado no terreno, não na casa. Não entrariam na casa.

Não tinha direito de proteger aquele território, não tinha direito de se sentir ofendida, como se estivessem invadindo algo que pertencia a ela, mas sentiu aquilo tudo mesmo assim. Tomada por uma raiva que vinha cozinhando no peito, um ódio que talvez a assustasse mais tarde, atirou de novo.

Dessa vez, acertou o chão perto de um deles, o que fez os homens pararem e olharem para cima. Ela se abaixou. Tiros foram disparados contra a janela, fazendo chover estilhaços de vidro sobre sua cabeça. Com um desapego que só podia ser atribuído ao choque, ela se pegou indignada. *Vai ser horrível tirar tudo isso do meu cabelo.*

Numa das pausas para recarregar a arma, uma visão repentina a fez congelar no meio do movimento.

Um lobisomem estava de pé sobre um trecho ainda inteiro do muro.

Nenhuma ilustração ou daguerreótipo fazia jus ao monstro de verdade. Muito maior do que um homem, o pelo eriçado apesar da chuva, a cauda comprida, as mãos — ou patas? — contraídas, os dentes à mostra. Estranhamente imóvel, paciente. E, depois de ver o primeiro, tornou-se impossível não ver os outros. Olhos brilhantes se esgueiravam por entre as árvores, cabeças de lobo espiavam pela falha no muro, um outro lobisomem passava sobre quatro patas através do portão.

Quando o ataque começou, Selene não conseguiu desviar o olhar. Assistiu muda ao primeiro braço ser arrancado com uma patada, uma mandíbula se fechar ao redor de uma garganta, o sangue jorrar e se misturar à chuva. O grupo de homens se dividiu em dois círculos, protegendo a retaguarda uns dos outros, atirando sem parar nos monstros. O contingente maior avançou e chegou a atingir alguns membros da matilha, enquanto os capangas restantes recuaram para tentar arrombar a porta dos fundos da mansão.

Assim como diziam as histórias, dilaceram as roupas e abriram os peitos das vítimas, começaram a devorar corações. E, mesmo depois de tudo isso, Selene não conseguiu parar de observar. Um fascínio macabro a impedia de parar de desviar o olhar, de desperdiçar aquela chance única de ver as criaturas mais selvagens com quem compartilhava a cidade — com quem já compartilhara até mesmo uma cama.

Ela terminou de recarregar a munição, virando a cabeça para ver o que acontecia lá embaixo a cada poucos segundos. Alguns ergueram a cabeça e correram ao redor da casa para perseguir homens que tentavam fugir. Ao longe, tiros e explosões continuavam a dar o tom da tentativa de invasão.

Ali, nos fundos, apenas três restaram, três dos maiores. Sob a iluminação fraca, pareciam ser um de cada cor. Um todo preto, um cinzento... *Um marrom. Os pelos dele são marrons.*

Avistar Heitor todo molhado e sujo de sangue não era bem o que tinha imaginado para a primeira vez que o visse transformado. A imaginação fértil de Selene havia desenhado centenas de cenários, mas nenhum em que ele estivesse em sua forma mais crua, mais violenta, mais monstruosa. Uma fera perigosa, exatamente como todas as outras, a fala mansa e os trejeitos sedutores escondidos em algum lugar por trás de todos aqueles dentes.

Os três lobisomens — Guido, Edgar e Heitor, ela teve certeza — pareciam se comunicar. Trombavam-se com as cabeças e ombros, aparentemente distraídos na poça de carnificina que haviam criado.

De tão focada nos três, Selene não saberia dizer como reparou no movimento discreto. Por baixo dos cadáveres completamente trucidados, um braço se arrastou para fora do amontoado de corpos e membros decepados, seguido de uma cabeça e de outro braço. O homem se esticou na direção de uma arma caída não muito longe. E mais além, escondido por trás de um monte de tijolos caídos do muro, um segundo capanga se esgueirava. Os lobisomens ainda não tinham se dado conta.

Um momento de indecisão horrível a congelou. Apontando a espingarda de um alvo para outro, tentou manter a calma, tentou saber qual era o movimento mais certeiro — novamente, o manual de etiqueta para boas damas falhou em oferecer a instrução adequada.

As circunstâncias decidiram por ela. O capanga do muro estava desarmado, o outro, prestes a pegar um revólver. Seguindo aquele instinto desconhecido, que ainda controlava seus movimentos, Selene ergueu a espingarda e mirou, quase ao mesmo tempo que o homem alcançou a arma. O tiro não foi certeiro, pegou de raspão no braço do homem, mas foi o bastante.

Os três Lacarez finalmente se deram conta da presença dele e o atacaram.

O homem escondido nos escombros aproveitou a oportunidade e correu, jogando uma granada contra a porta da mansão. Selene tentou atirar nele também, ao mesmo tempo em que Heitor se virara para aquela direção. O tiro atingiu o ombro do lobo marrom, e o homem entrou na casa.

Ela viu Heitor rosnar e jogar a cabeça para trás, sacudindo o ombro, mas o tiro não pareceu incomodá-lo por mais que um instante.

Um alívio estranho tomou conta de Selene, logo antes de ser substituído por um novo sentimento sem nome. O coração bateu furioso, quase saltando pela garganta, quando se deu conta de que Heitor estava olhando diretamente para ela. Mesmo com a diferença de andares, mesmo com a chuva caindo, se sentiu presa sob o escrutínio dele.

Eu sou a presa agora.

Ou teria sido, se ainda mais homens não tivessem invadido pela abertura do muro. Ciro provavelmente havia contratado todos os bandidos da cidade para aquela empreitada. Uma saraivada de tiros obrigou os três Lacarez a recuar. Selene tentou oferecer cobertura, até que ouviu gritos e tiros vindos do corredor.

Pulando, Selene se virou bem a tempo de ver dois homens invadindo o quarto, apontando armas para dela. Por trás das máscaras, olhos arregalados a encararam com evidente surpresa.

— É a noiva do chefe? — perguntou um deles.

— Essa vai dar um dinheiro bom pra gente.

Sem pensar, ela atirou no homem que tinha feito a pergunta, atingindo-o na barriga. O outro reagiu atirando de volta, e Selene não soube dizer como escapou da bala. Tentou disparar novamente, encontrando apenas o clique seco do gatilho de uma arma sem munição.

O capanga restante riu e se aproximou mais. Os gemidos do companheiro caído complementavam a orquestra incongruente da noite. Chuva, trovões, uivos, tiros, explosões, gargalhadas e ganidos.

— A dona já pensou em como vai se explicar pro patrão?

Então, um novo som se juntou à cacofonia. Um rosnado muito próximo a impediu de responder e a baforada quente de uma fera arfando eriçou todos os pelos da nuca e dos braços de Selene. O encapuzado mudou a direção da mira da arma.

Devagar, já sabendo o que ia encontrar, Selene se virou para Heitor apoiado no parapeito da janela.

— E você já pensou em como vai sair vivo daqui? — perguntou ela, rouca, meio com medo, meio aliviada, e absurdamente perturbada pelo próprio fascínio com a cena.

Selene se afastou devagar, sem desviar o olhar do monstro que entrava no quarto e se esgueirava rosnando na direção do invasor. Ela parou ao sentir o pé esbarrar na garrafa que Diana havia deixado no centro dos símbolos pintados no chão. Tão devagar quanto pôde, trocou a espingarda pela tinta de mata-cão, o coração batendo tão rápido que ecoava nos próprios ouvidos.

O ataque foi rápido como os outros. Imóvel, agarrando a garrafa com tanta força que temeu quebrar o vidro, ela assistiu Heitor arrancar mais uma cabeça e abrir caminho por carne e osso até encontrar o coração da vítima. Ali, no espaço fechado, as cores e os sons se ressaltavam ainda mais, bloqueavam todo resto que vinha de fora. Era impossível escapar tanto do momento quanto da própria loucura. Havia desejado com todas as forças descobrir aquele lado dele, e lá estava, o monstro revelado.

E lá estava Selene, a dama perfeita, com cada vez menos medo dele e mais do sentimento que pulsava furioso com as batidas descompassadas do próprio coração.

Quando finalmente se deu por satisfeito, Heitor se virou para observar o resto do quarto, farejando o ar. De repente, se sacudiu todo, espalhando água e sangue para todo lado. O gesto tão canino e tão simples, no meio de toda a selvageria, lhe causou um aperto no peito. Aquilo tudo era normal para ele, só mais uma noite de lua cheia.

Um pouco da água da chuva respingou no círculo no chão. A tinta seca pareceu se diluir um pouco, mas a linha não se desfez.

De repente, os outros dois entraram. O lobo preto, num salto ágil; o cinza, se arrastando, mancando com uma pata machucada. Juntos, os três se agigantaram, se ergueram sobre as patas traseiras, quase batendo no lustre, e, tampando a pouca luz que vinha da janela, rosnaram uns para os outros, se acotovelando antes de avançarem devagar na direção de Selene. Eles não pareciam considerar o círculo no chão qualquer coisa além de rabiscos. Guido abaixou a cabeça e rosnou para a tinta. Edgar ergueu o focinho e farejou o ar. Heitor tinha os olhos fixos na presa.

Em mim.

— Vocês nem pensem em molhar a casa toda!

A voz de Diana alcançou o quarto logo antes de ela entrar, a espingarda pendurada no ombro e as mãos na cintura. Ela estava descabelada e a saia do vestido, rasgada, porém parecia tão bem quanto possível. Sem hesitação, a bruxa se colocou entre Selene e os lobos e apontou um dedo para a janela.

— Pra fora, agora! E isso inclui você, seu cachorro insolente!

O lobo preto rosnou, se aproximando devagar. Diana ficou na ponta dos pés, segurou o focinho dele com as duas mãos, forçando-o a fechar a boca e a abaixar a cabeça, então depositou um beijo em sua testa peluda. Depois o empurrou, meio à força, meio gentil.

— Como você consegue? — perguntou Selene.

— Eu sou unida a ele pela magia dos Mistérios e da Lua, sou tão parte da matilha quanto uma humana consegue ser. E dizem por aí que sou louca. Lobos e loucas são criaturas da Lua.

Ainda formava uma cena impressionante: uma mulher tão pequena e coquete conduzindo um lobisomem quase como se por uma coleira. Meio a contragosto, Selene se descobriu admirando Diana. Não era a primeira vez que acontecia, mas foi a primeira em que entendeu o motivo. Mais do que não temer os monstros, Diana não tinha medo de se tornar um.

Selene baixou os olhos para a arma largada ao lado de seus pés. Naquela noite, havia atirado em pessoas, talvez tivesse até ajudado a matar homens ou os matado de fato com os tiros no escuro. Procurou o remorso por baixo da adrenalina, daquele medo insano pulsando no peito, que se parecia demais com o frio na barriga antes de mergulhar no mar gelado de Averrio… e não encontrou nada parecido.

Lobos e loucas.

— Vamos, vamos, eu não quero passar o resto da noite cheirando a cachorro molhado. Edgar, Guido, Heitor, *agora*.

Diana continuou empurrando. Eles não obedeceram, não exatamente. Os dois primeiros recuaram, mas não fizeram menção de sair. E Heitor nem mesmo se moveu, continuou encarando Selene com pupilas dilatadas contra orbes amareladas. Ele parecia enganadoramente tranquilo, mais curioso do que desconfiado.

— Cães — murmurou Diana com um suspiro exasperado antes de se virar para Selene. — A invasão parece contida, a julgar pelas pilhas de cadáveres que eles deixaram ao redor da mansão. Eu vou lá embaixo conferir se pegamos todos e se temos feridos graves. E acionar alguns velhos contatos na polícia também, quem sabe. Continue dentro do círculo.

— E depois?

— Depois, acho que só nos resta esperar o sol nascer. Nenhum deles é muito bom em largar o osso.

Diana saiu sem nenhuma outra instrução, os saltos batendo na madeira. O lobo preto rosnou baixinho e a seguiu, mal cabendo por entre o batente da porta. O lobo cinzento, arfando, mancou atrás deles.

— Nesse cenário… eu sou o osso? — perguntou Selene, levemente preocupada com a falta de medo na própria voz. — Uma dama… nunca é o osso.

A risada de Diana a alcançou de longe, quase desaparecendo por baixo do rosnado de Heitor.

As horas se passaram lentamente e Diana não voltou. Selene se acomodou sentada no centro do círculo, o tempo todo sentindo o olhar de Heitor a devorando. Ele ficou inquieto, andando de um lado para outro, às vezes farejando as marcas no chão, rosnando para o cheiro que encontrava.

A chuva parou em algum momento durante a madrugada e, a não ser por uma explosão distante e alguns uivos ocasionais, o falso silêncio da noite envolveu a mansão, deixando apenas os ruídos desconhecidos de uma casa em que animais selvagens circulavam livremente. O bastante para que ela ouvisse o silvo baixinho vindo do focinho de Heitor, o vento da cauda balançando, a própria respiração encontrando a calma de que, contra todas as probabilidades, não seria atacada.

Quando finalmente um pouco da luz cinza e opaca do nascer do dia começou a entrar pela janela, os lobisomens se agitaram. Ao longe, uivos de vários tons preencheram o ar, alguns raivosos, outros doloridos, quase tristes. Heitor se abaixou, sacudindo a cabeça, os pelos se eriçando.

A cena — e talvez aquela fosse a prova do quão estranha Selene realmente era — a marcou mais do que toda a carnificina da noite. Todo mundo esperava que um monstro fosse agir como um monstro, que um predador fosse matar e comer a presa. Não estava preparada para assistir à transformação contrária, testemunhar o lobo voltando para dentro do corpo frágil de um homem.

Pareceu doloroso, pareceu outro tipo de luta. Os pelos encolhendo como se repuxados sob a pele das costas contraídas, as orelhas se deformando antes de diminuírem, o som dos ossos se reencaixando, os ganidos aos poucos se transformando em gemidos doloridos.

Ela não tinha imaginado que doesse.

Com as mãos cobrindo a boca, se obrigando a ficar em silêncio para não o perturbar ainda mais, Selene ruminou a própria empatia. Apenas poderes sobrenaturais seriam capazes de fazer criaturas gigantes caberem em corpos humanos; apenas as feras mais fortes seriam capazes de suportar aquilo por várias noites, por todos os meses de suas vidas.

Depois de vários minutos, Heitor caiu de joelhos na frente dela, arfando. Os mesmos contornos nus que ela já tinha visto e desenhado tantas vezes antes e, no entanto, um corpo completamente diferente, com os músculos se contraindo como se algo ainda quisesse sair, como se ainda houvesse luta. Sem os pelos, ela conseguiu ver o ponto no ombro onde o havia acertado com o tiro. A pele pulsava e se retesava ao redor da ferida perfeitamente redonda. Ele girou o ombro, rosnando baixinho, até que a bala brotou de dentro da carne e caiu no chão. O buraco se fechou, deixando apenas algumas marcas de sangue para trás.

Sangue também manchava as mãos e a boca de Heitor de um tom vermelho-escuro, e pedaços de lama se grudavam ao cabelo e à barba por fazer; terra e um líquido escuro e viscoso quase cobriam a tatuagem de eclipse que ele tinha na coxa. Nu e grotesco. Como se Selene precisasse do lembrete do alimento que ele havia compartilhado com os outros apenas horas atrás. Corações humanos eram iguarias para lobisomens, todos sabiam.

— Você… precisa de alguma coisa? — sussurrou Selene.

— Não se aproxime — respondeu ele, cortante, a voz mais grossa e grave do que estava acostumada a ouvir. — Eu ainda sou perigoso.

Ele inspirou fundo, de olhos fechados, e tentou se levantar. Caiu de joelhos de novo e, antes que se desse conta, Selene se colocou em movimento, deixando o abrigo do mata-cão para tentar ampará-lo, oferecer algum consolo, qualquer coisa.

Foi surpreendida por um rosnado, por duas mãos com as unhas em garras segurando seus punhos e puxando-a para mais perto, e por um par de olhos ainda muito lupinos a encarando. Uma fúria latente emanava dele e Heitor tremia ao apertá-la, o toque pegajoso de lama e sangue. Estavam tão próximos que o hálito com cheiro de sangue a envolveu num bafo quente, a sujeira grudada na pele dele manchou sua roupa. Um outro ponto, rígido e comprido, também provocava as dobras de seu vestido, aumentando o turbilhão de sentimentos que a longa noite havia causado.

— O que você veio fazer aqui? — As palavras saíram bruscas.

— Eu... Eu...

A voz de Selene sumiu na garganta, distraída pelo olhar animalesco dele. Quanto mais o fitava, mais emoções percebia girando ali. Fúria, fome, desejo, medo. Havia um pequeno consolo em perceber que não era a única confusa.

— Eu vim ajudar.

O olhar dele endureceu. O peito subia e descia em respirações controladas, as mãos que ainda a seguravam tremendo cada vez mais.

— Você não deveria ter vindo, não deveria ter *visto*. Essa luta não era para você, Selene.

Selene. Nada de linda. Apenas seu nome, dito seco numa voz rouca e contida.

Foi a vez de ela ficar com raiva, porque, depois de toda aquela noite insuportavelmente longa e de tudo que havia testemunhado, rejeição era a última coisa que esperava. Selene se sacudiu até conseguir se desvencilhar dele. Apesar de tudo, ainda não conseguia encontrar nenhum pingo de medo em si, então se apegou ao sentimento viscoso e borbulhante na boca do estômago.

— Não se preocupe. Não vou vir, da próxima vez.

A expressão dele vacilou por um instante, um momento fugaz em que Selene quis abraçá-lo de novo, logo antes de Edgar aparecer, se apoiando no batente, com um braço ao redor dos ombros de Diana.

— Parece que todos sobrevivemos a essa noite adorável — disse ela, sorrindo. — Prontos para a próxima?

ANTES

Selene o puxou de volta para mais um beijo, como se tivessem todo o tempo do mundo, como se não estivessem na biblioteca no último andar do Clube das Boas Damas, onde alguém poderia ir procurá-la a qualquer momento. Os últimos encontros haviam sido todos arriscados, em grande parte porque ela simplesmente não conseguia mais esperar tanto tempo para encontrar as condições e lugares ideais para encontrá-lo de forma segura.

Despedir-se estava ficando mais difícil, na mesma medida em que fingir interesse por aquela vida de cenário de papelão que levava vinha se tornando insuportável.

Heitor a pressionou contra a estante de livros, mas ela mal sentiu a superfície rígida, distraída demais pelo calor único do corpo dele. O beijo foi devorador, como se fosse o primeiro da tarde.

Ele também parecia estar mudando. Mais aberto. Menos profissional.

— Quando? — perguntou Heitor, descendo beijos para seu pescoço.

O sensato seria na semana seguinte. Não apenas por discrição, como também porque manter os encontros tão próximos e regulares estava comendo boa parte das finanças que ela geralmente guardava para a futura galeria.

— Amanhã? Mesmo horário?

Heitor parou de repente e suspirou, deixando a testa cair no ombro dela.

— Não posso.

— Ah.

Ela não precisava perguntar. Quando a negativa vinha sem uma explicação, era porque já havia outra cliente agendada. Há semanas a naturalidade em torno daquele assunto havia sumido, há semanas ele não compartilhava casos engraçados de outros clientes, e há semanas ela não reclamava de pretendentes. Selene sentia como se vivessem fingindo, fazendo de conta que a relação continuava restrita a favores sexuais em troca de dinheiro, ao mesmo tempo que, ainda que por poucos minutos, não houvesse nada nem ninguém fora daquele abraço. Se fechasse os olhos, quase conseguia acreditar naquele teatro, no quadro bonito que pintava para si mesma onde havia apenas os dois em mil cenários diferentes.

— Quanto seria... a exclusividade? — perguntou ela, sem pensar, e também sem sequer imaginar qual seria a reação dele.

Contudo, de todas as respostas imagináveis, não tinha esperado que Heitor fosse parecer tão assustado.

Ele se afastou, os olhos arregalados.

— Quanto seria para ter você só para mim?

— Linda...

O coração de Selene se apertou com a cena, com o ar de cachorro perdido. Ele se tornava cada dia mais lindo, mais familiar, mais dela. Só que não pertencia a ela, e a ideia de que ele sairia dali para os braços e o bolso de outra pessoa rasgava alguma coisa dentro do seu peito

Então, a postura dele mudou. Heitor virou a cabeça na direção da porta, farejou o ar

— Tem alguém vindo? — perguntou ela, mais chateada pela interrupção do que preocupada em ser pega. Tinha trancado a biblioteca antes de entrar.

Heitor confirmou com a cabeça, então se aproximou para abraçá-la de novo. Em vez de pressionar Selene contra a estante, a trouxe para se apoiar contra o seu corpo, mais carinhoso e mais cuidadoso do que antes.

Ele sorriu e acariciou a bochecha dela com o polegar.

— Linda... O que, exatamente, você tá propondo? Por que quer pagar por exclusividade? Eu não quero mais clientes, atendo porque preciso ajudar em casa, e a matilha anda numa fase muito complicada. Se eu pudesse, teria só você, mas não parece certo que isso seja um negócio. Então, me diz: o que você quer de mim de verdade?

— Eu quero... você. Não é suficiente?

Selene suspirou. A verdade era que não tinha palavras para dizer o que queria, apenas o que não queria. Se soubesse falar tão bem quanto desenhava, talvez fosse mais fácil. Se fosse capaz de encontrar uma forma de fazê-lo ouvir tudo que ela não conseguia expressar... *Por que é tão difícil?* A garganta apertou com a falta de jeito, com aquela necessidade de ser transparente lutando contra uma vida inteira treinada para ser impecavelmente indecifrável, uma porcelana perfeita e imaculada. Desejou ser capaz de quebrar aquela armadura, deixar Heitor ver o que havia dentro, talvez encontrar alguma coisa verdadeira entre os cacos.

A maçaneta da biblioteca girou e, em seguida, vieram batidas na porta e uma senhora perguntando se tinha alguém ali dentro. Fosse pelo cheiro ou por algo estampado em sua expressão, Heitor pareceu entender sua frustração e a acariciou de novo.

— Não fica assim, linda. Depois de amanhã conversamos com calma. Você não vai se livrar de mim tão fácil. Agora, me dá um sorriso pra eu ter uma última cena bonita de hoje pra carregar até nosso próximo encontro.

Apesar de tudo, ela sorriu para ele.

— Eu devia esconder suas roupas, pra você não ter como ir embora.

— E você acha que eu não teria coragem de sair daqui pelado?

— É claro que não teria, em plena Praça XIV!

Soube pelo sorriso dele que tinha dito a coisa errada. Heitor deixou um beijinho rápido nos lábios de Selene e a soltou, andando para trás com toda a ginga de malandro sedutor que ele incorporava tão bem. Quando chegou à janela, piscou um olho e pulou.

Tentando segurar o riso nervoso, pois a pessoa na porta continuava tentando entrar, ela se apressou a juntar todas as roupas dele e o envelope com o dinheiro do pagamento, e jogou tudo para fora da janela. Lá embaixo, nem um pouco incomodado de estar nu num beco muito bem iluminado, Heitor começou a se vestir — ou a dar um show, ou os dois.

Permitindo-se distrair pelo espetáculo, Selene ficou na janela, também se vestindo devagar. Era mais fácil entrar naquela brincadeira do que pensar sobre o que tinha pedido e o que tinha considerado apenas minutos atrás.

Então, uma mulher entrou no beco e olhou para cima. Selene fechou as cortinas correndo, incapaz de se convencer de que não tinha sido vista por Diana de Coeur, uma das piores pessoas em toda Averrio que poderia ter flagrado a cena.

Heitor não se permitiu sentir o desespero ao ir atrás dela na universidade, dias depois, na hora em que sabia que Selene estaria saindo de uma aula. Ela o vinha ignorando desde que Diana de Coeur começara a chantageá-la.

A vida na matilha estava virando de cabeça para baixo. O casamento de conveniência entre Diana e Edgar trazia tanto a promessa de torná-los os lobisomens mais ricos de Averrio quanto a possibilidade de acabarem todos mortos. Ele tinha muitas preocupações mais palpáveis no momento. Mesmo assim, cruzou a cidade e fez uso das fadas mensageiras para se certificar de que Selene não conseguiria fugir de uma conversa com ele. Precisava fazê-la entender. Ele não a havia vendido, jamais faria isso. Se sentisse que tinha qualquer poder ou vantagem real sobre Selene, a teria roubado para si muito antes que qualquer pessoa pudesse se colocar entre eles.

A Faculdade de Belas Artes ocupava um quarteirão do centro da cidade, em frente à Biblioteca de Averrio, fazendo esquina com o Teatro da Cidade. As ruelas e marquises partindo daquela quina formavam o mapa dos encontros que compunham a história dos dois. Tudo aquilo era o que poderia chamar de território de Selene, os pontos que já haviam testemunhado toques roubados e beijos escondidos, um ou outro beco havia até mesmo servido de palco para o crime de atentado ao pudor. Enquanto entrava discretamente no prédio, se fazendo de mais um aluno, tentou se tranquilizar com aquelas lembranças, mas o lobo o instigava a seguir em frente como se uma presa estivesse prestes a escapar.

O Lacarez mais fraco, o lobisomem de companhia, o cachorrinho com medo de perder a dona.

Parou próximo à janela quando alcançou o andar certo, bem a tempo de ver a turma colorida e espalhafatosa saindo da sala. Sempre o aquecia ver como as turmas dela eram as mais diversas, com humanos e monstros rindo juntos, comentando a respeito dela. Talvez as coisas não estivessem tão ruins, se Selene continuava inspirando a animação de sempre.

Assim que todos saíram, ele se encaminhou para a porta, dando de cara com ela, também de saída. A resposta terrível para todas os tormentos dos últimos dois dias o atingiu de imediato quando seus olhares se cruzaram.

Ele havia se acostumado a ser recebido com curiosidade e expectativa, nos primeiros encontros; malícia, tesão e até alívio, felicidade. Cada emoção com um cheiro próprio entrelaçado ao perfume dela. Foi a primeira vez que Selene o recebeu com medo. E raiva.

Com olhos arregalados, ela o puxou para dentro e fechou a porta da sala. Cavaletes cheios de telas inacabadas estavam espalhados em círculo ao redor de uma mesa com uma miniatura de um casal de faunos tocando flautas. O cheiro da mistura de tinta, solvente, linho e madeira invadiu suas narinas e o fez se coçar por um charuto, mas não quis correr o risco de mascarar qualquer pista que pudesse ter do cheiro dela.

— Oi, linda.

— Você ficou louco, vindo aqui?

— Eu já vim aqui outras vezes.

— Quando eu disse que podia!

Era uma mentira que ele não se deu ao trabalho de apontar. Observou com atenção os pequenos detalhes; ela não parecia nem um pouco afetada, com as roupas impecáveis como sempre, o cabelo régio firmemente preso, a maquiagem irretocável, a não ser pelo pequeno borrão de tinta vermelha no queixo, resultado da mania que Selene tinha de apoiar o pincel ou o lápis sob a boca quando parava para pensar.

O cheiro, no entanto, denunciava uma carne enfraquecida pelo medo, pelo estresse e por pouca alimentação. O lobo concluiu satisfeito que ela seria uma presa fácil de abater, embora nenhuma das duas peles tivesse certeza do que "abater" consistiria naquele cenário.

Com um suspiro, Selene ergueu o queixo, passando a encará-lo com um olhar duro.

— Quanto ela te pagou pela nossa história?

— Nada.

— Não ouse mentir!

— Não é mentira. Ela nos descobriu sozinha.

— E agora aparece magicamente noiva do seu irmão? E com vocês todos usando ternos novos e bonitos? É um pouco coincidência demais para eu acreditar que você não deu a ela a informação, que não deu a ela o poder de me chantagear. Você não entende? Ela está me obrigando a ser madrinha desse casamento escandaloso, ou vai causar um escândalo maior ainda divulgando que eu contrato os serviços sexuais de um lobisomem. Isso pode arruinar não só a mim, mas toda a minha família!

Heitor sentiu o ar abandoná-lo por um momento, como se tivesse tomado um soco no peito. O tom usado para descrever o que havia entre eles, por mais que fosse uma definição precisa, não evocava nada das emoções compartilhadas nos últimos encontros. Muito menos da proposta feita na biblioteca, antes de tudo desabar.

Ele pegou o isqueiro e brincou de o abrir e fechar, deixou o lobo se acalmar internamente.

— Diana nos descobriu naquele dia no clube, eu não sei como. Não sei como ela sabe de metade das coisas que sabe, para falar a verdade... Mas ela é filha de uma bruxa, com certeza tem os meios mágicos dela. E, antes de chantagear você, ela me ameaçou. Naquele mesmo dia.

— Como é?

— Ela disse que contaria pra todo mundo onde eu estava e com quem, que colocaria a polícia na minha cola, se eu não desse um jeito de levar meu irmão até ela. E eu não podia ignorar a ameaça de uma bruxa maluca, filha do maior caçador da história de Averrio. Além disso, se eu não tivesse feito o que ela mandou, você nem teria tido chance de manter o segredo.

Selene forçou uma risada.

— Não finja que fez isso por mim! Se ela te ameaçou, por que você não me contou antes?

— Eu tentei, mas você nem quis conversar comigo, praticamente me enxotou.

— Claro. Num dia, você me recusa exclusividade, dando a entender que não poderia aceitar o meu dinheiro assim, e, no outro, aparece no bolso de outra mulher!

— Diana não é minha... — Ele conteve um rosnado frustrado.

— Mas você está no bolso dela. Você escolheu seu lado nessa história, e não é o meu. Nunca quis ficar comigo de verdade.

— E você quis? Queria me pagar para não atender mais ninguém, mas a proposta não incluía ser vista com um cão vagabundo em público, incluía? Eu seria seu segredinho sujo.

Ela apertou os lábios, recuando diante do tom dele, mas não negou. Em vez disso, endireitou a postura e cutucou o peito dele, um toque tão suave com a força de uma loba acuada.

— Você sabe o que significaria para mim assumir uma relação pública. Eu perderia tudo, tudo pelo que venho trabalhando pacientemente em segredo. Perderia o prestígio da minha família, e o nome Veronis talvez fosse arruinado. Eu perderia até mesmo a influência que a *sua* família tanto quer de mim. Ser madrinha do casamento escandaloso do seu irmão, fingir amizade com uma bruxa bastarda... Tudo isso já está tendo um custo, e meus pais já estão incomodados, questionando de onde isso surgiu!

— E a madame não pode abrir mão de nada, não é?

— Eu abriria!

Duas palavras sussurradas, gritando algo que ele não esperava. Uma expressão surpresa dominou as feições de Selene por alguns momentos, como se ela tivesse surpreendido a si mesma. O cheiro salgado das lágrimas se acumulando nos olhos dela se infiltrou no odor da raiva, contrastando com a postura cada vez mais rígida e a voz firme. Selene se recompôs tanto quanto pôde, segurando a própria fera. Por um momento, Heitor odiou o controle dela. Queria vê-la em seu estado mais cru, conhecer todas aquelas emoções através de muito mais do que o cheiro, devorar seus sentimentos para alimentar o monstro.

— Eu abriria — repetiu ela, dando um passo à frente, forçando-o a recuar. — E você? Abriria mão de todas as suas clientes e do que isso significaria para sua família? Seria capaz de sair daqui agora mesmo, me beijar em praça pública e arruinar os planos de Diana e dos seus irmãos? Eles são tudo para você, não são? E eu não sou nada.

Heitor trincou os dentes, guardando tanto a resposta quanto a fúria do lobo sendo descontada em seus órgãos. Mesmo que achasse que Selene merecia ser roubada de seu castelo para viver na sarjeta com ele, não poderia colocá-la no meio da guerra que estava prestes a estourar. Ela se arrependeria em pouco tempo, e ele também.

— Então, foda-se você! Coitadinho do lobisomem vira-lata... A bruxa má apareceu e fez umas ameaças e você ficou com medo? Bom, experimente ser uma humana fraca e dependente dessa coisa tão frágil chamada reputação! Experimente não ser uma fera! Você foi ameaçado e ganhou ternos novos, sua família está prestes a subir de vida. Eu estou sendo ameaçada e não ganhei nada em troca! Bom, não é verdade, ganhei um pouco de clareza. Pode se justificar o quanto quiser, mas, se você está se beneficiando, se está junto dela, então está me chantageando também! E pensar que eu quase acreditei naquela história... na carinha de cachorro abandonado... de não querer mais clientes... Você acha que eu tenho cara de idiota?

— Acho que você tem cara da mulher mais linda do mundo, e acho que eu devo ser o idiota nessa história toda, de ter imaginado que você ia entender...

— Que você me usou?

— Até outro dia, você me pagava por sexo. Quem usou quem, linda?

Ela respondeu com um tapa. O rosto dele mal se moveu. Heitor fechou o isqueiro e o apertou com força, a mesma força empregada pelo lobo para dilacerar seus órgãos internos. Mais do que nunca, não podia deixar a fera transparecer.

— Você não vai me acusar de tratar o seu serviço pelo que é, seu cachorro abusado. Não quando você estabeleceu regras claras desde o início e me deixou quebrá-las, me viu entregar meu coração aos pouquinhos, me deu espaço para ansiar por mais. Ilusão vende bem, não é?

— Ilusão vende bem. A vida na sarjeta, não. Você não faz ideia de tudo que está por trás do casamento de Edgar e Diana, não sabe...

Não sabe do risco que seria estar comigo, completou num rosnar interno.

— É perigoso! Eu quero te proteger!

— Nem tenho como saber, se você não me conta! Não me contou sobre Diana, não me deixa ver a pele de lobo, nem nada que remeta à sua vida! A verdade é que você quer proteger a si mesmo. Fica se escondendo atrás do seu charme e não me deixa chegar perto nunca. Eu compartilhei tudo o que podia com você, e foi isso que ganhei em troca.

— Não é tão simples, linda.

— Não me chame assim. Já chega. Acabou. Vou cumprir meu papel nessa história toda. Serei uma madrinha e uma anfitriã perfeita. E pode ficar tranquilo, porque dessa vez vou prestar muita atenção nas regras do jogo dos vira-latas. Agora, vá embora daqui, porque a minha parte no plano depende de eu não ser vista em situações comprometedoras com cães vagabundos.

Heitor não se lembrava de homem e lobo jamais terem entrado em tamanha contradição. O orgulho e a razão de um diziam que era melhor assim, que era o certo. Não seria capaz de protegê-la, nem de continuar sendo apenas um parceiro sexual secreto. A fome e a ferocidade do outro insistiam que a hora de atacar era exatamente aquela, enquanto Selene lhe dizia uma coisa com palavras, mas implorava por outra com o cheiro. Devia avançar e tomar a fêmea, escondê-la nos cantos escuros do território da matilha e mostrar um pouco da vida que ela tanto queria conhecer.

Garras e dentes se fincaram nos pulmões de Heitor e o lobo lambeu cada mínima partícula raivosa e apavorada e magoada daquele aroma de flor de tangerina. O monstro não precisava de palavras bonitas quando a verdade estava bem ali. O cheiro não mentia.

Não é isso que ela quer, disse a si mesmo e à criatura insaciável. As humanas eram capazes de imaginar todo tipo de romance bonito com monstros, tudo, menos a realidade. Mesmo que não estivessem entrando em guerra, ainda haveria o perigo de todo mês, o perigo de ter duas peles e de desejá-la de uma forma que talvez fizesse o lobo ir longe demais. E, além de tudo, havia a matilha.

Era a primeira vez em décadas que viam uma chance de ter uma vida melhor, uma oportunidade para driblar o destino. Um vira-lata que se prezasse não poderia ignorar a oferta, e um caçula protegido como ele não poderia colocar os próprios desejos em primeiro lugar depois de uma vida inteira assistindo os irmãos fazendo de tudo para mantê-lo vivo. Nem toda batalha se lutava com violência, e nem todo sacrifício exigia sangue.

Heitor se recompôs também. Fez o que deveria ter feito desde o começo; acendeu um charuto e colocou uma cortina de fumaça entre eles. Selene permaneceu firme. Lágrimas ainda ameaçavam cair no canto dos olhos — o único indício de que ainda havia qualquer esperança.

— Nos vemos no casamento, linda.

— Espero que aprenda alguns modos até lá.

— Tenho certeza de que sou capaz de encontrar uma madame disposta a me ensinar regras de etiqueta.

As palavras cruéis foram desnecessárias, um jeito de feri-la para ferir a si mesmo, para conseguir arrastar o lobo dali. Selene engoliu em seco, mas ergueu um ombro e o baixou, uma fortaleza de desdém. Alguém com menos olfato talvez até acreditasse.

Só quando Heitor deixou a sala e se permitiu recostar na porta que fechou atrás de si foi que farejou as lágrimas caindo, que ouviu o choro suave de uma dama perfeita se esfarelando.

17

VISITAS

Heitor se encontrava acabado naquela manhã, largado num banquinho e jogado contra as cordas do ringue de treinamento. O velho galpão parecia enorme quando não estava cheio. Lá de fora vinham os ruídos dos rapazes da matilha desfazendo as diversas armadilhas que tinham espalhado por todo o território Lacarez sob as orientações rosnadas por Raul.

Já era o quarto dia da semana e a Lua começava a perder a força. Os lobos mais fracos não se transformavam mais, e os mais fortes já perdiam um pouco do ímpeto. Tinha sido uma lunação especialmente sangrenta; o ataque na mansão na primeira noite fora seguido por mais um na destilaria, na segunda. Os três irmãos estavam sentados ao redor de um amontoado de cinzas de tabaco.

Heitor amassou o charuto na mão, frustrado.

— Ela tá me ignorando — confessou de repente, esperando um pouco de simpatia.

Edgar e Guido não foram de grande ajuda ao revirar os olhos e rirem.

— Você tentou se encontrar pessoalmente com ela ou ficou se escondendo atrás da linha telefônica, que nem um covarde? — perguntou Edgar.

— Achei que se eu aparecesse com essa cara de cachorro aluado, não ia ajudar muito. Ela ficou muito chateada com o que eu disse.

Edgar balançou a cabeça.

— Mas você não disse nada demais, só falou a verdade. Foi muito perigoso. — Guido puxou um cantil do bolso do paletó largado aos pés do banquinho em que estava sentado. O cheiro de água, em vez de cachaça, foi uma mudança bem-vinda, ainda que pequena, naquela semana horrível. — E eu acho que você não tem que ficar se humilhando por causa de rabo de saia.

— Ignora o que ele disse. Você fez merda e agora vai ter que se humilhar — corrigiu Edgar.

Heitor grunhiu e esfregou o rosto. Tinha problemas mais sérios a resolver, mas nada parecia tão urgente quanto Selene estar magoada.

— Puta merda, Ed. — Guido bateu no próprio joelho. — Você quer que ele faça o quê? Peça desculpas educadamente e entregue uma flor, como se fosse lobo de alcateia?

— Ela sempre pediu para ver, mas elas sempre pedem. Como eu ia saber que... eu nunca pensei que ela se arriscaria. Por mim.

— E tu alguma vez chegou a se declarar pra ela? Recusar o dinheiro? De verdade, antes de a merda estourar? — Edgar apontou o charuto para ele. — A verdade é que vocês dois jogaram o mesmo jogo até o fim, se escondendo e esperando o outro se sacrificar primeiro. Mas não importa o que tenha acontecido entre vocês no passado, como vocês terminaram... No presente, ela se arriscou em plena lua cheia e você cagou pra isso porque ficou assustado demais com essa demonstração de coragem. Ela tá sentindo que não vale nada pra você, então tu vai ter que ficar de joelhos pra provar que não é assim.

Heitor olhou de um para outro. Guido, desgrenhado, mais sóbrio e mais frustrado do que em muitos anos. Edgar com o charuto na boca, mais tranquilo e parecendo quase achar graça. O irmão do meio ergueu uma sobrancelha.

— Quem aqui é casado com uma humana?

Era um bom argumento, ainda que demonstrasse quão fodido ele estava. Relacionamentos sérios nunca tinham estado em seus planos, mas não havia outra forma de se relacionar com damas bem-nascidas, havia? Imaginou-a ao lado de Ciro de Minet e as garras cresceram um pouco.

— Ficar de joelhos? — perguntou Heitor.

Edgar soprou a fumaça.

— Tenho certeza de que você já fez isso antes. A única diferença é que agora não vai receber por isso. Não em dinheiro. Agora...

Um uivo distante interrompeu Edgar. Um visitante estava chegando ao território.

Não demorou muito e os rapazes entraram, acompanhados de três humanos.

— Eu nem bebi hoje. O velho tá mesmo usando uma camisa estampada de abacaxis? — murmurou Guido.

Heitor suspirou e se colocou de pé, tentando ficar o mais bem apresentado possível para impor alguma medida de respeito. Dispensou os rapazes com um aceno e sorriu para Escafurinha.

— Bem-vindo ao bairro da destilaria. Veio pegar aquela caixa de Afiada que eu prometi?

Escafurinha soprou a fumaça do cigarro que trazia na boca, ainda segurando a bituca entre os lábios. Ele olhou em volta, sem parecer muito impressionado.

— E não é que vocês sobreviveram?

— Matar vira-lata é mais difícil que matar cachorro de raça — disse Guido.

Ele e Edgar flanquearam Heitor, enormes e ameaçadores como sempre. O velho ergueu as sobrancelhas e riu.

— E quem são esses? Seus capangas?

— Guido e Edgar — respondeu Heitor, tentando não se sentir como o caçula que era.

— Então também é verdade que agora a família tá completa de novo... Essa cidade vai pegar fogo. — Escafurinha cuspiu a bituca e logo pegou outro cigarro, que foi aceso por um dos seguranças grandalhões que trouxera. — Mas vou dizer que fico feliz que vocês tenham escapado da emboscada.

— Obrigado pelo aviso, inclusive.

— *Tsc*, isso não fui eu. A minha Pombinha vai com a sua cara, e acho que também começou a ir com a cara daquela mocinha bonita que Ciro prendeu na gaiola. Não importa. Fico feliz de ver essa cara sarnenta de vocês, porque... eu consegui. Deu muito trabalho e gastei muito dinheiro subornando capangas, e Pombinha arriscou a vida de várias das mocinhas dela embebedando homens leais a Ciro... mas descobrimos. Agora, me sirvam uma dose dessa tal de Afiada aí e eu conto onde vai ser o sorteio de carnaval, e de onde vocês vão ter que roubar a dinheirama sem ninguém ver. Vou dar uma dica: vocês estão fodidos.

Uma dama sorria através de todas as tempestades, e acenava, se fosse preciso. Selene então amansou os sentimentos tumultuosos que a perseguiam desde a primeira noite de lua cheia e continuou trabalhando. Sorriu para o comitê de gestão do clube enquanto selecionavam as candidaturas aceitas, sorriu para a modista enquanto modelava para a primeira prova do vestido de noiva sob o olhar crítico de Mirna e de Leda, sorriu para Ciro durante o almoço com os sócios de seus negócios legalizados, e sorriu enquanto oferecia um tour dos barracões onde estavam sendo montados os carros alegóricos para uma comitiva da prefeitura e alguns patrocinadores do desfile.

Sorriu para o pai e para o noivo andando lado a lado, aparecendo juntos em todas as fotos possíveis diante de jornalistas coincidentemente bem-informados sobre a agenda do prefeito de Averrio e seu mais novo benfeitor da campanha para a reeleição.

Quando alcançaram o carro alegórico patrocinado pela família De Minet, Ciro posou orgulhoso para fotos e cedeu entrevistas. Selene observou de longe, contente em ser apenas a coadjuvante daquele espetáculo. Lembrando-se do que Diana dissera sobre as origens da família dele, achou a cena ainda mais ridícula. Um grande e poderoso homem metido a caçador demonstrando a grandiosidade e o poderio de seu clã através de um carro alegórico homenageando as navegações que haviam trazido as primeiras missões de caça para Vera Cruz.

— Você está bem, querida?

A pergunta do pai a pegou de surpresa. Matias não era dos homens mais atentos às necessidades de outras pessoas, principalmente quando havia jornalistas presentes. Uma pontada de conforto a lembrou do pai de sua infância, que se lembrava de levar doces escondidos nos bolsos especialmente para ela.

A comitiva da prefeitura e de empresários havia se dispersado, olhando mais de perto os muitos carros sendo finalizados. Ela havia se refugiado entre algumas fantasias dos destaques e não tinha imaginado que seria encontrada justamente pelo pai.

— Você tem andado abatida. — Matias olhou para os lados. — Sua mãe tem sido muito dura com você? Ainda por causa do clube? Se for isso, saiba que você tinha razão ao menos em parte. As estatísticas mostram que a intenção de voto em mim aumentou muito na parte baixa.

— Eu estou... apenas cansada. Com tudo.

Matias limpou o suor da testa com um lencinho e meneou a cabeça como se entendesse perfeitamente.

— Ele... fez alguma coisa com você? — Um movimento de sobrancelhas na direção da sessão de fotos e entrevistas completou o sentido da frase.

Selene conteve um riso amargo. Parecia um pouco tarde para se preocupar com isso.

— Por que a pergunta?

— Nós reparamos que você passou a noite da lua cheia fora de casa e, bom, pensamos que você não seria louca de passar justo a noite mais perigosa do mês onde não pudesse ser protegida, então... pensamos que podia ter passado a noite com Ciro? — Ele se apressou a erguer as mãos ao perceber Selene arregalando os olhos. — Não estamos julgando, veja bem. Qualquer coisa que você esteja fazendo para garantir esse casamento é uma boa ideia, mas... nós vimos também como você não voltou parecendo feliz. Sei que exigimos demais de você, e que muitas vezes não fomos justos na nossa busca por melhorar a vida da família, mas não deixamos de nos preocupar com a nossa filha, sabe?

Selene suspirou, lutando contra uma onda súbita de emoções e a constatação de que, sim, fora louca. Talvez, em qualquer outro momento, se permitisse aceitar aquele pequeno conforto oferecido, contudo, ainda estavam em público, então apenas balançou a cabeça.

— Passei na casa de uma amiga. O marido estava fora e ela não queria passar a primeira lua cheia sozinha em casa. Ficamos acordadas a noite toda.

Era tudo verdade, contada na magia das omissões. Uma dama dominava a arte das omissões.

— Mas, papai, por que acha que Ciro teria feito algo comigo?

— Você sabe, ele não está muito satisfeito com as travessuras que você anda aprontando. Abrindo o clube para damas não humanas, andando pra cima e pra baixo com aquela Diana Lacarez. Ciro fez questão de me alertar para... para que eu controle você... antes que ele o faça.

Foi sutil, apenas uma entonação um pouco mais aguda, e algumas gotas de suor a mais escorrendo pela testa, que Matias tratou de enxugar. Pequenos detalhes que trouxeram uma nova pontada de preocupação.

— Papai, agora eu preciso perguntar: ele fez algo com você?

— Não, não, claro que não. Tivemos apenas uma conversa bastante... esclarecedora.

Se não fosse filha dele, poderia ter sido enganada pela risada seca e o gesto de dispensa com a mão, poderia não ter percebido a rigidez no ombro nem a pontinha de algo que parecia uma atadura despontando brevemente por baixo da manga do paletó. Os políticos também dominavam a arte das omissões.

Selene inspirou fundo. Estava ficando cada vez mais difícil segurar tudo. O medo, a raiva, a vontade de tomar providências com as próprias mãos. Por acaso, ainda tinha a arma que ganhara de Heitor na bolsinha, e tinha descoberto recentemente que era capaz de atirar sem remorso em homens ruins.

Ela limpou a garganta e continuou com o assunto, como se não estivesse considerando um assassinato.

— Pensei que as minhas travessuras estivessem sendo boas para a intenção de votos.

— Sim, e acredito que só por isso ele não levou o assunto diretamente a você. Preferiu... tratar comigo, de homem para homem, entende?

Ou ele pensou que seria mais efetivo te usar para me assustar.

— Entendo. — Então Selene baixou mais a voz. — Infelizmente, nesse caso, ele precisará se contentar com a situação como é. Ciro sabe muito bem que a maior fábrica de armas de Vera Cruz é de posse de monstros talvez ainda mais perigosos do que os De Minet. E a política dos Veronis sempre foi de se manter no meio.

— Sim, sim, querida... Claro... Em teoria, você está certa. Mas, dessa vez, temo que os laços de um casamento nos puxam muito mais para o lado dos De Minet do que sua amizade inusitada com Diana Lacarez. Inusitada para dizer o mínimo.

Franzindo a testa para a fantasia de navegador que os mantinha parcialmente escondidos, Selene tocou os paetês e lantejoulas das vestes e fingiu estar intrigada com o trabalho para adiar a resposta.

Antes fosse apenas aquela coisa desengonçada e amorfa que tinha com Diana que a ligasse aos Lacarez. Não fora por Diana que ela tinha corrido até a mansão dos lobisomens em plena lua cheia, e também não fora por ela que havia pegado em armas e atirado em pessoas pela primeira vez na vida. Enquanto o dedo passava de um paetê a outro, Selene procurou remorso e arrependimento pelo que havia feito. Encontrou apenas sentimentos mais complicados. Raiva e mágoa de Heitor, e também saudade e anseio para o ver de novo, como se ele próprio não a tivesse expulsado.

A pele de lobo estava permanentemente entalhada em sua mente, como o caderninho de desenho guardado na bolsa poderia atestar. O que antes pensava ser apenas curiosidade natural havia se provado muito mais. Não tinha se dado conta do tamanho real da vontade de conhecer aquela verdade sobre ele até tê-lo visto, nem do quanto se ressentia da recusa de Heitor de se revelar a ela.

— Selene... o que me importa mesmo, neste momento, é que você não assuma riscos desnecessários. Tudo bem? Vamos sobreviver a isso tudo se, pelo menos por agora, fizermos tudo que ele quer — sussurrou Matias.

A fala veio acompanhada de um toque suave no braço dela, um gesto que Selene não estava esperando e que trouxe ecos dos carinhos de antigamente. Ainda que exausta, ela se sentiu um pouquinho mais forte com a demonstração.

— Eu disse que faria o que fosse preciso, e farei. Você sabe que cumpro com as minhas responsabilidades, papai.

— Excelente, excelente! Sei que, ao final da semana, o Clube das Boas Damas vai receber as novas associadas. Vamos aproveitar esse evento para capitalizar tudo que pudermos com as famílias ricas de não humanos, e depois você vai... se recolher um pouco, tudo bem? Vamos dizer que está muito atarefada com os preparativos para o carnaval e...

— Eu *estou* muito atarefada com o carnaval.

— Esse é o espírito! E, com o tempo, vamos delicadamente afastar sua imagem de polêmicas. Em breve, a festa de casamento também irá ocupar muito do seu tempo, e claro que, quanto mais próximos chegarmos da eleição, no final do ano, mais eventos você terá para participar. Vamos sobreviver a isso, eu prometo.

Respondendo apenas com murmúrios, Selene o deixou falar novas amenidades até estar se sentindo mais tranquilo. Debater o assunto não faria nada a não ser deixar os pais preocupados, e, independentemente de como estivesse se sentindo em relação a Heitor, ainda estava muito empenhada em ajudá-lo a derrubar os De Minet.

Uma vez invocado por seus pensamentos, o lobisomem continuou passeando por eles, se recusando a ficar no fundo da mente como seria apropriado.

Ao longo de toda a visita pelo barracão, lutou contra as memórias da lua cheia e mesmo contra as lembranças dos momentos no galpão. Heitor era uma presença gigantesca nas sombras das alegorias pelas quais passavam, um desejo vagando por entre plumas coloridas. Quando Ciro lhe ofereceu o braço para que continuassem caminhando entre os carros, Selene estremeceu de frustração por não ser o toque que desejava. Abriu o leque para se abanar, tomada por um calor carregado de anseio. Obrigou-se a sorrir e falar sempre que adequado, seguindo o roteiro de uma vida praticada, enquanto a imaginação corria solta. Imagens impossíveis de uma vida que não sabia ao certo se queria e que, mesmo assim, era muito mais sedutora.

— Você está bem, Selene?

A mesma pergunta, dessa vez vinda da boca de um homem que dificilmente se importava de verdade com a resposta. Ela sorriu.

— Apenas cansada.

— Hm. Seu pai se aproveita demais de você. Quando nos casarmos, você não vai trabalhar. Poderá passar o dia numa sala bem iluminada pintando o quanto quiser.

Será uma bela prisão.

— Falando em pinturas. Você não voltou para terminar o quadro da minha mãe. Não era esse o meu presente?

— Ainda temos tempo.

— Estive pensando sobre isso. Acho que devemos adiantar o casamento.

Selene tropeçou nos próprios pés. Ou talvez estivesse mesmo sendo afetada pelo calor. Ela fechou os olhos e se lembrou de uma tarde dias atrás, quando um lobisomem abusado amparou sua queda. A realidade a forçou a se contentar com o toque frio e quase dolorido de um homem segurando seus cotovelos para impedi-la de cair. Mais à frente, viu seu pai se virar com um olhar preocupado para ela enquanto conversava com outro homem.

Era o mais próximo que já estivera dele. Vistos de fora, provavelmente pareciam um casal apaixonado sussurrando em público. O lobisomem imaginário de seus pensamentos rosnou.

— Ciro... — Ela limpou a garganta e olhou em volta discretamente para se certificar de que ninguém mais ouvia a conversa. — Seria um escândalo adiantar o casamento. As pessoas pensariam que eu estou grávida... na melhor das hipóteses.

— Você parece muito afeita a escândalos, ou não se cercaria de tantas companhias questionáveis.

— Acho que você não está entendendo. Há ainda muito o que...

— Não, querida. *Você* não está entendendo. Não estou abrindo a questão para debate. Vamos esperar o carnaval passar e então nos casaremos. Venda para a sociedade uma história bonita de como estamos apaixonados. Não me importa.

— Por que isso agora?

Uma mão dele apertou seu cotovelo com mais força, os dedos afundando de um jeito capaz de deixar marcas. A outra mão subiu até encontrar a curva do pescoço de Selene e se fechar aos poucos e com propósito, completamente despreocupado da imagem que um gesto como aquele poderia passar aos demais presentes. Ela se manteve firme, sabendo que, se recuasse em público, seria muito pior. O olhar dele não tinha nada de cruel, era apenas frio, e, de alguma forma, isso era ainda mais assustador.

— Porque acho que seu pai é um fracote incapaz de controlar a própria filha, e que será melhor para mim tê-la sob vigilância constante. Assim que essa visita acabar, informarei seu pai da decisão. Imagino que você já saiba como sou capaz de convencê-lo de qualquer coisa. Quer que eu tenha outra conversa séria com ele ou estamos entendidos?

Ciente do olhar preocupado do pai os observando de longe, e com a memória fresca do medo dele, ela estava mais do que disposta a manter em si toda a atenção de Ciro. O braço e o pescoço latejavam sob o aperto, o coração pulsava com raiva e medo, e mesmo assim ela sorriu para o noivo.

— Claro. Como achar melhor. E pode deixar que eu mesma contarei essa incrível novidade aos meus pais. Inclusive, mal posso esperar para contar a novidade às minhas *amigas*.

Um lampejo de entendimento atravessou o olhar de Ciro e sua expressão se tornou mais sombria. Ele aumentou a pressão no pescoço, dificultando a respiração dela.

— Não me ameace com armas que você não tem — disse ele entre os dentes. — Abrir as portas do clube para monstros e passear na praça com aquela puta de lobisomens não muda nada para você.

Ela forçou uma risadinha engasgada e bateu com o leque no ombro dele, como se tivesse ouvido uma ótima piada. Uma encenação para os presentes que passavam caminhando. Com delicadeza, conseguiu se desvencilhar das mãos que a mantinham prisioneira.

— Ameaçar? Meu bem, damas não ameaçam ninguém. Eu sou apenas uma pessoa muito querida por muita gente.

E damas sabem que é de péssimo tom não cumprir suas promessas.

Selene não soube dizer como conseguiu chegar ao final da visita ainda composta e de sorriso no rosto. Despediu-se de todos da prefeitura com educação, deixou até um beijo na bochecha de Ciro para as fotos, e, quando todos deixaram o barracão, voltou para dentro e se deixou desabar contra um dos carros alegóricos.

Apoiou a cabeça numa escultura e fechou os olhos, pensando que seria uma ótima hora para que o lobisomem assombrando seus desejos aparecesse e dissesse que ia ficar tudo bem.

— Selene?

O chamado veio tão repentino que, por um momento, não se permitiu acreditar que era verdade.

— Eu vi o carro do maldito virando a esquina quando cheguei. Você está bem?

Finalmente, aquela maldita pergunta feita pela pessoa certa. Ela se permitiu até esquecer que estava chateada com Heitor pela forma como se despediram na lua cheia. Ajudava que ele não parecesse tão bem, mais desgrenhado do que jamais o vira.

Ela se virou e encontrou as mãos fortes e firmes que desejara a tarde toda. O toque nos ombros veio quente e acompanhado de um rosnado, tão ameaçador e tão seguro que Selene relaxou.

— Que marcas são essas no seu pescoço?

— Digamos que Ciro foi muito enfático ao me contar da mais nova decisão dele. O casamento será adiantado para logo depois do carnaval.

Espasmos atravessaram a expressão de Heitor, o olhar de carvão fixo no pescoço dela. Ele tremia, e lá estava, a ferocidade lupina ameaçando transbordar, tão nítida que Selene não apenas conseguia enxergá-la como se pegou ansiando para que o monstro desse as caras.

O som de passos e conversas de trabalhadores do carnaval os interrompeu, então ela se obrigou a se afastar e sinalizou para que fossem até um local mais recluso. Heitor franziu a testa, abriu e fechou as mãos e, por fim, as colocou no bolso enquanto a seguia.

Assim que se abrigaram atrás de um dos carros mais ao fundo, Heitor começou a falar antes que ela tivesse a chance.

— Me desculpe pela grosseria do outro dia. Eu queria poder dizer que foi a selvageria do lobo falando, mas seria mentira. Eu ainda estava um pouco bravo pelo dia no galpão... e também apavorado pela possibilidade de você não ter sobrevivido ao ataque à mansão Apavorado que você talvez não tivesse sobrevivido a mim.

— Heitor...

— Por favor, me perdoa pelo que eu disse naquele dia. Eu saí de uma transformação em que tinha acabado de estraçalhar sei lá quantos homens pra defender a minha casa e dei de cara com você, tremendo, com uma arma na mão... As histórias entre lobisomens e humanas na matilha Lacarez são mais trágicas do que felizes, e eu não seria capaz de lidar com o fato... Eu não... Eu me recuso a ser uma ameaça para a sua segurança. E não suporto pensar que aquele maldito pode ser uma ameaça ainda maior. Quero arrancar os braços dele só de saber que a feriu.

Ele estava tremendo inteiro agora. No rosto, os pelos da sobrancelha aumentavam de tamanho, e Selene suspeitava que o mesmo acontecia no dorso das mãos escondidas nos bolsos. O entre-estado, diante dela, como sempre tinha desejado testemunhar... mas, mesmo com todo aquele discurso, Heitor não queria que ela o visse.

— Eu ouvi o seu coração batendo ainda na mata, naquela noite. Acho que sempre ouvi, mas conseguia me convencer a ignorar. Agora, não consigo mais. Cada dia que passa é uma agonia maior. E você saiu no meio de uma tempestade para tentar me ajudar, e eu fui um selvagem... Me perdoa.

Selene balançou a cabeça devagar, se obrigando a ficar parada, a não correr até ele para um abraço.

— A verdade é que sou quem precisa pedir desculpas. Por tudo que eu disse, por nunca ter acreditado em você. O que não muda o fato de que você se esconde de mim. No final das contas... nenhum de nós confia muito um no outro, não é? Somos especialistas em escondermos o que trazemos aqui dentro do peito.

Permitindo-se um momento de fraqueza, ela o acariciou na bochecha, sentiu a barba começando a pinicar. Heitor virou o rosto para enfiar o nariz na palma da mão dela e inspirou fundo.

— É muito perigoso. Se um dia eu perder o controle e devorar seu coração...

— Se é assim, jamais poderíamos ficar juntos, então.

— Não. Eu voltaria a tomar a poção para controlar o entre-estado durante o dia e, nas luas cheias, iria para longe.

— Assim eu não quero, e acho que você também não quer. Você passou tanto tempo atendendo a todo tipo de gente que fetichizava a ideia de um monstro que se convenceu de que ninguém jamais poderia querer um por outros motivos. Se convenceu de que eu era como as suas outras clientes, que só queriam um brinquedo com ares de perigoso. Percebo agora a minha culpa nisso tudo. Não te tratei tão bem quanto você merecia. Mas estou tão... farta, de todo e qualquer tipo de performance. Quero algo verdadeiro, e não tem como ser de verdade se eu não tiver acesso a você inteiro.

— Selene...

Ela ergueu a mão, o silenciando.

— Vamos resolver os problemas maiores primeiro, tudo bem? Principalmente com o adiantamento do casamento. Você veio pedir desculpas, e eu aceito, e peço desculpas também. Agora, eu preciso voltar a trabalhar, e você... tem crimes a cometer, suponho?

Com um grunhido, Heitor puxou do bolso o charuto e o isqueiro. Ele andou de um lado para o outro, irrequieto, como um lobo enjaulado. Depois de algumas baforadas, ele parecia pronto a aceitar a trégua.

— Na verdade, eu vim também te avisar. Já temos uma data e um local. Vamos precisar de convites e de máscaras bonitas.

Heitor passou o resto do dia rondando a cidade, as palavras dela ainda ecoando nos ouvidos. Mais tarde, chegou à mansão do Alto raivoso e insatisfeito, o que não melhorou ao dar de cara com Mimi no quarto dele, fuçando em suas gavetas.

— Ah, não, tia. Achei que isso tinha ficado nos meus anos de filhote.

— Pra todos os efeitos, tu ainda é um filhote inconsequente!

Ela puxou uma calcinha de renda branca e o cheiro o agrediu tão instantaneamente que o lobo escapuliu um pouco. Ele rosnou para Mimi e avançou até tomar o pedacinho de pano das garras dela.

— Faz dias que eu tô sentindo esse cheiro em você! Dias que esse cheiro tá mofando aqui em casa... É daquela humana, não é? Aquela que me disseram que não era motivo de preocupação, apesar de estar noiva do nosso atual inimigo.

— E se for?

— Você não tem juízo, moleque?

— Acho que já faz tempo que ficou provado que não.

Ele guardou a calcinha no bolso do paletó e pegou um charuto, tentando limpar o olfato e forçar o lobo para dentro. Mimi o perseguiu pelo quarto enquanto ele ia até o aparador para uma dose de cachaça, e depois até a poltrona, onde Heitor se largou e a observou colocar as mãos na cintura, parecendo tão grande quanto costumava parecer na época em que ele era só um filhote de verdade.

— Eu não acredito que preciso dizer isso para mais um de vocês, mas humanas não se importam com a gente! Ela só quer te usar! Se acostumou a pagar por você e agora acha que pode fazer o que quiser com a sua carcaça.

— E eu estou deixando.

Mimi rosnou, apertando a ponte do nariz.

— Lua, dai-me paciência. Eu não posso estar vendo isso acontecer de novo! Uma princesinha rica chega balançando a saia e vocês esquecem que são cães de rua!

— Deu certo pro Ed.

— Mas quase não deu. Não é porque saímos vencedores daquela história que as perdas deixam de ser significativas. Toda perda pra uma matilha é muito maior do que parece e, na maioria das vezes, os riscos não valem a pena. Principalmente por uma princesa mimada.

— Foi isso que você disse pro meu pai, quando ele apareceu aqui com a princesa Montalves?

Ele encarou Mimi, a desafiando a entrar no assunto. Cada um deles lidava com ela de forma diferente. Guido fugia dos confrontos com a tia até que ela se cansasse de perturbá-lo, mas era também o sobrinho com que Mimi menos discutia — ela não sabia o que fazer com aquele lobisomem com os maiores traumas, grande demais para ser tratado como um garoto e imprevisível demais para ser considerado um adulto responsável. Edgar era o pilar dela e, fosse por uma frieza natural ou porque no fundo tinha um coração mole no que dizia respeito à velha, ele nunca discutia com Mimi. Deixava que ela falasse e falasse, e simplesmente fazia o contrário sem argumentar. Heitor, porém, no auge do privilégio de ser o caçula mimado, não tinha problemas em jogar algumas verdades na cara dela, de vez em quando.

Ele soprou a fumaça para cima e brincou com a chama do isqueiro, aproveitando o silêncio chocado da tia.

— Acho que Edgar e eu puxamos mais ao traste do que a senhora gostaria, no final das contas. E talvez eu não seja muito parcial nessa história, já que literalmente nasci dela, mas... todas as princesas que se sujaram na lama Lacarez até hoje fizeram alguma coisa boa por nós, não foi? Teve sangue, verdade. — Ele meneou a cabeça. — E ficamos mais fortes por isso.

Mimi cruzou os braços.

— Sua mãe era uma loba de verdade. Diana é uma doida de verdade. O que essa sua princesinha é?

Heitor estava acostumado a definir Selene em cheiros, sons e gostos. Sempre bastara que o lobo a conhecesse, mas aceitou o desafio de colocá-la em palavras.

— Corajosa.

— Pff...

— Ela é. Nem toda coragem se demonstra com agressão. A coragem dela é sutil, feito suor na pele, enquanto Selene navega por aquele mundo de aparências em que ela vive. E é também inteligente, diplomática, talentosa, criativa. Linda, como eu não canso de repetir. Ela veio aqui, com todas essas coisas dentro de um corpo humano frágil, com uma pontaria pouco praticada, em plena lua cheia, para tentar nos ajudar, para proteger um território que nem era dela.

Ainda. Não é dela ainda. O lobo rosnou uma aprovação ao pensamento. Com um pouco de sorte, nem demoraria tanto assim.

Mimi ganiu de forma exasperada, jogando as mãos para cima.

— Estou farta de vocês, moleques, se apaixonando e se iludindo. Você acha mesmo que, ao final disso tudo, essa garota vai escolher você?

— Eu acho que isso não importa. Todo mês nós uivamos para a Lua e ela não uiva de volta, e mesmo assim seguimos caçando sob a luz dela.

A tia arregalou os olhos e deixou os ombros caírem, parecendo aceitar a derrota. Heitor havia acabado de colocar Selene no mesmo patamar que a própria Lua... não havia nada mais a ser dito sobre o que ele pensava ou sentia.

18

PASSADO

Selene assistiu à mistura relutante de humanos, lobisomens, nefilins e faunos com uma pontinha de orgulho se agitando no peito. Já era o segundo evento do tipo que organizava naquele mesmo prédio e tinha bons motivos para acreditar que aquele não acabaria em explosões. Certo tipo de poder a que não estava acostumada começava a cercá-la.

Apesar de ser um clube feminino, a recepção para celebrar a aprovação das damas que haviam se candidatado foi aberta até aos parentes masculinos das novas associadas, de modo que uma mistura mais agitada que o usual elevava o burburinho no salão lotado.

Matias e Mirna Veronis pavoneavam-se por toda parte, cumprimentando a todos e angariando todo o destaque que podiam. Os pais haviam assumido a carapuça de família em campanha eleitoral, agindo como se tivessem apoiado a ideia de Selene desde o início, posando para fotografias que certamente iriam parar no *Diário de Averrio* mais tarde.

As boas damas humanas não estavam muito felizes de ver o salão do clube feminino tomado por monstros, aberto para a associação de fêmeas de outras raças e de humanas cujos sobrenomes lhes eram desconhecidos. O momento histórico representava uma mudança no equilíbrio de forças. As famílias antigas perdiam cada vez mais de prestígio, e os sobrenomes até então menos importantes se aliavam aos clãs sobrenaturais de peso e importância — havia novas alianças a serem feitas para qualquer um disposto a colocar preconceitos de lado.

Por isso, Selene circulou pelo salão apresentando pessoas. Puxou Camila pela mão e a introduziu no círculo de conversa com uma mistura interessante de filhas de banqueiros. Deu o braço para Madame Elisa e a emendou numa conversa com um casal de vampiras interessadas no registro histórico de Averrio. A ronda pelo salão a levou até uma mulher com criança no colo, a única nova sócia com quem ainda não havia tido a oportunidade de conversar.

Era uma jovem baixa, muito elegante. Os cabelos loiros com mechas castanhas estavam presos num coque alto, lustroso e longe do alcance das mãos gordinhas do bebê que se remexia em seu colo. Ela encarava o evento com ares de incômodo, isolada das outras damas. Lobisomens em geral não gostavam de se misturar. A presença dela ali era tanto um sinal do prestígio da abertura do clube, quanto um dos primeiros desafios sociais a mediar.

— Sra. Carmen Montalves? — Selene sorriu. — Creio que ainda não fomos formalmente apresentadas. Sou Selene Veronis, e gostaria de dar as boas-vindas ao Clube das Boas Damas. Está tendo uma boa noite até agora?

A mulher a encarou com um olhar predatório e inclinou a cabeça para o lado. A loba da alcateia Montalves parecia estar decidindo como continuar a conversa. Selene insistiu na gentileza, a maior arma de uma dama.

— Seu filho é uma gracinha.

A fêmea ajeitou o bebê no colo e, com um pigarrear, a criança se aquietou de repente, rápido demais para um humano. Então a mulher tocou num pingente de ouro velho no pescoço, uma montanha sob uma lua.

— Sim, sou Carmen Montalves, e esse é meu pequeno príncipe, Eleno. Eu sou a loba da alcateia Montalves.

— Eu sei quem você é. Estou muito feliz que uma alcateia tão nobre tenha decidido nos agraciar com uma candidatura. Infelizmente, poucas lobas se associaram, mas espero que encontre amizades a serem feitas aqui dentro.

— Você *sabe* quem eu sou?

A pergunta parecia carregar muitos outros significados. O nome Montalves era conhecido por suas fábricas de tecido; eram lobisomens das linhagens mais antigas de Vera Cruz. Mesmo que não fosse sua obrigação saber, no entanto, a familiaridade com o nome veio da lista de convidados do casamento de Diana e Edgar. Selene se forçou a se manter tranquila.

— É meu trabalho como presidente do clube conhecer todas as sócias e estender minha amizade a elas.

— Amizades... Sei que a senhorita mantém muitas amizades, realmente.

Carmen ergueu a cabeça e olhou por cima do ombro de Selene. Seguindo aquele olhar, ela viu Diana e Edgar conversando com as cabeças muito próximas.

— Como eu disse, espero que você possa encontrar o mesmo no clube.

— Ah, Carmen não gosta muito de interagir com pessoas de fora da alcateia.

Selene não precisou se virar para reagir à aproximação de Heitor; seu corpo disparou nas reações contraditórias de sempre, o coração acelerando ao mesmo tempo que o alívio de se sentir segura se espalhava. Conteve-se para não suspirar, não se permitir relaxar, e muito menos se inclinar na direção dele.

As narinas da loba se contraíram, talvez se dando conta de todas aquelas confissões sem palavras — durou apenas um instante antes de uma baforada de charuto invadir o espaço entre elas. Foi algo muito mal-educado de se fazer. *Mas lobisomens vira-lata usam o fumo para disfarçar cheiros.* Heitor a estava protegendo, tentando impedir que Carmen farejasse a intimidade entre eles. Selene engoliu o bolo de emoções repentino, pois não era hora disso.

O bebê tossiu e resmungou, e escondeu o rostinho no pescoço da mãe, que por um momento abandonou a pose de civilidade humana e rosnou para Heitor.

— Saia daqui, vira-lata — disse Carmen entre os dentes.

Heitor sorriu, colocou as mãos nos bolsos numa postura relaxada

— E perder essa reunião familiar inesperada? — falou ele, ainda com o charuto na boca, soprando mais fumaça.

Em segundos, homens de terno apareceram atrás de Carmen e um deles parou com as mãos sobre os ombros dela; tinha a cabeça grisalha e o porte orgulhoso inconfundível de um alfa.

— O que está acontecendo aqui? — perguntou o lobo, a voz carregando um ar seco de rosnado contido.

Ele aparentava ter o dobro da idade de Carmen, e tinha o dobro do tamanho também.

— Os animais da sarjeta vieram poluir o ar do clube, apenas isso — respondeu Carmen, apertando o bebê, aos poucos mais calmo. — Srta. Selene, esse é meu marido, Diogo Montalves. E esses são meus enteados, Diego e Rafael.

Dois lobos adultos se aproximaram, ladeando o alfa e Carmen. Em resposta, Heitor se pôs na frente de Selene e tirou uma das mãos do bolso para estendê-la em um cumprimento educado. Ele ainda sorria, porém dessa vez com um recorte quase cruel na mandíbula travada.

— Boa noite, meu avô! Tios. Há quanto tempo...

Ela esperou que algum dos Montalves negasse o parentesco, cuspisse uma dispensa qualquer, mas houve apenas o silêncio carregado de ameaças e olhares de desprezo enquanto Heitor não dava sinais de estar incomodado com a mão ainda estendida no vazio.

O pequeno embate já começava a atrair a atenção do salão; humanos observavam com curiosidade mal disfarçada e não humanos — mais inteligentes e experientes quanto aos sinais — se afastavam não tão discretamente.

Selene então entendeu que restaria a ela dissolver a tensão. Respirando fundo, ela abriu o sorriso Veronis e deu a volta em Heitor até ficar ao lado dele.

— Muito prazer, senhores. Fico feliz de finalmente conhecer uma das alcateias mais nobres de Averrio. Essa abertura do clube é justamente sobre isso, sobre fazer pontes e apertar mãos. Em nome da paz na cidade e da boa convivência na alta sociedade, tenho certeza de que uma tarde de gentileza e cordialidade estreitará boas relações.

Carmen afundou o rosto contra o bebê, fechando os olhos e inspirando fundo. O alfa e seus lobos não se dignaram nem a olhar para Selene, ainda focados em Heitor, o único lobisomem que não a ignorou. Ele piscou um olho para ela e finalmente recolheu a mão de volta ao bolso.

— Quem sabe, qualquer mal-estar entre os Montalves e os Lacarez possa ser finalmente deixado para trás? — continuou Selene.

— Quem sabe, senhorita — disse o alfa, finalmente se voltando para a ela. O lobisomem olhou dela para Heitor, parecendo muito sério. — Mas, por agora, creio que será melhor não tratarmos do passado.

Com um movimento de cabeça do alfa, os lobos se dispersaram sem despedidas. Quando os Montalves se retiraram, Selene se permitiu uma bufada pouco digna de uma dama e se virou para reclamar com Heitor.

— Você precisava se intrometer?

— Infelizmente, precisava. Os Montalves têm um histórico de ferir as fêmeas da minha matilha.

Um calor repentino se espalhou pelo corpo de Selene com a implicação das palavras dele. Abriu a boca para corrigi-lo, lembrar a ambos de que ela não era nada da matilha Lacarez, mas não encontrou forças. Gostou demais da sensação e quis se deleitar um pouco com a ilusão.

— Ora, as histórias que correm por aí é de que eles são bastante orgulhosos, sim, mas… ferir? São seus parentes.

Heitor deu de ombros.

— Parentesco nunca foi garantia de nada, mesmo entre lobisomens.

— Acho que eu mereço uma explicação melhor do que essa.

Ele soprou a fumaça, desviou o olhar para o outro lado do salão e observou os irmãos por um tempo. Guido estava de braços cruzados, visivelmente amuado, enquanto Edgar falava sem parar com ele Diana tinha sumido de vista.

— Nem todas as histórias que correm aqui na parte alta trazem todos os detalhes, como você está aprendendo, agora que convive com os amigos do seu noivo… Nós somos netos do alfa Montalves. Minha mãe era Elena Montalves. Até o dia que se encantou por um Lacarez vira-lata e se juntou à matilha. Foi um grande escândalo entre os lobisomens, na época. Era uma grande indignidade para as alcateias perder uma fêmea para a parte baixa, ainda mais para uma matilha de vida bem menos do que honesta. Ela era como uma princesa, destinada a ser a loba de algum alfa tão importante quanto o pai dela, mas preferiu um vagabundo.

A voz dele se suavizou enquanto contava a história e Selene se viu presa por cada palavra. Princesas que preferiam vagabundos por acaso eram seus contos encantados favoritos.

— A maioria das alcateias teria cortado relações, fingido que ela não existia e seguido em frente, mas meu querido avô não suportou a vergonha, porque a minha mãe não só largou tudo pra viver na sarjeta, mas foi feliz também. Se adequou à vida nova, ajudou a matilha a prosperar, na medida do possível, teve um, dois, *três* filhotes. O terceiro foi demais pra ele. Uma Montalves não deve ficar proliferando vira-latas.

Ela cruzou os braços apenas para ter o que fazer com as mãos, para se impedir de abraçá-lo. O terceiro filhote, crescido, bem na sua frente.

— Meu avô mandou sacrificar a minha mãe como a uma cadela qualquer. — Heitor fez mais uma pausa, tirou o charuto da boca e soprou um anel de fumaça para cima. — Isso teve consequências, claro. Quando a minha mãe foi assassinada, minha tia tomou a vingança nas próprias mãos.

— Sua tia? E o seu pai?

Arrependeu-se de interrompê-lo no instante em que viu o efeito das perguntas.

— Ah, linda, a explicação completa sobre esse traste fica pra outro dia. O vagabundo dessa história era mesmo um vagabundo, que não valia muito mais que o próprio couro, e nessa época ele já não estava mais em cena. Sumiu logo depois que eu nasci. Foram os irmãos dele, meu tio Raul e minha tia Mimi, que assumiram os cuidados da minha mãe e de nós três. — Heitor lhe ofereceu um meio sorriso. — Mimi ficou louca de raiva quando meu pai sumiu, e mais ainda quando minha mãe foi morta. Ela invadiu sozinha o território Montalves e matou a minha avó materna. Uma fêmea por outra, como era justo.

Não havia nada de justo ali, mas dessa vez Selene conteve as perguntas.

— Estourou uma guerra terrível entre nós, e a matilha Lacarez quase desapareceu. Eles eram mais numerosos. Foi tão sangrento que outros lobisomens foram pegos no fogo cruzado e, óbvio, afetou toda a cidade. Então, alcateias e matilhas intervieram para selar uma trégua. É claro que a paz significou o retorno à vida normal para os Montalves, mas os anos mais difíceis para a matilha Lacarez. Os lobos adultos estavam espalhados, vivendo escondidos da polícia ou muito feridos. Guido e Edgar ainda eram filhotes e tiveram que cuidar de mim sozinhos, além de conseguirem comida e dinheiro. Mimi passou muito tempo exilada da cidade antes de termos poder e influência suficiente pra trazer ela de volta em segurança. E depois... a vida seguiu em frente, com apenas pequenas agressões.

— Como assim?

— Meu avô se casou de novo, justamente com uma loba que Guido vinha cortejando desde moleque.

— Carmen?!

— Tempos depois, Edgar se casou com Diana e levou a matilha para a parte alta. Os Montalves não gostaram nada disso e fizeram mais uma tentativa de nos matar... Mas cá estamos nós. Vira-latas são muito bons em sobreviver.

O quadro tinha se tornado mais completo e mais sombrio, e a capacidade dele de sorrir constantemente, ainda mais impressionante. Rejeitado pelo pai, órfão de mãe, criado pelos irmãos. A imagem do Heitor do presente, enganadoramente relaxado com uma mão no bolso e a outra segurando o charuto, ganhou novas cores diante daquele conhecimento, e, se antes a vontade de abraçá-lo pulsava rebelde, um desejo insuportável de demonstrar que ele era desejado — de todas as formas — a arrebatou por completo. Selene cedeu aos próprios instintos, ainda que comedidamente.

Quando ele baixou a mão para bater as cinzas do charuto num vaso de planta, ela estendeu a própria, enganchou o dedo mindinho no dele, momentaneamente esquecida de quem eram e de onde estavam. Heitor foi o mais sensato da situação e olhou ao redor antes de lhe presentear com um sorriso agradecido e bem mais próximo do que estava acostumada a ver nele, ainda que melancólico.

— Linda, acabei de contar o que acontece quando princesas da parte alta escolhem vagabundos da parte baixa. Não queremos arranhar sua reputação.

— Heitor...

— Não precisa explicar. Além disso... — Heitor se interrompeu de repente, e sorriu de lado para alguém parado atrás de Selene. — Temos uma bela companhia.

— Muito lindo esse momento compartilhando o passado, mas está começando a chamar atenção de pessoas demais. Selene, querida, me mostre o salão de música do clube, sim?

Assim como no almoço em que a alertara sobre a emboscada, Anette surgiu do nada e enroscou o braço no dela.

— Vou roubar sua fêmea um pouquinho, querido.

Heitor rosnou baixinho, mas a mulher fez pouco caso da demonstração, abriu o leque de plumas na cara dele e fez um gesto como se o enxotasse.

— Vê? É por isso que o clube é exclusivo para mulheres. Não se pode confiar nos machos para manter a compostura. Vá, volte para sua matilha, siga o exemplo de todos e faça negócios no salão.

Selene se deixou levar principalmente porque não confiava em si mesma para ficar e não arruinar tudo. Com uma última espiada por cima do ombro, viu Heitor de ombros caídos, de repente cercado pelos irmãos e pela cunhada.

— Obrigada — sussurrou para Pombinha.

— Não estou fazendo por você.

— Obrigada mesmo assim.

Anette continuou guiando as duas com propósito, demonstrando que não precisava de verdade de uma guia pelo clube. Selene seguiu no jogo, aliviada por aos poucos se afastar das vistas de todos e se livrar por um momento do fardo de estar impecável.

Elas entraram no salão de música, onde as mulheres se reuniam para tocar juntas ou terem aulas de instrumentos. Por trás da porta fechada, Anette a soltou e deu uma volta pelo ambiente, passando as plumas do leque pela superfície do piano de cauda que ficava no centro da sala.

— Está exatamente como eu me lembrava. Vocês, humanos, são apegados demais ao ideal de permanência. Fazem muitos discursos sobre o progresso e as modernidades, mas no fundo esperam que tudo fique exatamente como sempre foi. A mudança que você está causando aqui, contudo, tem algum potencial.

— Ora, eu... espera. "Vocês, humanos"? E você já esteve aqui antes?

Selene se empertigou, fitando a mulher com novos olhos. Os cascos de um fauno eram impossíveis de esconder, assim como as asas de um nefilim. Vampiros não podiam andar sob o sol e ela já tinha encontrado Anette durante o dia.

— Loba? Você é uma loba? Mas aquele dia, no almoço, você estava tão composta, como se a lua não a afetasse.

Anette riu sedutoramente. Um gesto praticado, um som ensaiado. Celestial. Selene arregalou os olhos, ainda duvidando. A mulher usava um colete felpudo por cima do vestido de chiffon sem mangas e, com movimentos lentos típicos de uma cortesã que sabia manter a atenção sobre si, removeu a peça enquanto se aproximava. Com um giro coquete, deu-lhe as costas e puxou o cabelo da nuca.

— Se incomoda de abrir os botões para mim, querida?

Engolindo em seco, Selene abriu os botões com as mãos trêmulas, hipnotizada pela performance e temendo o que estava prestes a encontrar. Pouco a pouco, a pele se revelou, mostrando o contorno de vértebras bem pronunciadas e então, de ambos os lados, onde ficavam as escápulas, duas cicatrizes compridas marcavam os pontos de onde as asas deveriam brotar.

Selene arfou, horrorizada. Anette fez um barulhinho com a garganta, desapaixonado e musical.

— Eu era um bebê tão lindinho... E tinha o cabelo do tom certo também. Eles não podiam deixar a oportunidade passar. Bastava se livrar das duas coisas horrendas cobertas de penugem.

— Eles?

— O casal de humanos que me adotou. E que mandou arrancar minhas asas antes mesmo de as penas douradas crescerem. Quando se mudaram para Averrio, pareciam ser apenas um casal rico com uma filha que era o bebê mais lindo... — Anette passou a mão por cima do ombro, alcançando apenas a pontinha de uma das cicatrizes. — Eles teriam me criado sem eu saber, se pudessem, mas obviamente não havia como... Mais cedo ou mais tarde, eu as descobriria. Então, cresci tendo a exata noção de quão bondosos os dois foram ao me dar uma vida muito melhor do que eu teria com meu bando. Nem mesmo me disseram onde eu nasci, ou de onde me tiraram.

Sem saber o que dizer, ou mesmo se Anette queria ouvir alguma coisa, Selene se contentou em assisti-la voltar a andar com as cicatrizes à mostra.

— Isso foi antes do seu tempo, é claro. Nós, nefilins, sempre somos mais velhos do que parecemos. E fugi de casa muito nova. Bem antes de debutar na sociedade junto às humanas desengonçadas da minha época, muito antes de meus carcereiros me arrumarem um noivo rico e disposto a manter o segredo. — Por cima do ombro, Anette sorriu com malícia. — A história parece familiar?

— E depois que você fugiu?

— Não havia muitas opções para uma nefilim sem asas nesta cidade. Tentei alguns empregos, mas acabei me tornando cortesã. A prostituição me caiu bem. Me tiraram as asas, mas obviamente não conseguiram arrancar minha voz ou meus encantos naturais.

Se algum cliente tentava levantar a mão para mim, bastava cantar uma doce melodia no ouvido dele e colocá-lo para dormir, ou convencê-lo a me pagar o dobro pelo inconveniente...

— Convencê-lo a se casar?

— Ah, não. Não. Escafurinha me ama como sou, o pobre coitado. Se apaixonou por mim muito antes de eu me apaixonar por ele. As histórias de amor entre putas e clientes não são fáceis, acho que você sabe bem disso.

— Por que você está me contando isso tudo?

— Porque quero fazer negócios com você, sem o ruído dos machos e os infinitos acordos ao redor do poupa-fera. Quero conseguir voltar para a minha raça, mesmo que eu seja só uma pombinha de asas quebradas. E você está em posição de me ajudar.

— Como?

— Dias atrás, você tentou negociar com os gêmeos Etrera. Eles te pediram alguma coisa e você recusou. Por acaso, eles também recusaram um pedido meu, de ajuda para encontrar meu ninho natal. Então, eu disse a eles que negociaria com você em nome dos dois. Assim, todos podemos conseguir o que queremos.

O coração de Selene disparou, esperança e incredulidade apostando corrida pelo domínio.

— Você está propondo o que eu penso que está?

— Coloque os nefilins em destaque neste carnaval, e eu cantarei no ouvido de Ciro de Minet para que ele cancele publicamente o noivado, sem nenhum dano à sua reputação ou à da sua família.

— Os Etrera me disseram que cantar para exercer esse nível de influência é muito custoso para um nefilim. Pode ser perigoso para você, certo? Além do risco que o próprio Ciro representa.

Anette deu de ombros.

— Duas mulheres não tão indefesas quanto parecem correndo risco juntas em nome de recuperar algo que lhes foi tomado. Me parece só mais uma tarde de domingo.

— Seu marido não sabe dessa proposta?

— Não, e muito menos o seu cachorrinho. Como disse, não quero machos tentando resolver problemas para os quais não têm talento. O que me diz, Selene Veronis? — Anette estendeu a mão para ela. — Você sussurra por mim e eu sussurrarei por você. De quebra, o meu velhinho e o seu cachorrinho poderão se divertir com as sobras.

Talvez fosse uma armadilha. Talvez fosse a solução mais rápida para todos os problemas. Livrar-se do noivado e enfraquecer Ciro para que os Lacarez o liquidassem de vez. Selene apertou a mão oferecida.

— Você por acaso já tem máscaras para o baile do Mitz?

19

MÁSCARAS

O salão de jogos da família Lacarez já havia sido cenário de muitas tramoias e trambicagens e, embora o roubo do dinheiro do poupa-fera não fosse o esquema mais insano da matilha, Heitor caminhava de um lado para outro como se fosse o maior golpe de sua vida. Talvez fosse.

Não esperava enganar os irmãos, muito menos Mimi e Diana. Todos ali sabiam que era a mulher que ele planejava roubar, no final das contas. O fato de Edgar e Guido estarem pacientemente esperando que ele tomasse a dianteira apenas mostrava quão óbvios eram seus sentimentos.

— Então está certo, vamos alinhar o plano para amanhã — disse Heitor, fazendo o possível para se manter concentrado. Abrindo e fechando o isqueiro, ele ajeitou mapas de ruas da cidade e plantas do Hotel Mitz sobre a mesa. — Todo ano, o Mitz abre a temporada de carnaval com um baile de máscaras. É uma festa muito exclusiva e com regras de fantasia muito rígidas. Convidados mascarados o tempo todo, praticamente todos humanos... Este ano, Ciro é um dos principais patrocinadores do evento. Selene está providenciando convites para que a gente consiga entrar disfarçado no hotel. Escafurinha confirmou que o dinheiro estará todo lá, no quarto 831, e que na noite do baile eles farão uma reunião para dividir as partes entre os membros da cúpula. Isso significa que praticamente toda a força bruta do poupa-fera vai estar ocupada com a segurança dos padrinhos e do dinheiro.

— Não gosto de estarmos confiando tanto num dos padrinhos — resmungou Mimi.

— O que diz o oráculo? — perguntou Edgar. — Ele vai nos trair?

Diana abriu o baralho num arco e puxou três cartas para virar. Eram todas do naipe de lanças: um Sete, um Ás e um Três. Todos se aproximaram mais da mesa.

— Eu já perguntei várias vezes e o oráculo me dá sempre a mesma resposta. Escafurinha, por incrível que pareça, é um bandido honesto e está tão investido nesse roubo quanto nós. Mas... me parece que há coisas que nem mesmo ele sabe. Nós não somos as únicas peças se movimentando nesse tabuleiro. De qualquer forma, não tem mais volta.

Mimi grunhiu, a insatisfação estampada no contorno de todas as rugas. Antes que ela pudesse falar mais, Heitor apontou para o edifício ao lado do hotel, no mapa. Eram construções próximas; um lobisomem saltaria facilmente de uma para a outra.

— Continuando. Esse prédio está em reforma. Parte dos homens de Escafurinha vai estar lá pra nos ajudar a escoar o dinheiro e já garantir a parte dele. Nós vamos pegar o dinheiro antes da reunião acontecer, saltar para o outro prédio e fugir em diferentes grupos.

Mais uma vez, Edgar se voltou para Diana, que já estava puxando mais duas cartas. Ela desvirou o Valete de Lanças sobre as outras, e a Vela ao lado.

— É seguro dizer que vamos ter algum tipo de confronto, uma emboscada... De alguma forma, Ciro vai saber. De todo modo, acho que vamos conseguir sair dessa, mas não sem um pouco de suor.

— Já tivemos perspectivas piores... — murmurou Guido, tirando o charuto da boca para dar um gole no cantil que pegou no bolso. — Na pior das hipóteses, a gente explode tudo, como sempre.

— Ah, claro. Explodir uma festa cheia de autoridades do governo não vai atrair investigações indesejadas... — disse Mimi. — Vamos ficar com o plano menos suicida de Heitor. Mas cadê essa garota com o que ela prometeu?

Nesse momento, Melina entrou pulando na sala.

— A namorada do Heitor tá estacionando o carro aí na frente! E chegou cheia de sacola!

Ele não sabia dizer como ou porquê, mas Selene parecia diferente. Mais animada, talvez. Mais energética. Mais linda.

Heitor a recebeu no carro e ganhou um sorriso luminoso como não recebia há muito tempo. Enquanto a ajudava a descarregar tudo e levar as sacolas para dentro, farejou o rastro por baixo do perfume. Nos últimos dias, uma pontada de medo ou de tristeza sempre marcavam o pulsar dos odores dela, mas havia sumido.

Melina foi a primeira pessoa a abordá-la, logo na saleta de entrada. A menina rodeou Selene e puxou uma das sacolas que ela trazia para ver o que tinha dentro.

— Você sempre leva presentes quando visita a casa das pessoas?

A gargalhada em resposta veio tão leve quanto um dia de verão, e Heitor se sentiu abanando o rabo. Entre outras coisas. Constrangido de repente, passou pelas duas fingindo não ver os olhares debochados de Edgar e Guido, que desciam as escadas.

— Presentes e doces. — Selene remexeu na bolsinha que trazia a tiracolo junto do leque, e de lá puxou uma caixinha da confeitaria da mãe dela. — Caramelos saborizados. Não sabia qual era o seu favorito, então trouxe vários.

Imediatamente, Melina largou a sacola em favor da caixinha com um ganido feliz.

— Agradeça, Melina — disse Diana, pescando um caramelo por cima da cabeça dela.

— Brigada, tia!

— *Obrigada* — corrigiu Diana.

— Obrigada — repetiu Melina, fugindo com os doces para o sofá.

— Diana de Coeur Lacarez ensinando bons modos a uma criança? Não acredito que vivi para ver isso — disse Selene.

Diana revirou os olhos.

— Espero que tenha trazido muitos caramelos. Nem todas as lobas desta família são tão fáceis de agradar.

— Eu ouvi isso, garota!

A entrada de Mimi mudou o ar do ambiente num único instante. A tia veio descendo a escada como uma fera pronta para atacar. Heitor inflou o peito, pronto para intervir, se necessário, mas, antes que qualquer um pudesse agir, Selene deu um passo à frente e sorriu calorosamente para a loba. Um pouco como o sorriso de campanha do prefeito, um pouco como o sorriso que dava aos alunos.

— A senhora deve ser a tia dos meninos, não é? Fico feliz de finalmente conhecê-la. Ouvi falar muito da senhora.

Mimi parou de repente e franziu a testa, então fitou todos os sobrinhos como se duvidasse de que falassem mesmo dela para fêmeas. Selene se aproximou e puxou uma das sacolas que Heitor ainda segurava.

— Aqui, eu trouxe para a senhora. É uma máscara de carnaval. Não tinha certeza das suas medidas, então o vestido que acompanha talvez precise ser ajustado, mas a senhora tem uma postura tão boa que com certeza será fácil de arrumar. Espero que goste. Achei adequado para... bem, para uma loba que trabalhou tanto para manter a matilha viva.

Relutante, claramente desconfiada, farejando o pacote que Selene oferecia, Mimi aceitou o embrulho. Ela o desfez sem muito cuidado nem paciência e ficou imóvel ao revelar a máscara de uma loba decorada com flores silvestres e o símbolo de uma lua crescente na testa. Os desenhos lembravam as antigas representações das lobas matriarcas, de antes das invasões.

Mimi ergueu a máscara, encarando o objeto como se fosse outra pessoa, ou talvez até um espelho. Do outro lado dos buraquinhos dos olhos, encarou Selene.

— Acho que ficará ótima na senhora.

A velha rosnou, mas sem muita agressividade.

— E onde eu usaria… isso?

— No desfile de carnaval, é claro, depois de amanhã. — Selene então pegou todas as sacolas e saiu as distribuindo para todos eles. Da bolsinha, tirou também um conjunto de convites amarrados com fita que entregou para Diana. — Separei um camarote para vocês.

— Não sei se a gente vai conseguir ir, depois do roubo… — murmurou Guido, olhando curioso o conteúdo da própria sacola.

— Pelo menos alguns de vocês precisam ir. O momento é propício, com a abertura do clube. Outras famílias ricas de não humanos receberam convites também, e muitas já confirmaram presença. Vocês já têm bastante poder, e sei que lobisomens não gostam de se misturar, mas não podem sumir agora que novas alianças estão sendo feitas. Se ficarem sempre se isolando, vão continuar sendo párias — disse Selene, então sorriu de lado. — Além disso, eu consegui um dos melhores camarotes para vocês, bem ao lado do camarote dos De Minet… e *acima* do camarote dos Montalves.

Um silêncio carregado tomou os lobos na sala. Heitor viu o peito dos irmãos subir e descer pesadamente, a expressão deles aos poucos ganhando tanto o contorno de uma satisfação cruel quanto de uma nova apreciação por aquela mulher. Por trás de uma máscara de coruja que tinha acabado de puxar da sacola, Diana sorriu com aprovação.

Se ele já era um caso perdido antes, aqueles breves instantes o deixaram ainda mais rendido por ela. Heitor não ligava de verdade para o status ou para a exposição na sociedade, mas saber que Selene se dera aquele trabalho comunicava algo ao lobo que ele mal sabia explicar. Qualquer camarote no desfile cumpriria a parte no suposto trato que tinham feito semanas atrás e no qual ele próprio mal pensava. Jogar com o perigo para dar a eles uma breve oportunidade que fosse de humilhar os Montalves era um gesto muito maior do que qualquer um ali esperava.

Selene sorriu para Mimi.

— Então, o que achou? Se não quiser esta, acho que ainda consigo trocar. Eu mesma desenhei todas elas, e as fadas do comitê carnavalesco trabalham rápido, mas a demanda está bem alta.

Após alguns instantes de silêncio, Mimi guardou a máscara de volta no pacote, com mais delicadeza, apesar de se enrolar com os laços do embrulho. Ela rosnou baixinho, a testa ainda franzida, mas acenou com a cabeça para Selene mesmo assim.

— Obrigada. — Ela apertou os lábios, acentuando as rugas ao redor da boca. — Não vou usar. Mas obrigada.

— O importante é que tenha gostado. Sei que o carnaval pode ser incômodo para quem tem sentidos sensíveis, como vocês, mas queria que soubessem que o camarote tem espaço para a família toda.

A tia parecia completamente desconcertada. Mimi não estava acostumada a receber gentileza; durante muitos anos, fora a única fêmea no meio de machos arruaceiros, e depois passara por anos de solidão, no exílio. Alguns monstros não sabiam o que fazer com aquilo.

Então Diana bufou.

— Bajulação? Esse era o segredo o tempo todo? Você já foi mais durona, Mimi.

A velha rosnou, as bochechas subitamente coradas.

— Você poderia tentar um pouco de bajulação pra variar, sua garota abusada — respondeu Mimi antes de sair da sala sem dizer mais nada, puxando Melina pela mão sob protestos da menina.

Diana riu, e Edgar e Guido seguraram risadas também.

— Me saí bem? — perguntou Selene, se virando para Heitor.

— Tão bem que acho que você pode até vir almoçar aos domingos, se quiser.

Almoços de domingo eram para namoradas, não para noivas de famílias rivais, mas um lobo vadio podia sonhar. Ela riu, aquela mesma gargalhada de antes da Selene que sempre pertencera a ele.

— Me faça um convite formal depois que o carnaval passar. Uma dama não aparece sem ser anunciada, a não ser em casos de emergência. — Ela sorriu e, por fim, foi até o último grupo de sacolas. — Agora, aqui estão... os convites para o baile do Mitz, extraviados de famílias burguesas que infelizmente não receberão a correspondência a tempo, e máscaras para usarem no roubo. Não são todas iguais, mas têm temas similares.

— E qual é o tema? — perguntou Guido.

Selene mostrou a eles uma máscara dourada e muito elaborada, com adornos emulando raios solares ao redor do rosto.

— Ah, não, linda, não vamos fantasiar a matilha toda de pintinhos — disse Heitor, reconhecendo a divindade cultuada pelos nefilins. — Lobos cultuam a Lua.

— Sim, ótima ideia, vamos lotar o salão de baile de luas que vão desaparecer na hora do roubo do dinheiro da família que está justamente travando uma guerra contra lobisomens. — Ela deu de ombros. — Além disso, prometi a uma amiga que daria um jeito de... nefilins ficarem na moda nesse carnaval.

— Sei. E você vai de quê?

— Bom, eu já vou estar hospedada no hotel, vou me trocar lá. Acho que você vai ter que descobrir na hora. — Selene puxou o leque para se abanar e sorriu por cima das dobras plissadas. — Acha que seu focinho consegue me descobrir numa multidão mascarada?

Ele não conseguiu nem achar graça do flerte, querendo pateticamente balançar o rabo para a dona e mostrar que dava conta do desafio. Selene estava mesmo diferente, jogando migalhas de esperança que o lobo devorava sem pensar muito, faminto pelo que conseguisse, como o bom vira-lata que era.

20

SUSSURROS

Uma fila de carros luxuosos engarrafava a rua do hotel. A calçada já estava tomada por pessoas com fantasias extravagantes, iluminadas por encantamentos feéricos e por metais que refletiam as luzes intensificadas para o evento.

O Mitz se erguia majestoso em meio a jardins de sebes muito bem aparadas, as sacadas arredondadas de cada quarto brilhando, também coloridas por magia. Do alto de uma das varandas, já com um vestido prateado longo que complementaria sua máscara, Selene observou o movimento lá embaixo. A entrada havia sido toda decorada para indicar o caminho para o salão de festas, mas havia tantos repórteres ali que vários convidados paravam em lugares estratégicos, tentando atrair a atenção deles.

Procurou as máscaras e trajes que dera aos Lacarez, mas eram fantasias discretas demais — uma escolha consciente. O baile servia como uma máquina de fofocas; os jornais do dia seguinte estariam cheios de suposições sobre as fantasias mais ousadas, e o chá da tarde do Clube das Boas Damas seria movimentado por insinuações de quem tinha chamado mais atenção.

O carnaval da elite era uma competição por atenção, assim como tudo mais em que a boa sociedade se envolvia.

Um divertimento mesquinho a preencheu ao pensar no dia seguinte, quando toda a atenção seria desviada para dois grandes acontecimentos: a interrupção de seu noivado e os nefilins em destaque no principal carro alegórico do desfile. E, depois, ela estaria livre.

Na suíte anexa, Selene conseguia ouvir o pai e a mãe andando de um lado para outro, preparando as próprias fantasias, planejando como se deixariam descobrir pelos jornalistas. Meses atrás, ela teria encontrado disposição para achar graça; no momento, simplesmente não se importava. Cada vez mais, os pontos importantes de sua vida vinham se resumindo, se concentrando em pigmentos intensos como olhos escuros de carvão e pelos castanhos, como se aqueles dois tons guardassem o caminho para todas as outras cores.

A batida na porta foi curta, todo o aviso de que precisava.

Selene pegou a bolsa e a máscara, então parou uma última vez na frente do espelho. *Uma dama está sempre composta quando vai enganar o próprio noivo*, pensou, e sorriu para o reflexo.

— Pronta? — perguntou Anette.

Ela estava linda, como sempre. Usava um longo vestido coberto por plumas brancas, e, no pescoço, trazia um colar com um rubi redondo de um vermelho tão intenso que parecia ser mais do que uma pedra comum.

— Uma... pomba? — Selene sorriu.

— Não, não. Pombinha é a doce esposa aposentada de Escafurinha. Hoje, eu sou uma jacutinga. — Ela levantou a máscara preta e branca com um bico levemente curvado para baixo na ponta. — E você? Onde está sua máscara?

Inspirando fundo, trepidando por finalmente mostrá-la a alguém, Selene ajeitou a máscara no rosto. Havia projetado e estilizado o adereço para que escondesse seu rosto todo, inclusive os cachos, que tinha prendido para trás. Não queria ser reconhecida por ninguém a não ser os cães vadios que imaginava estarem vasculhando o hotel naquele exato instante. Anette riu melodicamente.

— Você está tão perdida quanto seu cachorrinho, sabia?

Elas seguiram pelos corredores de braços dados, como duas amigas animadas para aproveitar o baile. Cruzaram com alguns convidados e funcionários mascarados no caminho, cada rosto escondido, uma possibilidade.

— Vê algum dos seus? — sussurrou Anette.

Selene sacudiu a cabeça, os fios prateados da máscara balançando junto.

— Ótimo, sinal de que tudo está correndo bem. O dinheiro está no quarto 831, então nosso andar estará bem mais tranquilo. Deixe que os machos cuidem do golpe deles, enquanto nós cuidamos do nosso. Lembra o que precisa fazer?

— Eu vou bater na porta de Ciro. Assim que ele abrir, você canta e nós entramos. Vigiarei a porta enquanto você o hipnotiza.

— E lembre: você precisa tampar os ouvidos enquanto eu estiver cantando. Cantar para hipnotizar demanda muita energia e nem todos caem rápido, então eu vou com tudo logo de cara. Também não temos como saber quanto tempo até conseguirmos implantar nele uma ordem tão grande. Se eu não tiver poder suficiente para isso, vamos ter de deixar ele dormindo.

— Eu trouxe o sono de fada.

Quando entraram no corredor do quarto de Ciro, viram Leda saindo de sua suíte com a prima Gilda, as duas ainda segurando as máscaras nas mãos.

— E sua nora? — perguntava Gilda.

— Se ela torcesse o tornozelo e não pudesse comparecer, não me incomodaria. Não estou nada ansiosa para ver que tipo de fantasia feia ela inventou. Se acha tão artista...

— O quadro que começou a pintar de você está ficando bonito.

— Até um relógio quebrado acerta duas vezes ao dia. Se depois de fazer uma faculdade inteira em artes, a garota não soubesse pintar um retrato fidedigno...

Tanto a conversa quanto o passo das duas senhoras tinham um ritmo lento, de modo que Selene e Anette precisaram apenas continuar pelo corredor como se estivessem indo para mais longe, até terem certeza de que as duas haviam dobrado a esquina rumo aos elevadores.

— Encantadora — sussurrou Anette.

— Em breve não será problema meu. Pronta?

A máscara de jacutinga escondia qualquer hesitação que a mulher pudesse ter. Anette concordou com a cabeça e, ao pararem frente à porta de Ciro, ela apertou a mão de Selene uma última vez.

Inspirando fundo, ela bateu na porta com força.

— Ciro! Ciro, por favor, abra!

Não demorou muito e ouviram uma chave girar. Selene saiu do caminho e tampou os ouvidos com toda força que conseguiu. Tão logo o corpanzil de Ciro se inclinou para fora, Anette entrou na frente dele e o agarrou pelo pescoço, colando o bico da máscara ao pé de seu ouvido.

Ciro reagiu, a princípio, mas logo os movimentos foram perdendo o ímpeto, sendo substituídos por um balançar letárgico da cabeça. Apenas a sugestão de um som exageradamente doce chegou a Selene. Por segurança, ela recuou alguns passos, até Anette relaxar e tirar a própria máscara, começando a empurrá-lo de volta para dentro e fazendo um aceno positivo com a cabeça.

Seguindo-os depressa, Selene trancou a porta e foi direto ao aparador de bebidas, removendo a máscara também. Ciro já havia deixado um copo de licor sobre a bandeja, então ela apenas pegou uma pitada do pó e jogou lá dentro.

A nefilim havia acomodado Ciro numa poltrona; ele tinha um olhar vidrado, talvez a expressão mais relaxada que Selene já tinha encontrado naquele rosto de linhas rígidas. Tentando não se deixar distrair pela sensação de triunfo, olhou para Anette com expectativa.

— Você pode falar. Ele ainda está com a minha voz nos ouvidos... não é, Ciro? Está feliz com a voz dos céus? Acene com a cabeça para dizer que sim.

Ele fez como instruído.

— Não é à toa que o uso desse poder foi proibido; é assustador — murmurou Selene.

— Os vampiros e lobisomens têm força e ferocidade, velocidade descomunal... nós ficamos com dons mais sutis, e com boa parte das relíquias que amplificam poderes — disse Anette, tocando o rubi em seu pescoço. — Tampe os ouvidos. Vou cantar mais um pouco, só para garantir.

Apertando os ouvidos até doerem, Selene observou o movimento da garganta da nefilim, o jeito com que Pombinha posicionou a pedra bem sobre as cordas vocais. Era assustadoramente lindo; merecia uma pintura.

— Certo, vamos testar — disse Anette, sinalizando que já era seguro ela baixar as mãos. — Ciro, se levante e dê uma volta no quarto, depois se sente nessa mesma poltrona.

— Pra que isso? — perguntou Selene, observando o noivo cumprir a ordem.

— Estou acostumando-o à minha influência. Ordens físicas são mais fáceis de cumprir, comandos que o obriguem a fazer algo contra seus instintos mais arraigados ou suas grandes ambições exigem um domínio maior.

De repente, Anette cambaleou, depois respirou fundo. Selene percebeu naquele rosto sempre impecável os primeiros sinais de esforço. Pequenos espasmos no canto dos olhos, uma respiração mais profunda.

— Você está bem?

— Estou. Mesmo sem cantar, o rubi mantém o canto reverberando sutilmente, reforçando as ordens... e sugando minha energia também. Mas não é nada, já vai passar. Ele que é muito forte.

— Pergunte alguma coisa, para ver se ele resiste a nos contar uma verdade — sugeriu Selene, pouco a pouco sentindo a confiança naquele plano se esvaindo.

Anette franziu a testa.

— Ciro, querido... Você matou Jorginha, a filha de Escafurinha?

— Matei.

A admissão simples teria sido ruim o suficiente, mas ele sorriu. Com orgulho. Selene cruzou os braços, cravando as unhas na pele para conter a ansiedade.

— Por quê? — perguntou ela, mas Ciro não respondeu.

— Por quê? — repetiu Anette.

— Porque ela me humilhou. Não tolero humilhações.

— Hmm, e por isso você odeia Escafurinha?

— Odeio.

— Por que o mantém na cúpula?

Durante toda a conversa, o olhar de Ciro permaneceu perdido à frente, e o sorriso orgulhoso também. Isso, mais do que tudo, gelou Selene por dentro. Aquela maneira apática de falar de ódio podia ser fruto do poder do canto, ou podia ser algo mais. Nas últimas semanas, vinha observando o noivo atentamente, procurando tanto aberturas que pudesse explorar quanto sinais que revelassem o momento em que toda a violência contida dentro dele finalmente escaparia.

Ciro era um homem que gostava de exercer poder sobre os outros. Pretendia adiantar o casamento para que pudesse mantê-la sob vigilância; era o tipo de pessoa que acreditava em manter os inimigos próximos. Antes mesmo de ouvir a resposta, Selene soube que estavam prestes a descobrir alguma coisa.

— Os outros gostam dele. Tenho que aturá-lo até que todos saibam que é um velho traidor.

Anette se empertigou.

— E o que você vai fazer contra ele, Ciro? Vai se vingar por essa humilhação? Pela traição?

— Vou.

As duas se encararam.

— Como? Quando?

Ele abriu a boca para responder, mas a fechou. Franziu a testa. Anette se sentou no colo dele, murmurou uma melodia sem palavras bem ao pé do seu ouvido, acariciou seus cabelos. Selene cravou as unhas com mais força nos braços.

— Me diga, Ciro... Me diga tudo que você planejou contra Escafurinha.

— Uma emboscada, hoje... Dei o número do quarto errado, sabendo que ele repassaria a informação aos vira-latas...

— E o que tem no quarto 831?

— Meus homens, armados com balas de prata.

Selene levou as mãos à boca.

— Precisamos avisá-los, agora! Eles vão arrombar o quarto a qualquer momento e.. Espere... Pergunte onde está o dinheiro!

Anette franziu a testa.

— Se sairmos agora para avisá-los, não vamos conseguir desfazer o noivado. Eu precisaria que você o conduzisse sem suspeitas até um lugar público, para que ele fizesse o anúncio do término, e antes disso precisaria de mais tempo aqui com ele. Tempo que não temos, porque eu também preciso avisar o meu marido do perigo que ele corre.

Selene engoliu em seco, andando de um lado para outro, pensando. Decidindo.

— O roubo é parte do plano para derrubá-lo, para desarmar o poder que ele tem sobre a cúpula. E não posso deixar Heitor cair numa armadilha. Pergunte onde está o dinheiro e eu vou correndo avisá-los.

— E depois?

Ela mordeu a bochecha, os olhos parando sobre o copo de licor batizado com o sono de fada. Anette franziu a testa.

— Só colocá-lo para dormir não vai adiantar.

— Acha que consegue influenciá-lo a não fazer nada contra seu marido?

A nefilim inspirou fundo. No rosto perfeitamente maquiado, gotinhas de suor começavam a se formar na testa e nas têmporas.

— Talvez... Talvez não tão diretamente. Mesmo agora, eu o sinto lutando contra o canto. Mas talvez... confessar para a cúpula que resolveu manter o dinheiro todo para si, que está oficialmente assumindo o controle total sobre a operação... É muito, é uma mudança grande, mas ainda é algo em que ele acredita, então vai contra seus planos, mas não contra a sua verdade...

— Assim, os outros padrinhos não vão ficar contra Escafurinha.

— Exatamente. Eu espero.

— Faça isso. Eu vou agora e...

— Selene. Você ainda vai estar noiva, ao final de tudo isso. Não vou ter poder suficiente para ainda levar Ciro a desfazer o noivado, muito menos em público.

Ela suspirou e deixou os ombros caírem. Uma dama deveria sempre manter o otimismo em público, enquanto alimentava a realidade dentro do peito. Selene se recompôs e colocou a máscara de volta, tomando força do símbolo que havia escolhido usar.

— Vou continuar noiva... por enquanto. As histórias de amor entre prostitutos e clientes são sempre complicadas, não são? Daremos um jeito depois, mas preciso dele vivo para isso.

O olhar de Anette se encheu de compreensão e empatia.

— Vá, então, cuidar do seu cachorro.

— E você tome cuidado.

— Ah, não se preocupe. Depois da nossa conversa, Ciro ainda vai tomar um gole de licor.

— Essa merda de máscara pinica demais — resmungou Guido. — A máscara de saco de pano da rinha é mais confortável que isso.

— E desde quando tu é fresco assim? — perguntou Edgar, ajeitando a própria máscara a cada poucos segundos.

Heitor ignorou a implicância entre eles, atento aos arredores.

Haviam acabado de entregar os convites e, no momento em que cruzaram o arco que dava acesso ao salão, a decoração arrancou até um assobio apreciativo de Guido. Eles pararam na entrada do grande salão tomado de serpentinas encantadas, decorações de flores e tecidos coloridos. Marchinhas de carnaval ditavam o ritmo de dança em uma pista já bastante movimentada, enquanto, nas mesas reservadas, alguns convidados tentavam se alimentar discretamente sem retirar as máscaras. O salão tinha um mezanino, onde ficavam as mesas dos convidados mais importantes.

— Ainda não encheu muito. Todos os nossos já entraram? — perguntou Edgar.

— Ainda tinha um grupo de rapazes na fila, mais atrás da gente, mas eles sabem que devemos nos encontrar nas escadas — murmurou Guido, distraído pela mesa de bebidas.

— Nem pense nisso — rosnou Edgar. — Segundo a planta do prédio, as escadas de emergência são do outro lado do salão, perto da cozinha. Vamos.

Ainda meio alheio à discussão dos irmãos, Heitor os acompanhou pelo salão, olhando as fantasias, farejando a mistura de odores. Saber que Selene provavelmente ainda não tinha descido não o impedia de procurar por ela. Já fazia isso sempre, até quando não se dava conta. Nas ruas, nos bares, no cassino, até nos becos sujos onde não era lugar dela.

A massa de convidados se abria e fechava, criando novos vislumbres do salão de baile. As máscaras espalhafatosas aumentavam a sensação de estar vagando sem rumo. O mundo era feito de pessoas sem rosto, até que encontrou o rastro dela.

E havia algo errado.

A máscara que ele usava filtrava um pouco do ar e, primeiro, veio uma lufada de perfumes misturados, embolados nos odores exagerados com que os humanos se cercavam. Mas lá estava. Inconfundível, a flor de tangerina e toda a alquimia única de Selene estava presente, com uma dose de medo e estresse.

Heitor tomou a dianteira do trio.

— O que foi? — perguntou Edgar.

Ele não respondeu, apenas acelerou o passo, apurou os ouvidos. O lobo queria correr, explodir, derrubar todos os fantoches no caminho.

— Não vejo sinais de capangas por aí — murmurou Guido.

De fato, o cheiro de pólvora vinha das armas que eles mesmos carregavam. Os seguranças espalhados pelo salão pareciam funcionários do hotel. Heitor não se importava; continuou andando, abrindo caminho. O rastro ora se aproximava, ora se afastava, como se Selene estivesse zanzando pelo salão. Quase conseguia ouvir o coração dela batendo, uma sinfonia descompassada e contrastante com a euforia dos outros humanos festejando.

— Pivete, fala logo qual é o problema! — sussurrou Guido.

Os irmãos o seguiam de perto, sempre prontos a interceder por ele. Heitor não se importava com isso também. Jamais seriam capazes de mantê-lo a salvo do que sentia por ela.

— Selene está com...

Puta merda.

Num piscar de olhos, dois grupos de convidados se afastaram, e ele a encontrou. Finalmente. Encontrou-a, e se viu travado no lugar. Não precisava que ela removesse a máscara para reconhecê-la, e não só por causa de seu cheiro. O próprio acessório era uma declaração, e o coração tolo do monstro que habitava dentro dele se desfez.

Ela trajava um vestido prateado longo, com luvas compridas combinando. Uma bolsinha de lantejoulas e o fiel leque pendiam amarrados no punho, como sempre, balançando à medida que ela girava de um lado para outro. Poderia ser considerada uma vestimenta discreta, perto das outras que a cercavam, mas a máscara era devastadoramente linda, porque era especialmente feita para ele.

Uma lua.

Toda prateada, tinha a forma de um rosto simples em alto relevo contra um círculo perfeito cravejado de miçangas e lantejoulas. Espetadas no círculo, varetas finas terminavam em estrelas de tamanhos variados. Raios de prata emanavam da máscara, prendendo-a num volume maior e mais escuro atrás, lhe escondendo o cabelo. Formavam pelos, um entremeado de marrom-escuro e prata, e duas orelhas pontudas. Uma cabeça inconfundível de lobisomem se escondia atrás da Lua, sobre o corpo de uma humana.

— Linda — sussurrou ele.

Loba, lua, linda. Uma litania que poderia repetir a noite inteira.

Ainda sem tê-lo visto, Selene olhava de um lado para outro, até que girou e começou a se afastar. Heitor a perseguiu como todo lobisomem perseguia a Lua todo mês, todos os dias, incapaz de resistir ao chamado. Esquecido de onde estavam por um instante, foi atrás dela e a puxou pelo braço.

— Linda — chamou mais alto.

Mesmo por trás da máscara, o arfar dela veio carregado de alívio. Selene o abraçou de repente.

— Finalmente — disse ela, então o soltou. — Não temos tempo, venham!

— O que aconteceu?

— Uma emboscada, precisamos mudar o plano. O dinheiro na verdade está no quarto 1331.

Heitor se virou para os irmãos logo atrás, que já acenavam um para o outro.

21

FUGA

Por trás da ilusão de segurança das máscaras, Heitor se permitiu segurar a mão dela o tempo todo. Ou talvez os dedos dela tivessem se transformado em garras de loba junto da máscara, prendendo-o, como se Selene também não fosse capaz de soltá-lo.

Deixou que Guido e Edgar, maiores e mais brutos, abrissem caminho por entre os convidados. Aqui e ali, percebia os rapazes da matilha também se dirigindo ao ponto de encontro discretamente. Passaram pela porta da cozinha, desviando de filas intermináveis de bandejas cheias de cristais, e subiram os primeiros lances das escadas de incêndio até alcançarem o patamar do ponto de encontro.

Já havia alguns lobos os esperando ali.

Selene resumiu o que havia descoberto de Ciro com a ajuda de Anette.

— Sabia que essa merda não ia ser tão fácil! E agora? — Guido se voltou para Edgar quando o relato terminou.

— Parece que só precisamos mudar de quarto, mas... — Edgar cruzou os braços. Num gesto inesperado, talvez pela primeira vez na vida complicada e emaranhada daquele trio de irmãos, ele se virou para o caçula. — É o seu esquema e... — *A sua fêmea* veio subtendido. — O que você quer fazer?

A mão de Selene apertou a dele. Com a outra, Heitor puxou o isqueiro para abrir e fechar. O que queria era botar fogo naquele prédio todo e levar Selene embora para nunca mais terem que lidar com nada daquilo. Também queria arrancar as máscaras e beijá-la por ter sido tão ousada e brilhante e ter ido atrás dele, mas as circunstâncias demandavam ações menos dramáticas.

— Sabemos onde está o dinheiro e onde está a armadilha. Acha que Anette conseguiu avisar Escafurinha? — perguntou ele a Selene.

— Eu não sei. Ela estava precisando se concentrar muito para hipnotizar Ciro.

— Vamos nos dividir, então. Três grupos. Um menor vai até Escafurinha, avisar e ajudar, se necessário. Outro vai roubar o dinheiro no quarto certo. E o terceiro vai até o errado. Vamos fingir que caímos na armadilha, mantê-los distraídos. Quem precisar de ajuda, uiva.

Os três irmãos se entreolharam.

— Eu lidero o grupo da armadilha — disse Guido, a voz não dando margem para discussões. Seria o mais perigoso.

— Escafurinha não parece ir muito com a minha cara, então eu levo a rapaziada até o dinheiro — disse Edgar.

Heitor suspirou. Tinha ficado com o mais fácil, sempre poupado, sempre protegido, mas não ia reclamar; não naquela noite, quando tinha outras prioridades. Era óbvio que estavam fazendo aquilo para que ele pudesse continuar ao lado de Selene. Ao longo do relato, as palavras dela haviam sido breves e urgentes, mas estava clara a escolha que havia feito. O risco a que havia se exposto. Ele concordou com a cabeça.

— Vamos.

Sem avisar, Heitor pegou Selene no colo. Ela deu um gritinho surpreso.

— Seu cachorro, o que é isso?! — disse ela, batendo com o leque no ombro dele.

— Linda, não vou te deixar pra trás, mas seus saltos e esse vestido bonito dificultam um pouco, então... vou te dar uma carona.

Assim que se colocaram em movimento, Selene o agarrou pelo pescoço, xingando baixinho como apenas as damas bem-educadas faziam. Apesar da situação, ele riu, o que lhe fez ganhar novos tapinhas de leque.

Chegaram primeiro no andar do quarto falso, onde se despediram de Guido e do grupo dele com um aceno. O andar de cima já era o dos quartos onde Ciro e os demais padrinhos estavam hospedados, onde Heitor deveria se separar de Edgar para procurar Escafurinha. No entanto, antes mesmo que conseguisse colocar Selene no chão, um grito de alerta veio do corredor principal, seguido de um tiro, então de mais outro.

Edgar enfiou a cabeça para fora da porta que dava acesso à escada de incêndio. Os sons de gritaria e briga ficaram mais altos.

— Puta merda. Já emboscaram Escafurinha.

Através da porta entreaberta, Heitor teve o vislumbre do velho padrinho mancando, carregando Anette desmaiada no colo. Selene a viu também e se sacudiu até que ele a colocasse no chão.

— Precisamos ajudá-los!

Edgar barrou o acesso à porta com o braço.

— Mudança de planos. Você vai lá para cima, tira o dinheiro e Selene daqui. Ainda deve ter gente nossa e de Escafurinha do outro lado. Eu e os moleques ficamos pra ajudar o velho.

— Mas... — Heitor rosnou. Não havia outro meio, não sem expor Selene ou deixá-la sozinha no meio daquela confusão. — Saia assim que possível, e nos encontramos no prédio do outro lado.

Com um último aceno, separou-se do irmão e carregou Selene novamente rumo ao último andar.

A porta do 1331 era quase igual a todas as outras, a não ser pelo fato de que a fechadura não tinha o tom dourado luxuoso do hotel. Era de ferro fundido com prata, e ele apostaria as calças de Guido que também tinha sal na composição; substâncias que eram padrão para evitar fadas e nefilins, além de lobisomens. Abaixando-se para inspecioná-la melhor, Heitor se livrou da máscara e farejou a madeira e os contornos da peça de ferro. Apertou os olhos lacrimejantes contra o cheiro forte de magia. Alguém havia borrifado verbena e mata-cão sobre o metal, o que seria fácil de contornar, não fosse pelo futum da maldição que havia sido colocada por cima de tudo.

Com um pequeno rosnar instintivo, ele se afastou, já procurando um lenço no bolso para tirar o excesso de erva sem se queimar com a prata. Havia esperado todas aquelas barreiras físicas que repeliam monstros e davam aos humanos a ilusão de segurança. A maldição era um passo além, que a maioria das pessoas não teria coragem de dar, e denunciava que o dono daquele quarto tinha influência suficiente para convencer uma bruxa a fazer um serviço.

— O que foi? — perguntou Selene, espiando por cima do ombro dele, já sem máscara também.

— Me espera do outro lado do corredor, linda. O mais longe que der. A porta foi trancada com uma maldição.

Selene o agarrou pela manga e tentou puxá-lo para longe.

— Mas e agora?

Tocando o braço dela para tranquilizá-la, Heitor sorriu, confiante.

— Fica tranquila, eu posso abrir e não vai acontecer nada comigo. Lobisomens são imunes a maldições. — De dentro do paletó pescou o charuto e o acendeu, amenizando o aroma amargo do feitiço colocado na porta. — A Lua nos mantém a salvo da magia dos Mistérios, mas... é possível que o efeito principal não seja impedir as pessoas de entrarem e sim avisar que o quarto foi invadido. Com sorte, ainda vão estar distraídos com a briga lá embaixo, mas, de qualquer forma, vamos ter que agir rápido. Eu vou arrombar a fechadura e, assim que eu disser que é seguro, entramos e tentamos tirar o máximo de dinheiro possível. Tudo bem?

Selene engoliu em seco, mas concordou com a cabeça.

— Não tá nada bem, mas vamos lá.

— Esse é o espírito. Nós formamos uma ótima dupla de arrombadores de portas.

Ele estava prestes a se virar quando Selene o puxou de volta e o recebeu com um beijo macio e quente, não muito mais que um colar dos lábios. O perfume de flor era muito melhor que o charuto em mascarar o fedor da maldição.

— Não sou a Lua, mas é pra dar sorte.

Seria um enorme sacrilégio dizer que Selene era ainda melhor do que a Lua, e Heitor não se importaria de ser banido dos campos lunares se isso significasse passar o pós-vida com ela. Beijou-a de volta, colando os corpos numa promessa silenciosa de como celebrariam o sucesso do grande roubo mais tarde. Ele a segurou pelo pescoço com a mão que não levava o charuto e lhe deu mais alguns selinhos antes de enfiar os dedos nos cabelos dela e puxar alguns grampos que prendiam os cachos de que tanto gostava. Piscou um olho para ela.

— Agora vai, se afasta. Aproveita e fica de olho na escada e no elevador. Se vier alguém, você se esconde.

Quando Selene se virou, ele lhe deu um tapinha na bunda e foi recompensado com uma gargalhada que ela logo tratou de abafar. Então, dando um beijinho nos grampos que havia acabado de pegar, colocou o charuto na boca e se concentrou na tarefa do momento. A cena toda era tão parecida com o momento vivido na mansão dos

De Minet que ele sentiu os pelos se arrepiarem, como se houvesse algo de destino na sequência de acontecimentos das últimas semanas. Talvez até no último ano inteiro.

Entortou os grampos para ficarem no formato de que precisava, de uma gazua e um tensor em ângulo reto, e enrolou as mãos o melhor que pôde com o lenço. Ao primeiro encontro do metal dos grampos com a mistura de ferro e prata da tranca, sentiu o arrepio da magia tentando penetrar sua carcaça. Os pelos no pescoço e nos braços se eriçaram, a fera se agitando com a tentativa de invasão. O lobo cresceu de novo, preencheu mais do espaço da pele de homem.

Os ruídos do corredor eram todos baixos e normais. A respiração e o coração acelerado de Selene, o ronco distante de carros lá fora, um murmúrio do burburinho da festa, os ratos que os humanos gostavam de fingir que não existiam em seus prédios chiques. As condições eram ideais, permitiam que o homem se concentrasse na tarefa quase mundana de destrancar a porta enquanto o lobo se mantinha atento aos perigos visíveis apenas ao instinto de sobrevivência.

O clique soou alto demais no meio da sinfonia abafada. Heitor teve apenas o tempo de fechar os olhos ao perceber o que aconteceria. A magia explodiu num flash de poder vermelho e o lançou para trás.

— Heitor!

Por um momento cego e surdo, o mundo se resumiu a sensações enquanto ele se chocava contra a parede do outro lado. A magia da maldição o cobriu por completo, tentando cumprir os próprios desígnios contra o invasor. O lobo reagiu de imediato, cresceu e saiu tanto quanto podia sem a lua cheia, rosnando para nada em particular.

Heitor se sentiu crescer em tamanho, sentiu o estalo nos ossos da cara e dos ombros, o tecido do terno se esgaçar, os cabelos se tornarem grossos como pelo. A carcaça de fera era um escudo, uma dádiva, e não pela primeira vez se sentiu grato por ser o que era. A magia se enroscou e puxou seu pelo, apertou sua garganta, queimou contra sua pele ainda exposta. Ele quase farejava uma frustração no feitiço, o que deixou o lobo ainda mais satisfeito.

Havia quem chamasse de maldição, mas os lobisomens sabiam que o lobo era uma bênção. Sentiu a proteção da Lua se entremear à magia invasora, sentiu a força da matilha pulsando em conjunto.

Ele se sacudiu para expulsar a maldição, como um cachorro molhado sacudia a água. Erguendo-se escorado na parede, finalmente conseguiu abrir os olhos para ver o vapor vermelho subindo de suas mãos. Bufou com descaso e alongou o pescoço.

Então, um toque suave no rosto o despertou para o fato de que Selene havia se aproximado.

— Você está bem?

Ela acariciou sua bochecha e penteou seus cabelos de volta para trás com os dedos, revelando o rosto apenas meio transformado. Selene também já o havia visto num estado pior, totalmente transformado e violento. No entanto, ser observado daquela forma parecia mais revelador; a coexistência de lobo e homem nunca ficava tão nítida. E, apesar de saber que deviam correr, que precisavam se apressar, se deixou ser analisado.

Selene parecia preocupada e seu rosto não indicava sinal de nojo ou incômodo com a aparência dele.

— A magia não te machucou mesmo?

Heitor sorriu.

— Não, linda, mas eu aceito um beijo pra curar mesmo assim.

Selene sorriu de volta e o abraçou, esfregou o rosto de leve contra os pelos do seu pescoço, e ali deixou um beijo. Ele poderia se acostumar com a sensação, o que era só mais um motivo para acabarem com aquilo tudo o mais rápido possível.

Tomando a dianteira, Heitor foi até o batente da porta e recolheu o charuto do chão. Não havia sinais da explosão de magia, outro indicativo de um serviço caro. Ele chutou a porta com o bico do sapato para abri-la e revelar um espaço escuro. A visão lupina enxergou caixas e malotes espalhados no chão e sobre mesas e sofás. Não havia sons ou cheiros de criaturas lá dentro, embora um odor familiar se fizesse presente. Heitor apagou e guardou o charuto.

Selene acendeu a luz, iluminando a sala que fazia as vezes de depósito.

— Tem tanta coisa aqui, parece ter muito mais do que dinheiro...

— Mas é aqui que o dinheiro está, com certeza.

— Como você sabe?

Ele apontou para o próprio nariz, foi até um malote de lona surrada e o abriu. Lá estava: notas e mais notas de cruzados, algumas amarradas em bolinhos e outras soltas e amassadas, como dinheiro de bêbado. E o cheiro inconfundível da matilha.

Ao longe, distinguiu alguns uivos e tiros.

— Vamos, linda. Não temos muito tempo, não faço ideia do quanto dá pra ouvir dessa confusão lá na festa, nem de quanta gente pode estar vindo pra cá.

Ele correu até a porta da varanda e, felizmente, não precisou uivar. Os homens de Escafurinha já estavam no terraço do prédio do outro lado com alguns rapazes da matilha, esperando. Heitor acenou para eles e voltou para dentro. Não viu Guido ou Edgar, mas não havia tempo para se preocupar com os dois maiores lobisomens da matilha no momento.

Juntos, carregaram os malotes de dinheiro e os arremessaram. Foram necessárias várias idas e vindas no quarto.

— Ainda vai sobrar muita coisa aqui... — disse Selene, soando ofegante.

Olhando em volta, Heitor fez uma estimativa rápida do quanto haviam passado. Provavelmente haveria o bastante para cobrir a parte de Escafurinha. Talvez a matilha ficasse com um pouco menos, mas no final das contas, não era sobre o dinheiro.

Era sobre destruir o maldito que havia atacado os Lacarez e ousado ameaçar a mulher que ele amava.

— Não tem problema. Esse é um daqueles clássicos casos com que todo bandido acaba se deparando, mais cedo ou mais tarde... — respondeu ele, pegando os dois últimos malotes e os arremessando. — O prejuízo do nosso inimigo é também o nosso lucro.

Selene franziu a testa e então suspirou.

— É impressão minha, ou você está prestes a explodir alguma coisa?

A gargalhada de Heitor veio com toques de insanidade e sedução. Ou talvez fosse Selene quem já estava completamente entregue ao mundo mágico de não se importar com mais nada, praticamente prestes a entregar a carteirinha do clube das boas damas para ser queimada junto.

— Você tem medo de altura, linda?

Esse foi o único aviso que ela teve antes de Heitor se inclinar e erguê-la no colo, passando um braço por baixo de seus joelhos e outro por suas costas, como se estivesse carregando uma noiva ou uma donzela em apuros. Tecnicamente, ela era as duas coisas. O pensamento inútil sumiu assim que ele se virou para janela. Selene o abraçou pelo pescoço e então o mundo virou um borrão.

Vislumbres do azulejo antigo e da balaustrada da varanda do Mitz rapidamente se transformaram nas imagens da rua distante lá embaixo e da parede de um prédio escuro. Cenas indistintas, pintadas em sobreposição como se o artista estivesse tentando retratar o movimento puro. O rugir do vento nos ouvidos mascarou todos os outros barulhos e Selene demorou a perceber o baque seco dos sapatos de Heitor contra um chão de concreto.

Tão logo aterrissaram, ele já estava despachando ordens. Um misto de lobisomens e homens carregava malotes de dinheiro para longe.

— Me espera aqui.

Heitor a colocou no chão com cuidado e se voltou para a janela, se pendurando para saltar de novo. Selene chegou a dar alguns passos atrás dele, mas Heitor já estava cruzando o ar de novo. Ele sumiu na varanda de onde tinham vindo. Através das sacadas dos andares de baixo, teve vislumbres de lobisomens mascarados sumindo e reaparecendo e de tiros cortando o ar, acesos por meros instantes. Daquela distância, pareciam o zunir de fadas velozes.

Tentando contar pelas janelas, procurou qualquer indício de rostos familiares. Seus pais talvez já estivessem na festa, onde, a julgar pela movimentação tranquila da calçada, ninguém parecia ter se dado conta da guerra sendo travada muitos andares acima. Bem longe de onde os havia deixado, Selene avistou Edgar e Guido numa sacada de um andar intermediário, ambos ajudando Escafurinha e Anette.

Então, um uivo longo cortou a noite.

Encontrou Heitor na sacada, a cabeça jogada para trás, o cabelo um pouco desgrenhado. Tão lobo e tão selvagem quanto no dia da lua cheia. Selene sentiu o coração apertar.

Todos os outros lobisomens pararam por um momento, ouvindo o recado. E o que quer que tivesse sido dito os apressou a bater em retirada. A matilha escapou por várias janelas e sacadas e, logo depois, Heitor saltou de volta para o lado dela também.

Uma série de explosões atrás dele clarearam a noite, altas o suficiente para serem percebida até por motoristas e fotógrafos treze andares abaixo.

— Puta merda.

Ela precisou de alguns instantes para perceber que tinha sido a própria voz a pronunciar o xingamento.

Quando Heitor chegou, se amparou primeiro na janela, depois entrou, batendo pó e fuligem do paletó branco já praticamente arruinado. O cabelo desgrenhado e as manchas de fuligem no rosto completavam o estado caótico, o que de alguma forma o deixava ainda mais bonito.

Às vezes, o caminho da liberdade tinha gosto de sangue, e às vezes tinha cheiro de queimado e som de explosão. Estava mais do que na hora de romper com todas aquelas amarras.

— Tudo bem, linda?

Ela respondeu com um beijo, que estava se tornando sua forma de resposta favorita.

Com um suspiro e um riso no meio do beijo, Heitor se afastou devagar, acariciando o rosto de Selene. Os olhos escuros dele ardiam, como se prestes a virar brasas. A noite de Averrio estava abafada, o hotel mais caro da cidade queimava, e ainda assim o ponto mais quente era o abraço dele, alimentando cada vez mais a chama que havia dentro dela. Qualquer dia desses, Selene se transformaria num incêndio como o deixado para trás, no hotel.

— Não que eu não esteja gostando, mas podemos continuar isso em outro lugar? Precisamos fugir e nos esconder. Eu tentei deixar indícios para incriminar seu noivo querido, mas idealmente não devemos ser pegos tão próximos da cena do crime.

— Vamos... Vamos para a minha galeria.

22

FELICIDADE

No salto para o segundo prédio, na rota de fuga, Selene manteve os olhos abertos, querendo absorver tudo. De um lado, a orla de Averrio mal dava conta de iluminar as águas escuras da baía, turvas e insondáveis mesmo durante o dia. Do outro, os prédios de diferentes tamanhos e estilos pontilhavam o horizonte da cidade. A vista de cima criava a ilusão de uma colcha de retalhos uniforme, bem unida nas costuras, como se a cidade não estivesse a todo instante à beira de um esgarçamento, com todo o passado violento e a corrupção acumulados sob o tecido de uma população tão diversa e tão desigual.

Apesar disso, Selene sentia um afeto descomunal pelo lugar. Mal podia esperar para ver as festividades do feriado tomarem as ruas, no dia seguinte, quando o sol raiasse trazendo o carnaval. Deveria estar exausta de pensar que dentro de algumas horas encararia o desfile que provavelmente entraria para a história de Averrio, resultado de um longo ano de trabalho e também dos acordos polêmicos que havia feito nos últimos dias. Uma energia borbulhante atravessava seu peito e afastava o cansaço. Ela queria dançar, cantar, se divertir.

Queria devorar o lobisomem que a carregava como se ela própria fosse a fera da história.

Pararam no telhado do prédio do Paço, depois saltaram para o chão. Como ela estava sem chave, Heitor cometeu um último arrombamento para poderem entrar, e depois fechou a porta arrastando a mesa e algumas telas. Tudo na galeria estava exatamente como Selene tinha deixado, incluindo a poeira.

— Tem certeza de que não quer ir pra cachaçaria, linda?

— Aqui é mais perto. Eu ainda preciso resolver os últimos detalhes do desfile amanhã cedo. E também… tem um quarto aqui.

Ela o guiou para os fundos, atravessando as salas onde deveriam ficar as obras expostas e um depósito. O quarto era bem velho e sujo, tinha uma cama de armação de metal com um colchão que já tinha visto dias melhores e uma poltrona de couro gasto cheio de cortes. Uma mesa e uma cabeceira empoeiradas completavam o conjunto patético de móveis.

— Acho que o antigo dono morava aqui. Não consegui me desfazer de tudo, e na verdade… — Ela foi até a pequena janela que dava para os fundos do Paço e a abriu para deixar o ar fresco entrar. — Não sei bem o que fazer com isso ainda. Talvez seja o escritório da galeria? Talvez seja bom manter como quarto? Pensei tantas vezes em fugir de casa e morar aqui, que não tive coragem de me desfazer dos móveis.

Heitor deu algumas voltas, farejou os cantos como o cachorro que era — e que não mais fingia não ser. Ao observá-lo, Selene foi atingida pela percepção de que estavam verdadeiramente sozinhos num quarto pela primeira vez em muito tempo. O coração dela disparou.

— Como vamos saber se todos conseguiram escapar? — perguntou, tentando reter ainda algum senso de praticidade. Havia amigos feridos pela cidade.

— Não estou ouvindo sirenes, então... por enquanto, vamos esperar. Amanhã, com o desfile, será mais seguro nos reencontrarmos com os outros.

— Esperar?! Só isso?

— Todo crime é 80% espera e 5% ação.

— Está faltando porcentagem nessa conta aí.

— O resto é tudo sorte.

— Isso não foi tão tranquilizador quanto você acha.

Ele riu. Selene o observou puxar a poltrona velha, arrastá-la para mais perto da cama e, em seguida, se esticar nela confortavelmente, apoiando os pés cruzados sobre o colchão sem se incomodar com os sapatos. Vê-lo de terno branco era uma novidade, uma quebra nos diferentes retratos que tinha construído dele. A cor realçava os cabelos mais claros que do resto da família e o deixava mais luminoso.

Heitor puxou um charuto e um isqueiro de dentro do paletó, acendeu a ponta e ficou brincando com a chama, abrindo e fechando a tampa de metal. Era um indício de que também não estava tão tranquilo quanto fazia parecer, talvez um espelhasse o outro. Havia muitas coisas que ela queria comentar, muitas formas que podia imaginá-los preenchendo o tempo até o sol nascer. Mas estava vendo tanto do lobo naquela noite, que Selene não conseguia não ser transportada de volta para uma noite específica da semana anterior.

— Você uma vez me disse que seus pelos eram marrons, mas não são tão claros quanto você deu a entender.

O isqueiro travou com a chama acesa. Heitor a encarou por entre a fumaça. Ele pareceu hesitar, mas, por fim, cedeu ao assunto.

— Meu pelo tava molhado e sujo de sangue.

Engolindo em seco, agarrando a oportunidade, Selene foi até a cama e se sentou de frente para ele, quase tocando seus pés apoiados.

— Toda lua cheia é como aquela?

— A maioria não é. Em geral, os humanos são sensatos o suficiente para não se meterem com a pele de lobo.

Soou como um aviso, que Selene escolheu ignorar.

— Dói? Trocar de pele?

O isqueiro voltou ao abrir e fechar, o *clique clique clique* e o sussurro da chama dando o tom da hesitação de Heitor em responder.

— Por que você quer saber? Não basta tudo que já viu?

— Por que você não gosta de contar?

— Eu te disse uma vez, é pessoal demais. Conhecer a pele de lobo é me conhecer por completo, todas as partes que eu não tenho como suavizar.

— Mas eu não quero saber por causa de um fetiche ou de uma curiosidade. Quero saber porque é você. Sempre quis.

— Mas também tinha vergonha desse querer, não tinha? Medo do que aconteceria com você, se as pessoas descobrissem. E não te culpo, você tinha muito a perder e eu, nada a oferecer. Acho que depois de tanto tempo sendo um brinquedo, o que sobrou de mim... eu tive medo de te dar e você não gostar.

Selene agarrou o colchão velho, tentando se manter firme, o coração se partindo um pouquinho. Heitor estava sendo honesto, ela precisava ser também. Bastava de se esconder.

— No fundo, acho que fiquei tão magoada com a chantagem que a sua família me fez porque... jogou bem na minha cara o quanto eu era capaz de me encolher. Me acostumei a fazer apenas o que meus pais queriam, nunca havia lutado de verdade pelo que eu desejava. Não sei nem como você aceitou me ajudar agora, depois de tanto tempo.

— Eu quis. E quis porque não consigo dizer não pra você. Porque, desde que você me enxotou da sua porta, eu vivo vadiando pela rua, sem saber o que fazer. Porque você era só uma cliente e, de repente, se transformou na melhor parte do meu dia, da minha semana. Porque eu fiquei um ano tentando não te procurar, fingindo que não ficava feliz de esbarrar em você, torcendo pra você olhar de volta quando eu te via passar do outro lado da rua. — Ele esfregou o rosto e suspirou, então tirou os pés da cama para apoiar os cotovelos nos joelhos. — Porque eu sou só um vira-lata apaixonado, me alimentando da esperança de que você ainda vai me dar uma chance.

Selene se forçou a respirar bem devagar. Heitor sorriu de lado e estendeu a mão para acariciar o rosto dela.

— Eu fico me lembrando de todo o futuro que você tinha planejado, tão estranho pra mim, mas tão mais incrível do que esse noivado em que você se meteu. Passei esses últimos dias todos mordido, pensando naquele maldito tocando na mulher mais linda do mundo, e toda vez me dá vontade de arrancar os braços dele. — O olhar de Heitor de repente ficou mais sombrio, mais lupino. A pele da testa tremeu, os pelos das sobrancelhas cresceram. — Eu deixaria só os ouvidos, pra ele escutar sua gargalhada de verdade, e não aquele teatrinho bem-educado que você aprendeu a fazer tão bem. E não comeria o coração também, porque deve ter um gosto horrível. Acho que eu deixaria largado para os carniceiros da sarjeta.

A voz dele foi ganhando tons mais roucos, mais rosnados, e o rosto trazia pequenas marcas de mudança, tão sutis que era difícil apontar exatamente onde o lobo estava visível. Os olhos dele, normalmente pretos e infinitos, ganharam um novo lampejo. Heitor afastou a mão que a tocava e a girou de um lado para o outro, mostrando os pelos crescendo no dorso dos dedos, as juntas maiores, as unhas se tornando afiadas.

— E aqui está o lobo, da forma que ele consegue sair sem a lua cheia. Esse é o entre-estado. As emoções fortes, que evocam selvageria, ajudam o monstro a atravessar a prisão de carne. Raiva, ódio, medo, desejo .. Quase nada me coloca no entre-estado, meu corpo já se acostumou com os anos tomando a poção para controlar isso. Quase nada... a não ser você. E aí está outra verdade bem clara. — Heitor abaixou a mão e o rosto. — Quer algo mais?

— Quero.

Ela o beijou.

Puxou a mão transformada de volta, o rosto, e colou os lábios nos dele. Heitor rosnou, surpreso, antes de retribuir com fome. Ele a puxou pela cintura, fazendo com que saísse da cama e fosse montá-lo na poltrona. Enquanto tinha a boca invadida, e invadia a dele de volta, matando uma saudade indizível daquele gosto único, Selene tateou o rosto em transformação, o pescoço, os ombros.

O corpo de Heitor vibrava, emanando o calor de sempre e parecendo reagir aos toques dela. Com um pouco de esforço, Selene desfez a gravata e abriu o colarinho da camisa dele, até conseguir tocar a pele, sentir os pelos crescendo sob a ponta dos dedos, pinicando através do tecido da luva.

Selene se afastou, interrompeu o beijo, e Heitor foi ganindo atrás dela.

— O entre-estado dói?

— Linda, você quer fazer perguntas *agora*?

— Quero que seja bom para você.

Ele riu, soando meio desesperado, então livrou-se do paletó e da camisa, terminando o trabalho que ela havia começado, e deixou que Selene visse toda a extensão da quase transformação. Heitor pegou a mão dela e, devagar, puxou a luva, um dedo por vez. Quando já não havia mais nenhuma barreira de tecido, trouxe-a para o próprio peito, guiou o toque de Selene pelas áreas cobertas por pelo de lobo, mais longo e mais grosso do que os que ficavam no peitoral do homem. Depois, foi descendo, seguindo a linha do abdome, passando pelo umbigo até encontrar o cinto da calça e o volume duro logo abaixo.

Sentir a rigidez da ereção veio com nostalgia e novidade. Costumava ter livre acesso àquele corpo, ou a uma versão dele. Selene apertou o volume, esfregou a mão para cima e para baixo e se arrepiou ao ouvi-lo ganir. Os sons monstruosos, tão raros antes, passavam a brotar da garganta de Heitor com naturalidade cada vez maior, penetravam nela e iam descendo até se instalarem em seu baixo-ventre.

— Se você me deixar preso aqui dentro por muito mais tempo, talvez comece a doer.

— Pobre cachorro, preso na coleira...

Ela tirou a outra luva para continuar com a exploração do toque; queria sentir cada curva e dobra, memorizar aquelas formas de duas criaturas compartilhando um corpo só, um espírito só. Heitor deixou que ela fizesse como queria. Se recostou na poltrona, inspirando fundo, parecendo hipnotizado com a sensação da pele de Selene contra a dele, como se fosse a primeira vez. De certa forma, era.

Pensar que era a primeira humana a ter o privilégio de ver o descortinar do lobo, de tocá-lo, de observar as reações controladas ao mesmo tempo que a fome aumentava em seu olhar, eliminou toda coerência de sua mente. Não havia mais nada a não ser aquele momento.

Selene finalmente alcançou o cinto e abriu a calça. Ele não usava nada por baixo, como era típico. O membro duro saltou para uma curta liberdade, para as garras dela, já esperando.

— Linda... — A palavra veio meio ganido e meio rosnado, contendo um mundo em duas sílabas.

— Lindo — disse ela, antes de sair do colo dele e se ajoelhar para colocar o pau na boca.

— Puta merda.

Selene não respondeu, ansiosa por devorar o máximo que podia dele. Percebeu-se faminta por mais descobertas, mais primeiras vezes. Heitor nunca a deixara chupá-lo, no passado. Dizia que ela pagava para receber prazer e o que ele conseguia era mais do que o suficiente.

Ele enfiou os dedos no cabelo dela, tentou puxá-la de volta, as garras um arranhão suave em seu couro cabeludo, mas Selene não cedeu. Subiu um pouco apenas para descer novamente, levando-o tão fundo quanto conseguia, passeando com a língua pelo membro escaldante. Havia poder ali. Apesar de ser a pessoa de joelhos, era ele quem se rendia, quem se fazia vulnerável.

Aparentemente desistindo de movê-la, Heitor mudou de tática — abaixou as alças do seu vestido e alcançou um dos seios com a mão, roçando as garras sobre o tecido rendado da lingerie.

— Não sabia... que a fantasia era completa. Renda prateada... talvez seja minha favorita agora.... Ahhh, linda.

Selene parou por um momento, ainda com o pau na boca, e olhou para cima. Heitor estava meio encurvado sobre ela, segurando seu cabelo e acariciando seu seio, ofegante e com um olhar à beira do desvario. Ela sorriu e piscou um olho.

Foi demais para ele. Com um rosnado, Heitor a puxou de uma vez para cima e a jogou na cama. Apoiado sobre as mãos e as pernas, Heitor a olhou de cima a baixo antes de sorrir maliciosamente e fazê-la arfar de pura expectativa.

— Minha vez.

Mostrando que não perdera a habilidade de despir uma mulher em tempo recorde, ele terminou de puxar o vestido para baixo, levando a combinação de renda junto. Descartou as peças e mergulhou no corpo dela, apressado, sôfrego, longe do profissional controlado a que estava acostumada.

Selene gemeu alto ao sentir a boca quente de Heitor cobrindo um dos mamilos, os dedos dele beliscando o outro do jeito que sempre a levava à loucura. Tudo novo, tudo familiar. O toque preciso de sempre, mais intenso, mais perigoso. As garras abandonaram seu seio e foram descendo, arranharam a pele da barriga e se fincaram no quadril quando ela arqueou o corpo, querendo fricção também ali, naquele ponto entre as pernas. A ardência dos arranhões a assustou um pouco, logo sendo substituída pela sensação molhada dos beijos dele acompanhando o caminho das garras.

Heitor marcou e beijou e chupou uma trilha cada vez mais para baixo, sob os seios, a cintura, o interior das coxas. E então parou.

— Não ouse... seu cachorro.

Delicadamente, ele empurrou as pernas dela para o lado, afastando-as totalmente, e passou a ponta das garras por entre os pelos entre as virilhas, circulando e evitando abri-la. Heitor inspirou fundo e rosnou.

— Eu amo esse cheiro.

Finalmente, ele separou os lábios e desceu sobre o centro molhado dela. Não perdeu tempo com mais provocações; pressionou com a língua e chupou o clitóris, lambeu tudo que escorria dela como um animal sedento. Selene agarrou os cabelos dele, empurrou a cabeça para onde o queria e gemeu alto a cada nova onda de prazer. A subida foi rápida e vertiginosa, saudade e fome ditando o ritmo crescente, a levando cada vez mais alto, mais fora de si, até a tensão acumulada explodir.

Um gemido e uma gargalhada lhe subiram pela garganta. Nos orgasmos mais intensos, Selene ria, uma libertação da esquisitice que escondia do mundo. Por alguns momentos, ficou leve, sentindo-se apenas feliz, mas foi atraída de volta para a realidade pelo lobisomem exigente que tinha entre as pernas.

Heitor fincou as mãos na cama, as garras arruinando ainda mais o colchão enquanto ele devorava o prazer dela. Selene o puxou pelo cabelo, ofegante, e se deleitou com o rosto meio humano meio lupino lambuzado com seus fluidos. Não deixava de ser uma marca de posse, uma declaração. O próprio corpo ainda ressoava com o gozo e se agitou novamente de desejo. Ela se sentia insaciável.

O breve encontro no galpão tinha sido bom, uma chuva rápida de verão para um breve refresco e para escancarar quão insuportavelmente quente era a vida de desejar e se negar o que queria. Aquela noite impensada precisava preencher mais vontades ou ela enlouqueceria.

— Vem — sussurrou, quase sem voz. — Eu ainda preciso de mais...

— Linda...

Ele empurrou as calças para baixo, mas não se deu ao trabalho de tirá-las por inteiro. Selene acompanhou com o olhar cada nova parte do corpo revelada, comparou o entre-estado com a pele de homem a que estava familiarizada, e se descobriu ainda mais desejosa. Talvez tivesse um fetiche, no final das contas, porque o queria de todas as formas, em todas as peles e todas as interseções entre elas. Ou talvez fosse isso o amor por uma fera, reconhecer a monstruosidade e desejá-la por isso, não apesar disso.

— Mais de você. — Ela concluiu a frase inacabada e tentou emendar numa próxima. Ser direita, ser verdadeira. — Eu...

Um beijo com o próprio gosto a calou. Heitor foi tão rápido que ela mal viu o movimento, ouviu apenas a cama ranger com a força com que ele se jogou sobre ela. O membro duro pressionado entre os dois pulsava, impossivelmente quente.

— Eu vou te morder — anunciou ele, falando entre beijos.

— Tudo bem. — Ela provavelmente teria concordado com qualquer coisa.

Heitor se afastou.

— Vai doer, mas não vai machucar.

— É uma coisa de lobisomem?

— É. E significa que, depois disso, nunca mais vou conseguir desistir de você.

— Se isso era uma ameaça, soou mais como uma promessa... — Selene sorriu, acariciou as marcas de transformação no rosto dele. — Posso te morder de volta?

Ele grunhiu, afundou o rosto no pescoço dela, lambeu a pele suada.

— Se você fizer isso, é certo que nunca mais vai se livrar de mim.

A reação foi imediata, porque ela não conseguia mais apenas cogitar a possibilidade. Assim como deu o primeiro beijo, Selene levantou a cabeça e o mordeu no ombro. Uma mordida fraca e patética, como a humana que era, mas se empenhou mesmo assim, cravando os dentes com toda força que tinha e se deliciando com o gosto salgado de suor nos pelos.

Heitor grunhiu de novo, mais animalesco, menos homem. E, com um único movimento, ergueu o quadril e a penetrou de uma vez, deslizando para dentro com força. Selene arquejou com a surpresa, jogou a cabeça para trás com o pulsar de prazer voltando a crescer. Com o novo acesso, sentiu a mordida repentina na junção entre seu pescoço e seu ombro, a dor se misturando rápido a todas as outras sensações. Pela primeira vez, sentiu-se realmente possuída por ele — mais do que recebendo o prazer e tentando dá-lo em troca, sentiu que estavam fazendo algo juntos, algo maior. Mais primitivo e mais profundo.

A mandíbula dele estava travada em sua carne, mesmo quando Heitor começou a se movimentar, saindo e entrando em estocadas fortes. E a cada vez, a cada deslizar, a sensação de preenchimento ia além do ventre, subindo corpo adentro, correndo pelas veias até se conectar com o ponto onde sentia os dentes afiados e a língua de lobo, causando faíscas. Selene levantou as pernas para que ele fosse mais fundo, as usou para envolver a cintura dele, sincronizando seus movimentos.

Foi tomada por uma loucura febril, um turbilhão de sentimentos, uma entrega à fera, quase como se pudesse ser absorvida por ela, se tornar uma.

Parecia magia. Só podia ser magia, do tipo que apenas aqueles dois corpos seriam capazes de produzir.

Seguindo o instinto sem nome que havia tomado suas ações desde que se colocara de joelhos mais cedo, voltou a mordê-lo, e sentiu de vez as amarras se soltarem em ambos. Heitor aumentou a velocidade, perdeu o controle e o ritmo, respondendo aos gemidos abafados dela. Selene não precisava pedir por mais; ele queria mais, tão esfomeado quanto ela.

Gozaram um seguido do outro. Ela não soube dizer quem chegou ao ápice primeiro, não importava. No momento em que aconteceu, em que caiu de novo no abismo de prazer, algo se partiu dentro dela, uma mudança irrevogável. Como arrancar uma folha cheia de rabiscos do bloco para começar de novo no papel em branco.

Esparramada sobre o corpo dele, sentindo o formigamento do pó de fada nas marcas de arranhões e da mordida, Selene se permitiu fechar os olhos e fingir que o futuro reservava mais noites como aquela. Não feita de momentos roubados, mas sim parte de uma paisagem contínua numa janela de trem, componentes de uma viagem longa e satisfatória. O coração dele batia numa cadência forte, mais rápido que o de um humano, deixando o corpo mais quente e convidativo mesmo numa noite abafada.

Um ano depois de tudo, mal conseguia acreditar que tinha recebido uma nova chance com Heitor. Que estava se permitindo uma chance com ele.

Ainda assim, o nervosismo pelo dia seguinte a alcançou, junto do entendimento de todas as consequências que as escolhas da noite haviam trazido.

— Linda, que tal sair de dentro dessa cabecinha preocupada e ficar aqui comigo?

Ela suspirou e virou a cabeça para esconder o rosto na curva do pescoço dele.

— Você me conhece bem demais.

Havia uma enorme solidão no fingimento constante, proteger a verdade sobre si exigia se proteger dos outros. O isolamento parecera um preço pequeno a pagar para manter seus segredos seguros até que pudesse ser finalmente livre, já que parecia não haver nada mais de verdadeiro em sua vida. Em algum momento, se tornara rotineiro não compartilhar nada com ninguém. Selene havia precisado de anos dançando na beirada do proibido. O encontro com Heitor havia sido um salto definitivo. Um monstro, quem diria, era seu espaço seguro.

— Estou só pensando em como vai ser amanhã. Não faço ideia do estado em que Anette deixou Ciro, mas, de qualquer forma, ele ouviu a minha voz quando batemos na porta e já estava desconfiado de mim antes. Não te contei isso, não queria te levar mais um problema enquanto organizavam o roubo, mas fiz um acordo com Anette, para que ela cantasse no ouvido dele e o influenciasse a desfazer o noivado em público antes de o carnaval acabar.

O peito de Heitor vibrou com um rosnado baixo.

— Então foi isso que vocês foram fazer no quarto dele. Você retornou ao seu plano original de usar os poderes de um nefilim.

— Mas acabamos descobrindo o plano dele, e eu não pude... Ainda haveria chances de romper o noivado depois... mas eu não podia arriscar que você morresse numa emboscada, ou seria tudo em vão.

Heitor inspirou fundo embaixo dela, um gesto que já conhecia como sinal de que ele estava tentando adivinhar seus pensamentos através do cheiro. No início, foi assustador ser tão transparente, mas naquele momento Selene se deu conta de como apreciava a intimidade de não precisar esconder o que sentia.

— Linda...

Gentilmente, ele encaixou as mãos no pescoço dela e fez com que erguesse a cabeça. A suavidade e o calor do toque de repente pareceram contraditórios ao que encontrou nos olhos dele. Fome. Desejo. Algo mais.

— Não seria tudo em vão, se você ainda conseguisse se livrar dele. Tudo que eu disse hoje não foi para me oferecer como alternativa, embora eu não possa negar que gostaria de ter você ao meu lado, como parte da minha matilha, e te ajudar a descobrir como é ser livre sendo parte de um todo. Mas você não precisa de macho nenhum do seu lado, nunca precisou. Eu ficaria contente em ter só alguns segundos esporádicos da sua atenção, de lamber as migalhas que você me jogasse, se de longe eu conseguisse saber que você estava feliz com a própria vida.

— Não fala isso.

— Por quê?

— Eu não mereço nada disso. Sou só uma garota mimada que...

— E quem disse que felicidade é uma coisa que se merece? Você acha que eu mereço alguma coisa boa? Prostituto, ladrão, contrabandista e, bom, assassino também. Já matei humanos e não humanos, matei para me manter vivo e matei em nome dos interesses da minha matilha, e mataria por você também, caso esteja se perguntando. Não, linda... Felicidade se rouba e se enfia no bolso, se bebe igual cerveja, se fuma igual charuto caro ou cigarro barato. Felicidade é o pão que o vira-lata morde e sai correndo. Não é um quadro bonito, eu sei, mas é assim que cada alma desgraçada dessa cidade faz, um dia depois do outro, porque só sobreviver não é o bastante. E o que você fez hoje, vem fazendo desde a lua cheia... sua escolha, até a sua máscara... foi coragem pura. E é por tudo isso que estou dizendo: pode fazer de mim o que quiser, desde que não se torne novamente uma prisioneira por isso.

— Não sou corajosa. Acho que sou mesmo uma menina rica mimada e egoísta, no final das contas. Fiz tudo isso porque não consegui imaginar passar mais tanto tempo longe de você, não suportei a ideia de que algo pudesse acontecer a você sem que eu dissesse... — As palavras sumiram na garganta, comprimidas entre a enormidade do que sentia e o peso de tantos anos se controlando para não revelar nada. — Eu acho que desenho melhor do que falo, não tenho jeito com as palavras, não sei como dizer. Tenho cores e formas sobre como eu me sinto, mas...

Heitor ergueu o nariz e farejou. Então enfiou o focinho no pescoço dela, inalou os cachos espalhados e rebeldes. Selene o recebeu com um abraço, afagando os cabelos e os pelos crescidos no pescoço dele.

— Você não faz mesmo ideia do que nosso cheiro virou, não é? Não precisa dizer nada, o cheiro não mente, e me conta tudo que eu preciso saber.

— Mas eu preciso falar. Preciso ser melhor do que isso, depois de tudo. Você merece ouvir que é a única pessoa que já viu todos os meus lados, que é o único em quem eu confio para ser eu mesma, o único que nunca me pediu nenhum sacrifício e, por isso mesmo, é por quem eu quero largar tudo. Eu sou egoísta porque quero coisas demais e sua presença em todas elas. Quero te exibir na frente de todos os seus antigos clientes e mostrar como não podem mais ter nada de você, porque é tudo meu. O barulho do seu isqueiro abrindo e fechando, o seu charme, o seu olhar de carvão acendendo quando me vê, sua pele de lobo e o entre-estado. Meu, tudo meu. — Selene o apertou, vibrando com a possessividade e o alívio de finalmente conseguir dar vazão ao que sentia. — Acho que esse não é um amor bonito, não é altruísta como o seu, e com certeza é menos do que você merece, mas eu te ofereço mesmo assim. Eu já te amava na primeira vez que você me levou na praia da matilha, e já te amava naquela tarde na biblioteca, e te amei esse tempo todo longe, morrendo de medo de admitir isso em voz alta, sabendo que não teria mais volta. Não seria capaz de aceitar qualquer outra vida, se deixasse essa verdade escapar. Eu amo você, Heitor Lacarez, prostituto, ladrão, contrabandista e assassino, e estou disposta a me tornar tudo isso também pra ficar ao seu lado. Talvez já esteja me tornando; o mais perto de uma loba faminta que posso ser. Eu amo vo...

Em algum momento da declaração, Heitor havia ficado completamente imóvel, mas se virou de repente e engoliu suas últimas palavras. Selene recebeu o beijo e tudo mais que veio junto — o gosto de liberdade e o toque de garras arranhando a pele.

Ela estava pronta para mais, e já abria as pernas quando novamente ele a surpreendeu. Heitor rosnou com ferocidade. Os ossos do corpo chegaram a estalar sob as mãos dela antes de Selene ser erguida e colocada de pé, confusa com a mudança de tom do momento.

— Se veste, linda, e se esconde. Acho que estão invadindo a galeria.

23

RAINHA

Heitor se transformou num borrão, saiu se espremendo pela janelinha e voltou ao quarto antes mesmo que ela terminasse de se vestir.

— O que é? Quem é?!

— Ciro — respondeu ele, sério, vasculhando os bolsos do próprio paletó. Arma, punhal, charuto, isqueiro, duas granadas. — E mais um monte de capanga. Acho até que aquela velha da mãe dele tá esperando no carro mais atrás.

Selene terminou de se enfiar no vestido, mas não se deu ao trabalho de relocar as luvas nem os sapatos. Pegou a bolsinha, e lá de dentro tirou uma arma. O presente que Heitor havia lhe dado.

Ele sorriu de lado ao ver o revólver, mas balançou a cabeça, fazendo que não.

— De forma alguma. Não é como na lua cheia, hoje estamos em desvantagem.

Selene arregalou os olhos.

— Do que exatamente você está falando?

— Estamos cercados. O Paço está cercado, então me escuta. — Heitor a agarrou pelos ombros, firme e muito sério. — Se nós não sairmos, eles vão entrar. E, quando sairmos, é certo que vão atirar. Então, eu vou atrair o fogo pra mim, e você vai fugir...

— Não!

— ...pela abertura que eu vou criar. Tem uma viela estreita virando a esquina, e tem poucos homens ali. Eu vou jogar uma granada e você vai passar.

— Você não pode contra todos eles sozinho!

— Verdade, não posso. Vou uivar por ajuda, mas não sei quanto tempo vão demorar pra chegar. Não importa, não temos escolha; não vou deixar ele encostar um dedo em você.

Sem oferecer brechas para discussão, Heitor começou a puxá-la na direção da entrada principal. Quanto mais se aproximavam, mais ela conseguia ouvir o barulho de alguém tentando arrombar a porta, que Heitor havia bloqueado com tudo que encontrara dentro da galeria.

Ele a puxou para um beijo rápido e enfiou o focinho nos cachos dela mais uma vez antes de afastá-la.

— Eu vou lidar com esses da porta, você espera aqui. Quando ouvir a explosão, sai correndo e não olha pra trás, entendeu?

— Mas...

— Sem hesitação, linda. Só mais um pouco e essa noite vai acabar, prometo.

Sem hesitação. Uma dama não hesita — isso podia estar no manual. Ela concordou com a cabeça, agarrou a arma com as duas mãos e o assistiu se aproximar da porta, que estremecia diante da força que os homens do outro lado faziam.

Foi tudo rápido demais.

Heitor empurrou os móveis que bloqueavam a passagem e saltou sobre o homem que caiu com a porta se escancarando de repente. Então ele sumiu na noite, deixando para trás apenas o som de tiros e um uivo agudo e entrecortado.

Apontando a arma para a frente, mesmo que se sentisse desajeitada, Selene se aproximou da porta ao se convencer de que ninguém mais ia entrar. Esgueirou-se até o batente, rogando para quaisquer poderes favoráveis a uma humana desesperada para que a matilha não estivesse tão longe. Heitor era um borrão, se movendo rápido e atacando quem via pela frente, nunca ficando muito tempo no mesmo lugar. Alguns tiros direcionados a ele atingiam os capangas.

Quando ela identificou Ciro parado junto a um carro, os braços cruzados e uma espingarda na mão, levantou o revólver, tremendo. Estava longe e escuro, e ela não fazia ideia se seria capaz de acertá-lo.

Naquele momento, Heitor soltou a granada, explodindo o carro e os homens que bloqueavam o acesso à viela. Com um suspiro, Selene balançou a cabeça, agarrou a saia do vestido e correu. O coração estava na boca e as pedras frias e sujas esfolaram seus pés, mas, tão rápido quanto pôde, ela contornou os destroços pegando fogo e se enfiou no beco escuro.

O som dos tiros a acompanhou por todo o labirinto de ruas apertadas demais para automóveis. A cada esquina dobrada, a última imagem borrada de Heitor se atracando com dois ao mesmo tempo a assombrava.

Quando enfim saiu da ruela numa avenida maior, um carro preto freou na frente dela de repente. E de lá saíram Diana e Edgar; Guido vinha semitransformado, agarrado ao teto.

— Ele ficou! Ele ficou! Lá atrás, ele…

— Leva ela! — gritou Edgar.

Os dois lobisomens desapareceram. Selene chegou a correr atrás dele, mas um par de mãos pequenas e enluvadas a agarrou.

— Não — disse Diana, a voz firme.

— Mas nós podemos ajudar! Eu estou armada e você também!

— Selene, nós só chegamos aqui tão rápido porque eu consegui ver essa situação toda no baralho e saí correndo atrás dos meninos. O resto da matilha está espalhado. O melhor que eu e você podemos fazer agora é voltar para a mansão e ajudar a reorganizar tudo. Você quer encher seu noivo desgraçado de buraco de bala? Ótimo, mas isso não vai acontecer agora. A sua parte está guardada.

Os lobisomens falavam todos ao mesmo tempo, rosnavam perguntas e respostas, trocavam suas versões daquela noite. Os Lacarez mais velhos estavam enraivecidos, querendo saber dos três irmãos.

Selene ficou sentada numa poltrona da sala, em silêncio, o coração na mão, a mente em branco. Até Diana colocar um copinho na frente dela.

— Da nossa melhor safra.

Provavelmente não precisava se embebedar, mas virou a dose mesmo assim. A aguardente queimou sua garganta e espantou um pouco da dormência.

— Obrigada.

— *Diana!* — vociferou Mimi.

Diana não respondeu, só pegou a garrafa na mesinha de centro e se serviu de uma dose também, virada rápido, então se sentou na poltrona ao lado de Selene, pegou uma carta de baralho e ficou girando-a entre os dedos. O gesto não passou despercebido aos lobisomens. Mimi rosnou, apontando um dedo com uma garra afiada.

— Por que você não parece preocupada? Desembucha, garota!

— Meu marido vai entrar a qualquer momento.

— Você tem *um* marido, eu tenho *três* sobrinhos!

Raul parecia prestes a intervir quando os lobisomens ouviram alguma coisa. Logo chegou Edgar, com sangue escorrendo pelo rosto e as roupas desgrenhadas.

— Heitor foi levado — disse ele. — Guido foi com dois rapazes seguir o rastro, e o resto da matilha tá se reagrupando.

— Como é?! — O rosto de Mimi começou a mudar. — Você deixou...

— Mimi — rosnou Edgar.

— E você não comece! Cuidar dos seus irmãos era a sua obrigação! — Então Mimi se voltou para Selene. — Mas a culpa é toda sua! Sabe disso, não sabe? Sua!

— Sei.

Talvez não esperassem que ela respondesse, muito menos que assumisse. Inspirando fundo, Selene alcançou a garrafa e pegou mais uma dose. Começava a entender o apelo da coragem líquida.

— É culpa minha, mas eu vou resolver tudo.

— Não me diga! Vai fazer desenhos feios dos De Minet? Isso não é brincadeira de político, garota! Isso aqui é guerra! — A voz de Mimi foi se elevando, as faces enrugadas começando a se modificar. — Heitor está sendo usado de refém! Você entende isso na sua cabecinha de princesa?

— É exatamente por isso que vou destruir toda e qualquer chance de eles conseguirem o que querem.

O tom de sua voz surpreendeu até ela mesma; mais do que pela frieza, pela certeza absoluta do que estava prestes a fazer.

— E como você vai fazer isso? — perguntou Edgar.

Arruinando minha família. O pensamento veio com bastante culpa e, mesmo assim, resoluto. O acordo que havia feito com Pombinha já tinha criado um enorme risco à sua reputação, de qualquer forma. Ali, encarando a possibilidade de uma vida inteira sem Heitor, descobriu que estava mais do que disposta a sacrificar o nome Veronis para salvá-lo.

— A maior parte vocês já fizeram, comendo o negócio dos De Minet. E, lá no hotel, Heitor destruiu boa parte do dinheiro do jogo. A cúpula a essa hora deve estar o mais absoluto caos. Agora só preciso garantir que eles não tenham nada a que se agarrar.

A declaração pegou os lobisomens desprevenidos mais uma vez. Diana apenas bufou e girou a carta mais rápido. Então todos se agitaram e se viraram para a porta momentos antes de Guido entrar, acompanhado de Escafurinha e Anette.

— Minha Lua do céu! — Mimi foi até ele e esfregou um pouco do sangue do rosto do sobrinho, já totalmente em pele de homem. — Tu foi atrás de Heitor e me volta com um humano e uma... nefilim?

Apesar da reclamação, a loba se adiantou para dar uma olhada nos machucados visíveis de Guido.

— Mais respeito, dona. Eu mandava nas ruas aqui tudinho quando esses moleques nem usavam calça — disse o velho, contornando Guido e apontando para a garrafa na mesa de centro. — Um gole, fazendo favor?

Anette não disse nada, apenas se deixou cair no sofá mais próximo, as mãos esfregando as têmporas. Selene se sentou ao lado dela.

— O que aconteceu?

— Eu estava cantando para ele, sugerindo o que deveria fazer... e então a velha insuportável chegou. Sua querida sogra achou estranho o filho não ter descido na hora marcada, e o menino dela é *tão* pontual... — Ela deu de ombros. — E claro, veio com a prima nos calcanhares, e é óbvio que as duas metidas a caçadoras estavam armadas. Eu saí correndo e elas colocaram todo mundo atrás de mim, e o resto... acho que você consegue adivinhar. Mereço um gole da famosa cachaça também?

Escafurinha já tinha um copinho na mão, pronto para servi-la.

— Quando segui o rastro de Heitor, esbarrei com esses dois — disse Guido, se esquivando dos cuidados de Mimi. — Achei melhor trazer pra cá antes que a gente perdesse o único aliado que tem nessa merda toda. Conta pra eles o que tu me falou, velhote.

— Aquele bando de filho de bicho-papão tá usando o meu antigo galpão, a minha roleta de sorteio... de quando tomaram parte do meu território, muito tempo atrás. Sei exatamente pra onde levaram Heitor, e a melhor forma de vocês entrarem. — Escafurinha virou mais uma dose. — Vocês só vão precisar causar uma boa distração. Não deve ser muito difícil, já que amanhã é carnaval.

Selene se levantou e consultou o relógio na parede, depois olhou para Anette, que parecia já ter compreendido o que ela queria. Faltavam apenas algumas horas, mas daria tempo. Os nefilins eram famosos por acordar cedo, com os passarinhos.

— Essa parte é comigo — disse Selene. — A cidade nunca mais vai esquecer esse carnaval.

— Finalmente. — Diana virou a carta com que vinha brincando. — A Rainha de Diamantes vai subir ao palco.

Foi uma madrugada longa, mas a eficiência de um bando de lobisomens motivado ajudou bastante. Houve telefonemas, encontros escusos com seres alados, o desmonte parcial e a reconstrução de um carro alegórico inteiro.

Selene se moveu por todas essas atividades sem sentir nada. Nem frio nem calor, nem medo nem raiva. Depois de uma vida mantendo rédeas firmes sobre as emoções, por fim chegara ao ponto de tê-las suprimido e se ver perdida sem elas. Estava vazia desde que se separara de Heitor, e o que a impulsionava era justamente o desejo de se preencher de novo.

Guido a acompanhou pela maior parte do tempo. Apesar de barulhento e de ter rosnado para todos os nefilins, ela descobriu que o poder de convencimento de um lobisomem grandalhão não podia ser desprezado.

— Você devia descansar — disse a ele quando terminou a última ronda de conversa com todos os diretores de ala e coordenadores de carros alegóricos. Muita gente não tinha gostado da nova ordem do desfile, porém, mais uma vez, a presença de Guido se fizera útil. — Daqui a pouco vai enfrentar a parte mais difícil.

Ele fez um gesto de dispensa, balançando um charuto no ar. Todas as feridas da noite tinham sumido, fosse pelo trabalho da lua ou de pó de fada, mas restava uma inquietação no olhar dele. Uma agitação que se manifestava em pequenos gestos, com o mascar da ponta do charuto e a mão constantemente esfregando o cabelo para trás. De tempos em tempos, ele pegava um cantil no bolso interno do colete só para abri-lo, cheirá-lo e fechá-lo de novo. Tudo que teria sido intimidador antes passara a ser sinais de um cachorro ansioso, preocupado, apesar das risadas inoportunas e mal-educadas na cara dos nefilins e dos faunos.

— Quando o desfile começar, eu vou me juntar a Ed e Diana. O pivete não ia me perdoar se eu deixasse você sem guarda-costas até lá.

Um breve calor se insinuou sobre ela ao pensar nas promessas de Heitor sobre o que era ser parte de uma matilha. Selene se sentou na frente de um espelho improvisado para se maquiar e esconder as olheiras da noite — rupturas exigiam tanto requinte quanto conquistas. Guido andava de um lado para outro, observando a movimentação de artistas fantasiados, de foliões ensaiando movimentos de dança, de nefilins voando ao redor do carro reformado de última hora.

Todo aquele caos rugia com a potência que só uma festa de carnaval era capaz de gerar. E, no entanto, a presença não tão discreta de Guido e de alguns outros lobisomens mais afastados criavam uma bolha de tranquilidade.

— Obrigada, Guido. Por tudo.

Ele parou, brevemente desconcertado pela sinceridade na voz dela. Um leve rubor tingiu suas bochechas sob a barba antes de ele dar de ombros e se esconder atrás da fumaça.

— Espero que, com o tempo, ter cunhados mal-encarados deixe de ser ruim... Diana ensinou umas boas maneiras pra gente.

Selene sorriu. Cunhada era uma palavra engraçada, meio feia, meio maravilhosa. *O que é isso? Esperança?*

— Depois da sogra de que estou tentando me livrar, cunhados que rosnam à mesa parecem uma perspectiva bem tranquila.

Guido riu e relaxou mais um pouco.

— Depois da próxima lua cheia você me fala.

O bater de asas os fez olhar para cima. Os gêmeos Etrera haviam passado boa parte da madruga trabalhando num dos carros alegóricos. No momento, usavam roupas elaboradas, já de acordo com o tema do carro, combinando com as asas douradas.

Selene sorriu para os dois quando eles pousaram. Guido cruzou os braços, ainda desconfiado de tantos alados.

— Todos já estão em posição — disse Gebad. Ou Habad. — A senhorita sabe que não tem mais volta, não sabe?

— É um pouco tarde para essa pergunta.

O gêmeo moveu as asas para se equilibrar ao inclinar o corpo para dar uma olhada nos carros sendo movimentados para entrar em posição na avenida.

— Nunca é tarde para pensar no amanhã — disse Habad. Ou Gebad.

Com um suspiro, o sorriso já cansando, Selene colocou as mãos na cintura.

— Os senhores podem ir direto ao ponto, por favor?

— Sua galeria. O que vai fazer com ela? A alta sociedade não vai estar propensa a visitá-la.

— A alta sociedade humana, provavelmente não, mas acho que no mínimo estou me mostrando uma boa amiga dos não humanos.

— Estaria disposta a fazer exposições exclusivas de arte nefilim, então? Nada de encaixar uma peça ou outra no meio daquele monte de água com açúcar que os humanos fazem. Eventos voltados para nossos artistas alados — disse um dos gêmeos.

— A senhorita não vai estar em posição de recusar artistas. Os lobisomens vira-lata não são conhecidos pelo bom gosto estético — acrescentou o outro.

Selene sorriu de lado, sendo obrigada a concordar, mas já tinha uma primeira exposição em mente, para o caso de tudo dar certo. Só precisava se certificar de outra coisa.

— Nossa amiga em comum. Vão mesmo ajudá-la?

— Demos nossa palavra.

— Então, muito bem. Se os senhores cumprirem sua parte no acordo, podem contar com uma vaga para a segunda exposição da galeria. A agenda inaugural já está tomada.

Os gêmeos trocaram um olhar e concordaram com a cabeça, sorrisos idênticos relativamente simpáticos agraciando a resposta. Então, voaram mais uma vez.

Guido bufou.

— Não sei de onde você tira tanta simpatia.

— Você também daria um jeito, se paciência e sorrisos fossem suas únicas armas.

— Talvez. Mas você tem uma matilha agora, pode usar outras coisas.

Selene sorriu genuinamente, tentando ignorar a onda de emoção de uma aceitação tão simples.

— Ou a matilha pode aprender a usar mais diplomacia.

— Hm. Outro dia. Hoje, não.

Ela foi obrigada a concordar.

— Hoje, não.

Guido a escoltou até a fileira de camarotes no ponto mais privilegiado da avenida e lá se separaram, cada um pronto a cumprir sua parte.

A primeira coisa que Selene viu ao subir as escadas estreitas até o camarote da prefeitura foi a comissão de frente prestes a entrar na avenida e abrir o desfile, e as duas alas seguintes já em formação. Atrás, vinha o carro alegórico de destaque e um mar de outras alas separadas por mais carros, que se movia em ondas de expectativa.

Seria uma pena arruinar tanto trabalho. A cidade talvez nunca a perdoasse. Ou nunca mais quisesse voltar ao que era antes.

Então, porque o dia podia ficar ainda mais difícil, Mirna Veronis bloqueou sua visão dos carros alegóricos com toda a fúria de uma mãe preocupada. Selene se deu conta da presença dela ao ouvir o gritinho, tão agudo que não foi abafado pelo burburinho dos camarotes. Mais atrás, o pai limpava a testa suada enquanto forçava um sorriso ao conversar com um bando de assessores que cochichavam olhando para ela.

Selene havia se preparado para muitos cenários, não para o abraço apertado que recebeu antes que qualquer pergunta fosse feita. Damas não se abraçavam em público — abraços amarrotavam roupas, desmontavam trajes e borravam a maquiagem. Damas não demonstravam nada a não ser a máxima elegância, e Mirna Veronis poderia ter sido a dama que escreveu o manual.

Devagar, sentindo o peso da noite se assentar, Selene se deixou relaxar no abraço da mãe. Logo antes de ser arrancada do momento de conforto e ter os ombros sacudidos sob o olhar marejado de Mirna.

— Minta para mim agora — sussurrou Mirna, o olhar quase implorativo. — Minta para mim e diga que os boatos não são verdade. As coisas que eu ouvi das mulheres da cúpula. Minta! Me diga... Que essa... essa... não é você. Pelo que entendi, você poderia ter morrido esta noite!

— Mas não morri. E sim, eu sou uma amante de cães vadios. — Selene suspirou. — Essa sou eu, e o que você ouviu é só o começo.

Mirna sacudiu a cabeça antes de encarar de soslaio um grupo de pessoas mais além, pavor puro estampado em sua expressão. Várias das famílias da cúpula estavam no camarote logo abaixo. Nem todos os padrinhos estavam presentes, até onde Selene conseguia ver, mas a maioria das mulheres, sim.

— Eu não sei o que aconteceu ontem, mas a cúpula está toda... dividida! Os De Minet se recusam a falar conosco desde ontem e algumas famílias seguiram a deixa. Ciro sumiu e Leda e a prima dela viraram a cara para mim!

— A verdade é que elas nunca foram muito boas de conversa, não é mesmo?

— Selene! Não é hora para as suas gracinhas! Nós estamos com medo, seu pai e eu. Passamos a manhã toda pensando que encontraríamos você numa vala qualquer! O que aconteceu com toda aquela conversa sobre nos salvar? — A pergunta veio quebrada, com muitos tons de desespero e certa dose de decepção também.

Quando criança, na época em que as coisas haviam começado a mudar para a família e ser elegante passara a ser mais importante do que ser carinhosa, a mãe vivia dizendo que elas eram parecidas; tinham os mesmos traços, os mesmos gostos, se apenas Selene se esforçasse um pouco mais para seguir os passos de Mirna.

— Ah, filha... Onde foi que nós falhamos? Não te demos tudo? Não te ensinei como vencer nessa vida sendo uma mulher?

Cansada, Selene balançou a cabeça. Aquele era o único caminho que sua mãe conhecia, e talvez a sensação fosse de que havia falhado com a filha — mas não do jeito que imaginava. Doía ter que dar aquele passo, a culpa de decepcionar as duas únicas pessoas que haviam sido sua referência a vida inteira apertava a garganta. No entanto, um outro desespero ainda maior se remexia como uma fera selvagem em seu âmago. O passado estava ainda refletido nos olhos de mulher que a criara da melhor forma que sabia, mas o presente tinha todas as fraturas de espelhos rachados, tendo restado apenas o que Selene entendia como verdade.

— Eu não sei o que será do nome Veronis depois de hoje, mamãe, mas pelo menos estou garantindo que estaremos vivos e livres daquele homem. Sobrevivi à noite de ontem e sobreviveremos ao dia de hoje, mas não posso prometer muito mais do que isso. Não posso sacrificar mais da minha vida e muito menos do lobo que eu amo em prol da carreira de papai ou da nossa reputação. Estou cansada de conter tanto de mim, de viver me escondendo de mim mesma para agradar. Sinto muito, de verdade, mas agora é a minha vez. Eu nunca fui a filha que vocês queriam, mesmo tentando muito. Agora, preciso ser a mulher que eu quero ser.

As palavras pareceram assentar em Mirna aos poucos, o choque substituindo o medo. As mãos nos ombros de Selene a apertaram com força.

— Acho que talvez nós não tenhamos sido os pais que queríamos ser... — Sua mãe abriu e fechou a boca algumas vezes antes de limpar a garganta e ajeitar a postura, se recompondo. — Agora, espero mesmo que sobreviva ao dia de hoje, mocinha, para termos uma conversa séria sobre não ser a filha que queríamos. Não vou tolerar essa afirmação absurda, depois de todo esse tempo que vimos você se tornar a melhor de nós. Trate de chegar viva em casa, e com esse vestido ainda engomado, me ouviu?

Selene se pegou sorrindo, mas não conseguiu responder. Um apito soou e as arquibancadas vibraram. Começava o carnaval. Começava a liberdade de Selene Veronis.

CARNAVAL

A comissão de frente entrou, fantasiada de personagens famosas das pinturas clássicas vindas de além-mar para Vera Cruz, na época das invasões. Ladeada pela bateria de frente, a primeira ala com fantasias emplumadas representava o espectro de cores que os pintores clássicos conseguiam extrair dos pigmentos antigos. A marchinha cantava sobre um outro mundo, e Selene tentou se distrair murmurando a canção, mas, quanto mais o carro alegórico modificado avançava, mais palpável se tornava o precipício.

Ela procurou em si por medo pelo que viria depois, pelo que as pessoas diriam, pelo que sairia nos jornais, pelo que Averrio tiraria de valioso daquilo tudo, e encontrou apenas medo por Heitor e o pavor de nunca mais encontrá-lo.

Durante aquela progressão lenta, ela sondou os ocupantes dos demais camarotes, mas ninguém ainda havia percebido nada de diferente. As arquibancadas, contudo, estavam ocupadas pela burguesia, humana e não humana, e as frestas entre as estruturas de metal, por todo o resto. O brilho das fadas nunca ficava tão forte durante o dia, mas as cores zunindo no ar indicavam a presença animada delas também. Foi aquele setor do público o primeiro a apontar para o carro.

Selene se abanou para passar o tempo, para dar conta da energia nervosa, enquanto repassava as palavras cuidadosamente ensaiadas. Discretamente, se posicionou mais à frente, próxima da balaustrada do camarote, onde havia pedido que deixassem um megafone preparado.

Olhou para baixo. Conhecia de cor o posicionamento de todas as cabines, pois ela mesma havia organizado; sabia quem eram os presentes, mas não conseguia distinguir rostos. Alguns usavam máscaras elaboradas, outros, máscaras simples. Além do camarote da cúpula, Selene viu o dos Lacarez, ocupado por Diana, Mimi, Melina e alguns lobos que não conhecia. Mais abaixo, o camarote dos Montalves parecia esvaziado, com apenas alguns lobisomens de braços cruzados.

Uma única nota dissonante foi o aviso de que precisava para saber que o plano tinha entrado em ação. Um silvo longo, melodioso, crescente — um produto que magia nenhuma conseguia replicar; era único das vozes nefilins. A essa primeira nota juntou-se mais outra e outra, até todo um coral ecoar, sufocando a bateria e a cantoria dos foliões.

Os nefilim escondidos dentro do carro saíram e tomaram o ar, esticando as asas douradas polidas especialmente para brilhar ainda mais na manhã de carnaval. O som da melodia engoliu os murmúrios surpresos da plateia e também o bater de cascos dos faunos que surgiram dos carros mais atrás, com flautas em punho. Por debaixo dos bancos das arquibancadas, lobisomens e humanos que tinham trabalhado na estrutura da avenida apareceram também. Um caos lindo e barulhento se movendo ao som de canto e sopro.

A avenida foi inundada por um espetáculo mais rico e mais bonito, mais selvagem. Mais feroz, como a batida do coração de Selene.

Alguns dos foliões e músicos fugiram, sem saber o que acontecia. Os invasores pegaram os instrumentos deixados para trás, improvisando a batida seguindo o canto dos nefilins. Selene observou a plateia na avenida de cima a baixo, vendo tudo aquilo acontecer e, aos poucos, reagindo com mais do que susto — como se tudo tivesse sido planejado desde o início.

Os nefilins aumentaram a intensidade da canção, subindo uma nota contínua até começarem a ferir os ouvidos despreparados e absolutamente tudo na avenida parar.

No silêncio chocado, Selene fez seu palco.

— Bom dia, caros cidadãos averrienses. É com imenso prazer que venho abrir o primeiro carnaval de verdade de Averrio. Uma festa de todos e para todos! — disse ela no megafone. — O tema do desfile deste ano era a história da arte, mas eu me permiti fazer um desvio. Então, este ano estamos apresentando a história de como eu, Selene Veronis, me apaixonei por um lobisomem e estou tentando salvar a vida dele.

Pelo canto do olho, viu o pai se encolhendo em meio aos assessores e a mãe olhando para os lados nervosamente para medir a reação das pessoas. O público ainda estava estupefato demais, então Selene se aproveitou do momento para continuar.

— Eu me apaixonei por um lobisomem prostituto e a nossa história está contada nesta linda ópera que os nefilins cantaram. Mas não tive um final feliz ainda, porque a família De Minet, uma organização criminosa que controla o jogo do poupa-fera, vem chantageando a minha família com ameaças de calúnia e difamação. Inventaram mentiras horríveis e ameaçaram contar a minha história para destruir a carreira do meu pai, o nosso amado prefeito. Bom, eu mesma vou fazer isso, obrigada. Essa é a verdade a meu respeito. Sou uma artista devassa, apaixonada por Heitor Lacarez, e não serei refém de reputação nem de medo, nem do julgamento alheio. Podem pensar o que quiserem de mim, e provavelmente estarão certos. Meu amor é certo. Mas, quando forem repetir minha história por aí, não se esqueçam de incluir esse detalhe. — Ela apontou o dedo para o camarote ao lado, para Leda. — A família De Minet tentou se aproveitar disso tudo para manipular as eleições e ter controle sobre a prefeitura da nossa cidade. Meu pai, pobre coitado, tentou me proteger... mas que pai não faria de tudo para proteger a própria filha, não é? Matias Veronis, que sempre fez de tudo pela minha felicidade.

A história simplificada desceu fácil, cativou a plateia ávida por uma fofoca. O público precisava de um vilão, e esse personagem seria um De Minet.

Leda estava imóvel, as mãos apoiadas no parapeito do camarote, a encarando fixamente. Gilda agarrava o braço dela, sussurrando alguma coisa enquanto remexia na própria bolsa.

— Sinto muito, sogrinha, não vou terminar sua pintura. — Selene sorriu para ela e então acenou para os nefilins e todo o público. — Por favor, façam a festa. Este é o carnaval que inaugura a liberdade, a minha e a de todos os averrienses! Espalhem a notícia, tomem a cidade!

Os alados voltaram a cantar, os faunos seguiram a deixa com suas flautas, e a bateria voltou também, instrumento puxando instrumento, até a própria plateia começar a aplaudir e a comemorar. A avenida foi verdadeiramente invadida, com foliões sem fantasia se juntando à massa de corpos desorganizados entre os carros alegóricos.

Não haveria como ouvidos humanos captarem qualquer indício de explosões pela cidade, mas Selene estava confiante. *Espero que isso sirva de distração o suficiente para os Lacarez.*

Ela procurou o olhar de Diana nos camarotes, mas a encontrou tirando a máscara de coruja e puxando Melina para trás de si. Antes que pudesse entender o que estava acontecendo, uma dor ardente e repentina a cegou. Selene cambaleou para trás, tentou se agarrar à amurada do camarote e descobriu que não tinha forças no braço esquerdo quando caiu e não conseguiu se segurar.

Em meio à gritaria instalada ao redor, identificou o sangue escorrendo ao longo do braço. Desnorteada, olhou para os lados — Leda e Gilda tinham armas apontadas para ela, avançando por entre as portinholas dos camarotes. Algumas das esposas dos outros padrinhos as seguiam, outras se encolhiam, preferindo não intervir.

As duas mulheres avançaram na direção dela, mas, com o tiro, a confusão se instaurou no camarote da prefeitura e elas sumiram de vista no meio da correria. No caos, Selene viu o pai e a mãe sendo levados para longe por seguranças, e viu também Mimi saltar sobre Gilda e dilacerar o rosto da velha.

Aos poucos, o desespero se espalhou pelos outros camarotes e a multidão de foliões se agitou em resposta aos gritos. Selene tentou se levantar, apertando o ferimento com uma mão e tentando alcançar a bolsinha com a outra, em busca da arma.

Eu preciso aprender a andar com pó de fada.

Ela seria mesmo uma péssima sogra.

Namoradas de bandidos precisam andar com pó de fada.

Os pensamentos passavam sem freio em meio à dor e à ansiedade repentina de não fazer ideia do que acontecia do outro lado da cidade. Quando enfim conseguiu se firmar, uma ponta de aço frio foi pressionada contra sua testa.

— Você vem comigo, menina tola — disse Leda.

Não era a primeira vez na vida que Heitor Lacarez era algemado para a diversão alheia, mas era a primeira em que havia apenas dor e nenhum prazer.

O terno branco da fantasia do baile do Mitz já não tinha mais qualquer tom claro e o cheiro do próprio sangue e da carne queimada por prata não deixavam que farejasse nada além de seu sofrimento. Os sons do carnaval vinham distantes, com os blocos de rua começando a passar, a festa ocupando a cidade aos poucos.

Tinham-no colocado no subsolo de algum lugar. Havia movimento constante nos andares de cima, mas o porão possuía uma janelinha gradeada que dava para a rua e trazia os sons de fora mais nítidos do que os de dentro. No canto sob a janela, que era uma das poucas fontes de luz, estava a mesa de madeira com as ferramentas variadas que os captores tinham usado a noite toda.

— Bem que eu ouvi falar que você era o mais fraco dos três.

Se ele tivesse forças, reviraria os olhos. Com os punhos e os tornozelos presos por algemas de prata, Heitor estava economizando os movimentos desnecessários. Inspiração e expiração controladas, tentando não ceder ao lobo se contorcendo, cada vez mais fraco.

— Tem um que é cão de briga e um que é cão de caça...

— E eu sou o cão de companhia. — Provocar não contava exatamente como movimento desnecessário, então Heitor sorriu de lado do jeito que pôde, com o rosto todo machucado. — Se formos julgar pela preferência de Selene, eu devo ser uma companhia muito boa.

Ciro suspirou, balançando a cabeça enquanto andava de um lado para outro.

— Mais uma mulher tola em minha vida. — O homem foi até a mesa e considerou as opções dispostas ali. — No começo, achei que você fosse só um joguinho para ela. Essas madames da alta sociedade gostam de brinquedos exóticos. É isso que você sempre foi para todas as suas clientes, não é?

— Se vai tentar me ofender com palavras que ouço desde sempre, é melhor voltar com os porretes de prata de uma vez.

— Um vira-lata que se acha engraçado, sorte a minha.

— Um açougueiro metido a caçador de linhagem nobre, azar o meu.

Ciro ficou imóvel e Heitor aproveitou a deixa. Ser cunhado de Diana tinha lá suas vantagens, além da cartomancia.

— Os De Minet nem vieram mesmo de além-mar, não é? Nasceram por aqui. Filhos de bastardos com outros bastardos. Trabalhavam desmembrando a caça pra revender e depois se aproveitaram das disputas entre os clãs tradicionais para explorar o poupa-fera. Nunca foram caçadores de verdade, apesar desse fingimento de traje de caça que tu tá usando.

O homem não respondeu, só continuou inspecionando as ferramentas. Porretes, alicates, facas. De repente, uma brisa entrou pela janelinha minúscula. Veio abafada, trazendo o fedor da rua e o cheiro glorioso de mijo fresco Lacarez. Edgar. Com mais uma lufada, o odor de cachorro suado, linho e couro das tiras que Guido usava para enfaixar os dedos. O som bem distante de algo explodindo avivou ainda mais seus sentidos.

Mal tinha registrado a presença dos irmãos quando um dos capangas entrou correndo e sussurrou no ouvido do chefe, mais do que alto o bastante para sua audição lupina.

— A puta aprontou. A patroa tá vindo pra cá com ela. Mas... estamos tendo problemas nas bancas. Na cidade toda. As pessoas estão vindo cobrar o resultado e o dinheiro das apostas. Alguns dos apontadores estão tendo que fugir para não apanhar.

A puta aprontou.

Selene. Ele não precisava de mais detalhes; identificou o tom de indignação solidária de um homem por outro homem que fora passado para trás por uma mulher. Heitor vinha ajudando mulheres a enganar homens há tempo suficiente. Também vinha amando aquela mulher em particular por tanto tempo que não tinha como não saber que era ela.

Ciro finalmente escolheu uma faca e girou a arma de um lado para outro enquanto falava ao capanga, sem se dar ao trabalho de abaixar a voz.

— Manda o nosso contato na polícia ajudar com o problema das bancas. Quando minha mãe chegar com a puta, avise a ela para descer aqui. Vou deixar que ela termine o serviço com o prostituto.

— Sinto muito, não estou mais aceitando clientes.

— Todos os horários já estão preenchidos com a puta Veronis?

Ciro parou na frente dele, a ponta da faca girando enquanto gesticulava.

Heitor suspirou.

— Ficar usando essa palavra não vai me irritar. Como um profissional da categoria, não me ofendo nem por mim nem por ela, principalmente sabendo que é só uma forma de um bando de homem frouxo extravasar a raiva. Talvez você devesse procurar outras formas de...

A resposta engraçadinha seguinte morreu na garganta de Heitor, sufocada por um grunhido quando a faca tocou a pele do seu rosto, logo abaixo do olho.

Heitor se recusou a ganir, gemer, gritar. Prazer era algo que cedia por amor ou por dinheiro, e não daria aquela satisfação a Ciro. Contraiu-se o tanto que pôde, a dor constante nos punhos e nos tornozelos uma distração da dor cada vez mais insuportável no rosto. A faca seguiu fazendo um caminho difícil de acompanhar, cada vez mais fundo, tingindo sua visão direita de vermelho.

Ele trincou os dentes e buscou a força da matilha. Refugiou-se naquele espaço compartilhado e turbulento, às vezes sufocante, às vezes o melhor lugar do mundo. Procurou a resiliência de Edgar, a teimosia pura de Guido. Acabou indo parar numa memória distante, de quando ainda era um moleque com esperanças de se tornar um lutador de rinha.

O maior oponente no ringue não é o adversário, é você mesmo, dissera Guido. *A maior dificuldade é achar que tu não aguenta. Mas, pela motivação certa, todo mundo aguenta.*

A dor se tornou insuportável, o som de algo úmido e viscoso ressoou em seus ouvidos, se misturando às palavras de Guido nas lembranças. Heitor perdeu a noção de onde e quando estava; de um lado, enxergava um homem sorrindo cruelmente. Do outro, não enxergava nada.

Apenas o olfato parecia servir de alguma coisa, porque um cheiro de queimado o envolveu.

— Você tem ideia do que fez? Você tem a mínima noção?

Leda dirigia como louca pelas ruas tumultuadas, tentando desviar de foliões. A confusão do desfile da avenida havia se espalhado pelo centro da cidade. Em meio à dor no braço, Selene sentiu também uma pontada de orgulho. A cidade estivera apenas esperando uma desculpa para se libertar e não havia época melhor do que o carnaval.

Nada mal para uma humana sem graça.

— Me responda!

— Claro que eu tenho, eu planejei tudo.

Ou quase. Ser levada à força não fora bem a ideia.

— Se aquela loba velha...

— Mais respeito por Mimi, por favor.

A mulher se virou para ela, raivosa, e Selene se arrependeu no mesmo instante de fazê-la tirar os olhos da rua.

— Cuidado!

Leda desviou por pouco de um bando de faunos fantasiados de lobisomens e continuou dirigindo, acelerando quando encontrava ruas vazias e freando bruscamente quando se deparava com obstáculos vivos. Selene apertou o machucado no braço; doía, mas não parecia ser mais do que um ferimento de raspão.

— O prejuízo que você nos causou... não foi nem o pior, é claro. A ofensa ao meu filho é que eu não posso tolerar. Se Ciro não quisesse lidar com você pessoalmente, você já seria um corpo largado numa vala qualquer.

— Ora, Leda, mas uma dama jamais desovaria um corpo numa vala qualquer... Uma dama provavelmente escolheria uma opção mais elegante, como fazer parecer que a morte foi um acidente.

Selene se segurou quando o carro fez uma curva fechada, derrubando uma lata de lixo. Na curva seguinte, trincou os dentes para lidar com a dor no braço e aproveitou o impulso da virada para se jogar em cima da velha e puxar o volante para o outro lado. A arma de Leda caiu em algum lugar do chão do carro.

O veículo subiu na calçada, desgovernado, enquanto as duas brigavam pelo controle do automóvel. Mais forte e enérgica que qualquer senhora de idade deveria ter o direito de ser, Leda a empurrou para longe e, com uma mão só, tentou tatear em buscar da arma. Respirando fundo, Selene tomou num novo impulso e se jogou toda sobre ela.

O carro guinou de repente, atirando Selene contra a porta do carona. Não viu quando o poste apareceu, não saberia dizer nem mesmo em que sentido estavam indo. Num instante, estava sacolejando, e, no outro, tudo parou. O motor morreu, uma imobilidade desconcertante dominou o interior do automóvel e o corpo de Leda, cuja cabeça pendia contra o vidro estilhaçado da janela.

Trêmula, Selene tateou em busca da maçaneta até encontrar um caminho desajeitado para fora do carro. Foi se escorar contra o muro mais próximo, observando a cena.

Não destoava tanto do cenário caótico das ruas, tomadas de folia e violência.

Endireitando-se, tentou entender onde estava, mas não fazia ideia. A única pista era o casarão em chamas ao longe, no final de uma rua comprida.

Não deveria estar surpreso por Ciro fugir ao menor sinal de fogo; era a coisa inteligente a se fazer. Heitor se surpreendeu, no entanto, com a própria capacidade de reter a consciência à medida que o ambiente esquentava e o teto rangia com as tábuas aos poucos se tornando incandescentes. Tentou lutar contra a prisão de prata, mas a força demorou a voltar.

Um pedaço da escada de acesso ao porão caiu de repente, trazendo junto vários pedaços de madeira e escombros em chamas, e duas sombras disformes. As sombras cresceram, maiores que a vida, grandes como dois irmãos mais velhos.

— Aguenta, pivete, é só mais um osso pra roer — disse a voz de Guido.

A dor nos punhos de Heitor cedeu e, em seguida, a dor nos tornozelos também. Ele desabou, quase aliviado por ter que lidar apenas com a sensação de terem enfiado uma faca em seu olho. Logo, outras mãos o ergueram, seguidas de um gole de aguardente enfiado por sua goela abaixo e de algo que pareceu um jarro inteiro de pó de fada sendo esfregado em toda parte.

A magia formigou em sua pele, amenizou algumas das sensações, abriu caminho para que ele sentisse a lenta cura da Lua nas feridas causadas pela prata. Escorado contra um dos irmãos, Heitor voltou a se tornar dono de si aos poucos, usando a dor latejante na cabeça como fio condutor para tomar ciência dos arredores.

Os irmãos então começaram a puxá-lo para sair dali, em meio à casa estalando, prestes a ruir por completo diante do fogo. A última coisa que viu do porão de tortura foi seu olho arrancado, no chão.

Do lado de fora, Edgar o apoiou contra um muro do outro lado da rua e o apalpou em busca de mais feridas.

— Vai, toma mais um pouco — disse Guido, empurrando mais cachaça para ele. Como tantos anos antes, o irmão deu tapinhas em seu rosto maltratado. — Não se preocupa, vai te deixar até mais charmoso.

— Puta merda, eu já te disse que você é muito ruim de consolo? — murmurou Edgar.

Aquela demonstração de carinho bruta, tão típica deles dois, causou em Heitor uma risada sem humor. Clareou mais a mente. Realinhou as prioridades.

— O que aconteceu? Ciro? Selene?!

— Quando te encontramos, ele já tinha sumido, e essa fumaça toda cobriu o rastro dele. — Edgar fez um movimento com a cabeça. — E ela tinha criado uma distração no centro da cidade.

— Não, ele recebeu um recado — disse Heitor, sentindo o peito inflar com ódio e desespero. — A mãe dele tá trazendo ela pra cá. Ela...

Nesse momento, alguns homens armados saíram do prédio em chamas, atirando. Os três se abaixaram. Guido e Edgar deram uma boa olhada nele, o avaliando antes de acenarem um para o outro.

— A gente termina aqui — disse Edgar. — Vai atrás dela.

Aquela parte da cidade estava menos confusa. Serpentinas e confetes denunciavam a passagem de blocos, mas as explosões deviam ter afastado a maioria das pessoas da região. Selene correu, se desviando dos poucos transeuntes, tropeçando nos paralelepípedos do calçamento. A coerência havia ficado para trás no carro batido, só tinha em mente encontrar Heitor. Seguiu sem saber ao certo se estava no caminho certo, procurando por um rosto conhecido nos foliões remanescentes. Entre o pavor de pensar que poderia ser tarde demais e a loucura de acreditar que poderia salvá-lo com as próprias mãos, Selene se deixou diluir na insanidade do momento.

Estava quase alcançando o último quarteirão para encontrar a origem da fumaça quando um puxão no braço machucado a jogou para trás bruscamente.

Selene foi jogada contra um muro e, de repente, Ciro estava ali, apontando uma arma para a sua cabeça. Ele parecia relativamente intacto, a não ser por marcas de fuligem nas roupas e no rosto.

Algo pesado afundou dentro dela. Se ele estava vivo, não podia ter certeza sobre Heitor.

— Estava indo me ver? — Ele balançou a cabeça. — Não sei o que você acha que conseguiu hoje. Causou problemas para a minha família, sim, mas para a sua também. No fundo, você é exatamente o que a minha mãe sempre avisou que era: uma garota mimada que acha que pode ter tudo e que se considera melhor do que nós. Onde está ela?

— Sua mãe? Bom, Leda estava um pouco alterada ao volante…

Se antes Ciro parecia sério, as linhas rígidas do rosto dele se quebraram em espasmos, denunciando um homem tentando manter o controle.

— O que você fez com ela?

— Eu? Nada. Foi ela que me fez de refém…

Selene tateou o muro em busca de algo, qualquer coisa que pudesse a ajudar.

— Não brinque comigo. Se você a dopou de novo com aquele pó ridículo que as mulheres pensam que é um segredo… Eu juro: vou te fazer engolir um saco inteiro daquilo e você nunca vai saber o que farei com seu corpo inconsciente.

Sem saber de onde veio a coragem, ou a loucura, Selene sorriu e inclinou a cabeça para o lado.

— É comovente ver sua dedicação a ela, de verdade. Bom, eu não a dopei dessa vez. Não tive a oportunidade. — Enquanto falava, ela continuou tateando, sempre encarando diretamente o brilho cada vez mais assassino no olhar de Ciro. — O poste em que eu a forcei bater o carro cuidou de tudo por mim.

— Você vai morrer de forma degradante. Vou me certificar disso. E tudo em troca de quê? De um lobisomem fedido?

— Em troca de mim mesma.

Sua mão encontrou um pedaço de pau apoiado ao muro e Selene o agarrou e respirou fundo. Era a mão do braço machucado, mas teria que servir. Se fosse a última coisa que ia fazer, não faria com medo. Aumentou o sorriso.

— Com o lobisomem, eu só tive sorte.

O cano da arma tocou a testa dela.

— Mas ele não está aqui agora, está?

— Está.

A voz de Heitor assustou a ambos, mas Selene não perdeu tempo. Virou a madeira com toda força que conseguiu enquanto desviava o rosto da mira da arma. Atingiu a lateral do corpo de Ciro, e ouviu um grunhido e um tiro muito próximo, então, de repente, estava no chão, empurrada por um movimento rápido demais para olhos humanos.

Encontrou os dois um pouco adiante: Heitor, avançado no entre-estado, desferindo um golpe cheio de garras afiadas no rosto de Ciro. O sangue voou pela calçada num rastro quase bonito. Como tinta.

— E, dessa vez, não estou amarrado — rosnou Heitor. — Você não é tão valente contra um lobisomem livre, não é?

Ele fincou as garras nas bochechas de Ciro e o obrigou a levantar a cabeça. Selene então finalmente reparou no estado de Heitor. Por entre os pelos crescendo, através do rosto que ganhava contornos monstruosos, uma atadura improvisada cobria um de seus olhos —

uma mancha vermelho-escura manchava o local, quase no contorno de uma órbita ocular exagerada.

— O que fizeram com você? — perguntou Selene, sentindo a raiva da noite anterior borbulhar no peito, expurgando os últimos resquícios de medo pela própria vida.

— Nada que eu não possa fazer pior. Eu...

— Não.

Heitor se virou para encará-la, ainda segurando Ciro.

— Linda, eu disse que faria qualquer coisa por você.

— Mas agora é a minha vez de fazer por você.

Ela se levantou, pegou a arma que Ciro tinha deixado cair e foi até os dois. Sua mão tremia mais uma vez, de raiva, de vontade de chorar, de impaciência, de uma vida inteira sendo renovada. Sentiu todos os cantos mais obscuros que viviam dentro dela aflorarem.

Entendendo, Heitor se levantou, então forçou Ciro a ficar de joelhos e o agarrou pelo couro cabeludo para que se virasse para Selene. Apesar de não estar muito firme, depois de ter metade do rosto dilacerado, ele tentou em vão se sacudir.

— Você e sua mãe estavam errados sobre mim, querido. Além de fornicadora depravada, ladra e formadora de quadrilha, hoje também me tornei agitadora de multidões, e estou prestes a me tornar uma assassina. Uma vira-lata que pega a felicidade e sai correndo. Dona de mim. — Ela sorriu para Heitor e piscou um olho. — E de um cachorro safado.

O tiro reverberou por todo o seu corpo, o som penetrou nos ossos. Então, tudo se encaixou. O ódio evaporou, o medo e a ansiedade. A vida ganhou novas cores e contornos. Como na pincelada final de um quadro, como no suspiro aliviado de um desenho catártico, como num abraço apertado e no reencontro de lábios.

Talvez a culpa viesse mais tarde, o horror pelo que tinha feito ou o encanto pelo que tinha se tornado.

O beijo de Heitor teve gosto de sangue e de pó de fada, e de felicidade também.

— Linda e perigosa — sussurrou ele entre seus lábios, segurando o rosto dela com as duas mãos como se fosse algo precioso. — O que eu faço com uma mulher dessas?

— Se você não souber mesmo, eu posso te dar algumas sugestões.

A gargalhada dele apagou os últimos resquícios do rascunho anterior de sua vida, totalmente coberto pelo futuro que finalmente se tornava presente. Selene escondeu o rosto no pescoço dele, se aninhou e inspirou fundo, abraçou apertado.

— Não precisa, linda. Eu te amei antes de saber que te amava, e um cão vagabundo nunca perde o caminho de casa.

EPÍLOGO

A inauguração da Galeria do Paço foi o evento mais aguardado da cidade, depois do histórico desfile de carnaval que havia acontecido mais cedo naquele mesmo ano. Os convites foram enviados a todos os endereços de Averrio que carregavam alguma importância. Às mansões da parte alta, aos casarões do Rio Doce, às vilas das bruxas no bairro Vermelho, às autoridades civis, aos prédios arejados dos ninhos de nefilins, aos edifícios blindados contra a luz solar que vampiros usavam no lar, aos grandes sítios de faunos nos limites da cidade, e até mesmo às casas nas colinas no coração dos territórios das alcateias. Despesas não foram poupadas para que todos os grandes sobrenomes fossem chamados, pois mesmo que ninguém confirmasse o comparecimento, era o anúncio que importava.

A matilha Lacarez, ao que tudo indicava, estava aprendendo que nem tudo se demarcava com odores fortes. Algumas vezes, demonstrações bastavam.

De fato, pouca gente confirmou presença.

A noite inaugural lotou mesmo assim. Como sempre, numa cidade como Averrio, a fofoca havia prevalecido, atraído a curiosidade das pessoas que por meses discutiram acaloradamente o que realmente havia acontecido no dia do desfile de carnaval.

Os humanos mais preconceituosos insistiam numa grande conspiração nefilim e ainda pediam que todos os alados da cidade fossem devidamente investigados e punidos, como nos velhos tempos. Boa parte dos averrienses menos abastados preferiu levar na brincadeira, e sugeria que no ano seguinte escolhessem outro monstro para colocar em destaque e assustar a elite. Os não humanos apenas seguiram em frente em suas rotinas porque, claro, um mísero dia de glória não apagava todos os outros de amargura, e sobreviver era preciso, embora sussurrassem com mais esperança pelas esquinas da parte baixa. Fato era que nem a prefeitura nem polícia jamais levaram o ocorrido muito a sério, prendendo apenas baderneiros e alguns criminosos da máfia do poupa-fera. Mesmo com tudo isso, o prefeito Matias Veronis ainda conseguiu se reeleger.

"Vote pelo amor" tinha sido o lema das ruas. De todos os cantos da cidade, independentemente do que se falasse do carnaval, falava-se mais da história escandalosa de Selene Veronis e Heitor Lacarez. E era essa a história que as pessoas esperavam desvendar na exposição da galeria.

A fila para entrar num espaço tão pequeno deu voltas ao redor dos edifícios do Paço e foi organizada por lobisomens vira-lata, surpreendentemente corteses com os visitantes — segundo os padrões dos cães vadios, pelo menos.

Ao longo da noite, Guido permaneceu no canto da sala principal, observando a felicidade do irmão. Selene brilhava, e Heitor brilhava ao redor dela. Formavam um casal bonito, confortável em ser o centro das atenções. Cumprimentavam a todos, comandavam o espetáculo com sorrisos e charme. Eram tão encantadores que os idiotas curiosos logo esqueciam que obras nada convencionais estavam expostas.

Guido não entendia de arte, apesar de ter ouvido a cunhada explicar várias vezes o que significavam algumas das telas e técnicas. O que ele entendia era do cheiro do irmão mais novo cada vez que encarava certas pinturas. Um lobisomem abraçando por trás uma mulher nua. Um lobisomem e uma mulher dançando na praia, sob o luar, pequenos diante da imensidão de azul-escuros e da Lua gigantesca. Uma rua do centro de Averrio em dia de carnaval, humanos e monstros misturados, dançando e se beijando e se tocando, fazendo tanta algazarra que quase não dava para reparar na mulher de costas, entrando num beco onde se via apenas a sombra de um lobisomem. Um bar — que os frequentadores seriam capazes de reconhecer — no qual um homem estava displicentemente recostado, seu rosto escondido por uma boina abaixada e a fumaça de um charuto. A história deles estava toda ali, pintada para quem quisesse reconhecer, uma declaração tão explícita quanto palavras.

Com isso, dois terços dos irmãos Lacarez estavam felizes, o que já era muito mais do que qualquer um deles havia ousado esperar quando eram filhotes vadiando na rua.

Em determinado momento da noite, quando já havia bastante gente, Selene se inclinou para sussurrar algo no ouvido de Heitor, interrompendo a conversa que ele tinha com Escafurinha e Anette e outros parceiros do poupa-fera.

— Atenção, todos, por favor! — Selene se postou ao lado da única tela da galeria que estava coberta.

Por todo o salão, os rapazes da matilha rosnaram, até que todos os convidados se calaram. Ela dirigiu um sorriso cheio de desculpas às pessoas, mas prosseguiu com o discurso.

— Muito tempo atrás, eu contei uma mentira... Esta noite é, em parte, para corrigir esse erro, e tantos outros. Precisei fazer alguns ajustes nessa obra recentemente, mas, em essência, ainda é a mesma.

Sem mais demoras, Selene puxou o pano e revelou a arte. Murmúrios chocados correram pelo espaço apertado. Não era uma pintura, era um desenho feito em carvão de um lobisomem no entre-estado, sem nenhuma roupa.

Por cima de todos os sussurros e fofocas se espalhando, a gargalhada de Heitor se destacou, e qualquer criatura com audição decente ouviu as palavras seguintes antes de ele puxar Selene para um beijo:

— Linda, eu *sabia* que você não ia ter coragem de queimar os meus nus.

AGRADECIMENTOS

Mais uma vez preciso começar agradecendo minha editora, Beatriz D'Oliveira, por tudo que fez pelo meu primeiro livro, *Garras*, e por ter seguido acreditando nesse mundinho dos irmãos Lacarez. Se *Feras* chegou na sua mão, leitor, é porque Bia decidiu apostar em lobisomens brasileiros e protagonistas nada perfeitas. Também preciso dizer que quando dei a notícia de que estava grávida, estava pronta para achar que tudo ia atrasar e desandar, mas ela mais uma vez foi a melhor editora do mundo e topou o desafio de fazer as coisas acontecerem no calendário da gestação, e isso me deu segurança para fazer tudo que eu precisava.

As pessoas dos diferentes departamentos da editora Rocco foram o melhor time de guerreiros que eu poderia desejar neste período intenso entre o lançamento de *Garras* e *Feras*. Pude contar com a dedicação e a criatividade desse excelente time de profissionais, e com o acolhimento que me fez sentir realmente em casa, tanto na Bienal do Rio de

2025 quanto nas minhas visitas ao escritório. Ju, obrigada por todos os livros!

Também deixo aqui meus agradecimentos a Gabi Colicigno, minha agente na Magh, que segue sendo muito paciente com essa autora com o hábito de tratar assuntos de trabalho aos finais de semana ou em horários alternativos. (Isso provavelmente vai piorar daqui pra frente!)

Fernanda Castro e Marina Melo seguraram 99% dos meus surtos enquanto eu escrevia essa história, e o 1% faltante foi só porque eu não tive coragem de importunar as duas mais uma vez para falar sobre como tudo estava ficando horrível. Meninas, obrigada por compartilharem os neurônios comigo, espero que saibam que o universo desta história tem muito de vocês em cada página. Jana, você sempre disse que esse seria o livro em que eu trabalharia depois de *Garras*. Obrigada por ter ouvido a ideia quando ainda era uma semente do que se tornou, e pela parceria nesse tempo todo.

Ana, Ariel, Gaby, Helô, Lina e Morana estavam no coro por mais de Heitor muito antes de eu sequer ter pensado em como contar a história dele, então obrigada por terem acreditado! (Não sei se já perdoei vocês por terem me feito chorar no meio do salão de beleza com a história das tias mágicas, mas obrigada por isso também.) Paola, Carol (Chiovatto), Carol (Façanha), Ariani, e mais tantos colegas do mundo da escrita, que no momento os nomes escapam ao meu cérebro de gestante, obrigada por todas as conversas e apoio! Tive a sorte de encontrar e conviver com escritores que tornaram essa comunidade muito acolhedora, e espero fazer o mesmo por vocês.

Mãe e pai, obrigada pela presença ao longo de todos esses anos, e por terem sempre dado um jeito de me dar acesso aos livros que queria ler. Olha só onde tudo aquilo veio parar!

João Marco, meu amor, nossa pequena família está aumentando e isso não teria acontecido se não fosse pelo porto seguro que você me oferece em todas as horas, esteja perto ou longe. Não sei qual de nós é o mais incansável, mas sei que somos mais fortes em nossa parceria cada vez mais alinhada. E obrigada, Sofia, pela gestação gentil que proporcionou pra essa mãe ansiosa, e por ter me dado a motivação para não desistir em momento algum.

E obrigada a você que leu este livro até o finalzinho! Espero que Averrio tenha sido um bom destino de viagem e que, quem sabe, você queira voltar para visitar mais.

Impressão e Acabamento:
GRÁFICA GRAFILAR